Montena

Papel certificado por el Forest Stewardship Council®

Primera edición: mayo de 2025

Printed in Spain – Impreso en España

ISBN: 978-84-10298-71-2
Depósito legal: B-4.561-2025

Compuesto en Grafime, S. L.
Impreso en Rodesa, S. L.
Villatuerta (Navarra)

GT 98712

Por si lo dudabas…, sí eres suficiente

Prólogo

No tenía muy claro lo que esperar cuando entré en Arcadia. Pero, siendo sincero, la primera vez que supe de su existencia, lo único que pude pensar es que sería un sitio elitista en el que sería imposible entrar. Y en el que tampoco querría estar. Es decir, se me daba bien el tenis, por supuesto, pero no era el mejor ni de lejos. Allí se reirían de mí, me mirarían por encima del hombro, me harían continuamente la zancadilla para que no pudiera avanzar. Como si lo viera venir. Mi padre opinaba lo contrario y no dejaba de insistirme en que era una oportunidad de oro. Aunque, claro, él solo veía el dinero que podría ganar si me convertía en un tenista de éxito. Quizá para seguir con sus estúpidas apuestas. Mi madre, cuando me cogía el teléfono, se limitaba a escucharme lo justo, así que tampoco me esforcé en contarle lo del torneo. Porque ¿para qué? ¿Para que se le olvidara a los cinco minutos y yo me agobiara porque no me preguntara en cada llamada? Prefería que viviera en la ignorancia.

A veces es mejor así.

Porque el conocimiento es poder. Pero no solo para ti; también puede suponer poder de los demás sobre ti. Y, en el caso de mi madre, más. Ya había dejado atrás el tener que hacer cosas solo para que ella estuviera orgullosa de mí. Esa etapa había quedado en el pasado. Y, aunque a veces haya que volver sobre nuestros pasos para cambiar el presente, con mi madre ya lo daba por imposible.

El torneo del club El Roble llevaba ya muchos años siendo uno de los más importantes del país para gente como yo. Es decir, gente con pocos recursos, pero con un mínimo de talento. El ganador no solo se llevaba tres mil euros, sino una beca para entrar en Arcadia durante un mes. En ese tiempo, tendrías que ganarte tu permanencia allí. Suponiendo que quisieras seguir, por supuesto. Porque pocos lo hacían. Era cara. Era muy cara. Y sus alumnos no eran precisamente los más simpáticos. Había escuchado de todo. Había leído de todo. Pero, realmente, ¿qué más daba? No iba a conseguir ganar ese torneo. Mi padre se empeñó en apuntarme. Me federó, pagó la inscripción y me llevó el primer día, después de obsesionarse con mi dieta la semana anterior. «Tienes que comer más proteína». Joder, papá, que tengo dieciséis años. Y, en términos de deporte profesional, ya iba muy tarde. A esas alturas, despuntar es más complicado. Le daba igual. Así que acepté, y gané el primer partido. Más fácil de lo esperado. Yo no tenía ranking, así que todos eran, supuestamente, mejores que yo. Qué sorpresa se llevó el primero, un alemán llamado Daniel, cuando le gané 6-0, 6-2. Se desesperó a mitad del primer set. Tiró dos veces la raqueta contra el suelo, ante la pasividad del que supuse era su padre y entrenador. Cero repercusiones. Cero consecuencias.

Yo estaba bastante más calmado. El tenis no definía mi vida, aunque se me diera bien. Tampoco tenía ningún golpe especialmente decisivo, pero era bastante completo y corría mucho. Cuando digo mucho, es mucho. «Tienes que ser flexible, Nicolás». Otra de las máximas de mi padre. Vale, pues soy flexible. Tampoco era capaz de abrirme de piernas, pero podía resbalar bien sobre la tierra de la pista y ganar el punto en posturas imposibles.

—Nicolás Rion gana 6-0, 6-2 —dijo el árbitro, y las tres personas que estaban viéndonos empezaron a aplaudir. Realmente solo dos de ellas. La tercera era el padre del alemán, y estaba muy enfadado. Nada más acercarse a él, le dio una colleja que resonó con fuerza. Hijo de puta.

—¡Eh! —grité, y me miró con ojos furiosos. Daniel, sentado en el banco, tenía la toalla sobre la cabeza, agachada hasta casi esconderse entre las piernas—. ¡Sí, tú, el nazi de la colleja! ¡Ha hecho lo que ha podido y ha jugado superbién! Si cree que puede hacerlo mejor, ¿por qué no se apunta usted la próxima vez? —gruñí. Como es obvio, no me entendió una mierda. Básicamente porque era alemán. Pero me ponía de mala leche que tratara así a su hijo, que lo único que quería era jugar al tenis. Nada más.

—*Was sagst du?*—mascullo. Supongo que quiso decirme que qué había dicho o algo así.

Pero me limité a matarle con la mirada, me acerqué a su hijo y le acaricié la espalda. Este se quitó la toalla y me miró con ojos llorosos. ¿Qué hice yo? Darle un abrazo. Aunque los dos estuviéramos sudados y el olor corporal no fuera el idóneo.

—Has jugado genial. *Fantastisch* —dije con mi chapucero alemán, fruto de un año en el que mi madre me apuntó a cuatro idiomas diferentes. Solo recordaba eso y una canción sobre los números.

—*Danke* —respondió, compungido, mientras se sorbía los mocos sonoramente. Después de separarnos, le tendí la mano a su padre y, cuando fue a estrechármela, la aparté. Así aprendería a no pegar a su hijo.

El siguiente partido no fue mucho más difícil. Un chico de Segovia que tenía un saque muy flojo, pero una derecha imposible de devolver. Así que me limité a atacarle todos los saques y a tirar bolas altas continuamente a su revés. Si no podía ganarle en fuerza, le ganaría en estrategia. Y, aunque íbamos empatados al principio, fue incapaz de contrarrestar mi táctica. Se movía de más para tratar de pegar con la derecha. Cuando lo hacía, me ganaba el punto al momento, pero se cansaba mucho más por el sobreesfuerzo de tener que colocarse continuamente, así que llegó un momento en el que dejó de correr, desfondado. Ahí aproveché yo. Y él empezó con las trampas, a marcar bolas fuera cuando claramente habían entrado. El árbitro le acabó llamando la atención y tuvo que claudicar. No le quedaba otra.

Tampoco vino mi padre a verme.

No es que se lo tuviera en cuenta. Lo prefería. Bastante tenía con cumplir sus expectativas como para encima tenerle vigilándome durante todo el partido. Nunca he funcionado bien bajo presión.

—Nicolás Rion gana 6-4, 6-4 —anunció el árbitro.

Los dos nos acercamos a la red y, cuando iba a darle la mano, evitó mi mirada y se fue directamente a su silla, a guardar su raqueta, dejándome colgado y sin saludo. Refunfuñé, me despedí educadamente del árbitro y, por supuesto, fui a por él.

—¿A ti qué te pasa? —le espeté, y se volvió con miedo. Seguramente no estaría acostumbrado a que alguien se enfrentara así a sus desplantes. Ja, no me conocía en absoluto.

—¿A mí?

—Sí. Has pasado de darme la mano.

—No le doy la mano a los tramposos —gruñó mientras se colgaba su raquetero al hombro.

—¿Perdona? Es a ti al que han llamado la atención dos veces por marcar mal los botes —le recriminé. Pero él se limitó a chocarse conmigo deliberadamente y salir de la pista sin una mera respuesta. Como fueran a ser así todos mis contrincantes, no iba a sobrevivir esa semana.

Los cuartos de final fue el partido más difícil de todos. Ese chico jugaba increíble. Todo lo hacía bien. Y encima era guapísimo. Quizá eso me distrajera un poco. Solo quizá. Y también porque me recordaba a Adrián. El único chico con el que había estado y con el que la relación, obviamente, acabó muy mal. Porque ¿cómo va a terminar una relación de dos chicos de quince años que tienen que esconderse para poder darse un beso?

—Carlos Azpúa gana el primer set 6-2.

Mierda. Así no iba a ganar. Tenía que empezar a espabilar o se me escapaba el partido, la beca, el dinero, la ilusión de mi padre… Pero, claro,

¿realmente esperaba ganar algo en la vida? Sería la primera vez, la verdad, por muy catastrofista que sonara. Dio igual. No había forma. Poco importaba lo que intentara. Me tenía cogida la medida y era imposible solucionarlo. Los puntos iban desapareciendo, mis golpes acababan en la valla contraria y mi desesperación era real.

Hasta que pasó.

Lancé una bola muy corta, casi pegada a la red, y el chico, al echar a correr, resbaló, cayó al suelo y se torció el tobillo de una forma un tanto dolorosa. Su grito se escuchó en todo el club. Se agarró el pie y se retorció de dolor, rebozándose en la tierra de color rojizo. Su entrenadora saltó a la pista para ayudarle y el árbitro detuvo el partido. Después de varios minutos, consiguió levantarse, pero era incapaz de apoyar el pie en el suelo. Quería ganar, pero no quería que fuera así. No le deseaba una lesión a mi contrincante.

—Nicolás Rion gana el partido por lesión de Carlos Azpúa.

El pobre se fue llorando. Si hubiera sido otro partido, no se lo habría tomado tan a pecho. Pero el premio era el que era. No solo por el dinero. Realmente dudaba que alguno de ellos lo necesitara de verdad. Lo importante era la posibilidad de entrar en Arcadia. Porque no solo era una academia cara, sino que, además, tenía una lista de espera interminable. Ese torneo era el billete más fácil para entrar, y perder la oportunidad cuando ibas ganando de una manera tan clara tenía que doler mucho más que el esguince. Sí, estaban las otras dos grandes academias, Loreak y Top-Ten, pero Arcadia era la única que ofrecía una beca si ganabas ese torneo.

Por suerte, las semifinales no fueron muy complicadas. Me tocó jugar contra un chico que medía casi dos metros y que se llamaba Harry. Era irlandés. Sacaba tan fuerte que era imposible seguir la trayectoria de la bola. Pero era lo único que sabía hacer. Su juego de pies era deficiente. Era incapaz de correr hacia delante y sus golpes eran bastante mediocres.

No tuve que esforzarme mucho, y tampoco quería hacerlo. Era bueno que fuera un partido rápido. Porque en las otras semifinales jugaban Iñaki Rincón y Jon Izaguirre. El favorito. Muy por encima de todos nosotros. Había ganado todos sus partidos por paliza. Todos apostaban que él ganaría la competición y, de hecho, contra Carlos Azpúa, pero su lesión me había dejado el camino libre. Me había convertido en la sorpresa del torneo. Aunque tenía claro que no tenía nada que hacer contra Izaguirre. Al menos llegaría a la final. Algo es algo.

—Nicolás Rion gana 7-5, 6-2. —Eran las semifinales, así que había bastante más gente disfrutando del partido.

Había llegado a la final. ¿Quién me lo iba a decir cuando mi padre me obligó a apuntarme? Nadie confiaba en mí. Ni siquiera yo. A ver, quizá mi padre sí, pero porque no tiene ningún tipo de filtro conmigo.

Por supuesto que esa noche no pude pegar ojo. Me habían metido tanto miedo con la forma de jugar de Izaguirre que solo me veía perdiendo estrepitosamente una y otra vez. Es que mi mente no era capaz de procesar que podía ganar de ningún modo. No. Simplemente iría a aprender. ¿Y si no me presentaba? Sí, era un poco de cobardes, pero nadie tenía por qué saberlo. Diría que tenía gastroenteritis o algo así. Podría ser perfectamente. Soy de estómago delicado. Heredado de mi madre.

—¿Preparado para el partido de mañana? —me preguntó mi padre durante la cena.

—Para la paliza, querrás decir.

—Tú tírale al revés, que lo tiene flojo.

—Izaguirre no tiene nada flojo. —Y sonó sorprendentemente porno esa respuesta.

Le había visto. Izaguirre era perfecto. Esculpido por los dioses. En serio. Tenía una mandíbula…, unos bíceps…, unas piernas… y unos labios gruesos increíblemente besables.

—Contigo se va a confiar. Tendrás que utilizar eso, Nico —dijo mientras recogía los platos de la mesa.

—Pues claro que se va a confiar. Si yo soy malísimo.

—No eres malísimo. No digas eso ni en broma —replicó, molesto, y desapareció dentro de la cocina.

Su respuesta me acompañó toda la noche, y, aunque no veía una salida a mi derrota, al menos tenía el apoyo de una persona. Así que a la mañana siguiente me presenté en el club antes de tiempo. Quién sabe para qué. ¿Quizá para empaparme del ambiente? ¿A ver si se me pegaba algo? Pero, cuando llegó la hora del partido, el comienzo se fue retrasando y retrasando. Estaban las gradas a rebosar (tres gradas de piedra, tampoco era nada del otro mundo). Pero el que no aparecía era Izaguirre. La gente empezaba a cuchichear y a ponerse nerviosa. Hasta que uno de los organizadores del torneo y jefe del club se acercó al árbitro y le susurró algo al oído. A los pocos segundos, cogió el micrófono.

—Jon Izaguirre ha tenido que retirarse del torneo por motivos de salud, por lo que Nicolás Rion es el nuevo campeón de esta edición del torneo de El Roble.

El silencio sepulcral que siguió a esa frase fue cortante. Tanto que juraría que incluso me hizo una herida en el pecho. Mi corazón empezó a acelerarse, latiendo a toda intensidad, queriendo salir de mi cuerpo para no volver. ¿Había ganado? ¿De verdad había ganado? ¿El destino había querido que Izaguirre se retirara en el último momento? Eso significaba no solo que ganaba los tres mil euros, sino que mi futuro estaba en Arcadia. Entre los mejores. Yo. Que había ganado dos partidos por retiradas de mi rival.

No merecía ganar.

No merecía la beca.

Y, en el primer momento que puse un pie en la academia, sus alumnos se encargaron de recordármelo.

Capítulo 1

Nicolás

Arcadia estaba en un pequeño pueblo en las montañas del este de España. De hecho, todo el pueblo vivía casi alrededor de la academia. Los familiares comían en los restaurantes de la zona cada vez que iban a ver a sus hijos, los propios alumnos hacían muchas veces vida en los bares cercanos a la playa, aunque siempre a escondidas de los profesores... Porque todos vivíamos allí. Teníamos la zona de residencia, con habitaciones individuales para algunos, los más ricos, y compartidas para otros. Yo, por supuesto, compartía la mía. Todo aquello era inmenso, era como si se tratara de una pequeña ciudad al margen del resto del mundo. Uniformes oficiales, altavoces desde los que se anunciaban las diferentes horas para comer o eventos especiales. Un paseo principal que dividía la academia en dos, con palmeras que ondeaban en el viento y motivos de tenis por todos lados. Incluso había papeleras con pelotas de tenis dibujadas, además de algunas placas conmemorativas en diferentes pistas recordando a grandes jugadores del centro y sus hitos deportivos. Incluso había una estatua de uno de los fundadores de Arcadia junto al edificio principal, con la raqueta en la mano y la mirada puesta en el horizonte. Un poco hortera de más.

En los cursos trimestrales intensivos, al parecer, nos correspondía a cada uno un tutor. Alguien que, durante el primer mes, nos enseñaba la academia, nos ponía al día de todas las cosas que teníamos que saber y tener en cuenta y, por supuesto, compartía habitación con nosotros. Pero a mí nadie me dijo nada el día que llegué. Había habido algún tipo de problema con mi tutor y tendría que esperar para saber quién iba a ocuparse de mí, quién iba a ser mi niñera. Por suerte, ese primer día conocí a Álvaro. Mi primer aliado en Arcadia. La primera persona que no me juzgó cuando llegué. La primera y casi la única.

Cuando encontré mi habitación, vi que la puerta estaba entreabierta, así que entré y empecé a deshacer mi maleta. Sin previo aviso, apareció en el umbral un chico más bajo que yo, delgaducho y con la nariz más pequeña que había visto en mi vida. Su pelo rubio estaba rapado por los lados, mientras que, por arriba, lo llevaba rizado y con mechones que le caían por la frente, haciéndole pestañear continuamente. Debía de ser bastante molesto. ¿Por qué no se cortaba el flequillo? Al verme se asustó y dio un brinco, acompañado de un pequeño grito ratonil que me asustó a mí también.

—¿Quién eres tú? —preguntó dando un par de pasos hacia atrás. No sabía la razón, pero me percibía como alguien peligroso. Yo, con mi sudadera de Wanda Maximoff y mi cara de no haber dormido en días.

—Nicolás. ¿Quién eres tú? —repliqué irguiéndome todo lo posible para que viera que era más alto que él.

—Nicolás ¿qué?

—Nicolás Rion. Y este es mi cuarto.

El chico salió al pasillo de nuevo y miró el número que había junto al marco de la puerta. Al hacerlo, volvió a asomarse.

—¿Estás en la 343?

—¿343? Joder. —Obviamente me había equivocado. Miré la pantalla de mi móvil, buscando el mail de información que me habían enviado. Y claramente mi habitación no era esa—. Me he equivocado, perdona —me disculpé mientras empezaba a meter de nuevo las cosas en mi maleta.

—Ya pensaba que eras mi tutor —señaló el chico y entró en la habitación con una maleta con ruedas y una mochila además de su raquetero, que dejó caer al suelo con gran estrépito—. ¿Cuál tienes tú entonces?

—La... —Volví a comprobarlo—. La 373.

—Ah, vale, casi somos vecinos y todo —sonrió amablemente.

—¿Eres nuevo también?

—Muy bien, lince —graznó con una voz mucho más aguda y se sentó sobre la otra cama que había en el cuarto, suspirando a un volumen demasiado alto.

—¿Qué le pasa a tu voz?

—¿Qué le pasa? —respondió, extrañado.

—Cuando has entrado, tenías otra voz que…

—Ah, eso. Vale. —Se aclaró la garganta—. Cuando conozco a alguien, sigo cambiando la voz, en plan, inconscientemente. Es decir, uno no sabe dónde puede estar seguro y, por supuesto, que la sociedad nos ha enseñado que tenemos que ser más masculinos, con voz más grave, más machos. Unga, unga, ya sabes. Pero he visto que llevas a nuestra amiga en común en tu sudadera, así que he dado por hecho que esto es un lugar seguro. ¿Lo es?

—¿Tenemos? —pregunté.

—¿En serio te has quedado…? Tenemos, sí. Nosotros. Es decir, eres gay, ¿no? O bisexual, no quiero empezar invisibilizándote.

¿Cómo lo había sabido tan rápido? Es decir, no es algo que ocultara a esas alturas, pero me sorprendía que lo hubiera deducido solo por una sudadera.

—¿Eso es algún problema? —le reté.

—Tú no escuchas, amor. El problema sería que no lo fueras —sonrió—. Me llamo Álvaro. Vergara. Sí, es un nombre superpijo. Pero, curiosamente, no lo soy. No solo no me pega —se señaló con ambas manos, divertido—, sino que estoy aquí gracias a una beca. Porque a los gais se nos da bien el deporte de vez en cuando. Somos el porcentaje que salva la media.

—Pues un placer, Álvaro. ¿Siempre hablas tanto?

—Te acostumbrarás —respondió casi al momento—. ¿Has conocido a alguien más?

—No. Eres el primero. Bueno, y el profesor que me dijo dónde tenía que venir. No recuerdo su nombre.

—Sería Sebas. Creo. Aquí hay muchos profesores y muchos alumnos. Esto es enorme.

—Sí, la verdad es que sí. Bueno... —Terminé de cerrar la maleta—. Yo me voy. Perdona otra vez.

—Un error lo tiene cualquiera —me dijo con suavidad mientras yo atravesaba el cuarto para salir al pasillo de nuevo, en busca de mi habitación—. ¡Espera, espera! No puedes irte así. Tendrás que dejar algo tuyo aquí. Que ha sido tu primera habitación en Arcadia, aunque solo te haya durado dos minutos.

—¿Dejar algo aquí?

—Sí, no sé, aunque sea un calcetín.

—¿Para qué exactamente? —le pregunté, confuso.

—No sé. ¿No te hace ilusión? Es el primer dormitorio que has pisado aquí. Te juro que guardaré bien cualquier cosa que dejes. Prometido. —Y se hizo una cruz en el pecho con su pulgar—. Mira, yo siempre dejo algo en cualquier sitio al que voy, aunque sea mi casa. Puede que sea mi forma de demostrar al mundo que existo... y que estoy.

—¿En cualquier sitio al que vas?

—A ver, si ya he estado una vez, no vuelvo a dejar nada, no te vayas tú a creer. Pero sí. A veces dejo un trozo de papel con mi firma o un calcetín si es en casa de alguien. Una vez... —se echó a reír—, una vez dejé una foto mía de carnet en casa de un amigo. Su novio le dejó pensando que estaba enamorado de mí. Y en verdad lo estaba. Lo descubrí gracias a eso. Ups.

—¿Y si tiran lo que has dejado?

—Eso ya no lo puedo controlar. Pero, al menos, he demostrado que he pasado por ahí. Así que te toca. ¿Qué vas a dejar en tu antiguo cuarto?

Era un chico extraño, desde luego. Una persona que prefería no callarse nada, y había cogido confianza conmigo casi desde el primer minuto. Su propuesta me había dejado un poco en blanco. ¿Dejar algo en su habitación? ¿Para qué? ¿Y por qué tenía esa rara obsesión con que la gente supiera que había pasado por algún sitio? Dejé caer mi mochila sobre el suelo, abrí la cremallera y rebusqué a ciegas, a ver qué era lo primero que conseguía sacar. Cuando mis dedos rozaron algo pequeño, tiré de ello. Eso iba a ser lo más fácil. Al sacarlo, vi que era un muñeco del tamaño de la palma de mi mano de la película *Your name*. Taki. El protagonista.

—Hala, ¿es un hirono?

—¿Un qué?

—Déjame ver.

Se acercó y sin darme tiempo a contestar, me lo arrebató para examinarlo.

—¿Te gusta el anime? Esto es... Es de *Your name*, ¿verdad? Qué mono. Me lo quedo. Bueno, no. Ya me entiendes. Pero ahora ya has demostrado que has estado aquí. Nicolás Rion ha estado aquí. —Lo colocó sobre la mesa que había bajo la ventana, mirándolo con orgullo, como si hubiera conseguido uno de sus objetivos vitales—. Y queda perfecto. ¿Quieres que demos una vuelta y te acompaño a buscar tu nueva habitación, excompañero de cuarto?

—Eh, claro. Pero tienes que empezar a dejarme hablar algo.

—Yo te dejo hablar, por supuesto —sonrió—. Pero primero te voy a hablar de mi tutor y lo guapo que es. Al menos, así llevo fantaseando con ello una semana. Debería ducharme, pero, mira, mejor que la gente se vaya acostumbrando desde ya a mi sudor.

Los dos salimos de la habitación y, tras recorrer uno de los largos pasillos que conectaban todas las habitaciones del ala de los júniors de la residencia, conseguimos encontrar la mía. Tecleé la contraseña que me habían enviado en el mail y la puerta se abrió, pero el cuarto estaba vacío. Era igual que el de Álvaro y, claramente, mi compañero no se había instalado aún. Tras dejar mis cosas y escuchar mil y una historias de este sobre su instituto, salimos al exterior, donde ya se escuchaban los gritos de los jugadores y los pelotazos que daban sin descanso. Además de las cigarras que aventuraban la llegada del atardecer. Aquello era tan grande que ni siquiera podríamos recorrerlo en un día. Antes de ir había investigado un poco y sabía que había varias piscinas, tanto interiores como exteriores, y cuarenta y ocho pistas de tenis, sumando las cubiertas, las de tierra batida, las de pista dura y las de hierba. Y, por supuesto, gimnasio, un minicircuito de atletismo, squash, pádel, un campo de fútbol 7... Y eso solo hablando de las instalaciones deportivas. Para los casi trescientos estudiantes, había cuatro residencias diferentes. Dos para adultos y dos para júniors, y cada una estaba separada en función del curso en el que estuvieras. Si estabas en el anual o el trimestral. Además de cafeterías o una sala de cine.

—Anda, si es el impostor —dijo una voz pedregosa detrás de nosotros. Me giré y vi a dos chicos que nos sacaban media cabeza a cada uno.

—Izaguirre te habría dado una paliza —añadió el otro, con la cara repleta de un acné juvenil agresivo. Ambos iban vestidos de corto, con pantalones blancos a juego y una sudadera negra con el logo de Arcadia, además del raquetero al hombro, como si vinieran de jugar un partido entre ambos.

—¿Me estáis hablando a mí? —Obvio que lo hacían.

—Vas a tener que demostrar mucho, suplente —gruñó el primero.

—¿Suplente o impostor? A ver si te pones de acuerdo. —Me hacía el valiente, pero sus palabras me dolían. Porque, en el fondo, pensaba lo mismo que ellos. Ese no era mi lugar. No me lo había ganado.

—Nos vemos en la pista, chaval. —Y chocó deliberadamente contra mí, lo que hizo que estuviera a punto de hacerme trastabillar y tirarme al suelo. Se alejaron riéndose como gorrinos, y estuve a un tris de ir tras ellos, pero Álvaro me sujetó de la muñeca, impidiéndomelo.

—¿Qué haces? —le dije de muy malas maneras.

—No sabía que eras ESE Nicolás. —E hizo unas comillas en el aire—. El que ganó el torneo de El Roble. El de la beca.

—No lo gané. —Me desasí de su mano—. Tienen razón. Soy un impostor.

—Claro que lo ganaste. Si Izaguirre no se presentó, es su problema. Tú sí lo hiciste. A veces, en la vida, estar es suficiente. Tú estabas. Tan simple como eso.

—No lo veo así. Y claramente ellos tampoco. Y seguro que no son los únicos que lo piensan —me lamenté. No es que me importara mucho lo que pensaran los demás de mí. Era una máxima que tenía bien aprendida. Hasta que llegaba alguien y te recordaba que, a veces, la opinión de los demás sí importa, porque duele. Me había hecho un experto en fingir. Lo que tiene tener una madre ausente a la que solo quieres complacer porque no entiendes por qué ha decidido formar otra familia teniendo ya una. Durante mucho tiempo pensé (y sigo pensando) que soy una persona de usar y tirar. Duro un tiempo hasta que dejo de hacerte gracia.

—Tranquilo. Los que mucho hablan luego son los que más tienen que callar. Dios, parezco mi abuela con estas frases. Un alma vieja en un cuerpo de escándalo. —E hizo fuerza con su brazo para tratar de mostrar un bíceps casi inexistente. Esbocé una sonrisa y se lo tomó demasiado a pecho—. Vale, ya saldrá. Se supone que aquí hay material. —Y se pellizcó el brazo.

—Solo hay que hacerlo salir, ¿no? Eres de músculo tímido.

—¡EH! ¡Las confianzas las cojo yo, no tú! —bromeó, dándome un codazo y haciéndome sonreír de verdad por primera vez desde que había llegado a Arcadia.

El sol poco a poco se fue escondiendo en el horizonte, tras una de las montañas que rodeaban la academia, y ni siquiera habíamos recorrido la zona de las pistas de tierra. Tardaría días en conocer cada esquina de aquel lugar, pero, al menos, había hecho un amigo el primer día. Había mucha gente caminando por todos lados, conversando junto a las pistas, terminando sus entrenamientos o dando clases a niños más pequeños. Habíamos leído que, a las ocho y media, era la hora para cenar en el gran comedor, estructurado en cuatro plantas con un atrio en el medio. Lo había visto al llegar, y era tan amplio que impactaba solo con pasar por allí. Mientras íbamos de camino para la cena, pasamos entre dos pistas en las que estaban dando clases a niños de poco más de diez años, y uno de los profesores me llamó la atención. No solo porque fuera guapo, que también, sino porque me sonaba haberle visto en algún lado.

Debí de quedarme mirándole más de la cuenta, ya que se giró y me miró con una expresión de asco dibujada en su rostro.

—¿Tú qué miras? —espetó. ¿Acaso todos los alumnos eran así de bordes? ¿Otro que me conocía como el impostor o el suplente?

—Nada, nada —respondí, porque no fui capaz de reaccionar. Al momento, varios de sus alumnos comenzaron a rodearle, gritando a pleno pulmón para que los dejara hacer un último juego antes del final de la clase. Y su mueca de desagrado cambió a una media sonrisa cautivadora, asintiendo levemente y haciendo que todos los niños gritaran de felicidad. No volvió a mirarme, pero yo a él sí, y vi una leve cojera en su pierna izquierda, donde llevaba un vendaje bastante aparatoso.

—¿Otro enemigo más? —me preguntó Álvaro.

—Ni idea. Ni le conozco —dije encogiéndome de hombros.

—¿Cómo no le vas a conocer? Es Marcos Brunas. El número 1 de Arcadia. Bueno, al menos lo era —me explicó, emocionado. El nombre me sonaba, pero no acababa de ubicarle. Álvaro se encargó de hacerlo por mí según nos alejábamos y le mirábamos disimuladamente—. El tenista más joven de la historia en entrar en un cuadro principal de Grand Slam. Hasta que, bueno..., pasó lo que pasó.

—Creo que me acuerdo. ¿No se lesionó la rodilla?

—Lleva ya dos operaciones y solo tiene diecisiete años. Su carrera como tenista acabó ahí.

—Muy duro, tú, ¿no crees?

—Ya sabes cómo es esto. No ha vuelto a ser el mismo, y, por lo que sé, ahora solo da clases a niños. Lleva sin jugar un torneo más de un año. Bueno, desde aquel día, claro.

No fui capaz de decir nada más. No podía imaginar una historia más trágica para alguien que tenía su sueño en la palma de sus manos... y se le había escapado entre los dedos como si fuera agua de mar. Dejando tras de sí la sal y la amargura de una derrota que le perseguiría toda su vida.

—Al menos parece feliz enseñando a niños —agregó Álvaro tratando de dulcificar un poco su historia—. Pero no te recomiendo juntarte con él. Tiene fama de..., bueno, de tener muy mala actitud.

—¿Cómo sabes tanto si has llegado hoy aquí? —pregunté, curioso.

—He hecho mis deberes, Nicolasín. Vamos a cenar, que me muero de hambre.

Naturalmente, el gran comedor estaba lleno de gente a esas horas. Los horarios, me di cuenta ese primer día, eran algo primordial en Arcadia, y la gente los cumplía a rajatabla. Nosotros, al ser los júniors, estábamos en la cuarta planta. Y los ascensores solo estaban reservados para los adultos. Así que tuvimos que subir los cuatro pisos por las escaleras de caracol que rodeaban el atrio principal. Nuestra planta era la más pequeña y en la que menos gente había. No seríamos más de cuarenta. Las edades de los chicos y chicas que estaban con nosotros oscilaban entre los doce y los dieciséis años. Claramente, Álvaro y yo éramos de los mayores. Pero, mientras subíamos, nos cruzamos con alguien que sí reconocí. Una de las jugadoras más prometedoras. Paula Casals. Su derecha era increíble, una de las mejores del circuito júnior. Y, gracias a ella, había conseguido ganar algunos torneos menores y tener sus primeros puntos WTA (la clasificación oficial del tenis femenino). Me puse hasta nervioso al pasar a su lado.

Ni siquiera sabía que estuviera en Arcadia. Pensaba que ya habría dejado atrás ese tipo de entrenamientos y que estaría recorriendo el mundo.

—Te gusta mucho mirar fijamente a las personas, ¿verdad? —bromeó Álvaro cuando conseguimos encontrar una mesa libre en nuestra planta.

—¿Cómo funcionará esto? Es decir, ¿podemos coger la comida que queramos? —dije ignorándole por completo.

—¿No tienes la pulsera que te dieron al entrar? —Señaló su muñeca, mostrando una pulsera de goma de color plateado con un punto negro en el centro. Ni recordaba dónde la había dejado. Seguramente estaría sobre mi cama.

—Hum, estará en algún lado.

—Pero ¿es que no te explicaron nada? ¿O pasaste de escuchar? No respondas, que ya lo puedo imaginar. En esta pulsera está toda tu ficha. Y, entre muchas otras cosas, tu dieta especial para estos meses. Vas a la barra de allí, te la escanean y te dan la comida que tienen preparada para ti. Muy moderno todo y muy autoritario, si me preguntan.

—Y, si no llevo la pulsera, ¿no puedo comer? Vale, ahora no respondas tú —le dije antes de que empezara a hablar—. Voy a la habitación a por ella. ¿Me esperas para comer?

—No prometo nada. Tengo mucha hambre, y hay que hacer caso al cuerpo.

Fue directo a la barra mientras yo me alejaba hacia las escaleras, dispuesto a volver a mi cuarto a toda velocidad. Si eran tan meticulosos con los horarios, seguro que había una hora exacta para terminar de cenar, y no quería que me pillara. No había comido casi nada en todo el día, y el estómago llevaba rugiendo desde hacía demasiado tiempo. Me crucé con varios chicos según iba bajando a la planta principal, y, conforme iba pasando cada piso, el ruido era cada vez menor. Los mayores estaban en completo silencio comiendo. No había lugar para las risas. Ni siquiera para los cotilleos. Todos estaban concentrados en su bandeja de comida o en su móvil. O en las dos cosas. Yo, mientras, buscaba con la mirada alguna cara conocida.

Nada.

Por supuesto.

¿A quién iba a conocer si no conocía a nadie?

Salí del gran comedor y, salvo algún alumno despistado, el resto de la academia estaba totalmente desierta. Los focos de las pistas estaban apagados y la única iluminación era la de las farolas de los distintos caminos que llevaban a las residencias o al edificio principal. Excepto una de las pistas, que sí que seguía con los focos encendidos. Mis pies siguieron andando hacia mi residencia, pero mi cabeza quería otra cosa. ¿Quién estaría entrenando a esas horas cuando todo el mundo estaba cenando?

Así que cambié de rumbo.

Porque tenía curiosidad.

Y la curiosidad, si no se satisface, se enquista.

Tampoco quería que me viera quienquiera que fuese, así que fui refugiándome en las sombras que se formaban en los alrededores de las farolas hasta que estuve lo suficientemente cerca de la pista como para ver una figura que ya empezaba a reconocer. Si no me engañaban los ojos, el chico que estaba entrenando era Marcos Brunas. Tras la línea de fondo, había una cesta metálica de color blanco a medio llenar. Esparcidas por el suelo también había varias pelotas de tenis. Cogió una de la cesta, la botó varias veces, la lanzó al aire y, tras dar un salto increíble, la golpeó lo más arriba que pudo, lanzándola al otro lado de la red, y cayó en el cuadro de saque de manera impecable. Pero, al volver a tocar el suelo tras su salto, lanzó un grito y se dobló sobre sí mismo y cayó de rodillas.

Mi instinto fue el que me hizo salir de mi escondite y correr a la valla, asustado por lo que acababa de ver. Podría haberme quedado agazapado como un espía, pero realmente pensé que se había hecho daño de verdad.

—¡¿Estás bien?! —le pregunté, pero demasiado alto. Había veces que no sabía regular el volumen de mi voz.

Me escuchó. De eso estoy seguro. Pero no reaccionó. Seguía de rodillas en el suelo, respirando aceleradamente. En completo silencio. Pasó casi un minuto entero hasta que se reincorporó con toda la parsimonia del mundo. Siempre dándome la espalda. Ignorándome por completo. ¿Qué coño le pasaba?

—¡Eh! ¡Que si estás bien! —insistí mientras Marcos se acercaba de nuevo a la cesta y cogía otra pelota, dispuesto a volver a sacar.

—Te he escuchado la primera vez —contestó, borde como él solo.

—¿Y por qué no respondes?

—¿Es que es obligatorio? —siseó—. Estaba bien hasta que has aparecido. ¿Te importa?

—¿Por qué tienes que ser tan borde? Joder —protesté.

—¿No entiendes que quiero entrenar sin distracciones?

—¿Puedes entrenar con la rodilla así? —Y esa pregunta no pareció sentarle nada bien, porque se giró de golpe, enfrentándose a mí. Eso sí, sin soltar la raqueta o la pelota.

—¿Y tú qué sabes de mi rodilla? —escupió—. ¿Quién te ha mandado aquí? ¿Ha sido Paula? ¿Sebas? ¿Quién? Dímelo.

—¿A mí? No me ha mandado nadie. Iba a mi habitación, he visto los focos encendidos y he venido a cotillear —le confesé. Dios, sus ojos parecían atravesarme la piel como si fueran dos agujas. Dispuestas a sacarme toda la sangre necesaria.

—Entonces ¿qué coño haces aquí? —insistió.

—Te lo acabo de decir. Solo quería saber quién estaba entrenando en vez de estar cenando como todos los demás —traté de explicarme más pausadamente. A ver si así cedía un poco—. Total. Yo no he cogido una raqueta desde el torneo de El Roble…

—Espera. —Oh, mierda. Me podía haber quedado callado, la verdad—. Tú eres el impostor. Tú eres Nicolás. Nicolás Rion.

—Preferiría que solo me llamaras por mi nombre, quitando lo del impostor. Si no te importa, claro —ironicé.

—Eres un impostor, ¿no?

—El deporte es así —me defendí—. Si tú jugaras un partido y se retirara tu contrincante, ¿le darías el partido por ganado? No, ¿verdad?

Pero no contestó. Volvió a darme la espalda, como si la conversación no fuera con él. Quizá no había sido mi mejor decisión el acercarme y tratar de ser simpático con una persona que claramente no quería ser simpática con nadie.

—Vas a tener que demostrar que mereces estar aquí —dijo mientras yo ya me había dado por vencido y estaba dispuesto a irme.

—¿No lo tiene que demostrar todo el mundo?

—La gran mayoría de la gente que hay en Arcadia... —empezó a decir mientras botaba la pelota en el suelo de una forma metódica y obsesiva— está aquí por tener dinero. Muchos de ellos juegan bien. Otros simplemente son hijos de gente muy rica que quieren demostrar que pueden conseguir lo que quieran simplemente pagando por ello.

Lanzó de nuevo la pelota al aire, pero esa vez no saltó. Se limitó a estirar el brazo arriba y golpear. Su tiro se estrelló en la red.

—¿Y tú por qué estás aquí entonces? —pregunté.

—¿Yo? —Se tomó su tiempo para responder—. Porque soy el mejor.

Capítulo 2

Marcos

Cada día que pasaba odiaba más Arcadia. Porque no dejaba de recordarme mi fracaso en cada esquina, en cada mirada de cada jugador que me cruzaba. Por suerte, todos me tenían demasiado respeto (o miedo, no lo tenía claro) como para hacerme bromas sobre lo sucedido. Nadie se atrevería. Porque tenía fama de muchas cosas, y ser simpático no era una de ellas. ¿Para qué serlo si lo único que me había dado ser buena persona era estar literalmente en la mierda? La gente me preguntaba que qué tal estaba continuamente. Qué tal. Qué tal. Qué tal. A la gente no le importa nada la respuesta. Simplemente hacen la pregunta porque creen que tienen que hacerla. Al principio contestaba que estaba bien. Que solo era un bache. Pero cuando la recuperación se iba complicando y dejé de ver la luz al final del túnel, mis respuestas empezaron a ser sinceras.

—¿Qué tal?

—En la mierda. La vida es un asco. Una injusticia detrás de otra.

La gente entonces se asustaba. ¿Alguien diciendo la verdad? Demasiado para gestionar. Así que, poco a poco, dejaron de preguntarme.

—¿Qué tal?

—Pues, mira, como el culo. La rodilla me sigue doliendo. Mi carrera deportiva se ha acabado. Mi ex tiene la inteligencia emocional de una patata. Y, encima, ahora él gana los torneos que yo ganaba antes. Pero no solo eso, sino que encima tengo que dar clase a los niños de diez años, porque es para lo único que sirvo en esta puta escuela.

Vale. Quizá ahí me pasé de sincero. Y puede que fuera la última conversación seria que tuve con alguien. Al menos, antes del primer día de los nuevos alumnos. Ya era mi tercer año en Arcadia. Empecé con catorce y ahora, con diecisiete recién cumplidos, lo único que me quedaba eran las clases a niñatos insoportables que no dejaban de gritar. Pero el primer día de los júniors siempre era divertido. Veíamos nuevas caras, hacíamos apuestas para ver quién iba a ser el próximo número uno. Incluso les hacíamos novatadas. Eso era cuando tenía amigos en Arcadia. Ahora nadie quería acercarse. Había alejado a todo el mundo. En eso sí que era el mejor.

Cuando llegué aquella mañana a Arcadia, los nuevos aún no lo habían hecho. Llegarían a lo largo de la semana. Se venía un mes de volver a estar rodeado de lo que más me gustaba en el mundo, y también lo que más odiaba en ese momento, el tenis. No tenía pensado estar ese verano también. Llevaba ya dos semanas sin pasar por la academia tratando de recuperarme todo lo posible. Porque quería que mi regreso fuera espectacular. Obviamente, no lo fue. Mi vuelta fue como profesor de niños del curso de verano. Me lo ofreció Sebas cuando le pedí entrar en el curso intensivo trimestral.

—Estoy preparado —insistí.

—Tus informes médicos no dicen lo mismo, Marcos.

—Me la sudan los informes médicos. ¿Quién va a saber mejor que yo cómo estoy? Es mi cuerpo —protesté.

—No podemos aceptarte en uno de nuestros cursos hasta que estés recuperado por completo. Lo sabes. —Su voz tan calmada me exasperaba más que nada. Parecía que no le importaba. Que le daba igual.

—Menuda mierda de regla.

—No hables así aquí. Si quieres volver a jugar sin dolor, tendrás que cumplir los plazos, Marcos. ¿O prefieres lesionarte de por vida? ¿Quieres tener cinco operaciones como tuve yo y no poder mover la pierna sin sentir cómo se te clavan miles de agujas? No, ¿verdad? Entonces me harás caso. Ya lo he hablado con tu tío. Si quieres estar este verano con nosotros, darás clase a los cursos de iniciación.

—¿De iniciación? ¿A los bebés? Estás de coña, ¿no?

—Es eso o nada, Marcos. No hay más opciones. —Y sabía que, cuando Sebas decía eso, realmente no había más opciones. O lo tomaba, o lo dejaba. Por supuesto, acepté. Tampoco era buena idea llevarle la contraria a mi tío. Le encantaba vivir a través de mí. Más que su hijo adoptivo, era su proyecto a largo plazo.

Con lo que no contaba era con que fuera a ser tan difícil dar clase a alumnos tan pequeños. Yo creía que tenía paciencia (poca, pero tenía). Esos primeros días me demostraron todo lo contrario. ¡Era imposible que se callaran o que me hicieran caso a la primera! Así que me desesperaba. Demasiado rápido.

—¿Os pensáis que he venido aquí a hacer el gilipollas o qué? —Al parecer, no se pueden decir palabrotas delante de ellos.

Sabía que el resto de la gente de Arcadia hablaba a mis espaldas. Sentían pena por mí. No. Pena no. Lástima, que es peor. Pero uno no puede sentirse responsable de lo que piensan los demás. Es algo que no puedes controlar. Olivia se empeñó en recordármelo una y otra vez. Quizá la única que me entendía de verdad. Pero no dejaba de ser la psicóloga de Arcadia. Es decir, le pagaban por entenderme. Al menos con ella podía ser yo mismo. Desquitarme de todo. Ella lo absorbería como una esponja. Y, aunque decir los problemas en voz alta los hace reales, también te permite enfrentarte a ellos. Es como pasar a tener algo tangible entre las manos. Solo queda decidir qué hacer con ello.

Por suerte, Sebas había tenido la amabilidad de dejarme una habitación solo para mí. Y por lo menos no me había tocado ser tutor de ninguno de los nuevos. Mejor. No estaba en condiciones de enseñar Arcadia a nadie. Porque solo me iba a recordar lo mucho que había perdido en el último año, y lo que menos me apetecía era estar un mes con un chico deseoso de triunfar.

—¿Realmente crees que has hecho bien volviendo a Arcadia, Marcos? —escuché la voz de Olivia preguntarme la única cosa que no quería que me preguntara.

—Te lo diré en unas semanas —respondí, chulesco.

—Me parece muy interesante que quieras enfrentarte al fin a lo que te pasó. Pero quizá vaya a ser demasiado pronto para...

—¿Demasiado pronto? Ha pasado un año desde la lesión. Quiero volver a sentirme útil. Antes de irme esas dos semanas, lo único que hacía aquí era rehabilitación.

—Ha sido un año duro, desde luego. Quizá sí que te venga bien ser el tutor de algún alumno nuevo. Puede que eso te ayude a sanar.

—¿Sanar así? Prefiero hacerlo por mi cuenta —refunfuñé.

—Vas a vivir aquí un mes como mínimo, Marcos. Tienes que encontrar un objetivo más allá de dar clases a los niños pequeños.

—Ya tengo mi objetivo, y es volver a un Grand Slam. Por ahora nadie me ha quitado mi récord de partidos ganados en Arcadia. Ni tampoco el de mayor número de *aces*. Eso querrá decir alguna cosa, ¿no?

Olivia asintió y apuntó algo en su libreta. Odiaba cuando hacía eso. Porque luego esas cosas las hablaba con mi tío. No todas, por supuesto. De algo tenía que valer la confidencialidad terapeuta-paciente. Llevaba tiempo sin tener una sesión con ella.

—Decir en voz alta lo que acabas de decir es un gran avance —dijo al fin—. La última vez que nos vimos, ni siquiera querías hablar del tenis.

—Bueno, las cosas cambian —repliqué, encogiéndome de hombros.

Y tanto que cambiaban. Nunca pensé que acabaría como profesor de niños, inventándome juegos para divertirlos y aguantando las miradas de varios que habían sido mis compañeros, mis rivales. Cada vez que pasaban junto a mi pista. Podía escucharlos pensar: «Míralo, pobre, para lo que ha quedado». Aunque no estaba seguro de si eran ellos o yo el que lo pensaba. Seguramente una mezcla de ambas. Siempre somos más duros con nosotros mismos que con los demás y, joder, yo era un experto en arrastrarme por el fango.

—Y tú ¿qué miras?

Al otro lado de la valla había un chico más bajo que yo, con orejas de soplillo y pelo alborotado, como si acabara de salir del interior de un tornado. Sus ojos entrecerrados me miraban estudiándome, o quizá estaba riéndose de mí junto al que estaba a su lado. Pues que se fuera a reír de su puta madre.

—Nada, nada. —Y se alejaron los dos, mientras yo tenía que lidiar con los monstruos que no dejaban de gritarme que querían jugar a *Portero*. Su juego favorito, y no podía ser más absurdo. Pero, antes de darme siquiera tiempo a empezarlo, apareció Sebas en la pista. ¿Qué hacía ahí tan tarde? Debería estar ya fuera de Arcadia. Nunca se quedaba hasta más de las seis.

—Marcos, ¿puedes venir un momento?

—Estoy en medio de una clase...

—Que se queden solitos un segundo. No les va a pasar nada. —Bueno, él era el jefe. No iba a llevarle la contraria.

—Mientras hablo un segundo con Sebas, coged cada uno una pelota y votad hacia arriba, a ver quién aguanta más.

—¿Otra vez? —protestó uno de los niños.

—Las veces que hagan falta. Y a ti te viene bien, que eres totalmente descoordinado. Así que a espabilar. ¡VENGA! —grité, y todos corrieron a coger una pelota de la cesta mientras yo me acercaba a Sebas, que me pasaba el brazo por encima del hombro y me llevaba a una esquina de la pista. ¿Quizá había pensado mejor lo de aceptarme en uno de los cursos intensivos?

—Ha habido un problema con Leo. Iba a ser uno de los tutores de uno de los chicos nuevos. Pero no va a poder. Tiene que ausentarse unas semanas de Arcadia. Problemas familiares.

—No me había enterado.

—No se lo ha contado a nadie. Y tampoco es que tú hables con mucha gente por aquí, ¿no?

Bueno, una bala al corazón duele menos.

—Así que he decidido que seas tú uno de los tutores.

—¿Yo, tutor?

—Sí. Luego te paso el número de su habitación. Solo es un mes, Marcos, que ya te estoy viendo venir. Vigila que no se meta en problemas. Enséñale todo. Quién mejor que tú para hacerlo. Te vendrá bien.

—¿No puede hacerlo otro? ¿Tengo que ser yo? ¿No hay más...?

—En serio, solo es un mes. No lo pienses tanto, por favor. —Y se marchó sin darme tiempo a seguir quejándome. Justo lo que no quería era lo que iba a tener que hacer. La vida se empeñaba en putearme continuamente. ¡A saber quién sería el chico que me tocaría! Solo esperaba que, al menos, no se le diera muy bien jugar. Así la envidia estaría controlada—. Y, por favor, Marcos, no te vuelvas a saltar una comida —me gritó desde fuera de la pista.

Obviamente, me dio igual porque también me salté la cena ese día. Prefería quedarme entrenando un poco. Me dolía la pierna horrores. Pasaba demasiado tiempo de pie con los niños y, aunque me habían recomendado andar, yo era muy bruto y, en lugar de sentarme cuando recogían las pelotas del suelo, me dedicaba a hacer estiramientos y a pegar pequeños saltos. Solo para probarme. Así que esa noche tenía la rodilla hecha polvo. A esas alturas, ya me daba igual. Me había hecho a la idea de vivir con un dolor crónico cada vez que intentara jugar un poco a mi antiguo nivel. Y ya habían dejado de darme sedantes.

Cuando todo el mundo estaba en el gran comedor principal, yo aproveché que los focos se quedaban encendidos (Sergio, el jefe de mantenimiento, siempre los dejaba treinta minutos más solo para mí) para entrenar un poco sin nadie que me espiara, sin nadie que estuviera juzgando mi juego. Pero tuvo que aparecer él. Y justo en el momento en el que caí mal tras un saque y noté un pinchazo en la rodilla. Me costó volver a levantarme. Pero, por suerte, solo había sido algo puntual. Me preguntó si estaba bien. Yo no tenía ganas de responder. No tenía ganas de ser majo. Cuando insistió y me di la vuelta, le reconocí. Era el chico con el que había sido tan borde antes. No se lo merecía, pero me salía solo.

—Te he escuchado la primera vez —contesté lo más brusco posible.

—¿Y por qué no respondes?

—¿Es que es obligatorio? Estaba bien hasta que has aparecido. ¿Te importa? —Porque realmente no quería que nadie me viera. No era nada personal contra él.

—¿Por qué tienes que ser tan borde? Joder.

—¿No entiendes que quiero entrenar sin distracciones?

—¿Puedes entrenar con la rodilla así?

Esa pregunta. LA PREGUNTA.

Mierda. Me dieron ganas de tirar la raqueta contra el suelo. ¿Qué coño sabía él de mi rodilla? Hasta que cometió el error de decirme que había jugado el torneo de El Roble. Así que era él. El chico que había ganado. El impostor. Todo el mundo hablaba de él en Arcadia. No había otro tema de conversación.

—Preferiría que solo me llamaras por mi nombre, quitando lo del impostor. Si no te importa, claro. —Le había dolido que le llamara así. Podría no haberlo hecho. Pero, en vez de ello, se lo llamé de nuevo. Soy experto en llevar a la gente a su límite.

—Eres un impostor, ¿no?

—El deporte es así —se defendió—. Si tú jugaras un partido y se retirara tu contrincante, ¿le darías el partido por ganado? No, ¿verdad?

Tampoco pretendía tener una conversación con él. Solo quería seguir entrenando sin que nadie me molestara. Y le debía quedar poco a las luces para que se apagaran. Tenía que aprovechar. Además de recoger. Porque en la oscuridad era difícil, y ya me había llevado alguna bronca por no coger todas las pelotas que había usado. No quería darle más razones a Sebas para que se enfadara conmigo.

—¿Y tú por qué estás aquí entonces? —me preguntó.

Porque soy un fracasado y no tengo a dónde ir.

—Porque soy el mejor —fue la respuesta que le di. Al menos ayudó a que por fin se fuera y me dejara en paz. ¿Qué coño tenía que preguntarme por mi rodilla? ¿Quién se creía que era?

Capítulo 3

Nicolás

Menudo gilipollas.

Ya me lo había avisado Álvaro, pero comprobarlo de primera mano me lo dejó claro. OK, lo pillo. Estás enfadado con el mundo porque te ha arrebatado tu gran oportunidad. Lo puedo entender. Y a mí muchas veces no me sale ser majo con la gente. Pero literalmente solo te estaba preguntando qué tal estabas. No había necesidad de ser tan borde. No la había.

Después de coger mi pulsera y volver al comedor, la pista de tenis donde había estado entrenando Marcos Brunas ya tenía los focos apagados. ¿Me lo encontraría en la cena? No sabía en qué planta estaría él. Porque, claro, al final no estaba en ningún curso si era profesor. Por suerte, no me lo volví a encontrar. Álvaro, por supuesto, ya había terminado con su cena, compuesta por su dieta especial, y, cuando me acerqué a la barra a pedir la mía, estuvieron a punto de no dármela.

—Llegas bastante tarde —me recriminó.

—Se me había olvidado la pulsera. Pero estoy en hora todavía, ¿no?

—¿Se te ha olvidado la pulsera? —Esa frase pareció descuadrarle por completo.

—Pero ya la tengo. ¿Ve? Aquí está —dije agitando mi muñeca en el aire.

—Solo quedan quince minutos para cerrar la cocina. La próxima vez hay que venir antes.

Menuda presión. Todo el mundo estaba muy estresado en Arcadia, por lo que podía comprobar. Me iba a costar hacerme a ello.

Al menos la comida estaba rica. Salmón al horno con patatas y espárragos trigueros, dos manzanas, un trozo de pan integral y agua con sabor a grosella. La verdad, bastante mejor de lo que me habría cocinado yo en mi casa. O mi padre. Y, aunque quería seguir cotilleando un poco Arcadia, al día siguiente debía levantarme temprano. Tenía lugar la presentación oficial para todos los nuevos alumnos, y era a las ocho y media de la mañana. No podía ser más tarde, claro. El desayuno era de siete y media a ocho y cuarto. Álvaro me acompañó a mi habitación y quedamos a la mañana siguiente en la puerta de la suya para ir juntos al desayuno. Ya había hecho un amigo, y daba la impresión de ser uno de los más fieles que iba a tener, y eso que solo le conocía de apenas unas horas.

Pero, por supuesto, no pude dormir. Tenía que revisar bien mis patrones de sueño o así iba a ser imposible que rindiera un mínimo los días siguientes. Y quería estar fresco para la presentación de por la mañana... Que no me conocieran como «el dormido», además del impostor, el suplente... Seguramente tendrían más apodos para reírse de mí. Joder. Eso sí que era empezar con buen pie. ¿Tanto querían que fuera Izaguirre el admitido? Seguro que podría entrar el año siguiente. Además, si era tan bueno, ¿qué más le daba a él? Ni siquiera sabía por qué se había retirado del torneo. Ya ni del torneo. De la final. Muy gordo tiene que ser lo que te ha pasado si no quieres ni siquiera jugar el último partido, y encima contra un pringado como yo.

En la habitación de al lado tenían la música a todo volumen. Bueno, la música o la película o lo que fuera. Tampoco iba a protestar. No quería que también me odiaran por eso. Me puse los auriculares y traté de dormir algo, pero las horas pasaban y mi cabeza no dejaba de darle vueltas a, literalmente, todo. Daba igual que estuviera muerto de sueño. Era imposible.

Hasta que alguien llamó a la puerta.

Sorprendentemente, me despertó. ¿Había conseguido dormir aunque fuera dos minutos? Puede que sí. Quién sabe. Cuando no duermo bien, mi cerebro no es capaz de procesar elementos sencillos. Claro, supongo que eso le pasa a todo el mundo.

Volvieron a llamar a la puerta.

¿Qué hora era? Fuera estaba saliendo el sol. Miré el móvil y marcaba las seis y media de la mañana. ¿Las seis y media? ¿Quién podía estar llamando? A lo mejor estaba roncando y venían a decir que me callara. No tenía fuerza ni para luchar, así que aceptaría lo que me dijeran.

Me levanté de la cama con la mayor pereza del mundo y me arrastré literalmente hasta la puerta mientras llamaban una tercera vez.

—¡Ya va, ya va! Joder, las prisas. Que son las seis de la mañana. —Y mientras bostezaba abrí la puerta para ver quién había al otro lado. Pero, por supuesto, no esperaba que estuviera ÉL—. ¡¿TÚ?!

—¿¡TÚ!? —gruñó Marcos a la vez. Estaba vestido con un chándal oficial de Arcadia. Pantalones largos, sudadera negra, un raquetero en el hombro y un par de cafés en las manos.

—¿Qué haces aquí? ¿Vienes a seguir siendo igual de gilipollas que anoche? ¿Te quedó algo por decirme? —le reté. De repente estaba más espabilado y despierto que nunca.

—¿Seguro que esta es la 373? —Miró el número que había en el pasillo, confirmando que no se había equivocado. Al comprobarlo, pude ver la decepción en sus ojos.

—¿Ese café es para mí? —pregunté señalando uno de los dos que llevaba.

—No. Son los dos para mí —refunfuñó y entró en la habitación. Hasta ese momento no me había fijado en que había una maleta junto a él.

—Eh, eh, eh. ¿A dónde vas? Esta es mi habitación —dije abriendo los brazos todo lo posible y tratando de evitar que avanzara. Pero era imposible. Era bastante más fuerte que yo.

—Desde hoy, esta habitación también es mía —sentenció y colocó los dos cafés sobre la mesa, no sin antes apartar de un manotazo todas mis cosas.

—¡Que eso es mío! ¿Te importa?

—Solo llevas una noche aquí y esto ya es una pocilga. Eso se acaba hoy. —Dejó caer el raquetero sobre la otra cama de manera bastante estrepitosa—. Ahora, vístete, que nos vamos.

—Espera, espera. Yo no voy a ningún lado. El desayuno no empieza hasta las siete y media. Y, además, ¿por qué tengo que obedecerte? Nos odiamos, por si no lo recuerdas.

—Pues este mes te tocará disimular y hacerme caso. Soy tu tutor y créeme que me gusta tan poco como a ti.

Capítulo 4

Marcos

Cuando abrió la puerta y vi que era él, tuve ganas de darme la vuelta y dejarle ahí plantado. ¿En serio iba a ser el tutor del impostor? ¿Del bocazas que me había preguntado por la rodilla y me había interrumpido mi entrenamiento nocturno? Tenía que haber algún error. Seguro que era una broma de Sebas o algo así. Pero, claro, Sebas nunca había gastado una broma desde que le conocía. De hecho, su sentido del humor brillaba por su ausencia. Así que era probable que eso estuviera pasando de verdad. Lo que me faltaba. El chico al que todo el mundo temía y el nuevo del que todo el mundo se reía. Algo sí que nos unía, desde luego, y era que todo Arcadia hablaba de nosotros a nuestras espaldas.

—¿Piensas vestirte? —le dije mientras me sentaba en la que sería mi cama el próximo mes, mirándole de arriba abajo. Solo llevaba unos bóxers de color negro y una camiseta de tirantes con un par de agujeros a la altura del ombligo. Tenía buenas piernas, como si las hubiera trabajado mucho. Pero sus brazos eran dos alambres. No tenía músculo y tampoco estaba muy definido. Había mucho trabajo por delante con él, desde luego.

—¿Piensas salir de mi habitación?

—*Nuestra* habitación —insistí—. Y no, hasta que te vistas.

—Pues me gustaría ducharme primero.

—Coge las cosas y vamos a las duchas entonces. —Me levanté.

—¿Cómo que vamos?

—¿Cómo te lo explico para que lo entiendas, Nicolás? Te llamabas Nicolás, ¿verdad? —Asintió—. Vale. Este mes soy tu tutor. Si digo que te duches, te duchas. Si digo que te vistas, te vistes. Si digo que des una vuelta corriendo a Arcadia, das una puta vuelta corriendo a Arcadia. ¿Estamos?

—¿Tienes que ser tan mal hablado?

—Ahora, ¿quieres ir a ducharte? ¿O prefieres vestirte y que salgamos ya de aquí para empezar el día? —Estaba cansado. No tenía ganas de ser más amable con él.

—A ver, ¿y no puedes ser más simpático? ¿Aunque sea un poco? Joder… —dijo mientras pasaba a mi lado e iba directamente al armario para coger su ropa.

—Esto soy yo siendo simpático. Y, ojo, que hace un poco de frío. No queremos que la nueva estrella de la academia se resfríe en su primer día, ¿verdad? —sonreí con un poco de sorna.

—¿A dónde vamos? ¿Qué vamos a hacer? —me preguntó mientras sacaba una camiseta del armario y se quitaba la suya de tirantes. Tenía una espalda ancha, casi de nadador, con unos deltoides en plena forma.

Se puso unos pantalones largos de color gris y, cogiendo las zapatillas que había junto a la cama, se sentó para atárselas. Al menos era rápido para vestirse.

—Y hay que hacer algo con ese pelo. ¿No te molesta para jugar?

—¿Hacer algo como qué? No me lo pienso cortar. —Y se llevó las dos manos a la cabeza.

—¿No has pensado jugar con una gorra? ¿O una cinta?

—Las gorras me hacen sudar mucho. Con las cintas me veo ridículo. Ni quiero sudar ni quiero verme ridículo. Así que mi pelo se queda como está. Es decir, ¿es que también vas a ser mi peluquero o mi guía espiritual?

—¿Ya estás listo? —le ignoré. Nicolás asintió y ambos salimos de su habitación. Antes de ir al desayuno, quería conocerle un poco más. Una cosa es que no le soportara, pero, si íbamos a pasar un mes juntos, al menos estaría bien saber más de él. Sobre todo porque luego tendría que pasarle un informe exhaustivo a Sebas y no quería darle motivos para echarme de Arcadia. Todo lo contrario. Iba a ver tal grado de implicación que no le iba a quedar otra que aceptarme en el curso intensivo como recompensa.

Era apuntar demasiado alto. Lo sabía. Pero no se me ocurría otra forma de conseguirlo. Tendría que aceptarme. No había más opciones. Y en septiembre ya estaría de nuevo compitiendo. Habría que recuperar el terreno perdido, pero nada que no pudiera conseguir. Si me centraba, podía recuperar mi nivel. Estaba seguro de ello.

—Vamos primero a dar una vuelta por Arcadia, y te voy a hacer varias preguntas sobre ti, ¿vale? Me tendrás que contestar con sinceridad. No me mientas —le advertí lo más serio que pude. Quería asustarle un poco, lo admito. Que me tuviera un poco de miedo. El respeto se gana así. Eso me habían enseñado toda la vida.

—Depende de lo que me preguntes. Tampoco te voy a contar mi vida. ¿O es que eres psicólogo y de repente me vas a decir que la culpa de todos mis males son mis padres? Te lo ahorro. Sí. —Trataba de hacer humor con ello, pero claramente era un tema sensible. Así que empezaría por ahí.

—¿Te llevas mal con tus padres?

—*Padre*. En singular. Mi madre se largó cuando yo tenía nueve años. No la contamos en la ecuación. Ella tampoco nos contó a nosotros. Bueno, a mí. —Hablaba más para sí mismo que para mí.

—Yo no tengo padres —admití. Me salió solo. Su cara era todo un poema. Su expresión cambió a una radicalmente diferente.

—¿Cómo que no tienes a tus padres? —replicó—. ¿Eres una especie de Jesucristo o algo así?

—No digas tonterías. Quiero saber tu historia —insistí mientras caminábamos entre las pistas de tierra, donde varios responsables de mantenimiento empezaban turno regándolas para mantenerlas húmedas. Al menos lo suficiente hasta que llegaran las clases de por la mañana.

—Ya te lo he contado. Tampoco tengo ganas de…

—OK, ya hemos llegado.

Estábamos en una de las últimas pistas. La número trece. Técnicamente tenía el número doce en la puerta, pero tenía tan mala fama que todo el mundo estaba convencido de que era gafe. Los deportistas son muy supersticiosos, y los tenistas más aún. Abrí la verja metálica y le indiqué que pasara. Él no tenía muy claro lo que le iba a mandar hacer, y eso me gustaba, que estuviera expectante.

—¿Cuál es tu mejor golpe? —le pregunté mientras cerraba la puerta.

—Hum, no lo sé. Creo que la velocidad.

—La velocidad no es un golpe. ¿Cuál es tu mejor golpe? —repetí.

—Supongo que la derecha…

—¿Supones? —Ese chico iba a ser más difícil de lo que pensaba—. O lo sabes.

—Lo sé, lo sé. La derecha.

—¿Zurdo o diestro?

—Zurdo —contestó con un tinte de orgullo.

—Vale. Ahora vas a coger esa esterilla de allí, ¿la ves? —Le señalé la que estaba en un lateral de la pista—. La vas a coger y vas a pasarla por toda la pista.

—Espera, ¿eso no lo hacen los de mantenimiento?

—No. Eso lo hacen los jugadores. Venga, que no tenemos todo el día, que en nada comienza el desayuno —le apremié mientras Nicolás se acercaba y recogía la esterilla del suelo, cargándola como si fuera casi un animal de granja, y empezó a pasarla por la pista de forma metódica y organizada.

—¿Seguro que no estás haciendo esto para putearme un poco?

—Un poco de todo. ¿Por qué quieres estar en Arcadia?

—¿Yo? No quiero. —Y su respuesta me pilló por sorpresa. ¿Cómo que no quería estar en Arcadia? ¿Rechazaba lo que yo tanto necesitaba?—. Ni siquiera debería estar aquí. ¿No me llamáis todos impostor?

En su tono de voz pude notar lo mucho que había calado el mote. Lo mucho que lo había absorbido. Iba a responderle cuando sonó el timbre de inicio de la jornada en los altavoces repartidos por toda la academia.

Nicolás pegó un brinco, asustado, mirando al cielo, buscando el origen del sonido, que solo duraba unos segundos.

—¿Qué ha sido eso? ¿La guerra? —ironizó.

—Vale. Deja la esterilla y ahora coge el cepillo de allí para repasar todas las líneas blancas. Es importante que estén bien limpias. No queremos que la bola bote mal.

—Pero, si no voy a jugar en esta pista, ¿por qué tengo que hacerlo yo? —protestó.

—Cuanto más tiempo tardes, menos tiempo para desayunar.

Refunfuñó, cogió el cepillo y comenzó a limpiar las líneas de restos de tierra. Realmente todo se lo estaba haciendo como venganza por su impertinencia de la noche anterior. Así aprendería a tener la boca cerrada.

—¿Y tú te quedas ahí pasmado? Tus piernas de cristal no te permiten moverte mucho, ¿no?

¿Acababa de decir lo que creía que acababa de decir?

—Mis piernas no son asunto tuyo —rugí—. ¿Me meto yo con tus brazos que parecen dos alambres?

No le sentó bien.

Nada bien.

Dejó caer el rastrillo en el suelo de malas maneras y, acto seguido, dio una patada al aire levantando una nube de polvo de color rojizo.

—Si quieres un esclavo, te buscas a otro. Yo me piro a desayunar. Y te aconsejo que hagas lo mismo —gruñó mientras pasaba a mi lado, golpeándome deliberadamente con su cuerpo y apartándome del camino—. Gilipollas.

No fui capaz de detenerle. Tenía un poco de razón. Le pediría a Sebas el cambio. Claramente no cuadrábamos bien. Le diría lo que me había confesado: que no quería estar en Arcadia. Yo no estaba capacitado para guiar a un niñato que no sabía nada de la vida. ¿Un mes con él? Iba a ser complicado. Bastante tenía yo con lo mío como para encargarme de él. Así que salí de la pista, cerrando la verja con cuidado, y fui en la dirección contraria a la que había ido Nicolás. ¿Por qué tenía que ser tan rematadamente cabezota e insolente? ¿Por qué Sebas me habría elegido como su tutor? Es decir, ¿por qué Sebas me habría elegido como tutor de nadie si sabía perfectamente cómo era?

—¿Marcos? —Me giré y vi a Paula, totalmente vestida de entrenamiento, con su gorra rosa característica y su trenza siempre en el lado derecho cayéndole por el hombro con elegancia. Creo que era la primera vez que hablábamos desde que..., bueno, desde que la engañé con Min-ho. No fue mi mejor momento, pero he de agradecerle que no fuera contándolo por ahí. En Arcadia les encantan los cotilleos. Y yo ya generaba bastantes. Él estaba jugando algún torneo en Estados Unidos o Canadá. Ni lo sabía... ni me importaba.

—Hola, Paula. ¿Qué haces tan pronto por aquí? ¿No vas al desayuno?

—He salido primero a dar unas bolas. Ya sabes que en una semana es el primer torneo del verano y quiero estar preparada.

—¿Te apuntas este año? —Generalmente siempre se iba a algún Challenger en algún otro país durante el verano.

—Quiero probar. Y también quiero que Carla deje de tocarme las narices tanto, las cosas como son —admitió. Carla era su archienemiga en Arcadia. Su rivalidad era legendaria. Dentro y fuera de las pistas. Ambas luchaban por ser la mejor jugadora del país, la mejor clasificada. Y, aunque los tres torneos que se jugaban durante el verano en Arcadia no daban puntos oficiales, eran una motivación extra para todos. Paula había ganado ya varias veces. Carla más. Era cuestión de tiempo que se picaran—. ¿Tú te vas a apuntar a alguno?

Y, aunque lo disimuló, su mirada fue directamente a mi rodilla. Fue solo un segundo, pero lo hizo.

—No lo sé aún. Estoy pensándolo.

—Pues deberías darte prisa. Las inscripciones cierran mañana. —Y agitó su trenza con la mano quitándola de su hombro para dejarla caer por su espalda.

—Oye, Paula, quería hablar contigo…

—No, Marcos. No. No vayas por ahí. Te he saludado por educación. No quiero ser tu excusa para tener la conciencia tranquila —dijo, totalmente en calma y levantando un poco el mentón, como tratando de estar por encima de mí. Dios, recuerdo cómo me gustaba cuando hacía eso… cuando estábamos juntos. Pero yo lo jodí todo. Como siempre. Y ahora ni me hablaba con ella ni con Min-ho, que también me odiaba. Lo avisé. Era un experto en apartar a la gente de mi lado.

Capítulo 5

Nicolás

¿Iba a tener que compartir habitación un mes con ese imbécil? Bastante tenía con que me odiara toda la academia como para encima tener que aguantar sus borderías. Yo no tenía la culpa de que hubiera tenido la mala suerte de lesionarse. A ver, me daba pena. Por supuesto. Y entendía que tuviera una mala leche crónica. Yo también estaría igual. Pero eso no le daba derecho a mangonearme ni nada parecido. Salí de esa pista porque, si aguantaba ahí un segundo más, le habría tirado el cepillo a la cabeza. Pensé que en algún momento trataría de detenerme o me pegaría un grito o algo parecido, pero debió de quedarse tan asombrado de mi explosión que seguramente ni siquiera pudo reaccionar. Preferí no darme la vuelta y fui directo de nuevo a la habitación para encontrarme a un Álvaro desesperado llamando a mi puerta con ganas.

Al verme, tardó unos segundos en reaccionar. Su cerebro era incapaz de procesar que yo estuviera ya fuera del cuarto.

—Pero… ¿tú no estás…?

—Han pasado muchas cosas esta mañana.

—¿Qué haces ya vestido? ¿Y por qué estás manchado de tierra? —preguntó acercándose y cogiéndome de la sudadera, como tratando de limpiar el polvo rojo acumulado.

—Versión resumida, esta mañana he…

—¿Versión resumida? Me lo cuentas todo de camino al desayuno. ¿Has cogido tu pulsera? —Le enseñé la muñeca, asintió orgulloso y me cogió del brazo, casi tirando de mí de nuevo hacia el exterior—. Eso sí, no te habría venido mal una ducha, también te digo.

Llegamos al comedor con bastante tiempo para escoger una buena mesa, retirar nuestro desayuno (tortitas de avena y crema de cacahuete con arándanos y *skyr*) y poder charlar y conocernos un poco más mientras el resto de Arcadia iba entrando y saliendo. En poco menos de cinco minutos, el estruendo de gente yendo y viniendo era increíble. Sobre todo en nuestra planta. Si te asomabas para ver el atrio principal, podías comprobar la diferencia de orden según cada piso. De fondo había un hilo de música instrumental y, siempre que intentaba reconocer alguna canción, Álvaro se me adelantaba, aunque tuviera la boca llena.

—*Angels like you!* —chilló, dando un golpe en la mesa con su tenedor, provocando que le mandaran callar dos chicas que estaban pasando justo a nuestro lado con sus bandejas de comida.

—¿Estás seguro?

—Reconocería a Miley en cualquier parte. Lo que tiene haberse criado con *Hannah Montana*. ¿Tú no?

—Sí, veía *Hannah Montana*, aunque no era mi serie favorita. —Siempre fui más de *Los magos de Waverly Place*, o incluso de *Phineas y Ferb*.

—Bueno, a ver, cuéntame. Tú eres de Madrid, ¿no?

—No —dije enarcando las cejas, y Álvaro ahogó un grito, sorprendido.

—¿Y de dónde se supone que eres?

—A ver, vivo en Madrid, pero nací en Sevilla. Aunque he vivido la mitad de mi vida en Bilbao. No te lo esperabas, ¿verdad?

—Ni remotamente. Mi vida es mucho menos interesante, desde luego. ¿Y por qué en Bilbao?

—Mi madre es de allí —sentencié. Tampoco había mucho más que quisiera contarle de mi madre.

—Y fuisteis a Madrid porque… Venga, que hay que sacarte las palabras, Nico. ¿Te puedo llamar Nico? A lo mejor no te gusta.

—Nico me llaman mis amigos. —Álvaro sonrió de felicidad—. Nos fuimos a Madrid porque mis padres se separaron. Tampoco hay mucho más que contar aparte de que mi madre decidió largarse cuando yo tenía nueve años. Como comprenderás, a mi padre no le sentó muy bien y prefirió poner tierra de por medio. Aprovechó un traslado en su trabajo y nos fuimos para la capital. ¿Me gusta? No especialmente. Pero tampoco tengo ni voz ni voto. Es decir, tenía nueve años. Recuerdo muy poco del tiempo con ella.

—¿Ya no habláis?

—Hace un par de años volvió. A ver, volvió, pero entre comillas. Es decir, se había casado, tenía un hijo. Sí, mi hermanastro, Lito. Y quería como retomar nuevamente un poco el contacto con nosotros. Cosas de la vida, supongo. —Me encogí de hombros, como tratando de restar importancia a la conversación, y me bebí de golpe lo que me quedaba de mi batido de proteínas con sabor a chocolate—. Oye, pero cuenta tú algo, que estoy yo siendo el depresivo de la mesa.

—No, no. No sé muy bien qué decir después de todo eso, salvo que, para tener tanto drama, has salido muy bien —bromeó, y estuve a punto de echar la leche por la nariz—. ¿Qué tal llevas lo de que Marcos Brunas sea tu tutor? Eso no lo vimos venir ninguno.

—A ver, es bastante imbécil. Tampoco es que yo sea la persona más fácil con la que tratar, lo admito, pero ¿él? Es decir, ¿tiene que ser un borde todo el tiempo? Ni que yo le hubiera lesionado la rodilla.

—No tiene fama de ser simpático, eso desde luego. Pero, bueno, vais a vivir juntos un mes, así que supongo que tendréis que haceros amigos a la fuerza. O, bueno, quizá algo más. Que el deporte une mucho, y también compartir habitación, por supuesto.

—¡Calla! Qué dices.

—¿Tu tutor es Marcos? ¿Marcos Brunas? —preguntó un chico pelirrojo y pecoso que pasaba tras mi silla. Álvaro asintió deseando poder compartir el cotilleo con más gente, así que el chico se sentó, casi lanzando su bandeja contra la mesa, dispuesto a saber más.

—¿Hola? —le dije, asombrado un poco por su intensidad de tan buena mañana.

—No sabía que fuera tutor.

—Pues, oh, sorpresa. Yo tampoco contaba con ello, la verdad —admití mientras jugueteaba con el último arándano que me quedaba en el plato—. Y esto es una conversación privada.

—No hay conversaciones privadas en Arcadia —aseveró una chica con el pelo rapado, que se sentó en la última silla libre de nuestra mesa—. ¿He oído que Marcos Brunas es tu tutor?

—Joder, desde luego que no hay conversaciones privadas. ¿Tan alto hablamos? —En ese instante Álvaro me miró negando con la cabeza—. Sí, es mi tutor. Pero ojalá no lo fuera.

—¿Cómo? Yo mataría literalmente para que fuera mi tutor. En plan, literalmente. No metafóricamente.

—Te hemos entendido, cariño —afirmó Álvaro dándole un par de palmaditas en el brazo—. Pero no va a hacer falta, porque ya ha elegido a su alumno favorito.

—Espera, ¿es que la gente quiere que Marcos sea su tutor?

—¿Estás de coña? Era el número uno de Arcadia. Aun lesionado, seguro que me metía una paliza jugando —añadió la chica—. Y es tan guapo... Su relación con Paula era la más comentada. Yo estoy convencida de que siguen siendo el uno para el otro. Volverán... tarde o temprano.

—¿Marcos y Paula estaban juntos? ¿Paula Casals? —pregunté, confuso.

—¿Lo dices en serio? ¿Lo dice en serio? —Álvaro asintió, poniendo los ojos en blanco, y yo le lancé el último arándano de mi plato directamente a la cara.

—¡Qué! Es verdad. No te enteras de nada. Porque has ganado El Roble, que, si no, pensaría que el tenis te da igual.

Fue mencionar el torneo y mi victoria y la cara del chico y de la chica cambió al instante, mirándome inquisitivamente.

—¿Eres el impostor?

—Sí, soy yo. Oh, la malvada bruja del Oeste —mascullé.

—*If you care to find me, look to the western sky* —canturreó Álvaro, pero nadie pareció pillar la referencia—. ¿En serio? ¿*Wicked*? Pero ¿de dónde salís? ¿De una cueva como aquí mi amigo?

Ambos se levantaron, casi como si los hubiéramos insultado personalmente. Y eso que habían sido ellos los maleducados conmigo. Venían a mi mesa a cotillear, a insultarme y, encima, se enfadaban.

—Izaguirre debería estar en tu lugar —dijo el chico.

—Menuda forma más rastrera de ganarte tu entrada aquí —escupió la chica.

—¿Sabéis que vuestra opinión me importa lo que viene siendo una mierda? Uy, mira, tengo algo aquí para vosotros. —Y les saqué el dedo corazón a los dos, que giraron la cabeza y se fueron, volviendo a su mesa, de la que nunca deberían haber salido—. Y solo estamos en el desayuno del primer día —suspiré.

—Tranquilo, has gestionado la crisis como un profesional. Estoy orgulloso de ti.

—Al menos alguien lo está —comenté apesadumbrado, y el resto del desayuno lo pasamos en completo silencio. Ni yo tenía mucho más que añadir ni Álvaro tenía ganas de hablar más.

Y, cuando terminó el horario de desayunos, todos fuimos bajando de camino a uno de los edificios centrales para la presentación del nuevo curso intensivo trimestral. No todos teníamos que ir, claro está. Los de los cursos anuales fueron directamente a las pistas de entrenamiento o a sus habitaciones. No tenía muy claro qué nos iban a contar, ni si iba a durar mucho. Porque daba la casualidad de que mi tutor, el que tenía que guiarme en cada paso que diera en Arcadia, estaba desaparecido en combate desde que le había dejado tirado en la pista.

—Aparta, impostor —dijo un chico al que ni siquiera pude verle la cara tras darme un empujón con su hombro que casi me tira al suelo. No me dio tiempo a contestarle porque se alejó a toda velocidad con otros dos alumnos más. Estaba empezando a estar un poco harto de la gente de Arcadia, y eso que ni siquiera llevaba veinticuatro horas por allí.

—Tienes que empezar a defenderte.

Pensaba que me había hablado Álvaro, pero era Marcos, que estaba a unos pasos por delante de nosotros y había observado el encontronazo que acababa de sufrir.

—Y a ti qué más te da —repliqué, molesto.

El enorme salón de actos estaba ya casi lleno de gente cuando Álvaro y yo entramos por una de las puertas laterales. De hecho, las únicas filas libres eran las dos primeras, salvo algunos asientos desperdigados a los que era imposible llegar. Así que, dándonos por vencidos, acabamos en la segunda fila. Eso sí, nadie se sentó a nuestro lado, y por supuesto que escuché los cuchicheos. Obviamente. No eran nada disimulados.

—Sabéis que os estoy escuchando, ¿verdad? —solté, sin apenas girarme, para mandar callar a las chicas que estaban sentadas detrás de mí.

—Relaja, fiera —me dijo Álvaro cogiéndome de la mano para que no llevara mi furia más allá. Pero no fue él lo único que me frenó, sino la aparición de Sebastián Villanueva, el jefe de Arcadia, exjugador profesional y top diez durante un par de años, hasta que tuvo que retirarse por una lesión.

Mientras caminaba por el escenario, la gente se quedó en silencio y, en cuanto sonó un aplauso lejano, todos se unieron haciendo un ruido ensordecedor que inundó todo el salón de actos. Después de unos segundos en los que Sebastián dejó que le adularan un poco más, elevó los brazos para pedir silencio y comenzó su discurso inaugural para todos los nuevos alumnos.

—Buenos días, y bienvenidos a Arcadia. —Pronunció esas palabras con tanta fuerza y tanta emoción que no pude evitar sentirme afortunado, por primera vez, de estar ahí.

Después de casi una hora de presentación, en las que nos hablaron de todo el programa, incluido un repaso a las instalaciones y a la propia carrera deportiva de Sebastián, pudimos salir para prepararnos para las clases del día. Primero tocaba un entrenamiento físico, corriendo alrededor de la academia en grupos de quince. Tras eso, una clase de cuarenta y cinco minutos para ver los distintos niveles de cada uno y así poder colocarnos mejor. Después, un descanso de quince minutos para recuperar fuerzas comiendo alguna barrita energética y vuelta a la pista, ya en nuestros nuevos grupos. Luego comida. Por supuesto cada uno con su dieta especial. Y, a las tres y media de la tarde, la última clase del día, en la que nos colocábamos por parejas para jugar nuestros primeros partidos. El resto del día era tiempo libre, pero generalmente la gente acababa tan agotada que lo poco que hacían era ir a su habitación, ver alguna película o serie, comer lo justo e irse a dormir hasta el día siguiente.

Dicho así, todo sonaba como si fuera una cárcel.

Y es que no se diferenciaba mucho. Al final el deporte profesional, si quieres destacar, es así. Plena y completa dedicación. Algo que precisamente no iba mucho conmigo. Pero había conseguido la beca. No podía desaprovecharla, ¿no? ¿No?

Y sí, el día fue duro. Fue de los más duros que recuerdo. Cuando terminó el último entrenamiento a las seis de la tarde, casi desfallezco. De lo único que tenía ganas era de llegar a mi cuarto, lanzarme sobre la cama y morir hasta el día siguiente. Me despedí de Álvaro en el pasillo, casi como si fuera un zombi, y ni siquiera fui capaz de quitarme la ropa. Me dejé caer sobre mi cama y mis ojos se cerraron al momento. Aunque, justo antes de dormir, me di cuenta de que no había vuelto a ver a Marcos en todo el día.

Capítulo 6

Marcos

Mi rodilla llevaba todo el día doliendo. Quizá la estaba llevando demasiado al límite. No lo sabía. Pero era bastante probable. Los entrenamientos nocturnos no estaban siendo la mejor de mis ideas. Solo que era incapaz de no hacerlos. Necesitaba sentirme útil. Necesitaba sentir que podía hacerlo, que en algún momento volvería a ser yo mismo. Porque, sin el tenis, ¿quién era yo? ¿Quién era Marcos Brunas realmente, además de un chico borde y maleducado? ¿Tenía algo más aparte de ser bueno jugando?

Así que, obviamente, esa noche pensaba dedicarla también a entrenar. Había hablado con Sergio, el responsable de mantenimiento, y me había dejado acceso a la máquina de lanzar pelotas. No era lo que más me gustara para entrenar, pero era la única opción que tenía para poder avanzar un poco en mi juego. Nadie quería entrenar conmigo, y menos aún por la noche. Lo podía entender. Pero no por eso jodía menos. No fui a la presentación de los del nuevo curso intensivo. Tampoco tenía ganas de escuchar los comentarios de la gente, y mucho menos ver cómo Sebas les decía que iban a ser los mejores, que creía en ellos. A mí también me lo dijo. Y dejó de hacerlo en cuanto me lesioné.

Menudo estilo, Sebas.

Estuve tentado de pasarme por alguno de los primeros entrenamientos. Sobre todo para ver cómo jugaba Nicolás. Pero seguramente no querría ni verme después de cómo habíamos acabado por la mañana. Así que me refugié en el dormitorio, preparé las clases de por la tarde con los niños de iniciación y se me olvidó hasta comer. Me crucé un par de veces más con Paula, pero iba con sus amigas y no me atreví a decirle nada. Ya lo había dejado claro. Si íbamos a tener algún tipo de conversación, ella iba a decidir cómo y cuando. Así que prefería mantenerme a la expectativa.

Cuando todos se fueron a cenar al gran comedor, los pocos que seguían en pie, aproveché para sacar la máquina de tirar bolas de una de las casetas de mantenimiento y la arrastré hasta la pista donde Sergio dejaba los focos encendidos media hora más de lo establecido. Iba a ser un entrenamiento intenso. Lo sentía. Lo necesitaba. Necesitaba sudar. Necesitaba sentir dolor, si eso tiene algún tipo de sentido. Di un par de vueltas a la pista, trotando con cuidado de no hacerme mucho daño, y me sorprendió darme cuenta de que la rodilla ni siquiera me molestaba. Eso era un avance. Probé un par de carreras más de velocidad, y seguía como anestesiada. Buena señal. Así que conecté la máquina, me puse al otro lado de la red y empecé con un ritmo suave, con voleas de derecha y de revés, tratando de no moverme mucho, pero buscando no fallar ni una sola de las bolas que me venían. Después de acabar el primer ciclo, las recogí y añadí una velocidad más al lanzamiento. Seguía siendo bastante asumible, pero ya me exigía un poco más, por lo que empecé a sudar. Notaba gotas cayendo por mi espalda, creando una fina línea que unía mi cuello y mis muslos. Mis brazos empezaban a doler un poco más y cada vez estaban más agotados. Sin embargo, no podía dejar de hacerlo, no podía parar. Así que terminé la nueva tanda, mucho más cansado que la anterior, y volví a recoger todas las pelotas que había desperdigadas al otro lado de la red. No había fallado ninguna hasta el momento, y pensaba seguir así.

Conecté de nuevo la máquina, pero para que me lanzara bolas más largas. Me coloqué tras la línea de fondo, doblé un poco las piernas, cogí la raqueta con las dos manos y fijé mi mirada en el extremo de la máquina, esperando a que lanzara la primera de las pelotas. A los pocos segundos, tras un sonido explosivo, vino la primera y la golpeé perfecta, lanzándola al fondo del otro lado de la red, casi borrando la línea con el bote. Volví hacia el centro de la pista corriendo lateralmente y me preparé para la siguiente, que fue un revés. Corrí hacia la pelota, agarrando con fuerza la raqueta, y solté una de las manos al impactarla. Un golpe, de nuevo, perfecto, pero rozó la cinta de la red y se desvió botando fuera por pocos centímetros.

—Joder —protesté, y regresé al centro. El sudor seguía cayéndome por la espalda, pero también por la frente, resbalando por mi nariz a una velocidad más lenta de lo normal. Abrí la boca para respirar por ahí, porque estaba extrañamente cansado. ¿Solo con veinte minutos de entrenamiento ya me faltaba el aire?

La máquina siguió lanzándome golpes, impertérrita, y su ritmo cada vez era mayor. Más rápido, más rápido. ¡MÁS RÁPIDO! Me iba costando llegar y empezaba a resbalar sobre la tierra, abriendo las piernas de maneras imposibles para, al menos, rozar la bola con el marco de la raqueta. Hasta que empecé a dejarlas pasar centrándome solo en las que eran más cómodas para mí. Y cada vez eran menos. Dejaba pasar tres y daba una. Luego cuatro. Luego cinco. Luego seis, y la que por fin pegaba se estrellaba en la red. Me dolían las piernas, me dolían los brazos. Y mi rodilla dijo «basta» con un pinchazo que casi provocó que me cayera al suelo. La máquina lanzó sus últimas pelotas y se apagó, justo al mismo tiempo que los focos, dejándome en completa oscuridad. Solo podía escuchar mi respiración, acelerada y desacompasada. Mi corazón latía con fuerza. Miré mi reloj. Marcaba veintisiete minutos. Habría que ver cuánto duraba el siguiente entrenamiento. Porque unos meses atrás era capaz de aguantar casi dos horas, aunque no a pleno rendimiento. Ese entrenamiento había sido intenso. Normal que hubiera acabado agotado.

Con cuidado de no pisar ninguna y caerme de culo, fui recogiendo todas las pelotas que había usado, las metí dentro de la máquina y salí de la pista arrastrándola de nuevo hasta su caseta. Me guardé la llave para dársela a la mañana siguiente a Sergio y fui hacia mi habitación. Pero, cuando llegué y fui a poner el código, no funcionaba. Y estaba seguro de haberlo marcado bien.

—Venga, coño, si es este. Si lo estoy metiendo bien… —protesté, aunque nadie podía escucharme.

Hasta que me di cuenta. Claro, joder. Esa ya no era mi habitación. Ahora dormía con el impostor. En la 373. Mierda. Se me había olvidado por completo. Y no recordaba cuál era el código para entrar allí. Miré el reloj. Ya eran más de las diez de la noche. Solo esperaba que aún estuviera despierto viendo alguna serie o viciándose con el móvil. O seguramente viendo porno. Me daba igual mientras estuviera despierto y pudiera abrirme la puerta. Así que salí del edificio, crucé la academia y entré en el que estaban los júnior, mucho más pequeño y algo más alejado de las pistas. Para que anduvieran más. Cuando estuve frente a la 373, pensé una última vez si llamar o no. ¿Tenía alguna otra opción? No podía entrar en mi antigua habitación. Lo único que me quedaba era dormir ahí. Inspiré, buscando una paciencia que no tenía, y llamé. Pero, tras casi dos minutos, nadie abrió. Ni siquiera escuché ruidos al otro lado de la puerta. ¿Quizá no había llegado aún? ¿Estaba con su amigo dando una vuelta por Arcadia? Imposible. Los habría visto de camino.

Volví a llamar. Aún más fuerte.

Nada. Pegué la oreja a la puerta y, después de un rato, escuché algo al otro lado. Parecía… un animal. ¿Estaba viendo alguna película? No, espera. Era él. Estaba roncando. Y con mucha fuerza. ¿En serio? Lo que me faltaba.

Llamé una última vez.

—¡Abre la puerta! —mascullé. Los ronquidos cesaron y, tras unos segundos de incertidumbre, la puerta se abrió. Tenía los párpados casi pegados y estaba igual que por la mañana, en calzoncillos y con su camiseta de tirantes medio rota. Tardó más de la cuenta en reconocerme.

—¿Qué pasa?

—Que no me sé el código de la habitación y no abrías la puerta. Eso pasa. —Y entré en el cuarto sin esperar a que me lo dijera él.

Estaba todo a oscuras y su ropa estaba tirada en una esquina junto a su cama. Olía a sudor. Ni siquiera se habría duchado después de todo un día de entrenamiento. Genial.

—Pero... ¿duermes aquí? —Le costaba un mundo pronunciar cada palabra que salía de su boca.

—Claro que duermo aquí. Te recuerdo que soy tu tutor y...

—Cualquiera lo diría... —dijo entre dientes. Cerró la puerta, y sin decirme nada más volvió a meterse en la cama. No. Más bien se lanzó sobre ella. Se dejó caer casi como si se estuviera desmayando.

Yo encendí la luz de la mesa para poder ver dónde estaba mi cama, pero no pareció molestarle lo más mínimo.

—¿En qué grupo te han metido esta mañana? —le pregunté—. Para saber el nivel que tienes. Por si, de repente, estás en uno más fuerte, puedo hablar con Sebas para que...

Pero al escucharle roncar entendí que mejor no insistir. Se había vuelto a quedar dormido. Qué facilidad. Así que me desvestí y me metí en mi cama. Pero tardé varias horas en conciliar el sueño. Ya no solo por sus ronquidos, sino porque me esperaba un mes a su lado. Y no tenía muy claro que fuéramos a congeniar...

Capítulo 7

Nicolás

Me desperté varias veces en medio de la noche. Era raro estar compartiendo habitación con Marcos. Y sentía la tensión. Ya no solo por su parte, sino por la mía. Le escuchaba respirar. Una respiración acompasada, pesada e hipnótica. Cuando me despertó para poder entrar, ni siquiera sabía a quién le estaba abriendo la puerta. A los pocos segundos ya estaba dormido de nuevo, y seguramente roncando. Hasta que me desperté a mitad de la noche y, al acostumbrarse mis ojos a la luz mortecina de la habitación, pude entrever su silueta. Dormía boca arriba, con la cabeza girada hacia la pared en vez de hacia mí. Sin camiseta y con la sábana cubriéndole solo hasta la cintura. Y con una almohada bajo la pierna izquierda, a la altura de la rodilla.

Me despertó una alarma que, claramente, no era la mía. Cuando abrí los ojos, la habitación aún seguía en penumbra. Pero Marcos estaba totalmente vestido, de pie junto a su cama, con el teléfono en la mano y mirándome fijamente.

—¿Qué pasa? ¿Qué hora es?

—Las seis y media.

—Pero… si el desayuno hoy no es hasta las ocho y media… —protesté y me cubrí la cara con la sábana.

—Para ir al desayuno, primero hay que estar listo. Así que vamos a las duchas.

—¿A las duchas? ¿Para qué? —volví a protestar. Aunque es verdad que necesitaba una ducha urgentemente. No recordaba haberme duchado el día anterior. Llegué tan cansado que fui incapaz.

—¿Te duchaste anoche? —preguntó con seriedad. ¿Cómo lo sabía?

—Sí —mentí.

—No —insistió él. ¿Olía tanto mi sudor?

—Vale. No. Pero tengo una excusa perfecta. Estaba cansadísimo. Fue llegar a la habitación y morir en la cama. Literalmente —me defendí.

—Ya veo, ya —respondió con una mueca de asco—. Hay que ducharse siempre después de hacer ejercicio.

—Lo sé, lo sé. Simplemente que...

—Así que vamos a las duchas y después seguiremos por donde lo dejamos ayer en la pista número 12.

—¿Otra vez a limpiar la pista?

—Te dejo quince minutos. —Y, sin decir mucho más, se colgó su raquetero al hombro y salió de la habitación cerrando la puerta y dejándome casi con la palabra en la boca. No podía evitar ser un completo borde. Ni siquiera por la mañana.

No obstante, tampoco quería empezar ese día con mal pie, así que cogí mi bolsa de deporte, con la ropa que iba a necesitar para los entrenamientos del día, y fui a las duchas comunes. A esas horas no había nadie, así que podría disfrutar de un rato de tranquilidad. Puse el agua lo más caliente posible y perdí por completo la noción del tiempo. Tanto que no fui consciente de que llevaba demasiado bajo el agua hasta que alguien dio un par de golpes a la puerta.

—¡Ya salgo! —grité para que mi voz se escuchara por encima del agua corriendo. Ya podría irse a otra ducha, si estaban todas libres...

—Te dije quince minutos —me recordó la voz de Marcos. ¡Mierda!

—Ah, sí, sí, estaba terminando.

No volvió a hablar y vi su sombra alejándose de la puerta de cristal. Apagué el agua, cogí la toalla y me sequé a toda velocidad. Cuando salí de las duchas, completamente vestido y preparado para un nuevo día de entrenamiento, Marcos me estaba esperando fuera, con cara de pocos amigos. Pero no me dijo nada. Se mantuvo en silencio y, tras unos segundos de incertidumbre, empezó a andar esperando a que yo le siguiera. Cosa que, obviamente, hice.

Salimos de la residencia y fuimos directamente a la pista número 12 repitiendo el mismo esquema de la mañana anterior. Pero, en vez de pedirme que cogiera la esterilla yo solo, él también cogió una y se fue al otro lado de la red. Así, él limpiaba una parte de la pista y yo la otra. ¿Se había levantado simpático esa mañana? Menudo cambio de actitud. Iba con parsimonia, con tranquilidad, pero haciéndolo de una forma muy metódica y precisa. Mi técnica no era mala, pero me fijaba en él para hacer exactamente lo mismo.

—¿Cuándo empezaste a jugar al tenis? —preguntó de repente.

—¿Yo?

—No hay nadie más por aquí, ¿verdad? Sí, tú.

—Yo, esto, eh…, pues no lo recuerdo. ¿Con doce años? ¿Trece?

—¿Tan tarde? —repuso, sorprendido.

—Fue un empeño de mi padre. Y luego resultó que se me daba bien. Soy bastante coordinado después de todo.

—Para ser tenista profesional, es muy tarde. Porque entiendo que quieres ser un profesional, ¿no? —Sabía que, si le decía que no, entraría en pánico. Ni siquiera sabía lo que quería. Pero le dije que sí. Por si acaso.

—Sí, claro.

—¿En qué grupo te han puesto?

—En el D. —Y esbozó una sonrisa en cuanto se lo dije.

—El D está bien. Pero tenemos que mejorar. Hay que llegar al A. Y vendría bien que te apuntaras al torneo que comienza la semana que viene. Hoy se termina el plazo para la inscripción.

—¿Yo? ¿Al torneo de Arcadia? No sabía que empezaba ya. Pensaba que…

—Son tres torneos durante el mes que dura tu curso. Bueno, dos y, dependiendo de cómo quedes, puedes jugar el tercero, que es solo para los mejores. Y este año se rumorea que el ganador podría obtener una *wildcard* en un torneo importante. Así que sí, te apuntarás —sentenció sin dejarme lugar a réplica alguna.

—¿Y tú?

—¿Yo?

—¿No piensas apuntarte? —Pero claramente no quería responder a mi pregunta.

—Yo no puedo apuntarme. No estoy en ningún curso. —Noté cómo le dolía en el alma darme esa respuesta—. Por eso te vas a apuntar tú, y lo vas a ganar.

—¿Ganar? ¡JA! ¿No te has enterado? Estoy aquí por pura suerte. Llegué a la final porque uno que me iba metiendo una paliza se retiró en medio del partido. Y luego, en la final, la gano porque ni siquiera se presenta mi rival. ¿Realmente piensas que voy a ganar yo algo?

—¿No quieres demostrar que mereces estar aquí?

—No me has escuchado, ¿verdad? No lo merezco. Y no. No quiero demostrar nada a nadie.

—Menuda mentira de mierda —replicó con furia en su voz. Dejó la esterilla apoyada en la valla y enfrentó su mirada a la mía—. Claro que quieres demostrarlo.

—No. No me gusta estar aquí. Todo el mundo es borde conmigo. Se ríen de mí a mis espaldas. Nadie quiere que esté en Arcadia. ¿Para qué me voy a esforzar por demostrar algo a gente que, literalmente, me la suda?

—Puedes demostrártelo a ti.

—Yo ya sé lo que valgo.

—¿Estás seguro? Porque cuando hablas solo escucho lamentos y «Ay, pobre de mí, se meten conmigo, pero tienen razón, porque realmente no me he ganado mi puesto en Arcadia, qué desgraciado soy» —dijo en tono de burla, forzando su voz para intentar parecerse a la mía.

—¡Eh! Yo no sueno así.

—Un poco sí.

—Ah, ¿y tú qué? —No te atrevas, Nicolás. No le digas lo que estás pensando decirle. No lo hagas—. «Ay, pobre de mí, nadie me habla porque todos me tienen miedo por ser un borde de mierda. Y lo sé, pero no hago nada por evitarlo, porque estoy todo el rato llorando por mi rodilla, pero, en vez de cuidarla, me dedico a matarme en entrenamientos nocturnos pensando que así se va a curar. Ay, qué triste estoy».

Cuando terminé de hablar, vi que me estaba mirando fijamente. Casi conteniendo la respiración. Juraría que hasta se estaba poniendo rojo.

—¿Has terminado?

—Sí, supongo. Sí —contesté encogiéndome de hombros.

—Vamos a hablar de esto una vez y solo una vez. Quiero que te quede claro, ¿vale?

—¿El qué vamos…?

—No, ahora te callas y me escuchas. —Sí que le había molestado—. No vas a volver a mencionar mi lesión de rodilla. Me da igual el contexto, la situación o lo que sea, pero no vas a volver a hablar de ello.

—Pero…

—Sabes la historia perfectamente. Si a ti te jode que te recuerden cómo has conseguido entrar en Arcadia, imagina lo que es para mí estar aquí y no poder competir al nivel que sé que tengo. Tener que dar clase a los niños de iniciación. Tener que ser el tutor de alguien como tú, que encima ni siquiera valora la oportunidad que tiene delante.

Iba a interrumpirle, pero preferí dejar que siguiera hablando.

—Si no hubiera sido por ese puto partido, y ese jodido resbalón, ahora mismo estaría jugando contra los mejores del mundo. ¿Entiendes eso?

—Pero no lo estás.

—¿Perdona?

—Estás aquí. Conmigo. Y, como ves, al final no somos tan diferentes, ¿no? Ninguno de los dos queremos estar aquí. —Y mi reflexión le cogió con la guardia baja—. Oye, mira, lo pillo. Es una putada lo que te pasó. Lo entiendo. Yo estaría muy cabreado. Pero te ha tocado esto. O tú has querido volver a Arcadia, no lo tengo muy claro todavía. Así que ¿por qué no tomártelo de otra manera? ¿Por qué no tomárnoslo de otra manera? Los dos, me refiero. Podemos hacer una especie de tregua si te parece. ¿Quieres? —planteé, inocente de mí, tendiéndole mi mano con una sonrisa lo más amplia posible.

Me miró de arriba abajo, tratando de discernir si lo que le estaba diciendo era verdad o realmente le estaba vacilando. Solo quería que aceptara mi mano. Llevaba solo un día en Arcadia y ya estaba mentalmente agotado. ¿Por qué no llevarnos bien y tratar de encontrar la parte positiva a nuestra situación?

—Coge el cepillo. Nos toca limpiar las líneas —dijo al fin, me dio la espalda y fue al lateral de la pista a coger los dos cepillos que estaban apoyados en la valla. Al rato volvió y me tendió uno mientras él se llevaba el otro para limpiar su lado de la pista. Tomaría todo eso como un sí.

Yo, al menos, iba a cumplir mi parte del trato.

Capítulo 8

Marcos

No le reventé la esterilla en la cabeza de milagro. Daba igual lo que le dijera. Nicolás seguía siendo un maldito bocazas. No me conocía de nada, ¿y se atrevía a decirme cómo tenía que tomarme las cosas? ¿Él, de entre toda la gente? ¿Una persona que me había reconocido abiertamente que ni siquiera quería estar en Arcadia?

—¿Ya has terminado tu lado? —le pregunté desde el fondo de la pista.

—¡A punto! —respondió.

Aunque, si pensaba lo que me había dicho, quizá tenía algo de razón. Pero solo «algo». Claro que yo no quería estar en Arcadia tampoco, pero por otras circunstancias totalmente diferentes. No tenía nada que ver su situación con la mía, por mucho que él se empeñara en equipararnos.

—¡¡ESTOY!! —gritó, elevando el cepillo en el aire, casi como si fuera una espada con la que hubiera matado a un dragón. Y me sorprendí sonriendo. Una sonrisa disimulada y casi minúscula. Fue darme cuenta y borrarla al instante. Nadie podía verme sonreír. Era el personaje atormentado, y así debía seguir.

Vino hacia mí, como esperando la siguiente orden. Pese a que yo fuera tan duro con él. ¿Por qué no se enfadaba y se largaba como el día anterior? Me haría todo mucho más fácil.

—¿Y ahora qué? —preguntó, curioso. Pero también desafiante.

—Ahora vamos a mojar un poco la pista para que la tierra esté mejor. Regarla hace que no esté tan suelta, así que no resbala tanto y ayuda a que no se formen montones incómodos —le expliqué mientras recogía la manguera—. Tampoco hay que mojarla mucho. Lo importante es hacerlo como si fuera una lluvia, difuminado. Sin mucha presión, pero haciéndolo de forma uniforme por toda la pista. Toma.

Le tendí la manguera y se sorprendió de lo mucho que pesaba. La tomó entre sus manos, pero la abrió demasiado y no pudo controlarla, de manera que esta se desbocó y cayó al suelo, empapándonos a los dos por completo mientras no dejaba de retorcerse como si fuera una serpiente a punto de atacar.

—¡ATRÁPALA! —grité mientras Nicolás trataba de cogerla, pero era incapaz. Cada vez que se acercaba un poco, un chorro de agua le explotaba en la cara. Traté de ayudarle, pero era imposible de controlar. La presión con la que salía era demasiada, y en pocos segundos la pista estaba completamente encharcada. Como nosotros. Empapados de la cabeza a los pies.

—¡NO PUEDO COGERLA! ¡PUTA MIERDA DE MANGUERA! —protestó Nicolás en un nuevo intento por atraparla. Parecía casi como si estuviera tratando de cazar a un león, moviéndose de izquierda a derecha, con la vista fija en el frente, pero incapaz de pillarla. Hasta que, desesperado, se lanzó al suelo a cogerla y lo consiguió durante un instante. El agua dejó de salir poco a poco hasta que se convirtió en un fino hilo que goteaba sobre uno de los múltiples charcos que había creado. Pero no había sido Nicolás el responsable. En la puerta de la entrada estaba Sergio, el responsable de mantenimiento, mirándonos con reprobación. Él había cortado el flujo de agua.

—¿Qué coño estáis haciendo? —bramó. Nicolás tenía tierra hasta en la cara, tirado en el suelo y agarrado a la manguera. Yo estaba justo frente a él, mojado como en mi vida, con el pelo cayéndome por la frente y tapándome los ojos, y con toda mi ropa transparentándose demasiado.

—Hola, Sergio. Perdón. Íbamos a regar la pista, pero…

—¿A regar? ¿O a inundarla? —La incredulidad en sus ojos era real—. Largo.

—Espera, que…

—¡FUERA! —chilló de muy malos modos, así que cogí nuestras cosas y tiré de Nicolás para que se levantara, empujándole fuera de la pista mientras Sergio nos echaba una última mirada asesina y entraba en la pista para arreglar el desastre. Ni siquiera miré hacia atrás. Nicolás lo intentó, pero le di una colleja para que siguiera andando hacia delante.

—¡Eh! —protestó.

—Calla y camina. ¿O quieres que nos pongan un parte disciplinario?

Cuando ya estábamos lejos de la pista número 12, empecé a notar lo mojado que estaba, lo incómodo que era andar y moverse en general. Pero Nicolás estaba peor, completamente manchado de barro por todos lados, con un par de arañazos en la cara y el pelo más alborotado que había visto en mi vida. Y, aunque yo tenía ganas de gritar y maldecir sin ningún tipo de filtro, él me miró de arriba abajo y lo único que hizo fue echarse a reír. A carcajadas. Como explotando después de mucho tiempo guardándose toda esa risa. Tanto que hasta consiguió contagiármelo y esbocé un par de sonrisas disimuladas.

—¿Me viste cuando me tiré a por la manguera? ¡JA, JA, JA! ¡Menuda puta locura! —gritó.

—No ha sido tu mejor decisión —puntualicé tratando de secarme en vano con las manos.

—Y ahora ¿yo qué voy a hacer así? Que era mi único chándal bueno —se lamentó cuando su risa se agotó al fin.

—¿Cómo que tu único chándal? ¿Has venido aquí un mes solo con un chándal?

—No. No. He dicho «mi único chándal bueno». Los demás…, pues, a ver, son un poco cuadro, siendo sinceros —admitió—. Pero, bueno, esto se lava y como nuevo.

—Para la próxima, ya sabes que no hay que abrir tanto la manguera. Al menos algo has aprendido, espero.

—Sí. He aprendido que mejor dejar a los profesionales hacer las cosas de profesionales —bromeó—. Yo eso no voy a tener que hacerlo en la vida.

—Te equivocas.

No entendía la importancia de cuidar la pista, de conocer el terreno donde ibas a jugar los partidos y tu futuro. Yo lo aprendí a las malas. Aunque dijeran que fue mi culpa, que pisé mal y por eso me caí y me lesioné, yo sabía que era por culpa de esa maldita pista. Lo dije. Nadie me hizo ni caso. Ahora..., bueno, quizá me había vuelto demasiado obsesivo con ello, pero prefería eso a que lo que me pasó a mí le volviera a pasar a alguien más. Había visto muchas caídas en Arcadia. Algunas absurdas, otras que acababan en lesiones. Y sabía que Sebas era uno de los que más insistían en cuidar la pista donde ibas a entrenar. Cuando él daba clases, cada mañana le tocaba a un alumno prepararla antes y después del entrenamiento.

—Para ti, siempre me equivoco. A ver si algún día me das la razón en algo —dijo entre dientes.

—Cuando la tengas, te la daré —sentencié—. Ahora, a cambiarse y a desayunar. Mientras, iré a apuntarte al primer torneo del verano.

—¿Qué? No, no, no. ¿No habíamos quedado en que no? Que voy a perder a la primera. ¿No me has visto, que no soy capaz ni de regar una pista en condiciones?

—Me da igual. Vas a jugar ese torneo. Y yo te voy a preparar para que lo ganes.

Capítulo 9

Nicolás

Sí, claro. ¿Y qué más? ¡Ganarlo dice! ¿En qué tipo de narrativa vivía? Marcos Brunas sería guapísimo, pero tenía la realidad bastante distorsionada. Si ni siquiera quería apuntarme al torneo... Es decir, en los primeros entrenamientos, me habían colocado en el nivel D. O sea, el peor de todos. Supongo que D querría decir «deficiente» o algo así. A ver, yo no era tan malo ni mucho menos. Si lo fuera, no habría ganado el torneo de El Roble, ¿verdad? Pero quizá la gente que se había apuntado a Arcadia, al menos los júniors del curso intensivo, eran mejores que yo. Era una posibilidad que considerar. ¡Y, joder, que Marcos ni siquiera me había visto jugar! ¿De verdad confiaba en mí o simplemente era su herramienta para poder sentirse mejor consigo mismo y, de paso, poder decir a todos que, si lo ganaba, había sido mérito suyo?

—Muy optimista te veo a ti —repliqué.

—Optimista no he sido en mi vida. Ahora, va. A cambiarte. No puedes ir así a entrenar o se van a reír más de ti de lo que lo hacen ya.

—Muy bien, ahí, a hacer daño.

—Quedamos en la entrada del comedor en veinte minutos.

—¿Tú no te cambias?

Hasta que no se lo dije, no pareció ser consciente de que él también necesitaba otra ropa. Se miró de arriba abajo, asintió y, sin más, me adelantó en dirección al edificio donde estaba nuestra habitación.

Por el camino nos cruzamos con Álvaro, que iba con otras dos chicas que no dejaban de hablarle, y él parecía bastante sobrepasado. ¡Con lo que a él le gustaba hablar! Nos saludamos con un movimiento de cabeza y él susurró un «sálvame» mientras seguía andando en dirección al desayuno. Yo me encogí de hombros, lamentando no poder hacer nada por él, y seguí mi camino detrás de Marcos hasta llegar a nuestra habitación. La 373. Cuando me vi en el espejo que teníamos en uno de los laterales fue cuando fui consciente de lo desastre que era. Estaba completamente hecho una mierda. Sin embargo, mientras yo trataba de decidir cómo solucionar mi aspecto deplorable, Marcos fue mucho más rápido. Fue entrar, abrir el armario y quitarse la camiseta y los pantalones, quedándose solo en calzoncillos.

Y no pude evitar mirar.

Porque la verdad es que Marcos era muy guapo. Sería gilipollas, pero tenía un cuerpo increíble. Ya no solo por sus abdominales marcados y sus pectorales. Sino también por esas piernas peludas y oscuras que le hacían un culo…

Pero ¡qué estaba diciendo! ¿Tan fácil era? ¿Veía a un tío desnudo y ya se me olvidaba todo lo demás?

Pues quizá sí.

—¿No piensas cambiarte? —me preguntó, curioso, mientras se secaba con una toalla el pelo y parte del cuerpo aún algo mojado.

—Sí, sí. Es que estoy decidiendo qué hacer.

—Pues, venga, espabila, porque el desayuno ya ha empezado y no quiero llegar más tarde por tu culpa.

—Eh, eh, que puedes ir yendo tú. No tienes que esperarme. —Busqué entre mi ropa. Encontré una camiseta de tirantes que usaba para los entrenamientos con mi padre, el pantalón de chándal gris que me regalaron las Navidades del año anterior y una sudadera negra con capucha. Una combinación perfecta para aguantar el día. Mientras, Marcos se puso unos pantalones cortos que le llegaban por encima de las rodillas, una chaqueta de cremallera con un sol bordado en el pecho izquierdo y unas zapatillas grises desgastadas.

—¿Por qué tardas tanto? —me preguntó mientras se ataba los cordones. Yo ni siquiera había empezado a cambiarme. Me había entrado la vergüenza de golpe.

—Bueno, estoy pensando si me voy a poner esta ropa o...

—Cámbiate ya —me ordenó.

—¿No prefieres esperarme fuera? ¿O ya donde el desayuno? Joder, es que menuda presión contigo ahí mirando, coño.

—Vamos a vivir juntos en esta habitación durante un mes. Si te da vergüenza cambiarte delante de mí, empezamos mal. —Y apretó con fuerza la lengüeta de sus zapatillas, como si fuera el toque final para decidir que ya estaba listo para salir. Se levantó casi de un salto, se colocó bien la chaqueta y se peinó un poco el pelo frente al espejo. Yo aproveché para quitarme los pantalones y ver que mis calzoncillos estaban manchados de restos de tierra.

—¿De dónde es esa chaqueta? Me suena la marca...

—No es una marca —replicó casi sin dejarme terminar la frase—. Me la regaló el rey de Santino. Luca Calliveri. ¿No sabes quién es? ¿No reconoces su símbolo? —Miré de reojo cómo se señalaba el sol con el dedo.

—Perdone usted. No sabía que se codeara con gente tan importante —contesté tratando de sonar lo más cortante posible. Pues claro que sabía quién era Luca Calliveri.

—Me voy a desayunar. Eres demasiado lento. Deberías pegarte una ducha. Estás hecho un auténtico asco —señaló lo obvio, se miró una última vez en el espejo, salió de la habitación y cerró con fuerza.

—¡Por fin! —suspiré y me dejé caer en la cama, como si hubiera estado conteniéndome todo ese tiempo. Todo el rato dándome órdenes, como si fuera el más listo de Arcadia y yo, un pobre huérfano que acababa de llegar al mundo real. No quería apuntarme a ese torneo. No pensaba apuntarme a ese maldito torneo para hacer el mayor de los ridículos.

Capítulo 10

Marcos

—Ya te he apuntado al torneo —le anuncié nada más verle en el comedor principal. Se había aseado por completo, y creo que fue la primera vez que le vi bien peinado, en vez de tener los pelos totalmente alborotados, como si se hubiera metido en el interior de un tornado. Parecía un chico que, por fin, tenía claro lo que quería. Y que no pensaba dejarse pisotear por nadie.

—¿Qué? ¡Te dije que no quería! —protestó. Pero me daba igual, porque ya estaba inscrito.

—Si pierdes a la primera, ya no puedes optar al siguiente torneo. Así que lo tienes fácil. Pierde el primer partido y ya está —le expliqué con aires de superioridad, como tratando de hacerle una pequeña trampa. Obviamente, picó.

—Pues pienso perder ese primer partido. Para que veas que no siempre tienes la razón.

—Vale. Adelante. Piérdelo. Tú sabrás. —Me encogí de hombros y entré en el comedor, con él siguiéndome a muy poca distancia—. Ve a desayunar, ya sabes el horario. Y, por cierto, no llevas la pulsera —le señalé la muñeca con los ojos.

—Claro que llevo la puls… ¡JODER! —chilló al darse cuenta de que yo tenía razón. Se giró de golpe y salió corriendo del comedor. Era un auténtico desastre. ¿Cómo pensaba sobrevivir en Arcadia un mes si su segundo día casi había muerto ahogado por una manguera y no era capaz ni de recordar que tenía que llevar su pulsera a todas partes?

Atravesé el comedor tratando de no cruzarme con mucha gente. Hacía muy poco habría estado en la planta principal, pero como solo estaba en el curso de verano, y ni siquiera eso, porque no estaba inscrito en ninguno, me tocaba ir a comer donde los profesores, en la primera planta. La más aburrida de todas. Ninguno entendía qué hacía allí. Me veían como el lesionado, como el fracasado. Tendría que intentar hacer algo de compañerismo, ya que íbamos a compartir lugar en los próximos meses. Pasé delante de un grupo de chicos que me miraron con una lástima que se me clavó en el corazón mientras susurraban a mis espaldas. Solo tenía que pensar una y otra vez que no podía controlar lo que los demás hablaran de mí. Era absurdo tratar de hacerlo. Solo podía controlar lo que yo hacía o decía. Y no siempre, a la vista estaba.

—¡Marcos! Te he guardado un sitio —gritó una chica al otro lado del comedor de la primera planta. Era Zoe, una de las profesoras. De hecho, una de mis favoritas. Ella fue la que consiguió mejorar mi derecha y hacer que todos mis rivales la temieran. Aunque no me apetecía socializar del todo, me acerqué hacia ella sonriendo y saludándole con la cabeza.

—Gracias. Voy a por mi desayuno —le expliqué para que supiera por qué no me sentaba aún.

—Sí, sí, claro. Pero para que sepas que te puedes sentar aquí conmigo. Tenemos mucho de lo que hablar. —No, por favor. No me apetecía nada tener que contarle qué había sido de mi vida. Llevaba evitándola desde meses antes. Esperaba que al menos, cuando nos volviéramos a ver, no fuera necesario hacer una recapitulación de nuestras vidas—. Me ha tocado tu chico en clase.

—¿Mi chico?

—Nicolás se llama, ¿no? Nicolás Rion. El del torneo de El Roble.

Vale. Que no quería hablar de mí, sino de Nicolás. No sé si eso me calmó o me cabreó más. Asentí con una sonrisa más nerviosa que sincera y me fui hacia la barra para recoger mi desayuno. Mi dieta no era tan estricta como la del resto de los alumnos. Al final yo era un profesor más, así que no tenía que cuidar mi forma de modo tan extremo. Pero ya sabía lo suficiente como para tener claro lo que necesitaba comer para tener más fuerza, más potencia o más resistencia. Pasé mi pulsera y en pocos minutos ya tenía mi desayuno: dos manzanas cortadas en trozos, un gofre con crema de cacahuete y arándanos y un café bien cargado con leche de avena. Cogí mi bandeja y, aunque dudé si volver, al final acabé aceptando mi destino y me senté junto a Zoe.

—Qué buen desayuno —dijo mirando mi comida—. ¿Qué tal estos primeros días? ¿Qué tal tu vuelta a Arcadia? —me preguntó. Y sabía que lo hacía de manera sincera, pero, aun así, se me hacía bola.

—Bien, bien. Diferente —respondí mientras me comía uno de los trozos de manzana.

—Dar clases a chicos de iniciación siempre es un desafío. Cuando me tocó a mí hace mucho tiempo, había una niña que me hacía la vida imposible. Dios, cómo la odiaba. Me da igual que tuviera siete años —confesó—. Así que te entiendo.

—Por ahora ninguno me ha dado demasiados problemas.

—Dales unos días más. Porque llevas ya una semana por aquí, ¿no? Aún no habíamos coincidido en el desayuno.

—No vengo siempre.

—Y yo he llegado hace dos días —sonrió—. Te veo bien, Marcos.

No respondí.

—Me alegro de que estés por aquí. Creo que te va a venir genial. Puedes sacar a Marcos del tenis, pero nunca sacar el tenis de Marcos —bromeó mientras daba un sorbo a su taza de café, del que aún emanaba algo de humo—. Ahora, hablemos de tu protegido.

—No es mi protegido —la corregí.

—Pero sí eres su tutor, ¿no?

—No es lo mismo. Yo no quería ser tutor de nadie, pero Sebas se empeñó. Punto.

—Sebas nunca hace nada sin un motivo de peso. Si pensó que lo mejor para ti era que fueras tutor de ese chico, será por algo —reflexionó, y sabía que tenía razón. Lo que pasaba es que aún no acababa de ver clara su motivación—. ¿Se va a inscribir al primer torneo?

—Sí. Ya le he apuntado yo. —Y cogí mi taza de café.

—Te voy a ser sincera. Está un poco verde aún. Y ya sabes que, si pierde en la primera ronda, no podrá apuntarse al resto —dejó caer.

—Sí, lo sé. Sé cómo funciona Arcadia, gracias. —No quería sonar borde. Pero soné borde. Bueno, a lo mejor sí quería—. ¿Por qué dices que está verde?

—Es la impresión que me dio ayer. Por eso está en mi grupo, en el D. Hoy podré decirte más. Quizá estaba nervioso. No lo sé. Tiene algo. Eso no se lo niego. Pero necesita disciplina. El talento está. Falta lo demás.

—Es un poco pronto para juzgarlo.

—No, no. No le juzgo. Solo digo... —se terminó su café y se levantó haciendo una pausa dramática entre medias— que tienes mucho trabajo por delante.

—¿Yo? Si tú eres su profesora. —Su respuesta fue encogerse de hombros, dedicarme una última sonrisa e irse con su bandeja entre las manos. ¿Y para eso me había guardado un sitio? ¿Para hablar conmigo durante dos minutos de reloj?

Mis clases no comenzaban hasta las once de la mañana. Había pensado en darme una vuelta corriendo alrededor de Arcadia. Sobre todo porque tenía que empezar a fortalecer cada vez más mis piernas. Después tendría un momento para ir al gimnasio y hacer un poco de pesas y musculación, y me sobraría tiempo para ducharme y llegar puntual a la clase. Pero, al salir, mi mente decidió buscar otro plan alternativo: ir a ver a Nicolás. Después de lo que me había dicho Zoe, tenía cada vez más curiosidad por verle jugar. No podía ser que fuera tan desastre como lo había pintado.

Tenía que verlo con mis propios ojos. Después de pasar por la habitación para coger una de mis libretas, me acerqué a una de las pistas de tierra donde jugaban los júniors. No tardé mucho en encontrar el grupo de Nicolás. Me senté en uno de los bancos frente a uno de los laterales y saqué la libreta y un lápiz, dispuesto a apuntar cada cosa que viera que tenía que mejorar. Cuando llegué, estaban aún dando vueltas alrededor de la pista. Eran seis alumnos en total. De todos, era el más bajito, pero también el más rápido. Iba todo el rato por delante del grupo. Tras varios ejercicios de estiramiento, se pusieron por parejas para pelotear a mitad de pista. Parecía tomárselo con calma, de manera bastante más relajada que los otros cinco, demasiado motivados para ser el comienzo de la clase. Ni siquiera habían avanzado hasta el fondo para pelotear en largo y ya estaban gimiendo de esfuerzo. Nunca me gustaron los jugadores de ese tipo, que buscaban marcar su territorio gritando con cada golpe que daban.

Zoe me vio de reojo y me saludó con la raqueta. Eso provocó que Nicolás también notara mi presencia y vi cómo se puso en tensión al instante. Tanto se sorprendió que perdió el control, pegando demasiado fuerte a la bola y dándole en la cabeza al compañero que tenía enfrente, estando a punto de tirarlo al suelo. Me levanté de un salto, preocupado. Nicolás cambió su expresión a una de terror absoluto y corrió a saltar la red para ayudar a su compañero y disculparse, con tan mala suerte que su pie chocó con la cinta de esta y cayó de golpe en el suelo, se dio en el mentón y quedó colgado de un pie en la pose más ridícula posible. En un solo segundo había generado el caos. Ahí empecé a entender lo que me había dicho Zoe, que se había llevado las manos a la cabeza y estaba tratando de decidir a cuál de los dos ayudar. Cuando la situación volvió un poco a la normalidad, el chico que había recibido el pelotazo se sentó un rato para recuperarse, con una bolsa de hielo colocada en la frente. Mientras, Nicolás tenía toda la barbilla llena de sangre seca que le desbordaba por los laterales de la gasa que le había colocado Zoe. La clase se reanudó y falló casi todos los golpes del primero de los ejercicios.

No termina bien el golpe.
No dobla las rodillas.
La pega demasiado tarde.
¡No coloca el brazo derecho!
¡¡¡NO MIRA LA PELOTA!!!

Fui apuntando uno a uno todos los errores que veía mientras entrenaba. Me echó alguna mirada acusatoria, e incluso me llegó a pedir con las manos que me fuera de allí, pero yo me limité a responderle con el pulgar hacia arriba. Si le ponía nervioso tenerme ahí, entonces estaba claro que ese era mi lugar. Primera prueba de todas: soportar la presión. Y, por lo que veía, a Nicolás no se le daba bien. De vez en cuando demostraba alguna chispa de talento, pero se le notaba incómodo. Como si no fuera capaz de desplegar todo su potencial por culpa de las continuas miradas acusatorias de sus compañeros. No conocía a ninguno, pero estaba claro que no le querían ahí. Siempre le dejaban el último y se esforzaban más que con nadie para ganarle cada punto. Eso era algo que podríamos utilizar a su favor. Porque, en esos momentos, es cuando vienen los errores, la precipitación…

Estuve allí sentado las cerca de dos horas que duró el entrenamiento, con alguna pausa para beber. Nicolás no volvió a dirigirme la mirada. Supongo que para él sería mejor ignorar que yo estaba allí. Íbamos a tener que trabajar mucho si queríamos que ganara el torneo. O, al menos, la primera ronda. Ese debía ser el objetivo principal.

Capítulo 11

Nicolás

Joder, ¿podía dejar de apuntar cosas en esa estúpida libreta suya? No dejaba de desconcentrarme. ¿Para qué había venido si no era para ponerme nervioso? Bueno, claro, es que seguro que había venido por eso. Para ponerme nervioso. Si ya me conocían como el impostor, a partir de ese entrenamiento me iban a conocer como el torpe. No sabía si me dolía más la pérdida de dignidad o mi barbilla, o el mordisco que le había dado a mi lengua. El sabor a hierro me acompañó durante toda la clase. Eso y los cuchicheos continuos del resto de mis compañeros. La verdad es que, después de todo, me alegraba de haberle dado un pelotazo en la cara a Tomás. Ese chichón le iba a durar un par de días por lo menos. Tenía que haberle dado más fuerte. Le acababa de conocer y ya le odiaba.

Cuando terminó el entrenamiento y yo había sudado lo imposible, esperé a que Marcos se levantara del banco. Seguramente querría acercarse a la entrada y decirme lo mal que había jugado, la desgracia que era para el tenis y para mi familia y que dejaba de ser mi tutor. Pero nunca hacía lo que uno esperaba de él. Se levantó, cerró su libreta, se despidió de Zoe, mi profesora, con un simple gesto de la cabeza y se alejó en dirección a uno de los edificios principales, y se perdió entre los árboles y palmeras que decoraban la avenida principal entre las pistas de tierra. Mejor. No estaba de humor para soportar sus borderías. Ni una sola.

Zoe me mandó directamente a una de las enfermerías de Arcadia (había unas diez repartidas por todo el complejo) para que me curaran bien la barbilla. Yo le dije que sí, pero no pensaba ir. Estaba bien. Simplemente la herida no dejaba de sangrar. Pues ya se cansaría. Me dejaría una cicatriz preciosa que me recordaría siempre mi paso por allí. *Kintsugi*, pero sin hilo dorado. Solo sangre seca y vergüenza ajena. Abrí una de mis barritas energéticas y la devoré en dos bocados, pese a que me hubieran recomendado que la comiera poco a poco. Aproveché para llamar a mi padre y contarle cómo iban los primeros días en Arcadia, pero, para variar, no contestó. Mejor. Porque desde que cogí el teléfono, en silencio deseaba que no lo hiciera. Así que, mientras hacía tiempo para comer, decidí que había llegado el momento de probar el spa. Si luego ibas a jugar, no era muy recomendable. Pero quedaban horas hasta los partidos de la tarde, así que ¿qué daño podía hacer?

Me daría una ducha rápida, cogería mi bañador y directo a los chorros relajantes. Lo que no esperaba era entrar en mi dormitorio y encontrarme varias hojas de papel sobre mi cama. Parecían de un cuaderno o de una libreta. Marcos no estaba por ningún lado, pero tenía que haber sido él. Obvio. Era el único que podía entrar en mi cuarto.

Me senté de mala gana en la cama y las cogí. Había como diez hojas. Escritas por delante y por detrás.

—Pero ¿qué…

Y el muy imbécil lo único que había escrito era todos los errores que había visto en mi entrenamiento de por la mañana. Había apuntado todas las derechas, todos los reveses que había golpeado, haciendo una estadística de cuántas había fallado, cuántas había metido, cuántas había dejado en la red… No contento con eso, se había permitido el lujo de dejar claro el mal estilo que tenía.

No dobla las rodillas.
Corre con la cabeza en vez de con el cuerpo.
No sabe recuperar.
Se cansa fácilmente.
¡¡¡ESTIRA EL BRAZO!!!

Así hoja tras hoja, desgranando todo mi juego y no destacando ni una sola cosa buena que... Espera un momento. Sí. Una.

—Tiene talento —empecé a leer en alto—, pero no sabe sacarlo a la luz.

«Tiene talento». ¿De verdad lo creía? ¿De verdad Marcos Brunas, el número uno de Arcadia, el todopoderoso que no se inclinaba ante nadie, pensaba que Nicolás Rion tenía talento, aunque fuera una pequeña gota? ¿Y qué demonios quería decir que no sabía sacarlo a la luz? Seguro que él tendría decenas de ideas para que lo hiciera.

Dejé todas las hojas sobre la mesa, aunque estuve tentado de tirarlas a la basura, e iba a irme al spa cuando vi que la libreta estaba en su lado de la mesa. Yo también le había visto entrenar. ¿Y si le pagaba con su misma moneda? Sonreí para mis adentros y me senté en la silla que teníamos junto a la mesa. Cogí un bolígrafo, abrí el cuaderno por la primera página en blanco y empecé a escribir:

No estira el brazo lo suficiente, así que es imposible que impacte la pelota en el punto correcto. Además, no dobla bien las rodillas, por lo que coge el impulso demasiado tarde. La terminación del golpe es un poco corta y se nota en la trayectoria de la bola.

Es verdad que, según iba escribiendo, iba exagerando cada vez más. A nadie le gusta que le muestren sus errores, y uno es rencoroso. Cuando terminé, arranqué las dos hojas que había rellenado con los fallos que había visto la otra noche viéndole sacar, las dejé sobre su cama, cerré el cuaderno y salí del cuarto con una sonrisa de satisfacción dibujada en la cara. Pero volví a entrar a los pocos minutos porque me había olvidado la bolsa con el bañador y la toalla para el spa.

Según iban pasando las horas en Arcadia, me iba dando cuenta de lo enorme que era aquello. Ya no solo de tamaño, sino por cantidad de gente. Siempre encontrabas a alguien en las duchas, en las fuentes, en cualquiera de las pistas. Era casi como estar en el instituto, pero en verano. Los únicos que no se quedaban a dormir en las instalaciones eran los grupos de iniciación, como los que daba Marcos. Casi todos los niños eran de los pueblos de los alrededores o del propio donde estaba la academia. Eran los grupos más pequeños, con niños y niñas menores de catorce años. Menos mal que Álvaro y yo nos habíamos hecho amigos el primer día. Si no, iba a ser difícil soportar allí solo tantos días. Necesitaba alguien en quien apoyarme y contarle lo mucho que odiaba estar allí. De camino al spa pasé por uno de los edificios que formaban un semicírculo al final de la avenida principal. En el central, justo en la entrada, había varios tablones de anuncios. Aparte de varios grupos online a los que podíamos acceder a través de la red privada de Arcadia, también ahí podías colocar lo que quisieras. Desde ofrecerte a ayudar a mejorar un golpe en concreto hasta clases de idiomas (solo ese verano había más de doce nacionalidades diferentes) y, por lo visto, fiestas en la playa. Una de las hojas que había colgada en el tablón hablaba sobre una fiesta la tarde del viernes, en la playa de la Herradura. Solo estaban invitados los júniors del intensivo de verano. Es decir, yo y los que eran como yo. Pero, cuando me acerqué más, vi algo que me pellizcó el corazón, haciendo que dejara de latir unos segundos. Paro cardiaco sin opción de reanimación:

Fiesta sin impostores.

Un añadido al anuncio, escrito con rotulador negro permanente. ¿En serio no iban a dejarme en paz? ¿Qué coño les importaba? Tiré de la hoja con rabia, arrancándola por la mitad. Hice una bola de papel con ella y la eché en una basura cercana, con toda la furia de la que fui capaz. Se me quitaron las ganas al momento de ir al spa. Sabía que no debía dejar que me afectara lo que pensara la gente de mí, pero no podía evitar que me doliera. Así que hice lo único que se me ocurrió en ese momento para soltar toda la rabia que estaba acumulando: entrenar. Pese a que no hubieran pasado ni dos horas desde el final de mi clase de por la mañana, fui directo a las pistas que teníamos para uso personal. Ahí siempre había una cesta repleta de bolas y no tenías que dar explicaciones a nadie. Entrabas, hacías unos saques y te volvías a ir. Una de las pistas tenía un radar para medir la velocidad de tus golpes, otra tenía varios conos y objetos a los que lanzar las bolas y practicar tu puntería. Incluso otra con una pared en el fondo en el que había distintos agujeros donde tratar de meter la pelota. Al final entré en una de las que tenía radar de velocidad. Había varias pistas dispuestas en paralelo, y todas estaban ocupadas menos una. No me di cuenta de que no tenía raqueta hasta que entré en la pista. ¿Tan despistado estaba?

—¡TÚ! ¡NICOLÁS RION! —gritó alguien al otro lado de la carpa donde estaban todas las pistas. El eco generado por el techo hizo que todos nos quedáramos en silencio. La gente dejó de sacar para mirar quién era el autor de semejante chillido. Ni yo mismo lo sabía hasta que casi le tuve encima. Marcos Brunas. Y estaba enfadado. Muy enfadado.

—¡Qué pasa! ¡Qué! —Di un par de pasos hacia atrás, a punto de tropezar conmigo mismo y caerme al suelo.

—¡¿Qué mierdas te crees que haces?! —bramó al entrar en mi pista. Llevaba unas hojas en la mano, arrugadas entre los dedos, y me las estampó en el pecho—. ¡¿Qué coño te crees que haces?!

—¿Yo? Eh, eh, eh. No sé de qué me estás hablando —me defendí. Marcos soltó las hojas y yo las cogí al vuelo antes de que cayeran al suelo. Eran las que le había escrito yo.

—«No dobla bien las rodillas, por lo que coge el impulso demasiado tarde». Pero ¿tú de qué vas? ¿Me lo puedes explicar?

—¡EH! ¿Y tú? «Tiene talento, pero no sabe sacarlo a la luz» —contraataqué, pero no aflojó ni lo más mínimo. Pareció darle completamente igual—. ¿A qué ha venido eso? ¿Diez hojas repletas de errores? ¿En serio?

—¡Soy tu tutor! ¡Es mi trabajo! —explotó.

—¡Que yo no quiero un tutor!

—¡DEJAD DE CHILLAR! —intervino una chica dos pistas a nuestra izquierda. Se escucharon unas risas del resto de los jugadores. Marcos bufó y me cogió de la camiseta tirando de mí fuera de allí, lejos de los oídos indiscretos. Protesté y me desasí de su agarre casi al momento.

—Fuera.

—No quiero. —Y me planté.

—¿Y qué piensas hacer? ¿Jugar con la mano?

—Pues sí. Dicen que es bueno para los reflejos. —Pero hasta yo mismo me di cuenta de las tonterías que estaba diciendo.

—Te dije que no hablaras de mi rodilla. Que no hablaras de mí o de mi juego —dijo entre dientes.

—Y yo te dije que firmáramos una tregua. Pero tú has aprovechado para criticar todo mi juego. Por completo. No te has dejado ni una coma, vaya. ¿A eso lo llamas tú tregua?

—¿Has leído las diez hojas? —preguntó, aún furioso.

—¡Claro! —mentí—. A ver, no. Porque estaba de una mala leche...

—Nicolás. —Tragó saliva y contuvo un rato la respiración. Por primera vez desde que le había conocido, parecía tratar de controlarse—. Mi trabajo como tutor es mejorar tu juego durante el primer mes que estemos juntos. Cuando yo empecé, tendrías que haber visto las notas que me daba mi tutor.

—Pensaba que tu trabajo era enseñarme Arcadia, no tocarme los huevos —mascullé, y Marcos volvió a hervir de ira.

—¡Si tan listo te crees que eres, esta noche me lo demuestras! En la pista 12 a las nueve. ¡A ver quién juega mejor de los dos! ¿No sabes tanto de saques? ¡Ha llegado el momento de que me lo enseñes! —Y, con esa amenaza, lanzó un último bufido y se largó. No entendía nada de lo que había pasado. Claramente éramos incapaces de mantener una conversación civilizada más de dos minutos seguidos.

—Suplente, te has metido en un buen follón —me dijo un chico rubio que salía de una de las pistas con una toalla sobre los hombros—. ¿Un partido contra Marcos Brunas? No tienes nada que hacer.

—¿Y tú eras…? —repliqué, borde.

—Solo te digo que has cabreado a la persona equivocada —me dijo como despedida y se alejó con otras dos chicas que le esperaban al fondo del pasillo que discurría entre las pistas de saque. Y, por supuesto, nuestro reto, si podemos llamarlo así, corrió como la pólvora por todo Arcadia. Tanto que, cuando llegué a la pista 12 dispuesto a calmar los ánimos y decir que todo había sido una tontería, estaba totalmente rodeada de alumnos dispuestos a vernos luchar como si fuéramos gladiadores.

Capítulo 12

Marcos

—Ahí viene el atontado —dije en un susurro.

¡Y pensaría que podía ganarme! Seguro que querría hacerme correr para ver si mi rodilla aguantaba. Menuda sorpresa se iba a llevar. Su chulería le iba a pasar factura. Eso le pasaba por hablar de más, por creerse más listo que yo. Aunque no esperaba tanto revuelo, estaba claro que en Arcadia siempre habían gustado estas rivalidades. Que se lo dijeran a Paula, que la había tenido amargada todo un año por culpa de su enemistad con Carla.

Ahora, al parecer, la nueva rivalidad de moda era la mía con Nicolás, pese a que fuéramos tutor y alumno. Nos habíamos evitado el resto del día desde la discusión en las pistas de saque, y eso que le había visto de reojo durante la comida o por la tarde con su amigo. Creo que se llamaba Álvaro. De hecho, venía con él, y pude ver en su mirada que ninguno de los dos esperaba la repercusión de nuestro partido. Tendría que empezar a acostumbrarse a Arcadia, donde cada acto o palabra tenía consecuencias directas. Yo lo aprendí con Min-ho, y Nicolás lo iba a aprender conmigo. Si no aguantaba bien la presión de que le viera entrenando en una clase controlada, no tenía muy claro si iba a poder hacerlo en un partido, conmigo y con medio Arcadia pegado a la valla, dispuestos a verle caer.

Cuando me vio, me hizo un gesto como para que saliera de la pista. Estaba asustado. Podía notarlo. Mi respuesta fue coger una pelota y hacer un saque que entró de lleno, ganándome algunos aplausos y vítores. Él atravesó todo el pasillo de gente, con sus pantalones, una camiseta sin mangas en la que se leía ALL TOO WELL en letras rojas y el gesto torcido. No llevaba siquiera raquetero. Solo una raqueta en la mano que no dejaba de girar, nervioso.

—Vas a perder, impostor.

—Marcos te va a dar una paliza.

—A ver si demuestras lo que vales.

Escuchaba todo lo que le decían, y algunas palabras eran hirientes.

—¡Venga, que no tengo todo el día! —grité tratando de acallar las voces de los demás. Nicolás levantó la mirada y transformó su expresión en una de furia incontrolable. Bien. Le serviría para jugar mejor... o para desconcentrarse aún más.

Ese partido parecería una tontería, pero estaban en juego demasiadas cosas. Mi reputación o la suya. Cuando entró en la pista y cerró la puerta metálica tras de sí, comenzaron los aplausos y la gente empezó a cuchichear y a prepararse para lo que se venía. Vi que Paula estaba sentada en uno de los bancos y, aunque disimulaba mirando el móvil, sabía que estaba interesada en el partido, mucho más de lo que pretendía demostrar.

—Bueno, y ¿ahora qué? —dijo Nicolás nada más entrar.

—Ahora jugamos.

—¿En serio? Tío, hay mucha gente.

—¿Tienes miedo? —Y esa frase reactivó su furia de nuevo.

—¿Yo? ¿De ti? Ya te gustaría —masculló, dio un par de saltos para activar las piernas y empezó a estirar los brazos.

—¡Ánimo, Nico! —gritó alguien entre la gente. Supuse que sería su amigo. Nico sonrió, aunque casi de manera imperceptible, y siguió con sus estiramientos mientras yo recogía varias de las pelotas que había usado para entrenar antes de que llegara. El sol había empezado a caer, y los focos estaban ya encendidos. No me gustaba mucho jugar con esa mezcla de luz, pero yo había elegido la hora, así que tendría que hacerlo sin rechistar. De vez en cuando nos llegaba el aroma a mar mezclado con el césped recién cortado, y ese olor a principios de verano que acaba por embriagar y embotar los sentidos. Dicen que el olfato es el sentido con más memoria. Y no podía evitar recordar mi primer beso con Min-ho, exactamente un año antes, en esa misma pista, pero sin nadie que nos viera. Los dos solos. Nuestras manos se rozaron cuando fuimos a recoger la misma pelota del suelo. Dios, su mirada. Sus labios. Su energía electrizante.

—¿Empezamos o qué? —espetó Nico con fiereza.

—Jugamos un *tie-break*. Peloteamos un poco al principio y luego bola de saque a ver quién empieza a…

—A la mierda el peloteo. Empieza sacando tú si quieres. Yo ya estoy listo. —Relaja, Nicolás. No tengas tanta prisa.

—Hay que pelotear primero.

—Ah, perdona, ¿lo necesitas? ¿Le duele algo al niño? —Esa bocaza iba a ser su perdición. Cuando se ponía en ese plan, me sacaba de quicio más que nadie.

—Me cago en la puta, Nicolás —gruñí y le indiqué con la mirada que me iba al otro lado de la red.

—¡Van a jugar un *tie-break*! —gritó un chico que estaba agarrado a la valla como si fuera un murciélago. Me dio tanta rabia verle ahí que cogí una de las pelotas que tenía en la mano y la golpeé con la raqueta todo lo fuerte que pude en su dirección. Cuando dio en la valla, el chico se apartó instintivamente y se cayó de culo al suelo, provocando las risas de todos los que estaban a su alrededor. Cuando se repuso del susto, él también se echó a reír—. ¿Veis? Os dije que seguía siendo él. La misma mala hostia —les dijo a sus amigos, orgulloso de haberme provocado. Dios, ¿tan fácil y previsible era?

Nicolás empezó a subir y bajar las rodillas y siguió trotando hasta llegar a la línea de fondo de su lado de la pista. Yo, mientras, me coloqué en el mío, lancé varias de las pelotas a una de las esquinas y me guardé un par en el bolsillo del pantalón. Levanté la que tenía en la mano para avisarle de que empezaba el partido y se hizo el silencio. Solo se escuchaban algunos grillos de fondo y, ocasionalmente, la brisa marina meciendo las palmeras que poblaban Arcadia. Nicolás dobló las rodillas, sujetó la raqueta con ambas manos y me retó con la mirada. Iba a empezar flojo. Tampoco quería que se llevara un correctivo demasiado duro. Mejor darle un poco de confianza aunque fuera. Inspiré profundamente, boté la bola siete veces (siempre lo hacía antes de sacar), la lancé hacia arriba, lo más posible y, mientras doblaba las piernas para saltar a por ella, vi de reojo que Nicolás se movía un poco hacia su izquierda. Así que, en el último momento, giré la muñeca y golpeé la bola para lanzársela a la esquina derecha de su cuadro de saque.

Ni siquiera me dio tiempo a reaccionar.

En cuanto botó la pelota en su lado, preparó su revés en una décima de segundo y atacó el golpe, lanzándome un paralelo que botó en mi lado de la pista sin que yo pudiera hacer nada. Nadie se movió. Ni un solo músculo.

—¡UNO-CERO! ¡SACO YO! —gritó, acelerado, y se colocó para sacar esperando a que le lanzara las pelotas. Ese iba a ser el último punto que me iba a ganar. Ni de coña iba a dejar que me ganara de esa forma tan humillante. Quería ser majo y dejarle un poco de espacio, que ganara un punto o dos, pero claramente él iba con todo. Así que ahora me tocaba a mí.

Capítulo 13

Nicolás

¡JA! El muy flipado no se esperaba ese golpe. «¿A que no lo has visto venir? —pensé con rabia—. Pues hay más de donde vino ese».

Tardó un poco en reaccionar y no pude evitar reírme por dentro. Pero nadie aplaudió. Pensaba que alguien lo haría, pero había dejado a todos tan impactados que el silencio era cada vez más fuerte. Se sacó las dos bolas del bolsillo y me las lanzó con desgana. Mientras las cogía para seguir el partido, escuché un tímido aplauso. Álvaro. Seguro. Mi único fan. Habíamos pasado la tarde juntos. Él no dejaba de hablarme de su tutor. Un tal Damiano. Italiano.

—Y me pierden los italianos —me dijo enseñándome una foto suya en el móvil. Y la verdad es que era guapísimo.

Pensé en contarle lo de la fiesta, pero, cuando se lo iba a decir, preferí mantenerlo en secreto. No me apetecía quejarme todos los días de lo gilipollas que era la gente conmigo. Si había algo que odiaba, era dar pena. No quería que mi relación con Álvaro se basara en eso, en que él tuviera que reafirmarme cada cinco minutos.

Boté la bola un par de veces y, en un movimiento rápido, la lancé hacia arriba y salté para golpearla con fuerza, pero me descoordiné un poco y fallé en la red.

—¡Segundo saque! —gritó Marcos. Ya lo sé. Ni que fuera nuevo en eso. Cogí la otra pelota de mi pantalón e hice el mismo movimiento, pero un poco más hacia arriba, haciendo un saque liftado para que el bote fuera mucho más alto y le fuera más incómodo devolverlo.

Pero Marcos era bueno. Era muy bueno. Dio un pequeño salto en cuanto golpeé la bola y restó de derecha. El sonido era como si estuviera jugando con un auténtico profesional. Qué diferente sonaba cuando le pegaba él a cuando lo hacía yo. Resbalé hacia mi derecha todo lo que pude y rescaté la bola, pero de una forma bastante incómoda. Es decir, hice lo que pude. Ni me dio tiempo a pensar en lo siguiente, porque Marcos ya estaba en la red y voleó a placer, ganándome el punto. Vale. Se lo estaba tomando en serio. Así que yo iba a tener que esforzarme un poco más si pretendía que no me diera una paliza.

Su punto sí que recibió aplausos. Casi como si estuviéramos en una final importante. Al principio me dio rabia, pero, a los pocos segundos, pensé que quizá así fuera mejor. Que sus intentos de molestarme me hicieran crecer. Aún me quedaba un saque. Y pensaba ganarlo. No podía empezar perdiendo uno de mis saques o sería el principio del fin. Me acerqué a la red para coger la pelota que había fallado antes mientras Marcos se giraba y me daba la espalda. Ni siquiera pensaba pasarme una bola que había tenido, literalmente, a cinco centímetros de su pie. Muy bien. La recogí con la raqueta y, mientras volvía a la línea de fondo, traté de activar mis piernas lo máximo posible dándome un par de golpes con la mano abierta en los muslos.

—Venga, Nico, va, va. —Ya que nadie me animaba, tendría que hacerlo yo.

—¡Uno iguales! —dijo Marcos recordando el marcador. Más que para recordarlo, era para dejar constancia de que me había ganado el punto.

Me coloqué, lancé la bola de nuevo al aire y la golpeé con fuerza. El saque entró y Marcos la devolvió de revés, pero mucho más flojo que en el anterior punto. Empezamos un intercambio de varios reveses seguidos en cruzado. Ninguno de los dos se atrevía a cambiar al paralelo. Cualquiera sabía que, tras un intercambio tan largo, el primero que cambiara se la jugaba. O ganaba el punto o se quedaba totalmente vendido ante el rival. ¿Y si cambiaba yo? Tenía que demostrar que era valiente en estos casos. Además, no se lo esperaría. Así que, en cuanto volvió a pegarle de revés, ataqué la bola nada más pasar la red y la lancé en paralelo. Pero me metí demasiado encima y la fallé, entregándole el punto de una forma bastante absurda. Odiaba cometer errores no forzados como ese.

—¡Dos-uno! —exclamó mientras los aplausos volvían, pero más tímidos esa vez. No estaba bien visto aplaudir o celebrar fallos de los jugadores.

Joder. Justo lo que no quería hacer. Darle una ventaja desde el principio. Había perdido mi saque y él ahora tenía dos más. El primero que llegara a siete puntos ganaba, y yo ya le había regalado uno de la manera más tonta posible. A partir de ahí, tenía que dejar de pensar tanto y empezar a ganar. ¿O puede que el problema era que no estaba pensando lo suficiente en el partido? Marcos se preparó para sacar y, en cuanto fue a golpear la bola, supe a dónde iba a tirarla, así que me moví hacia mi izquierda. Pero tenía unos reflejos mucho mejores que los míos, así que cambió la dirección en el último segundo, sorprendiéndome y haciéndome un *ace*, dejándome con cara de idiota.

—¡Tres-uno! —bramó, y todo el mundo estalló en vítores. Los *aces* siempre se celebraban mucho. Busqué a Álvaro con la mirada, que trataba de calmarme, como queriéndome decir que me relajara un poco y que me olvidara de todo lo demás. Lo entiendo, Álvaro. Pero es difícil. Es muy difícil.

El siguiente punto tampoco fue muy diferente al anterior. Su servicio, impecable, me desordenó casi al momento. Solo tuvimos que intercambiar cinco golpes más para que ganara de nuevo y se colocara con más distancia aún.

—¡Cuatro-uno! —Pero no es lo primero que escuché, sino a un grupo de chicas riéndose y comentando lo fácil que era ganarme.

—Izaguirre era mucho mejor —afirmó una de ellas.

—Menudo impostor —añadió otra. En serio, ¿solo se habían acercado para meterse conmigo? ¿Para reírse de mí? ¿No tenían nada mejor que hacer? Solo podía pensar en sus risas, en sus comentarios dañinos. ¿Por qué no podían dejarme en paz?

—¡Nicolás, tú puedes! —gritó Álvaro, pero varios abucheos le silenciaron al momento. Miré hacia Marcos, pero ya estaba preparado para comenzar un nuevo punto. Como si no le importara nada más que ganarme. Ya no ganarme, sino humillarme. Porque el siguiente punto fue así. Hizo conmigo lo que quiso, llevándome de un lado a otro de la pista, hasta que hizo una dejada y yo eché a correr lo más rápido posible, pero no conseguí llegar, resbalé y me caí al suelo, llenándome de tierra.

—Cinco-uno. Cambio de lado —dijo sin más. Dejó las bolas en un lateral para que las cogiera y, mientras yo me levantaba y me limpiaba toda la tierra, él pasaba a mi lado de la pista para prepararse, esperando a que volviera a sacar de nuevo. Pero mis ganas cada vez eran más escasas. Había infravalorado a Marcos. Se movía sin ningún tipo de dolor. O lo escondía muy bien. Aunque… tampoco le estaba haciendo correr demasiado. ¿Y si…?

Así que, tras un nuevo saque, corrí hacia la red y devolví su resto con volea de revés, dejando la bola lo más corta posible. Ni siquiera trató de llegar. Se limitó a echarme una mirada asesina y volver a la línea de fondo.

—¡Cinco-dos! —dije yo, orgulloso por fin. Con energías renovadas, me coloqué para restar el saque de Marcos, que falló el primero en la red. Seguí moviendo las piernas, balanceándome y girando la raqueta entre mis manos. Falló el segundo. Doble falta. Había conseguido ponerle nervioso—. ¡Cinco-tres!

Esa doble falta pareció encenderle más que nada porque, en el siguiente punto, no solo me barrió, sino que lo celebró con el puño en alto. Parecía que estaba jugando el partido más importante de su vida. Y le daba igual dejarme en ridículo por el camino.

Capítulo 14

Marcos

Estúpido Marcos. ¿Cómo se te ocurre hacer una doble falta en ese momento? Claramente se había dado cuenta de lo mucho que me estaba doliendo la rodilla. Por eso en el punto anterior me había hecho esa dejada al lado de la red. Habría corrido, pero me daba pánico volver a lesionarme. Solo bastó una bola para que pillara mi farol. Tenía que terminar ese partido por la vía rápida. No dejarle más tiempo para pensar. Pero la doble falta no estaba entre mis planes. Menos mal que el siguiente punto cayó de mi lado.

—¡Seis-tres! ¡Punto de partido!

La gente que estaba alrededor de la pista no dejaba de aplaudir a cada punto que ganaba. Pero ninguno lo hacía cuando ganaba Nicolás. Podía notar en su mirada un cambio. ¿Le estaba afectando? ¿O simplemente quería ganarme delante de todo el mundo? ¿Demostrar su lugar allí? El problema era que yo también necesitaba demostrarlo, y cada vez que me planteaba dejarle ganar un punto, veía a Paula estudiándome, o recordaba los apuntes de Nicolás sobre mi saque, o sus comentarios sobre mi rodilla, o a Sebas diciéndome que era pronto para que volviera a jugar, o a todos los que ahora me aplaudían comentándome por los pasillos de Arcadia, sintiendo lástima por mí.

Lo siento, Nicolás.

Cogió dos pelotas del suelo, me miró una última vez y sacó, pero con menos fuerza que las anteriores veces. Devolví de derecha, él de revés, yo de derecha, él de revés. Solo esperaba que no me volviera a dejar una bola corta, porque no iba a correr. Y no lo hizo, pero me dejó una demasiado fácil que yo aproveché para rematar. Le di con todas mis fuerzas y Nicolás, en un estiramiento imposible, consiguió devolverla y hacerme un globo que me superó por completo. Giré sobre mí mismo e, ignorando el pinchazo que me dio en la rodilla, regresé sobre mis pasos y la devolví de derecha, lanzándola a una de las esquinas de su lado del campo. Era imposible que llegara..., pero lo hizo, y consiguió devolverla. Pero estaba perdido. La pista era mía. Podía hacer lo que quisiera con él. Así que golpeé a la otra esquina. Nicolás lo vio venir y se adelantó, llegando por los pelos, pero llegando, y volviendo a pasar la red una vez más. En ese punto, ya estaba casi jugando con él, pero se resistía a perder con toda su fuerza y energía.

Hasta que ya no pudo más. Resbaló demasiado y volvió a caer al suelo dejándome la bola a placer para que ganara. En cuanto lo hice, todo el mundo comenzó a gritar mi nombre. Yo elevé el puño en alto y grité un «¡SÍ!» que me salió del alma. La puerta se abrió y entraron varios de los alumnos que estaban agolpados en la valla para estrecharme la mano, contentos del resultado del partido. Ni siquiera me despedí de Nicolás. No pude ni mirarle. Así aprendería a no querer quedar por encima de mí. Aunque a lo mejor me había pasado.

Nah. Era solo un partido.

Capítulo 15

Álvaro

Desde que supe que Nico y Marcos iban a jugar ese estúpido partido, tuve claro que era algo que podría separarlos por completo. Si su relación ya era tensa, su estúpido orgullo iba a hacerla aún más. En el momento en que me lo dijo, traté de hacerle entender que no iba a traer nada bueno. Es decir, ¿enfrentarse a Marcos Brunas, el ex número uno de Arcadia, el segundo día que estaba en la academia?

—No es una buena idea —le dije mientras dábamos un paseo después de comer—. No es que no confíe en ti, aunque no te he visto jugar aún. Pero es Marcos Brunas.

—Y yo Nicolás Rion —respondió, altivo como él solo—. Me lo dices como si a mí se me hubiera ocurrido ese estúpido partido. Ha sido idea suya. Porque es un cabezota que siempre quiere quedar por encima del resto.

—Por ahí se vislumbra algún trauma, eso está claro. No dejes que te arrastre a su terreno. Quizá sea cabezota y orgulloso, pero lleva siéndolo casi diecisiete años, así que tiene experiencia. Seguramente más experiencia que tú.

—Ah, no, tranquilo, que a mí a orgulloso y cabezota no me gana nadie —bromeó.

—Ya veo, ya.

Pues tendría que dejar que se hundiera, qué le íbamos a hacer. Pero mi necesidad de proteger a la gente siempre asomaba, aunque tímidamente. Y desde que había conocido a Nicolás había vuelto a sentir esa sensación que tantos problemas me había traído. Sí, solía ser demasiado para la gente. Nadie está acostumbrado a que estén tan encima como yo. Me preocupo, me intereso, y eso va con una intensidad añadida que no todo el mundo aguanta. Me había prometido a mí mismo que trataría de rebajarme un poco. Uf, me costaba horrores. Sobre todo cuando veía tan claro que una situación no iba a acabar bien. Lo que tenía ser hermano mayor; mi instinto protector me salía por los poros.

—¿Quieres que entrenemos un rato y así vas más preparado? —sugerí. Eh, no estaba cuidándole. Solo ofreciéndole una ayuda pequeña de nada. No era lo mismo.

—Si quieres, luego podemos dar unas bolas. Pero creo que Marcos no se espera que pueda ganarle, y esa va a ser su perdición.

—Dios, hablas como un villano de película —se echó a reír—. No quiero malmeter, pero, si sabe todos tus fallos, ¿no le va a ser más fácil ganarte? Es decir, tú solo le has visto sacar.

—Suficiente para saber que su rodilla no va a aguantar un partido entero contra mí. O un *tie-break*, o lo que quiera jugar.

—Puede ser. Veo que estás dispuesto a jugar sucio…

—Lleva tocándome las narices desde que nos hemos conocido. Ya tengo suficiente con el resto de Arcadia y… —Se calló. Tras unos segundos, cambió por completo de conversación—: ¿Qué tal tú en tu clase? ¿Te llevas bien con los compañeros que te han tocado?

—Está mal que yo lo diga, pero claramente soy el mejor de todos. En nada estaré subiendo al nivel C.

—Ah, ni lo dudo. —Y me dio una palmada amistosa en la espalda—. Te has apuntado al torneo, ¿verdad?

—Sí. ¿Te imaginas que nos toca jugar juntos? No seré muy duro contigo, puedes estar tranquilo.

—¡Eh! Que los dos estamos en el nivel D. Sería un partido muy igualado. —La tensión iba bajando poco a poco. Mira, pues lo estaba consiguiendo.

Pero, claro, verle ahí tirado en el suelo, con los ojos rojos a punto de llorar y con Marcos saliendo de la pista casi como un héroe, era demasiado para mí. No podía quedarme al margen. Aparté a un par de chicos que tenía delante y, tras pasar al lado de Marcos, que ni siquiera me dirigió la mirada y al que maldije por dentro, porque una cosa era ganar y otra cosa humillar, entré en la pista. Eso era como una escena de película, pero de esas tristes que me ponía por la noche cuando había tenido un mal día en el instituto, que últimamente era siempre. Lo que nos gusta regodearnos en nuestra miseria, ¿verdad? Y escuchar canciones deprimentes. Letras que creemos que hablan de nosotros porque nos creemos el centro del universo. Bueno, yo, al menos, me lo creo. Soy el centro de mi propio universo. No, miento. ¿A quién pretendo engañar? Todo el mundo siempre está por delante de mí. Siempre poniendo a gente por delante de mis propias necesidades. Cambiaría con el tiempo, seguramente. Quién sabe.

Me acerqué a Nico con cautela. Seguía tirado en el suelo y parecía tener muy pocas ganas de levantarse. ¿Se habría hecho daño? ¿Se habría lesionado? ¡Lo que le faltaba!

—Menudo imbécil —dije cuando estuve seguro de que podía oírme—. Pero tú has jugado superbién. Un estilo clásico, pero duro. ¿El resto que hiciste en el primer punto? Se quedó todo el mundo flipando.

—Pero he perdido —replicó en un susurro casi inaudible—. He perdido.

—Eh, que has jugado de la hostia. Y, además, solo es un estúpido partido. Que se lleve su orgullo, ya que tanto lo necesita. —Y le tendí la mano para ayudarle a levantarse. Tardó un poco, pero acabó aceptando mi ayuda y se puso en pie.

—Joder, segunda vez que mancho un chándal hoy —protestó mientras trataba de limpiarse toda la tierra con las manos.

—Nah, eso se lava y listo. ¿Quieres que vayamos al pueblo a dar una vuelta? Sé dónde conseguir cerveza sin que nos pidan el carnet. Aunque técnicamente no podamos beber alcohol, pero, si tú no lo cuentas, yo tampoco.

—No. Me voy a mi habitación. Quiero estar allí antes de que llegue Marcos —espetó con sequedad.

—Si quieres, puedes dormir en mi cuarto hoy. Mi cama es pequeña, pero nos apañamos —le ofrecí.

—Qué idiota he sido, joder. Claro que no iba a poder ganarle. Le acabo de dar la razón a todo el mundo que me llama impostor. Acabo de demostrar que no merezco estar aquí. Me cago en la puta —explotó, y yo no tenía muy claro cómo calmarle.

—En Arcadia, por lo que me han contado, las cosas se olvidan muy rápido. Cada día hay un nuevo cotilleo, así que mañana serás una vieja noticia. Un tuit antiguo que nadie tiene en cuenta ya.

—Eso lo dices porque no te ha pasado a ti.

Y, con esa frase, recogió su raqueta del suelo y se fue sin darme tiempo a seguirle. Los focos de luz se apagaron, dejándome en una oscuridad casi completa mientras veía su sombra alejarse sin poder hacer nada para consolarle.

No es tu trabajo, Álvaro.

Capítulo 16

Nicolás

Quizá me pasé con Álvaro, que solo me quería ayudar. Pero en esos momentos lo único que quería era llegar a mi habitación, coger mis cosas y largarme de Arcadia. Había sido un completo error aceptar esa maldita beca. Tendría que haber alguna forma de dársela a Izaguirre. Seguro que no habría problema. Podría hablarlo con Sebastián. Lo entendería perfectamente. Tendría que enfrentarme a mi padre y dejarle claro que ese no era mi lugar. Así que, después de abandonar la pista de malas maneras, y escuchando de fondo los gritos que seguían acompañando a Marcos, fui directo a la residencia, a mi dormitorio. Si llegaba rápido, podría evitarle y no volver a verle la cara. Es que, joder, ¿realmente tenía que ganarme así? ¿Tan importante era ese partido para él?

Lo fuerte es que le había tenido contra las cuerdas. Tenía que haberle presionado un poco más, que corriera y perdiera más puntos. Pero era difícil concentrarse cuando tenía a todo el público en mi contra. Uno siempre se da cuenta de los errores que comete cuando ha pasado el suficiente tiempo como para no poder arreglarlos.

Llegué a la 373, puse el código para abrir y, cuando entré y se cerró la puerta, respiré con fuerza. El corazón me iba a mil por hora. Notaba cómo el estrés y la tensión escalaban por mis piernas, como si todo un hormiguero imparable me recorriera. Necesitaba mover los brazos, relajar los hombros y respirar unas cantidades de oxígeno insuficientes en esa habitación. Me lancé hacia la ventana, golpeándome en el estómago con el borde de la mesa, pero me dio igual. La abrí para que entrara más aire y me dejé caer en la cama. Necesitaba unos segundos de reposo y me pondría a hacer la maleta. Pero estuve más tiempo del que esperaba sentado ahí, en el borde de la cama, como en tensión, pero sin pensar más allá, con la mirada un poco perdida y, de vez en cuando, con imágenes del partido pasando por mi mente. Hasta que reaccioné, me puse en pie y fui al armario dispuesto a sacar toda mi ropa. En cuanto lo hice, se abrió la puerta y apareció Marcos en el umbral. Llevaba un par de collares hawaianos colgados del cuello, el pelo alborotado, su raquetero al hombro y la camiseta mojada.

—¿Dónde vas? —me preguntó al ver la maleta abierta en el suelo.

—Tranquilo, que ya voy a dejar de molestarte —gruñí.

—¿Qué haces con una maleta? —preguntó de nuevo y entró en la habitación.

—¿Qué crees que hago con una maleta, vamos a ver? —repliqué, enfadado. Si seguíamos hablando era más que probable que rompiera a llorar. Cogí todos mis calcetines y los dejé caer en el interior, sin ningún tipo de orden.

—¿Es que te vas? —dijo, confuso. Sus ojos pasaban de mí a la maleta y de nuevo a mí. No parecía creer lo que estaba viendo.

—Me voy de donde no me quieren. —Volví hacia el armario, pero Marcos estaba en medio—. ¿Te puedes apartar?

—¿A dónde vas a ir? Son las diez de la noche.

—Me da igual. Es mi problema.

—Da la casualidad de que no. Soy tu tutor y eres mi responsabilidad, así que de aquí no sales hasta que hablemos. —Cerró la puerta del armario y luego la de la habitación—. Siéntate en la cama.

—No quiero —contesté furioso.

—Pues quédate de pie, haz lo que quieras —espetó—. ¿Tan rápido te hundes? ¿Después de un estúpido partido y ya te rindes?

—¿Estúpido partido? ¡Cualquiera lo diría con lo en serio que te lo has tomado! —recordé al borde de las lágrimas.

—¿Y qué querías que hiciera? ¿Dejarme ganar? Esto no funciona así.

—No sé qué pretendía con esa conversación, pero no estaba haciéndome sentir mejor ni mucho menos—. Tú aceptaste el reto. Te he ganado limpiamente.

—Me has humillado. ¡Y te la ha sudado por completo, joder! ¡Estabas viendo a la gente riéndose de mí y te ha dado completamente igual! ¿Tú crees que eso está bien? ¿En serio lo crees?

—Yo he...

—Eres un puto egoísta. Un egocéntrico que solo piensa en sí mismo. Te da igual ser mi tutor. Si tienes que usarme para que la gente vuelva a tenerte respeto, lo vas a hacer. Pues enhorabuena. Ea, ya me has pisoteado delante de todos. Vuelve a ser el número uno de Arcadia, señor Brunas —ironicé haciéndole una reverencia que le enervó más que nada—. Y has conseguido que todo el mundo siga llamándome impostor. ¡Y además con razón! De puta madre, Marcos. De puta madre.

—¿Dónde tienes las correcciones que te hice?

—¿En serio? ¿Me lo dices en serio? —Qué huevos tenía a veces.

—¿Dónde están? —repitió.

Furioso, bufé, me di la vuelta, abrí uno de los cajones de la mesa y cogí las diez hojas repletas de mis fallos y sus apuntes. Se las lancé con rabia y varias cayeron al suelo, pero no pareció importarle. Se agachó con parsimonia y las recogió todas, ordenándolas con cuidado. Después de un rato, se sentó en su cama y comenzó a leer en alto.

—No estira bien el brazo al golpear la derecha —empezó a decir.

—¿Me vas a leer mis errores después de haber perdido? —repliqué furioso.

—Pero es increíble cómo consigue recuperar al centro y se prepara para el siguiente golpe —siguió leyendo. Esa parte no la había leído yo—. Su revés es demasiado flojo porque no ataca la bola. Aun así, lo compensa con su juego de pies.

—¿Qué quieres decirme con todo esto?

—Tiene talento, pero no sabe sacarlo a la luz. Solo hace falta un poco de orden para que se convierta en uno de los mejores de Arcadia. —Tras leer, dejó las hojas sobre la cama. Vale. El punto estaba hecho. Tenía que haber leído las hojas al completo. Pero me lo había puesto demasiado difícil. ¿Cómo iba a seguir leyendo después de las cosas que decía de mí?

—¿Aún quieres irte de Arcadia?

Iba a responder, pero preferí callar y contar unos cinco segundos antes de hacerlo. De vez en cuando, venía bien detenerse y pensar. A mí, desde luego, me servía, aunque creyera que no. Odiaba cuando, tras tomar una decisión, alguien con mejores ideas me la cambiaba por completo. Quería irme de allí. No tenía ganas de seguir teniendo que demostrar algo a gente que ni conocía. Pero, después de lo que me acababa de leer Marcos, ya no tenía claro nada.

—¿Realmente piensas esas cosas de mí? Es decir, ¿las positivas?

—Si no, no habríamos jugado un partido. Yo no juego con alguien al que sé que le voy a ganar.

—Espera, espera. ¿Creías que yo te podía ganar? —Se me iluminó la cara. Marcos se dio cuenta de lo que había dicho realmente y sus ojos me miraron con miedo.

—¡No! Por supuesto que no. Estaba claro que te iba a meter una paliza. Pero sabía que me podrías ganar un punto o dos.

—Tres. Te he ganado tres —dije, sorprendentemente orgulloso.

—Lo que quiero decir es… —se levantó de la cama sin dirigirme la mirada. Parecía que, por fin, iba a decirme algo bonito, algo positivo, algo que me hiciera quedarme allí— que ni se te ocurra irte de Arcadia o te romperé la raqueta en esa cabeza dura que tienes. ¿Lo has entendido? Me voy a duchar. —Y, sin decir nada más, abrió la puerta y salió de la habitación cerrando de golpe.

Claramente no se le daban bien las charlas motivacionales.

Capítulo 17

Marcos

Irse de Arcadia. ¿Podía ser más absurdo? Si al primer contratiempo decidía dejarlo todo, ¿cómo iba yo a ayudarle de alguna forma? Iba a ser imposible. Mi confianza en que ganara, al menos, el primer torneo de la academia iba menguando por momentos. La vida en ella no era fácil. Había muchas tensiones y muchos egos entre todos los alumnos. ¿Estaban siendo justos con Nicolás? La verdad es que no. Decía que le había usado para volver a ganarme el respeto de la gente. Bueno, ¿y qué? ¿Qué había de malo en ello? Él decidió jugar ese partido. ¿Y si hubiera ganado? ¿Me habría usado él para que dejaran de llamarle impostor? A los dos nos iba mucho en ese *tie-break*. Pero solo estaba enfadado porque había perdido y yo había ganado. Tan sencillo como eso.

Esperaba que nuestra charla le hubiera hecho reflexionar un mínimo y que, cuando volviera de las duchas, estuviera durmiendo en su cama, en vez de saliendo por la puerta arrastrando la maleta por los pasillos de la residencia. No le había mentido. Realmente pensaba que tenía talento y que podía sacarlo a la luz. Podíamos, podíamos. Solo tendría que tomárselo en serio. El torneo empezaba en tres días. Y ese primer partido era el más importante. Si lo ganaba, ya podríamos respirar. Tendría un puesto asegurado en el siguiente torneo. Sebas me miraría con otros ojos. ¿Y si lo ganaba? Es decir, ¿y si ganaba el primer torneo? ¡Quizá me diera la oportunidad de apuntarme al intensivo y al resto de los torneos de Arcadia! Era una apuesta difícil, pero podía conseguirse.

Abrí el grifo de una de las duchas, me quité los calzoncillos y dejé que el agua fría cayera por mi cabeza, mi espalda, mis brazos…, por todo mi cuerpo. Tras unos minutos así, empecé a regular la temperatura del agua, pasando a una algo más templada. Así los músculos poco a poco iban recuperándose mejor. Escuché cómo alguien se metía en la ducha de al lado tarareando una canción que al principio no reconocí. Y, mientras me estaba enjabonando la cabeza, alguien habló desde la puerta de cristal:

—¿Realmente crees que tengo talento?

—¡JODER, NICOLÁS, QUÉ SUSTO! —chillé. Abrí los ojos y se me llenaron de champú al momento, escociendo como si me hubiera entrado ácido—. ¡Mierda, cómo pica!

—¡Échate agua, rápido! —me sugirió. Pero su voz estaba demasiado cerca. Un momento, ¿estaba dentro de mi ducha?

—¡Fuera!

—Solo quería ayu…

—¡FUERA! —Le empujé a ciegas para que saliera y cerré la puerta. ¿Qué demonios pensaba que estaba haciendo?

—¡Perdón! —gritó desde el otro lado—. ¡Échate bien de agua! —Y le escuché meterse en su ducha. ¿No podía dejar de ser un raro aunque fuera solo un maldito segundo? Ni sabía lo que me había preguntado. Siguió tarareando su canción, aunque lo hacía tan mal que era imposible saber cuál era, mientras yo me aclaraba el pelo y los ojos, que seguían escociendo, aunque al menos podía abrirlos y ver. Y, tras una ducha reparadora, me aseguré de salir antes que él y ya estar en la habitación cuando llegara.

Entró secándose el pelo, con las chanclas totalmente empapadas y la toalla por debajo de la cintura, andando cómicamente, casi como si fuera un pingüino.

—¡Eh, eh, que lo estás mojando todo! —le recriminé, y es que había dejado la entrada de la habitación llena de agua.

—¿Y qué hago? Tendré que entrar.

—Podías haber secado las chanclas antes.

—¿Con qué? ¿Hay secador de chanclas? —replicó, irónico. Se sentó sobre la cama y siguió frotándose la cabeza mientras dejaba caer las chanclas con un ¡plof! bastante sonoro—. Te oigo juzgarme con la mirada. Tranquilo que ahora lo seco todo.

—Por supuesto que vas a secarlo. No podemos tener todo el suelo mojado.

—¡Qué exagerado eres, por favor! Esto te pasa por no dejar que me vaya. Ahora tendrás que aguantarme. —Lanzó la toalla a los pies de la cama—. Gran error por tu parte.

—Me estoy arrepintiendo, desde luego —dije mientras me tumbaba sobre la cama y me daba cuenta de lo cansado que estaba. Pero puse la cabeza donde los pies y estiré las piernas apoyándolas contra la pared en un ángulo de setenta grados. Así descansaban los músculos.

—¿Qué haces?

—No te importa.

Cogí la crema que me habían recetado para cuando se me inflamara la rodilla y la empecé a esparcir por encima, dándome un masaje que me hizo ver las estrellas. Pero no quería que Nicolás se diera cuenta, así que tuve que hacer un esfuerzo enorme para disimular delante de él.

—¿Por qué pones las piernas así en la pared? —preguntó de nuevo, curioso.

—Repito. No te importa.

—Eres mi tutor. ¿No quieres que aprenda tus trucos? —Uf, sabía cómo tocarme las narices. Era casi un experto.

—Para la circulación de las piernas y para que descanse mi rodilla. ¿Algo más?

—¿Y esa crema?

—Estás preguntón, joder… —No le respondí más. El olor intenso del mentol me embriagó, me coloqué los auriculares en los oídos y me puse música relajante tratando de descansar, aunque fuera cinco minutos.

—¿Puedo preguntarte algo? ¿Eh? ¿Marcos? —Es que podía escucharle por encima de la música, así que subí el volumen todo lo posible. Así era imposible relajarse. Al contrario. Me iba a quedar sordo al final. Pero, viendo que no contestaba, desistió y, cuando abrí un poco los ojos, vi que había apagado la luz y se había metido dentro de la cama dándome la espalda.

Ya había sido lo suficiente amable con él. Tampoco me salía serlo más. No quería que se acostumbrara demasiado. Ni yo quería hacerlo. Hacía tanto tiempo que no era simpático con alguien que casi se me había olvidado. ¿Se sentía bien? ¿Realmente quería ayudar a Nicolás? ¿O era mi forma de… de vivir mi sueño a través de él? Sabía la respuesta. Tras unos minutos de relajación total, apagué el móvil, bajé las piernas, me quité los pantalones cortos y me metí debajo de la sábana, acompañado de los ocasionales ronquidos de Nicolás.

Estuve toda la noche dándole vueltas al partido que habíamos jugado los dos. De hecho, incluso llegué a soñar con ello, pero el resultado era diferente. Nicolás me ganaba de manera aplastante y todos comenzaban a vitorearle. Le cogían en hombros mientras a mí me ignoraban. Entre el público estaba Min-ho, pero ni siquiera se acercaba a saludarme. Se iba de la mano con Paula, como si quisieran dejarme claro que me había equivocado con los dos. Y, de repente, los vítores se convertían en abucheos, en gritos de «¡Impostor, impostor!». Habían descubierto que Nicolás había hecho trampas en nuestro partido y le echaban, literalmente, de Arcadia.

Me desperté envuelto en sudor. Ni siquiera me había dado cuenta de que había sonado la alarma. La luz del sol era tan fuerte que casi era incapaz de abrir los ojos. ¿Me había quedado dormido?

—Nicolás, espero que estés despierto, porque no podemos perder una mañana de… —empecé a decir mientras me desperezaba. Pero no estaba por ningún lado. Obviamente su cama estaba totalmente deshecha, como siempre, con ropa desperdigada entre las sábanas—. ¿Nicolás?

Nadie respondió. Miré la hora en mi teléfono y casi me da un vuelco el corazón. Las nueve de la mañana. ¡Y tanto que me había quedado dormido! ¡Joder! ¿Por qué coño no me había despertado? Al levantarme de la cama, una hoja de papel se deslizó hacia el suelo, en un vuelo lento y desordenado, como si fuera una pluma empujada por la brisa. La cogí antes de que cayera del todo. Era una nota de Nicolás. Me la había dejado encima.

ME VOY A DESAYUNAR
NO TE HE QUERIDO DESPERTAR
ESTABAS MUY MONO CON LA BABA COLGANDO

—¿Qué? —Me llevé la mano a la boca y me limpié los restos de saliva que me caían por la barbilla. ¡NO ME HABÍA DESPERTADO! Aunque el problema no era ese. El problema era que me había quedado dormido. ¡YO! Nunca me había pasado. ¿Tan cansado estaba? Era imposible. Seguro que Nicolás era el culpable. No sabía cómo, pero algo había hecho para que me durmiera. Pero se iba a enterar. ¡Vaya si se iba a...!—. ¿Qué es esto?

Al poner los pies en el suelo, noté algo mojado que me empapó los dedos al instante. Miré hacia abajo y vi las chanclas de Nicolás, una junto a mi cama y otra a los pies de la suya. Estaban empapadas. Y odiaba mojarme los pies.

—¡Maldito niñato! —rugí. Me estiré todo lo que pude hasta su cama y cogí una toalla que había dejado ahí tirada. También estaba húmeda. La usé para limpiarme los dos pies y volví a lanzarla como si fuera una pelota. Si íbamos a vivir juntos durante un mes, ya iba siendo hora de que pusiera una serie de normas. Lo quisiera o no, era su tutor e iba a tener que hacerme caso.

Después de ponerme mi chándal de color gris y rojo, uno de mis favoritos, salí de la habitación dispuesto a enfrentarme a Nicolás una mañana más. Pero de camino al desayuno, fui encontrándome con todos aquellos alumnos que me habían apoyado durante el partido de la noche anterior.

—Tío, menudo partidazo —me dijo uno de ellos—. Y pensar que iba a apostar contra ti.

—Richi, cállate, joder. ¿No ves que...? —comenzó a susurrarle su amigo.

—¿Apostar contra mí? —murmuré—. ¿Pensabas que iba a perder?

—Bueno, el impostor es... —empezó a decir.

—El impostor es ¿qué?

—No sé, llegó a la final de El Roble y...

Mi respuesta fue tan solo un bufido que le dejó sin saber muy bien qué decir. Su amigo trató de disculparlo, pero ya no los escuchaba. Así que la gente dudaba de si iba a ganar o no. Pensaban que Nicolás podría haberme ganado. Un chico acababa de llegar, y mi experiencia ya no valía para nada al parecer. Maldita sea. Llegué al comedor y subí directamente a la cuarta planta, a ver si encontraba a Nicolás por algún lado. Y vaya si lo encontré, sentado con su amigo Álvaro..., pero también con Paula.

Capítulo 18

Nicolás

—¿No es ese tu maravilloso tutor? —preguntó Álvaro con medio bollo en la boca.

Me giré para ver mejor, y sí. Era Marcos viniendo directo hacia mí, hecho un basilisco. Casi parecía que estuviera echando humo por las orejas y la nariz. Sabía que se enfadaría si no lo despertaba. Por eso lo había hecho. Hay veces que uno disfruta viendo el mundo arder un poco, ¿no? Sí, le había dicho de hacer una tregua, pero tampoco se lo pensaba poner todo tan fácil. Menos aún después de la humillación de la noche anterior.

Cuando me desperté y le vi roncando a pierna suelta, traté de hacer el menor ruido posible para no despertarle. Eso sí, mojé un poco las chanclas en el lavabo que teníamos en el cuarto y puse una de ellas justo bajo su cama. Lo iba a odiar tanto... Al menos una mañana que había podido dormir y que no tenía que ir a limpiar las pistas simplemente porque a Marcos le parecía buena idea enseñarme así. Fui a buscar a Álvaro, que tardó en desperezarse más de la cuenta, y fuimos juntos a desayunar. Quería pedirle perdón por lo borde que había sido con él después del partido, pero hay veces que nos cuesta tanto pedirlo que se nos atora en la garganta y preferimos hablar de cualquier otra cosa. Sabía que se merecía una disculpa. Solo que mi boca no quiso pronunciar las palabras mágicas «lo siento». Ni que fuera tan difícil. Aparentemente, lo era. Pero Álvaro no pareció tenérmelo en cuenta. Simplemente se limitaba a hablar del torneo y de la fiesta de esa tarde en el pueblo.

—Ah, viste el anuncio en...

—¿Tú también? Podríamos ir, ¿no? —dijo, exultante.

—A ver, no sé si viste todo. No creo que sea bien recibido, la verdad.

—¿Y eso por qué?

—Porque ponía que era una fiesta libre de impostores. Eso iba por mí, sorpresa. Así que creo que ya tengo bastante con haber perdido el partido de ayer que...

—Eh, suplente, a ver si ganas algún partido —gritó alguien desde el otro lado del camino.

—Tu puta madre —contesté. Ni siquiera vi quién me lo había dicho. Tampoco importaba mucho—. ¿Ves lo que te digo?

—Mira, si no quieres, no vamos. Pero podría ser una oportunidad para socializar fuera de Arcadia y que la gente conozca al verdadero Nicolás Rion. ¿Qué me dices?

—Que no lo conozco ni yo —respondí lo más amargamente posible.

—Estamos hoy de bajón, ¿eh? Pues, nada, a ver si con suerte te toca un buen desayuno y así arreglamos ese ceño fruncido —dijo cogiéndome del brazo y andando sin soltarme hasta que llegamos al comedor.

Como todas las mañanas, estaba ya repleto de todos los alumnos de Arcadia. Subimos las cuatro plantas y noté cómo levantaba unas cuantas miradas. ¿No se suponía que en el mundo del deporte todos nos teníamos que apoyar? Sobre todo después de una derrota. Al parecer allí no. Todos se iban volviendo más gilipollas según pasaban los días. Nos sentamos en una de las pocas mesas libres después de recoger las bandejas de nuestros desayunos, pero ni siquiera pudimos empezar a comer.

—¿Puedo sentarme con vosotros?

Era Paula Casals. ¿Qué hacía ahí arriba? Su sitio estaba en la primera planta. Con todos los séniors de los cursos trimestrales. Se habría equivocado. Seguro. ¿Qué iba a querer de nosotros si no nos conocía de nada?

—Eh, sí, sí, cla-claro —tartamudeó Álvaro mirándome con los ojos más abiertos que nunca—. Es Paula Casals, tío —susurró, pero, obviamente, ella le oyó.

—Sabes que estoy aquí delante, ¿no? —dijo.

—Sí, sí. Eh, es que… No sé… Estoy sorprendido. Nadie quiere sentarse con nosotros. No te ofendas, Nico.

—¿Por qué iba a ofenderme? —pregunté, confuso.

—La verdad es que yo sí quiero sentarme con vosotros. ¿Qué tal te está tratando Marcos como tutor? Sé que puede ser un poco bastante…

—¿Borde? ¿Imbécil? ¿Gilipollas? ¿Un egocéntrico insoportable? Puedes elegir la opción que más te guste.

—Elegiría todas las que has dicho, la verdad —afirmó con toda la sinceridad del mundo y con una sonrisa sarcástica arrebatadora. Se echó la trenza hacia atrás y colocó uno de sus brazos sobre la mesa, como dispuesta a tener una conversación más profunda sobre el tema—. Lo ha pasado mal. Y nunca se le ha dado bien el trato con la gente. En general.

—Humillarme en un partido sí que se le da bien al parecer —rezongué mientras le daba vueltas con la cuchara a mi yogur de vainilla.

—Te confiaste. Y Marcos siempre ha sabido leer muy bien a sus contrincantes. Por eso se convirtió en el número uno de la academia. Pero es alguien que te va a enseñar más que nadie en Arcadia. Bueno, si no me tenemos en cuenta a mí, por supuesto.

—¿Eres tutora de alguien? —quiso saber Álvaro.

—De esa chica de allí. Gabriela —contestó, señalando a una pelirroja que engullía, literalmente, un bol de cereales.

—Parece maja, supongo —comentó Álvaro, saludándola tímidamente mientras él también engullía la comida de su plato—. ¿No es ese tu maravilloso tutor?

Y ahí venía Marcos, con una expresión de furia dibujada en el rostro. Apartó a dos chicos de un empujón y llegó hasta nuestra mesa totalmente desatado.

—¡¿Por qué no me has despertado?! —rugió.

—Porque no soy tu despertador —repliqué, y Álvaro echó por la nariz toda la leche que se había bebido.

—Perdón —se disculpó—. Voy a... voy a por una servilleta.

Marcos le miró con cara de asco y a continuación posó sus ojos en mí. Su furia seguía latiendo en sus iris verdosos. Ya me estaba acostumbrando a que, cada mañana, se levantara de mal humor. Obviamente, siempre contra mí.

—Creo que yo me voy a ir ya. Buenos días, Marcos —dijo Paula, se levantó y se fue sin decir nada más. Marcos ni siquiera le dijo adiós. Sus ojos seguían centrados en mí.

—No te vuelvas a saltar el entrenamiento de por la mañana —me abroncó.

—¿Llamas entrenamiento a barrer la pista? —repuse, enarcando las cejas.

—¿Qué hacía ella aquí? —bramó, cambiando por completo de tema.

—¿Quién? ¿Paula? Ni idea. Se sentó con nosotros y solo me dijo que serías un buen tutor para mí. Hasta que has llegado tú, cabreado como siempre. Así que no sé hasta qué punto eso es verdad. ¿Qué te ha pasado con ella?

—No te importa.

—Dios, tu respuesta favorita —ironicé—. ¿Vas a venir hoy también a tomar apuntes sobre todos mis fallos?

—Por supuesto —respondió, molesto—. La única forma de mejorar es saber en qué nos equivocamos.

—¿Tú crees que es la mejor forma?

—Y, ya que te has saltado el entrenamiento de esta mañana... —comenzó a decir—, lo sustituimos por uno nocturno. A las nueve, después de la cena.

¿Entrenar por la noche? Estaba llevando lo de ser mi tutor hasta las últimas consecuencias, desde luego.

—Esta noche no puede. Tenemos una fiesta —intervino Álvaro, que llegaba con un cargamento de servilletas entre las manos mientras seguía secándose la camiseta empapada de leche—. Nos han invitado. Es en el pueblo. En la playa.

—¿Una fiesta? —repitió Marcos, confuso, mirándome en busca de una contestación que, claramente, no le iba a gustar. Muy bien. Cada uno de ellos tenía un plan para mí, y yo lo único que quería por la noche era meterme en la cama a dormir.

—Sí, eh, tampoco sé si vamos a ir o…

—Claro que vamos. No podemos perdernos la primera fiesta de Arcadia, ¿no? —Y me pasó el brazo por la espalda juntándome contra él con fuerza—. Pero, tranqui, que le cuidaré bien para que mañana sí te despierte. ¿Trato hecho?

Marcos no dejaba de mirarme apretando la mandíbula, haciendo todo el esfuerzo del mundo para no seguir echándome la bronca. Suspiró, cerró los ojos, asintió con la cabeza y se fue sin darse la vuelta. Directo hacia las escaleras.

—De nada —me dijo Álvaro en cuanto estuvimos solos de nuevo.

—Le voy a tener todo el día enfadado —suspiré.

—Tiene que empezar a relajarse un poco. Será Marcos Brunas, pero no es tu padre. Solo es tu tutor. ¿Tú conoces al mío?

—No.

—A eso voy —sonrió—. Compartimos habitación. Me ha contado algún cotilleo de Arcadia y me ha enseñado el spa, las piscinas y el gimnasio. Pero fue él el que me dijo lo de la fiesta. No tengo que despertarle ni entrenar con él, a no ser que yo se lo pida. Tío, no llevamos aquí ni una semana y Marcos y tú ya parecéis casi un matrimonio.

—Un poco, ¿verdad? —admití.

—Ajá, mi querido Nicolasín. Hoy vamos a esa fiesta. Nos lo pasaremos bien. Te conocerá la gente, y a socializar un poco. ¿Te parece?

—No lo tengo muy claro, pero te haré caso.

—Claro, tú haz caso a Álvaro, que de estas cosas sé un rato. Ya verás. Y, quién sabe, quizá hasta liguemos con algún júnior buenorro —sonrió—. Ahora, a terminar el desayuno y a jugar un poquito de tenis, ¿no? Que en dos días empieza el torneo, y hay que estar listos para arrasar.

El entrenamiento esa mañana fue mucho mejor que los anteriores. No sé si era porque Marcos no apareció en el banco y me dejó tranquilo o porque Zoe estaba menos pendiente de mí. Pero la verdad es que me salí. Me entraba todo y, aunque mis compañeros seguían mirándome por encima del hombro (y alguno bromeó con el partido que perdí contra Marcos), fue la mejor mañana desde que había llegado a Arcadia. Así que, tras la clase, fui a relajarme al spa, y ese sitio era increíble. Varias piscinas climatizadas, chorros relajantes, saunas, baños de vapor… Ni idea de cuánto tiempo estuve ahí dentro, pero, cuando quise darme cuenta, ya era por la tarde. Perfecto para volver a la habitación, cambiarme y quedar con Álvaro para ir al pueblo y descubrirlo por fin. Prefería no pensar en el mensaje de «fiesta sin impostores». Lo importante era que iba con un amigo, así que me lo pasaría bien. O, al menos, haría todo el esfuerzo por pasármelo bien.

Tampoco sabía muy bien qué ropa ponerme. Así que opté por unos vaqueros negros con manchas de pintura, de cuando ayudé a mi padre a pintar su habitación, una camiseta de rayas azules y blancas y unas zapatillas negras que estaban rotas por los laterales. Cuando fui a recoger a Álvaro a su habitación, obviamente no estaba preparado todavía. Me invitó a entrar mientras terminaba de cambiarse, y he de reconocer que su habitación estaba mucho más recogida que la mía. Obviamente. Yo lo admito. Soy muy desordenado. Es algo que tengo que mejorar. Y más aún compartiendo habitación con alguien que era todo lo contrario.

—¡Listo! Y mira lo que he conseguido… —Y, del interior de su armario, sacó una pequeña botella de cristal de color rojo.

—¿Qué es eso?

—Vodka de cereza. Traído directamente desde Polonia —sonrió exageradamente—. Lo probamos, ¿no?

—Pero ¿cómo...? ¿De dónde lo has sacado? —exclamé mientras le cogía la botella y le echaba un vistazo.

—Mi tutor. Me ha dicho que prefiere saber lo que bebo a que beba cualquier cosa en la fiesta.

—¿Tu tutor te proporciona el alcohol? —pregunté, sorprendido.

—No creo que vaya a darme más. Por lo que me dijo, esta botella me tiene que durar todo el mes. —Y me la quitó de las manos.

—Nunca he bebido vodka —admití. Lo máximo que había bebido era botellas de tinto de verano o cerveza de treinta céntimos. Esa era mi experiencia con el alcohol.

—¿Y te crees que yo sí? Pero este estará rico. No sé, es de cereza. Te gusta la cereza, ¿no?

—Claro.

—Pues todo solucionado —dijo abriendo la botella con un sonoro clic—. Uf, esto huele a alcohol de quemar. Mira.

Me lo tendió para que lo oliera, pero yo creí que era para que lo probara, así que, sin pensarlo mucho, le di un pequeño sorbo. Y, aunque al principio tenía un regusto dulce, cuando empezó a bajar por mi garganta era como beber fuego. ¡Estaba fortísimo! Empecé a toser sin parar y Álvaro me quitó la botella, preocupado.

—¡Si solo era para que olieras! Menudo alcohólico estás hecho.

Le dio también un sorbo y, obvio, empezó a toser igual que yo. Porque era imposible beber eso sin morir en el intento. Pero, tras su ataque de tos, empezó a reírse, contagiándome. Guardó la botella de nuevo en su armario y los dos salimos de su habitación en dirección a la fiesta de la playa.

No vi a Marcos en todo el día.

Capítulo 19

Marcos

No vi a Nicolás en todo el día.

Es verdad que estuve evitándolo. Tenía pensado un entrenamiento diferente para esa noche. Quizá estaba siendo demasiado duro con él. Me costaba hacer nuevas amistades y entender que no tenía que ser tan borde todo el rato. Pero es que me sacaba de quicio. Y esa mañana no solo no me había despertado a sabiendas, sino que le encontré hablando con Paula (¡lo que me faltaba!), y encima se iba de fiesta a la playa por la noche. Pues, si no quería tomarse en serio lo de estar en Arcadia, yo tampoco iba a hacerlo. Así que me negué a ir a su clase de por la mañana. Si no quería valorar mis comentarios sobre su juego, pues no iba a tener comentarios al respecto. Ya los echaría de menos cuando jugara su primer partido y lo perdiera y no pudiera apuntarse al resto de los que se jugaban en el curso.

¿Eso me repercutía a mí? Lamentablemente, sí. Ya se arrepentiría. Estaba seguro de ello. Y vendría con el rabo entre las piernas buscando mi perdón. ¿Se lo daría? Tenía que pensarlo aún.

Cuando salí del comedor, porque no me apetecía desayunar, me encontré con Sebas, que se limitó a hacerme un gesto con la cabeza y siguió su camino. Pero yo quería hablar con él. A ver si había suerte y…

—¡Sebas!

Se detuvo y esperó a que llegara a su altura. Eché a correr y, cuando llegué a donde estaba, reanudó la marcha.

—Buenos días, Marcos.

—Buenos días —respondí, ansioso.

—¿Qué tal con Rion? Ya me he enterado de que ayer jugasteis un partido, ¿no?

—Sí —me limité a responder.

—Me gusta que estéis haciéndoos amigos por fin.

—No diría yo tanto —repliqué.

—Rion es un chico... complicado. Digámoslo así. Necesita un buen tutor, un buen supervisor. Y quién mejor que tú para enderezarlo.

—¿Y eso por qué?

—¿Querías algo, Marcos? —preguntó directamente—. Porque tengo una reunión en diez minutos y tengo que atravesar todo el club.

—Sí. El torneo comienza en dos días. He apuntado a Nicolás y...

—Muy bien —me interrumpió.

—Y ahora me toca a mí. Estoy preparado.

—Ya hemos hablado de esto, Marcos —me dijo, cortante, cambiando su tono de voz—. No estás recuperado.

— Sí que lo estoy. Te lo habrán dicho. Ayer en el partido no me dolió nada —mentí—. Cualquiera puede decírtelo. Estaba medio Arcadia viéndome jugar.

—Un partido con un chico que acaba de empezar. Un *tie-break* al mejor de siete. No es el mejor ejemplo, ¿no crees?

—Solo te pido que me dejes apuntarme a este torneo. Sé que puedo dar lo mejor que tengo. Lo sé.

—¿Y dejar a otro alumno fuera del torneo simplemente por tu cabezonería? —espetó, molesto—. No te tomas en serio tu lesión. Tienes que entender que ha sido algo muy grave. La segunda operación fue hace tan solo dos meses. ¿Estás haciendo la rehabilitación?

—Sí, todos los días.

—Sigue con ello; quizá a final de año estés listo para competir.

—Pero ¡yo no quiero esperar! —grité perdiendo los nervios. La cara de Sebas cambió. Estaba acostumbrado a mi mal genio. Pero eso no significaba que lo tolerara.

—Ayuda a Rion. Esa es tu tarea, Marcos. Haz la rehabilitación. Paciencia. Es una putada lo que te pasó. Pero de nada te va a servir querer tener prisa con esto. ¿Lo entiendes?

—No. Mi vida es jugar al tenis. Si no puedo jugar, ¿qué me queda? —me lamenté.

—Ese ya es otro problema, Marcos. Y no soy yo quien te lo puede solucionar. Habla con Olivia. —Genial. Su única solución era mandarme a terapia. Qué fácil. La solución que te daba todo el mundo cuando tus problemas los sobrepasaban—. Me voy, que llego tarde. Ah. Y no vuelvas a levantarme la voz. Que sea la última vez. ¿Estamos?

—Sí, vale —rezongué. Ni siquiera se despidió.

¿Por qué se empeñaba en tomar decisiones sin tener en cuenta lo que yo pudiera opinar? Ni siquiera me había preguntado por mi rodilla. Si me dolía o me dejaba de doler. No sabía una mierda. «Ayuda a Rion». No quería ayudar a nadie. Quería jugar yo. Quería volver a ser el que era.

Por la tarde me dediqué a estudiar un poco al resto de los júniors del curso de Nicolás. Mejor conocerlos un poco. Él iba a necesitar toda la ayuda posible. Eso estaba claro. Cuando volví a la habitación, después de unas clases demasiado largas y agotadoras, Nicolás no estaba por ningún lado. Pero sí que había restos de su perfume. Como era de esperar, se había echado demasiado. A esas horas ya estaría en la fiesta de la playa. Recordé cuando me invitaron a mí en mi primer año en Arcadia. Ahí fue donde conocí a Paula, y nos besamos bajo la luz de la luna. También conocí a Min-ho aquella noche y, justo un año después, al que estaba besando era a él. Normal que Paula me odiara. Pero era de las pocas personas que me había entendido casi desde el principio. Hasta que me lesioné y me quedé solo.

Me tumbé en la cama, hice mi ritual de embadurnarme la rodilla de crema y estirar las piernas contra la pared, poniéndome música relajante y tratando de olvidar por todos los medios la conversación que había tenido con Sebas. Pero no tendría que estar ahí, tirado en mi habitación, sino entrenando en una de las pistas de tierra con Nicolás. Haciendo el entrenamiento que le había preparado. Porque quería fortalecer sus puntos débiles antes del primer partido del torneo. Pero él tenía otros planes, y no me incluían, por supuesto. A lo mejor estaba enfocando todo mal y era mejor ser más amable con él. Era difícil, porque se empeñaba en ser molesto hasta cuando estaba durmiendo. Pero para él tampoco debía de ser fácil acostumbrarse a Arcadia. Si para mí no lo era, para él que acababa de entrar nuevo…, y encima con todos riéndose de él, culpándole de la ausencia de Izaguirre…

Le estuve esperando despierto todo lo que pude. Hasta que el sueño me venció. Me despertó al abrir la puerta. No sabía qué hora era. Solo sé que llegó borracho y se cayó de boca contra el suelo al entrar.

Capítulo 20

Nicolás

—Ay —fue lo único que pude decir después de comerme el suelo. Literalmente.

Pero es que no podía mantenerme de pie. Mis rodillas eran incapaces de soportar mi peso. Se doblaban como si fueran de gelatina. Ni siquiera sabía cómo había llegado hasta mi habitación. Espera, ¿era mi habitación? Sí, supongo que sí. Si no, ¿cómo había entrado? Porque había entrado, ¿no? ¿Dónde me había caído? ¿Era el suelo… era el suelo o era…?

—Ay —volví a lamentarme.

Puede que me hubiera acompañado Álvaro, ¿no? Álvaro. Dios, qué vergüenza. Le había intentado besar a traición. Realmente pensaba que yo podría gustarle. O había sido el alcohol. O una mezcla de las dos cosas. Pero lo vi tan claro en el momento…

—No puedo… levantarme —conseguí decir con un esfuerzo sobrehumano.

Ni siquiera podía levantar la mirada. Junto a mi cara vi dos pies, inmóviles. Sería Marcos, pero era incapaz de girarme para verle bien. Obviamente me estaría juzgando desde las alturas. ¡Como si él nunca se hubiera emborrachado! Todo había sido culpa de ese maldito vodka. Y solo para hacernos los divertidos. El problema es que yo no era divertido. Álvaro sí. Yo no. Pero, cuando uno se siente fuera de lugar en ese de tipo de fiestas, siempre recurre a lo mismo. Mi primera borrachera, y tenía que ser en Arcadia. Con Marcos Brunas vigilándome. Suponiendo que el que me estaba mirando fuera Marcos Brunas y no un acosador que se hubiera colado en mi habitación. Si es que esa era...

—Por fin apareces —me dijo con calma y, ayudándose de su pie, me empujó desde el pecho para conseguir darme la vuelta, como si fuera casi una bolsa de basura.

—Eh, eh... —protesté, pero no tenía fuerzas. Empecé a notar un sabor a hierro en la boca y un dolor punzante en la barbilla. Genial. Seguro que se me había abierto la herida de nuevo. O me había hecho una nueva, no lo tenía claro.

—Estás sangrando.

—Lo sé —afirmé—. Pero... no puedo hacer nada. ¿Ve-ves que pueda hacer algo?

—Estás borracho.

—No sé de... ¡hip! De lo que hablas. Este es mi estado natural.

—En el suelo —dijo con seriedad.

—Sí. Supongo. Sí.

—Lo estás manchando de sangre.

—Tampoco puedo hacer nada. Pe-pe-pero, si tienes la amabilidad de ayudarme a levantarme, me meteré en la cama y no-no-no volverás a saber de mí. Al menos hasta mañana.

—¿Ayudarte a levantarte? No sé. Has sido capaz de irte de fiesta solo, ¿no? Levantarse debería de ser fácil para ti —me repuso con sorna.

—Pu-pues, lo creas o no, es superdifícil ahora mismo —admití y traté de hacer fuerza con las manos, pero nada. Imposible. Marcos se acuclilló y se colocó frente a mí. Olía a pasta de dientes. Yo seguramente a vómito. Porque había vomitado un par de veces. Una de ellas, encima de una tal Carla. A Paula Casals pareció hacerle mucha gracia. Ella había sido la organizadora de la fiesta. Y era una chica majísima. Aunque no tenía claro si lo era solo para conseguir sacarme información sobre Marcos.

—¿Sabes qué hora es? —me preguntó con frialdad.

—¿Las once y diecisiete? —y me eché a reír incontrolablemente.

—Las doce y cuarenta. En veinte minutos cierran las puertas de Arcadia. ¿Sabes que podrías haberte quedado fuera toda la noche?

—Pues claramente no lo sabía. Información nueva. To-totalmente nueva para mí. Oye, mira, creo que estoy aquí muy cómodo en el suelo. Es bueno, ¿no? Es decir, es-es bueno para la espalda dormir en el suelo.

Sin mediar palabra, se abrió de piernas y colocó una a cada lado de mi cuerpo. Parecía que iba a sentarse encima de mí. Y, desde mi posición, lo que veía me excitó en el momento más inoportuno. Pero, claro, Marcos estaba abierto de piernas, en slips blancos, y su paquete a pocos centímetros de mi cuerpo. ¿Cómo no iba a ponerme cachondo? ¿O era también un efecto del alcohol? Se agachó doblando las rodillas y, pasando sus brazos por detrás de los míos, tiró de mí hacia arriba de golpe, sentándome en el suelo al momento y haciendo que mi barbilla chocara, literalmente, con su polla, llenándole los calzoncillos de sangre.

—Joder —protestó—. ¿Puedes poner un poco de tu parte, coño?

—Lo intento —repliqué casi hablando en sus calzoncillos.

—Hostia, Nicolás —refunfuñó y, volviendo a hacer fuerza, tiró de nuevo de mí y consiguió ponerme de pie—. Esta mancha no va a haber quien la quite. Me debes unos calzoncillos.

—Te debo lo que tú quieras, corazón. —Vale, el alcohol ya empezaba a hablar por mí. Marcos decidió ignorar mi respuesta y, con un último esfuerzo, me lanzó sobre mi cama y estuvo a punto de caerse sobre mí.

—Hala, ya está. Que sea la última vez —me avisó mientras no dejaba de mirarse la mancha que le había dejado, chistando con la lengua.

—Lo siento —me disculpé—. Es… es la primera vez que bebo tanto.

—Me he dado cuenta.

Traté de incorporarme un poco para quitarme los pantalones, pero, cada vez que lo hacía, la cabeza me daba vueltas y tenía que rendirme. Marcos se estaba metiendo de nuevo en la cama, pero, al ver mi lucha por desvestirme, gruñó un poco y se dio la vuelta. Sin decirme nada, se acercó a mí y puso sus manos sobre mi entrepierna, bajándome la cremallera.

—¿Qué-qué haces? ¿No me das un beso primero? —bromeé.

—Déjate de gilipolleces. Te estoy ayudando a desvestirte. —Pues se iba a llevar una sorpresa cuando me quitara los pantalones.

—Puedo yo solo. —Y le aparté las manos de mi cremallera.

—Nicolás. Podemos hacer esto rápido o rápido. Tengo sueño, quiero irme a dormir. Y tú también tienes que dormir para estar listo mañana. Así que, o me dejas, o me dejas.

—Vale, vale. A sus órdenes, capitán Brunas. —Eso pareció hacerle gracia, porque medio sonrió. Me levantó la camiseta desde la cintura y tiró de ella hacia mis hombros, quitándomela por completo. Pero, en vez de tirarla al suelo como habría hecho yo, la dobló con rapidez y la dejó sobre la mesa.

—Esta camiseta tendrás que lavarla. Eres consciente de que te has vomitado encima, ¿verdad?

—Y dos veces —añadí, sonriente, pero totalmente avergonzado.

Acto seguido me sacó las zapatillas, pero no tirando de ellas, sino desatándolas primero y luego colocándolas bajo mi cama. Después los calcetines y, por último, volvió a los pantalones. Bajó la cremallera del todo y tiró de las perneras para quitármelos por completo. Cuando volvió a mirar, vi cómo se ponía rojo de vergüenza. Porque mis bóxers no dejaban mucho a la imaginación, y menos aún cuando estaba totalmente empalmado como era el caso. Ojalá el alcohol borrara ese recuerdo por completo.

—Eh, buenas noches —dijo, y se dio la vuelta sin comentar más. Normal. ¿Qué iba a preguntarme?

—Oye, que esto es…, bueno, el alcohol.

—No tienes que decirme nada. —Y se metió en la cama. ¿Es que el alcohol hacía que vieras guapísimos a todos los chicos que se cruzaran en tu camino? Porque, por un lado, me moría de vergüenza. Pero, por otro, solo podía pensar en Marcos tumbándose sobre mí. ¿Tenía algo de sentido?—. Duérmete, que mañana será un día duro. Eh, quiero decir, un día difícil.

—¿Y eso… por qué? —pregunté mientras me tapaba como podía con las sábanas.

—Porque solo te quedará un día para preparar el primer partido del torneo.

—Ah, pero yo-yo-yo ya estoy listo. Puedes confiar en mí.

—Claramente, no puedo hacerlo —masculló.

—No me odies tanto, Marcos Brunas. Que tú a mí me caes bien. A veces. A ver, muy pocas veces. Pero tienes un punto. De vez en cuando.

—Buenas noches, Nicolás —dijo una última vez.

—Buenas noches, Marcos. —Y fue decirlo y dormirme al instante. Mi cerebro ni siquiera ofreció resistencia.

La mañana siguiente fue horrible. Eso sí. Porque la cabeza estaba a punto de explotarme. No dejaba de palpitar, como si mi cráneo se fuera agrandando por momentos y no tuviera más espacio. Si cerraba los ojos, todo me daba vueltas. Si los abría, la luz me hacía daño. Los párpados me pesaban. La boca, seca y pastosa, necesitaba agua urgentemente. Y la barbilla me dolía horrores. Me venían recuerdos de la fiesta. Entre ellos, los labios de Álvaro. Pero también su cara de sorpresa y su amable rechazo mientras yo vomitaba toda la cena. Lo poco que habíamos cenado, claro. Tampoco recordaba mucho más, aparte de haber hablado con Paula de Marcos. Nuevamente. «¿Y qué tal está? No es que me importe, pero por cotillear». Me lo dijo hasta cuatro veces. ¿O solo una y mi mente lo recordaba en bucle, pero en diferentes escenarios? Qué sensación más extraña. No iba a volver a beber alcohol en mi vida.

—¿Qué tal la resaca? —Esa voz sonó como un martillo en mi cabeza.

—Dios, habla más bajo.

—No —contestó Marcos, cortante—. A levantarse. Toca entrenamiento.

—Pero, por favor, ¿qué hora es? —suspiré.

—Las seis y media.

—No puedo ni moverme. La cabeza me da vueltas… Me quedo en la cama.

—No. —Me quitó la sábana—. Vas a darte una ducha fría, que te vendrá bien. Toma. —Y me tendió una botella de agua—. Bebe. Necesitas hidratarte. Cuanto antes, mejor.

—Uf…, ¿en serio no puedes dejarme en paz hoy?

—Tus actos tienen consecuencias. Esta es una de ellas. Así que arriba.

—Tienes suerte de que no tengo fuerzas para luchar contra ti. Pero, si vomito en la pista, no pienso limpiarlo.

—Tranquilo, no vas a vomitar.

Capítulo 21

Marcos

Me equivoqué. Porque vomitó. Y mucho. Primero en la habitación. Luego en las duchas. Y más tarde en el camino a la pista de tierra batida. Cada poco tiempo teníamos que parar porque estaba mareado. No le hice rastrillar la pista. Simplemente decidí hacerle un entrenamiento fácil y sencillo. Iba a ser la primera vez que lo hiciera con él, si no teníamos en cuenta el *tie-break* de la otra noche. Así que le coloqué en media pista, en la línea del saque, y empezamos a pelotear con tranquilidad y a un ritmo bajo y suave. Poco a poco iba despertando. La cabeza ya no le dolía, y sus pies se iban moviendo a un ritmo más de persona funcional. Sus golpes eran un poco robóticos, pero no falló ni una sola bola.

—Vale. Ahora solo de revés a revés. Nos vamos un poco para atrás.

Nicolás asintió y, con un par de saltos algo descoordinados, se colocó a tres cuartos de pista y sus reveses comenzaron a ser más intensos, más fuertes. Mantenía lo que había dicho sobre él en mis notas la primera vez que le vi entrenar: tenía talento. No es que no supiera sacarlo a la luz. Veía cada vez más claro que realmente no quería hacerlo. No había algo que le frenara. Era él el que se frenaba continuamente. No se valoraba ni se lo creía lo suficiente. Yo en eso era experto. Porque sabía mi nivel real, y no iba a dejar que nadie me dijera lo contrario. Ni siquiera yo mismo.

—¡Al fondo de la pista, Nicolás!

—¡OK! —Se colocó tras la línea de fondo. Tampoco quería machacarle a primera hora de la mañana. Primero, porque sabía que no estaba al cien por cien de sus capacidades. Y, segundo, porque tenía por delante un día muy completo, con clase con Zoe y, luego, musculación y natación. Los sábados en Arcadia podían ser muy duros a veces. Lo sabía por experiencia propia.

—¡Ahora vamos cambiando de derecha a revés! ¡No puedes dar dos golpes seguidos iguales!

—¡Oído cocina! —respondió y, los siguientes treinta minutos, estuvimos peloteando sin descanso, casi sin fallo, y con un Nicolás entregado, que se resistía a parar. Creo que quería demostrarme que podía aguantar pese a estar de resaca. Bien. Parecía que al final estaba sacando algo en claro con él. Solo le había tenido que presionar un poco para llegar hasta ahí. Su insistencia y su forma de moverse en la pista me recordaban mucho a Min-ho. Nuestros entrenamientos eran increíbles. Nos entendíamos a la perfección y éramos capaces de sacar lo mejor de cada uno. Jugamos, y ganamos, varios torneos de dobles. Funcionábamos como uno solo. Lo raro es que no nos diéramos cuenta antes de lo mucho que nos gustábamos. Lástima que luego fuera una persona tan fría y distante. Debí suponerlo porque no dejó de darme pistas desde que le conocí. Llevaba mucho sin verlo, pero sabía que en esos momentos estaba jugando un torneo en Alemania. Ya había conseguido sus primeros puntos ATP y estaba muy cerca de colarse entre los cien mejores del mundo. Ese podría haber sido yo.

Cuando terminamos y estábamos recogiendo las pelotas que habíamos usado, recordé cuando le había quitado la ropa por la noche y le había visto los calzoncillos. Empalmado. Sabía que el alcohol te excitaba de más, pero no pensaba que lo fuera a hacer con Nicolás. Y, menos aún, teniéndome a mí en frente. ¿Es que había algo más? Ni siquiera sabía si él era gay, bisexual o qué. No le había preguntado. Tampoco había necesidad de hacerlo. Pero había una cosa clara. Se había excitado al verme.

Tras recoger la pista, fuimos directamente al edificio central, donde estaría ya colgado el cuadro del torneo y podríamos ver contra quién le tocaba jugar su primer partido. Pero no esperaba encontrarme allí con Paula. Al parecer, ella conmigo tampoco.

—Hombre, el tutor del año. ¿Cómo se siente uno después de ganar a su propio protegido? —dijo sarcástica como nadie.

—Buenos días a ti también, Paula —saludé lo más educadamente posible.

—¿Venís a ver el cuadro del torneo?

—¿Con quién me ha tocado? —preguntó Nicolás.

—No vas a tener un primer partido fácil. Te ha tocado Samuel Quintana —respondió haciendo un gesto con los labios de superioridad.

—Ni idea de quién es.

—Es zurdo también. Adiós a nuestra ventaja —intervine yo.

—Espera, ¿tú le conoces?

—Conozco a todos los de tu curso, Nicolás. Soy tutor por algo. —Era verdad. Si había que tomarse las cosas en serio, iba a ser el primero en hacerlo. Me parecía importante conocer a todos los rivales de Nicolás. Ya que él no se iba a tomar la molestia de hacerlo. Piensa mal y acertarás. Siempre me había dado malos resultados esa máxima. O buenos. Según cómo se mirase. Como todo en esta vida. Al final depende de los ojos del que mira. Para todo.

—¿A todos? Eso es imposible —dijo alucinando.

—Déjale. Le gusta fliparse un poco con estas cosas —espetó Paula con suficiencia.

—Paula, en serio. Yo vengo en son de paz.

—¿Qué tal va la resaca, Nico? Ayer creo que bebiste un poco demasiado —se rio ignorándome por completo y provocando que Nicolás se pusiera rojo de vergüenza. ¿Qué coño estaba intentando? ¿Darme celos con Nicolás? Todo para ella si tanto le interesaba.

—Ahora bien, ahora bien. No estoy acostumbrado a estas fiestas… —admitió él, apesadumbrado.

—Claramente. Pero tranquilo. La siguiente no será hasta la final del torneo, así que tienes tiempo para recuperarte.

—¿Ahora organizas tú las fiestas de los júniors? —intervine yo.

—Ahora hago muchas cosas que no sabes, querido Brunas —escupió con nervio y se fue con dos amigas que habían estado a su lado, en silencio, secundando cada cosa que decía asintiendo con la cabeza.

En cuanto estuvo lejos, me acerqué al cuadro del torneo y busqué la categoría donde jugaba Nicolás. Ahí estaba su nombre. Se enfrentaba al cabeza de serie número ocho en primera ronda. No era la mejor opción para empezar, desde luego, pero, si ganaba, esquivaría rivales duros hasta cuartos de final. El tal Samuel Quintana tenía una derecha muy potente, pero se desesperaba fácil y su juego de pies era mucho más lento. Solo habría que evitar su derecha y aguantar los primeros golpes, en los que iba con todo. Si Nicolás resistía, tendría una oportunidad.

—¿Es bueno? —me preguntó con el miedo en los ojos.

—No —sentencié.

—Pero pone que es el número ocho.

—Eso no tiene que preocuparte.

—¿Cómo no va a preocuparme? Tiene ranking. Tiene numerito. Yo ni eso. ¡Si hasta han puesto mal mi nombre! Nicolás Ribón —leyó, indignado. He de admitir que no habían escrito mal su apellido. Yo lo dije mal a propósito cuando le apunté. Porque quería que se enfadara. Quería picarle un poco.

—Es un jugador más. Ya está. Esta tarde pensaremos bien tu táctica que seguir. Es un rival que puedes ganar —afirmé con la mayor confianza de la que fui capaz. Nicolás pareció creerme.

—¿Tú crees? No sé.

—Si vas a ir al partido dudando, mejor será que te retires del torneo.

—¿Puedo hacerlo? —preguntó, esperanzado.

—¡No! ¡Claro que no! Joder, Nicolás. ¿Voy a tener que estar todo el rato dándote ánimos? Quedamos en el paseo de las palmeras cuando termines de comer, ¿entendido?

—¿Y natación?

—Hoy no vas a natación. Con lo relajado que eres, solo faltaba relajarte más. Ahora, a clase, que empieza dentro de tres minutos y a Zoe no le gusta que lleguéis tarde.

—¿Y mi desayuno?

—Se te ha pasado la hora —contesté con sorna—. Ahora, corre a clase.

—¿TRES MINUTOS? —Y echó a correr. Obviamente, en dirección contraria. Tardó unos segundos en darse cuenta, pero lo hizo. Dios, iba a perder de paliza.

Capítulo 22

Nicolás

Es que iba a perder de paliza. Lo tenía claro. ¿Quién coño era ese Samuel? No le conocía de nada. ¡Y encima zurdo! ¿Me quitaba mi única ventaja? ¿Lo único que me hacía especial? Sí, sé que hay más zurdos en el mundo. Pero no suele ser lo normal en el tenis. Y mi primer partido en el torneo de Arcadia tenía que ser con uno. Nos ha jodido. Mi puta mala suerte de siempre. Persiguiéndome hasta el final. Y, con lo que me gusta a mí huir de los problemas, era una carrera que no tenía un fin próximo.

Llegué de milagro a tiempo a la clase con Zoe. Me reprendió con la mirada, pero hasta ahí llegó su enfado. Nos pusimos a trotar alrededor de la pista, subiendo las rodillas a ritmo, moviendo los brazos hacia delante y hacia atrás y haciendo estiramientos para evitar cualquier lesión inoportuna. Marcos tardó en aparecer, pero lo hizo; se sentó de nuevo en el banco del lateral, a unos metros de la valla metálica. ¿Qué pensaba apuntar si ya había jugado conmigo por la mañana? Había sido raro entrenar con él, pero, a la vez, totalmente natural. Como si lleváramos haciéndolo toda la vida. Y ese día estaba sorprendentemente simpático. Para sus estándares, claro. Creo que al final se había resignado a que no podía huir de mí. Como yo me había resignado a lo mismo. Íbamos a tener que compartir un mes intenso de trabajo. Y el punto de inflexión seguramente sería mi primer partido…

NO.

Miento.

El punto de inflexión ya había tenido lugar. Había sido el *tie-break* que jugamos la otra noche. Cuando creía que se me había olvidado, me veía a mí tirado en el suelo, manchado de tierra hasta las orejas mientras Marcos gritaba un sonoro y sentido «¡SÍ!», alzando el puño en alto, con medio Arcadia vitoreándole. Iba a tardar en olvidar esa imagen. Pero, antes de que terminara la clase, se levantó y se fue. Cerró su libreta y ni siquiera se despidió. Ni con un gesto de la cabeza ni nada. ¿Tan mal había entrenado que había decidido que era mejor dejar de mirarme?

—¡Nicolás, a estirar!

—Voy, voy —obedecí—. Pero ya habíamos estirado antes, ¿no? ¿Cuántas veces tenemos que...?

—¿Vas a cuestionar cada cosa que diga? —preguntó Zoe, molesta, y me callé porque, la verdad, tenía razón.

No fue hasta la comida cuando volví a pensar en la fiesta de la noche anterior y en que tendría que enfrentarme a lo que había ocurrido con Álvaro. Más bien, a lo que no había ocurrido con él. Muchas veces en mi vida había equivocado la atención con gustar. Pensé que Álvaro realmente sentía algo, aunque fuera pura atracción, y, aunque me continuó el beso durante un rato, acabó separándose con una frase similar a «Nicolás, estás borracho. No es el mejor momento». Luego vomité.

Obviamente no podía evitarle siempre. Porque éramos muy pocos en Arcadia, al menos en el curso intensivo. Y la planta donde comíamos tampoco era demasiado grande. Así que, pese a que traté de comer a toda velocidad, Álvaro llegó mucho antes de que yo pudiera terminar.

—¿Qué tal? No te he visto en el desayuno —me comentó con timidez y se sentó a mi lado.

—Ya, eh... Es que no he desayunado. Marcos ha querido hacer un entrenamiento más largo y luego fuimos a ver los cuadros del torneo y ya sabes. Pues se me fue la hora —me excusé.

—Vamos a hablarlo antes de que esto vaya a más. No tiene que darte corte el haberme besado anoche. Produzco ese efecto en la gente. Soy un chico guapo, atractivo y tremendamente simpático. ¿Me gustas? No en ese sentido. A ver, eres muy guapo, estás buenorro y no me importaría que algún día nos hiciéramos algo más que caricias. —Todo se estaba volviendo demasiado incómodo, y yo me moría de la vergüenza—. Pero no estamos en ese punto, querido Nicolasín. Eso creo, vaya. Y, menos aún, después de que casi me potaras encima.

—Lo siento.

—¿Por qué?

—A ver, por todo. No-no-no se me da bien beber.

—¿Es que a alguien se le da bien? ¡Sí! A mi padre se le daba de la hostia. El caso, Nico. Te podía llamar Nico, ¿no? —Asentí—. Ya está. No pasa nada. A no ser que haya algo más. ¿Hay algo más? ¿Te gusto gusto?

Pero estaba claro que no había mucho más allá de mi orgullo herido por haber sido rechazado.

—No.

—Un poco decepción, la verdad. Pero también menudo alivio. Así podemos estar más tranquilos. Ahora, cuéntame cómo ha sido llegar borracho a tu habitación con nuestro querido Brunas.

—Pues ya te lo puedes imaginar. Además… —¿Le contaba lo que había pasado? ¿Le contaba cómo me había excitado al ver a Marcos en calzoncillos?—. No recuerdo tampoco mucho. —No hacía falta contarle todo, ¿no?—. Ahora tengo entrenamiento con él para preparar la estrategia para el partido de mañana.

—¿Y natación?

—«Hoy no vas a natación» —dije, tratando de imitar el tono con el que me lo había dicho Marcos—. Ya tiene todo pensado para mi posible victoria. A veces me da la sensación de que solo me usa para ganar. Es decir, como si siguiera viviendo su carrera a través de mí, ¿sabes lo que te quiero decir? Pues menuda decepción se va a llevar.

—Por lo que me contó Paula, y que esto no salga de aquí, por favor, Marcos intentó que Sebas le dejara apuntarse al torneo. Pero Sebas es un tío duro, y supongo que no quiere que quede en su conciencia que Marcos se lesione más. Qué sé yo. Pero tú, de esto, ni mu. —Empezó a comer como si no lo hubiera hecho en meses.

Así que al final había intentado apuntarse. Y le habían dicho que no. ¿Por eso estaría tan puñeteramente empeñado en que yo cumpliera y ganara el primer partido? ¿Tan importante era para él? Tras terminar de comer, ir a las duchas y ponerme el único chándal limpio que me quedaba, fui a una de las pistas para el entrenamiento con Marcos en el que íbamos a decidir qué táctica seguir contra el tal Samuel Quintana. Cuando llegué, él ya estaba allí, por supuesto, y con una enorme bolsa roja.

—¿Qué es eso? ¿Regalos?

—Algo así —contestó, críptico como él solo, y la dejó caer al suelo. Abrió la cremallera y del interior sacó multitud de conos, gomas elásticas y aros. Fue colocando varios por la pista y me explicó el primer ejercicio—. Vamos a hacer una cesta entera de derechas. Tienes que lanzarlas todas a la zona de los conos. Pero no te las voy a tirar a la derecha, sino al revés. Así que tendrás que moverte rápido para poder quitarte y llegar a tiempo. Luego recuperas al centro y vuelta a empezar.

—¿Toda la cesta?

—Hasta la última bola —sonrió malévolamente.

—Pero… ahí hay muchas pelotas.

—Lo sé. Venga, prepárate —dijo y se dio la vuelta, directo hacia el otro lado de la pista mientras yo me colocaba en el centro de mi línea de fondo, dispuesto a sudar como en la vida lo había hecho. Bueno, o quizá no fuera para tanto.

Sí lo fue.

Y eso que solo era el primer ejercicio. Durante el entrenamiento, fuimos alternando diferentes tácticas, y Marcos se mostró muy comprensivo tratándome de hacer entender todo, aunque a veces se explicara mal.

Confiaba en mí, o quería hacerlo. Quería que ganara ese partido y, cuando terminamos de entrenar, joder, hasta yo lo empecé a creer también.

—Tienes que aguantar sus primeros tres golpes, así que tendrás que estar muy atento, Nicolás. Más que nunca. Tus pies tienen que volar. Y para eso tienes que insistir en hacer bien la plantada antes de cada golpe. ¿Entiendes? Un salto sobre la punta de tus pies, no sobre los talones, para que puedas salir mucho más rápido a por la bola.

—Sé lo que es una plantada.

—Sí, lo he visto, pero siempre caes demasiado fuerte. Tienes que ser más delicado. Una décima de segundo es crucial en este tipo de partidos.

—Vale, vale. Ser rápido y aguantar sus tres primeros golpes —repetí justo antes de vaciar una botella entera de agua con sales.

—Seguramente no seas capaz de devolver su saque. Al menos, no muchas veces. Pero, si lo haces y tienes oportunidad, atácalo.

—Vale. Genial. ¿Lo que hemos hecho en el ejercicio hoy entonces?

—Sí, pero yo no saco tan fuerte como él. Al menos, no ahora.

—Entiendo.

—¡Eh! Eso sí que no. No te permito que sientas lástima por mí, ¿eh? —me espetó enfadado, amenazándome con el dedo índice—. Te recuerdo que mi rodilla es un tema de conversación totalmente prohibido.

—¡Si no he dicho nada!

—Por si acaso. Venga, recoge todo. Yo me voy a duchar.

—Espera, ¿qué?

Pero no respondió. Salió de la pista y me dejó con todo el material que habíamos usado repartido por el suelo. Cualquier mención remota a su rodilla le ponía de mal humor. Y no quería decirlo, pero, durante nuestro entrenamiento, le había visto hacer malos gestos varias veces. Estaba claro que sufría jugando, y sobre todo si el nivel era un poco superior al que estaba acostumbrado con los niños pequeños. ¿Aguantaría su rodilla todo el verano a ese ritmo?

—¡OYE! ¡¿DÓNDE DEJO LA BOLSA DE MATERIAL?!

Capítulo 23

Marcos

Había veces que a Nicolás era mejor dejarle a su suerte para que encontrara él solo la solución al problema. Así que no pensaba decirle dónde tenía que llevar el material después de la clase. Debería saberlo. Se lo expliqué el primer día cuando pasamos por delante de una de las casetas donde se guardaban las cestas de bolas, las máquinas o las redes que usábamos para las clases de iniciación. Tarde o temprano lo recordaría. Y, si no lo hacía, ya le echaría la bronca más tarde. Lo que había visto en el entrenamiento me daba esperanzas, y aunque todavía estaba demasiado verde, quizá y solo quizá, podría ganar su primer partido en Arcadia. Pero, como siempre, tenía que joder cada momento sacando a la luz el tema de mi rodilla. Sí, es cierto que no lo había dicho explícitamente, pero no podía soportar esa mirada de lástima ni una sola vez más. Ya tenía que aguantarla por parte del resto de Arcadia, no tenía ganas de que Nicolás también me mirara así. Prefería su odio, e incluso su miedo. Pero no lástima. Nunca lástima. Al menos esa noche llegó pronto a la habitación después de cenar a toda velocidad. Su cara era de agotamiento total. Extenuación en estado puro. Se metió directamente en la cama sin decirme siquiera un «buenas noches» y, a los pocos minutos, ya estaba roncando. Su partido a la mañana siguiente era a las doce del mediodía y, al ser domingo, no había clases en todo Arcadia, así que habría bastantes alumnos mirando los partidos. La presión y Nicolás no se llevaban bien, pero tendría que aprender a sobrellevarla. Qué mejor que en un torneo. Ojalá no se viniera abajo. Ojalá recordara (y aplicara bien) todos los consejos que le había dado.

Él durmió estupendamente, por supuesto. No hubo un segundo de la noche en el que no le escuchara roncando. Lo sé porque yo estuve despierto casi todo el tiempo. ¿Estaba nervioso? Sí. Pero tampoco lo entendía. No era yo el que tenía que jugar el partido. No era yo el que tenía que enfrentarse a una más que probable derrota. Entonces ¿por qué me preocupaba tanto?

Le desperté a las siete de la mañana, y, a diferencia de otros días, no puso mala cara. Ni siquiera uno de sus comentarios incisivos y con ganas de tocar las narices. Se limitó a levantarse e ir directamente a las duchas para refrescarse un poco. No cruzamos más de dos palabras de camino al desayuno, y entendí que era su modo de estar concentrado, de no perder el foco del partido que tenía por delante. O eso, o el miedo le tenía atenazado. Pasamos por nuestra pista, la número doce, y aprovechamos para entrenar unos minutos, simplemente para que soltara el brazo. Y seguía sin hablar. Eso ya empezaba a ser raro. Así que decidí tomar la iniciativa:

—¿Se puede saber qué cojones te pasa? —Esa es mi forma de tomar la iniciativa.

—¿Perdona?

—Llevas toda la mañana totalmente desconectado. No estarás pensando en retirarte, ¿no?

—Cuando hablo, que hablo demasiado. Si estoy callado, que por qué estoy callado. Tío, aclárate, no sé. ¿Qué quieres que haga? —me replicó, molesto.

—Que no pases de cien a cero, y menos el día del partido, que me preocupa.

—¿Te preocupas por mí? —preguntó dándole la vuelta a lo que acababa de decirle.

—Me preocupa el partido.

—Joder, que le den al torneo. Relájate. ¿No me habías dicho que iba a ganar? Pues ya está. Céntrate en eso. Yo estoy concentrado. Repasando las cosas que me dijiste. Ni más ni menos.

Sabía que me estaba ocultando algo. Y seguramente ese algo le estaba carcomiendo por dentro. Podía insistir, pero tampoco quería descuadrarlo con el partido tan cerca. Así que lo dejé pasar. Terminamos de entrenar y le ordené ir a la pista central mientras yo me quedaba recogiendo las pelotas que habíamos utilizado y rastrillando la tierra. No quería verle empezar el partido. Mejor que no tuviera mi presión extra y que comenzara libre de cualquier otro pensamiento que no fuera el de derrotar a su rival. No se lo expliqué así, y quizá debería haberlo hecho, porque protestó, y mucho. «¿Justo me vas a dejar tirado al empezar?», me dijo antes de irse. Pero no le estaba dejando tirando. Solo le estaba dejando un espacio que sabía que necesitaba.

Así que se fue y me quedé recogiendo, deseando que, cuando fuera a verle a la pista, ya hubiera ganado el primer set. Eso esperaba. Y obviamente no fue la realidad. Porque, cuando llegué, justo le vi estrellar una derecha en la red, y el árbitro anunció cómo iba el partido.

—Samuel Quintana gana 3-0.

Capítulo 24

Nicolás

—Samuel Quintana gana 3-0 —dijo el árbitro mientras los dos íbamos a nuestro asiento para descansar y cambiar de lado.

3-0. En diez minutos. No me había dado tiempo casi ni a empezar a poner en práctica nuestra estrategia. Ese chico era un animal sacando. Y cuando sacaba yo era imposible devolver sus restos. Pegaba tan fuerte a la bola que hasta la raqueta me había temblado un par de veces. Me senté en mi silla, totalmente derrotado, y con gotas de sudor cayéndome por la espalda, haciendo que la camiseta se me pegara al cuerpo como si fuera mi segunda piel. Crucé una mirada rápida con Marcos, y no parecía muy contento. Más bien parecía sorprendido de lo que acababa de ver. Lo siento, ¿vale? Lo estoy intentando. Pero ya te dije que no iba a ser capaz de ganar.

—Tiempo.

Samuel fue el primero en levantarse, dio un par de saltos y corrió a su lado de la pista. Claro, el muy desgraciado estaba como nuevo. Ni siquiera se había tenido que esforzar. Yo estaba destruido. Y solo llevábamos tres juegos. Por suerte me tocaba sacar a mí, así que tendría que esforzarme todo lo posible para, al menos, ganar ese juego. Mi saque no era el más fuerte de Arcadia, ni mucho menos, pero era capaz de colocarlo muy bien. Es decir, Samuel me había ganado ese juego solo porque yo me había puesto nervioso y había hecho tres dobles faltas seguidas. Pero a partir de ese momento iba a ser diferente.

Cogí un par de pelotas, me guardé una en el bolsillo y empecé a botar la otra. Uno, dos, tres, cuatro, cinco botes. Le miré, preparé la raqueta y lancé la bola hacia arriba. Doblé las rodillas para coger impulso, llevé la raqueta hacia atrás y estiré el brazo derecho todo lo posible y, cuando la pelota estaba en su punto más alto, fui a por ella con el brazo izquierdo, pegándole con toda la fuerza de la que fui capaz. Justo en el centro de las cuerdas. La pelota pasó la red y entró en su cuadro de saque. La devolvió de revés, pero tirándola fuera, aunque solo por unos pocos centímetros. Si hubiera sido un poco más corta, me habría ganado el punto de forma aplastante.

«Pero no lo ha hecho», me dije a mí mismo.

—15-0 —anunció el árbitro, y una especie de subidón de adrenalina me recorrió el cuerpo. No había nada mejor que empezar un juego ganando el primer punto. Ahora tenían que llegar los tres siguientes. Solo tenía que volver a sacar igual de bien y rezar por sus fallos. Ojalá los siguientes puntos fueran tan fáciles como el primero. Pero sabía que no iba a tener tanta suerte. Saqué con todas mis fuerzas de nuevo, pero cambiando el saque en el último momento, lanzándole la bola a la derecha. No dejaba de evitarla porque era su golpe más fuerte, así que sería un cambio que podría sorprenderle. Y lo hizo, porque no llegó; rozó mi bola con el canto de su raqueta y falló el golpe.

—30-0.

Vale. Tranquilidad. Iba ganando ese juego. Solo tenía que seguir concentrado al cien por cien. No dejarle ni un solo segundo para pensar de más. Era la única forma. Y yo, que por la mañana me había levantado con cero ganas de jugar..., le había dicho a Marcos que era porque estaba concentrado, pero lo cierto es que había tenido un sueño bastante desalentador. Jugaba el partido y, cuando estaba ganando, el que se lesionaba era yo. Sorprendentemente nadie se reía de mí, pero su mirada de horror y de pena se me clavaba en el corazón. ¿Así debió de ser para Marcos cuando le pasó a él, delante de cientos de personas? Debió de ser horrible. Me sentí mal. Cuando le vi por la mañana, no me salían las palabras.

—30-15.

¡Eh! ¿Cuándo había pasado eso? ¿Qué había hecho? Ah, joder, creo que fallé la derecha en la red. No podía dejar que se me fuera la cabeza tanto. Tenía que centrarme. Si ganaba ese juego, seguro que todo lo demás iría más rápido. Venga, sacar fuerte, aguantar sus embestidas y aprovechar su cansancio para rematar.

—30 iguales.

¿OTRA VEZ? Joder, Nicolás. ¡Espabila! Venga. Mi siguiente saque se volvió a estrellar en la red. Pero, por suerte, eso confió demasiado a Samuel, que se precipitó con mi segundo saque y lo falló de nuevo, tirándola demasiado larga.

—40-30.

Cogí dos nuevas bolas para sacar y, antes de lanzar la primera, miré de reojo a Marcos, que tenía sus ojos clavados en mí, con mirada adusta y fuerte. Apretando la mandíbula y los puños. Estaba casi más en tensión que yo. Así que saqué. Samuel la devolvió de derecha, golpeándola con todo. Rozó la cinta de la red, y la pelota se desvió de su trayectoria y cayó fuera de nuevo.

—Juego para Nicolás Rion. Samuel Quintana gana 3-1 —dijo el árbitro.

Pero no me dio tiempo a celebrarlo. En el siguiente juego, Samuel se convirtió en un auténtico tornado y me arrolló en menos de dos minutos con cuatro saques directos seguidos. Sin pestañear. Yo intenté devolverlos todos, pero fue literalmente imposible.

—Juego para Samuel Quintana. Gana 4-1.

Cuando me senté en mi banco a descansar y maldecirme a mí mismo por el desastre de partido que estaba haciendo, escuché una voz tras de mí, al otro lado de la valla. Era Marcos. Por supuesto.

—¿Qué te está pasando? —me susurró.

—¿Qué? ¿A mí? —contesté sin girarme, como si estuviera hablándome un espía.

—Date la vuelta. Soy tu tutor —me ordenó.

—Pero yo pensaba que en los partidos no se podía hablar con nadie que...

—¿Te das la vuelta o me voy? —espetó.

—Dios, vale, vale.

Me giré y ahí estaba Marcos, mirándome con ojos de halcón, tratando de discernir qué era lo que me ocurría, por qué estaba perdiendo y qué podía hacer para motivarme. Pero, antes de que abriera la boca, me adelanté. No necesitaba una de sus frases pasivo-agresivas que me dejaran hecho mierda, sinceramente.

—Antes de que hables, te aviso. No vengas aquí a echarme la bronca por nada, ¿eh? Estoy haciendo lo que puedo. Que te veo venir —le amenacé. Echó un poco la cabeza para atrás, sorprendido.

—Mentira. Puedes y sabes hacer mucho más —me respondió—. En tu primer saque, no vayas a pegarle fuerte. Dale efecto. Le costará mucho más atacarla. Y, en su saque, muévete antes. Mueve las piernas. Eso le desconcentrará.

—Tiempo —anunció el árbitro.

—No tengas prisa. Aún queda suficiente partido. ¿Entendido? Todavía puedes ganar. —Yo asentí, me levanté del banco y, después de mirarle una última vez, asentí de nuevo y fui directo hacia mi lado de la pista, dispuesto a rescatar un partido que pensaba perdido. Pero, si Marcos tenía esa confianza, tendría que tenerla yo también. Solo había que aplicar sus consejos. Era más fácil decirlo que hacerlo. Había que intentarlo.

Recogí varias bolas del suelo, fui apretando una por una para comprobar la presión y la dureza. Me decanté por dos de ellas; una la guardé en mi bolsillo y otra la dejé en mi mano. «Dale efecto» resonaba una y otra vez en mi cabeza. Mi saque no era muy fuerte salvo en muy contadas ocasiones, y no estaba haciéndole demasiado daño. Así que mejor probar la táctica de Marcos. El primero de los saques, en vez de pegarla plano y con fuerza, la lancé un poco más hacia atrás y la pegué dándole un efecto liftado, más hacia arriba, para que pasara más alta por la red y, al botar, siguiera esa tendencia, obligando a Samuel a irse más atrás. Pero iba a ser un saque mucho más flojo. Él se fue más hacia atrás, tratando de devolver una pelota que botaba y se le echaba encima, así que la devolvió en un golpe bastante alto. Ni siquiera lo pensé. Eché a correr hacia la red a toda velocidad y, en cuanto pasó la pelota, la rematé con fuerza ganando el punto al instante. En solo dos golpes. Escuché unos aplausos muy entusiastas desde el otro lado de la valla. Cuando volví hacia la línea del fondo para jugar el siguiente punto, vi que el que aplaudía era Marcos. Me miró e hizo un gesto con el puño, como de fuerza. Guau. Realmente confiaba en mí.

Juego para Nicolás Rion. Samuel Quintana gana 4-2.

Juego para Samuel Quintana. Gana 5-2.

Juego para Nicolás Rion. Samuel Quintana gana 5-3.

Juego y primer set para Samuel Quintana. Gana por 6 juegos a 3.

Bueno. Había perdido el primer set, pero no me iba a dejar en ridículo. Al menos eso. En el descanso, Marcos volvió a acercarse. Y, para mi sorpresa, tampoco me echó la bronca esa vez, sino que me dijo quizá la cosa más amable que me había dicho desde que me conocía:

—Estás jugando bien, Nicolás. Puedes ganar. Estoy seguro.

Capítulo 25

Marcos

Le mentí. No quería desmoralizarle. ¿Estaba jugando bien? A ver, podía jugar bastante mejor. ¿Podía ganar? Eso esperaba, pero no estaba seguro, ni remotamente. Me había hecho caso con su saque, y el resultado saltaba a la vista. Pero en los juegos en los que sacaba Samuel no era capaz de aplicar lo que le había dicho. Se quedaba demasiado parado y empezaba a moverse tarde. Así era imposible adelantarse a los movimientos de su contrincante. Tenía ganas de gritarle y decirle que espabilara, aunque no iba a seguir siendo tan duro con él. Sobre todo si quería verle ganando. Claramente Nicolás era una persona que necesitaba aprobación constante. No sabía de dónde venía ese sentimiento, y supuse que tendría que ver con lo que me había contado de sus padres. Había algo ahí de lo que tendríamos que hablar en algún momento.

—Tienes que mover las piernas. Antes de que saque, cuando esté botando la bola y te mire, muévete. Muévete mucho, no te pares. ¿Lo has entendido?

—Pero ¿para qué voy a...

—Nicolás, hazme caso por una vez y deja de cuestionarlo todo.

—Literalmente te he hecho caso con lo de mi saque —replicó.

—¿Y funcionó? Sí, ¿verdad? Pues hazme caso en esto también.

—Tiempo —anunció el árbitro. Me separé de la valla y me llevé un dedo a la cabeza queriendo decirle «Piensa». Nicolás se encogió de hombros, como si no me hubiera entendido, y fue directamente a su lado de la pista, decidido a comenzar el segundo set.

Era importante empezar ganándolo. Llevar la ventaja desde el principio. Se lanzó la bola arriba y, cuando fue a golpearla, lo hizo de nuevo con fuerza. ¿Estaba cambiando de estrategia? ¡Si habíamos quedado en que…!

—15-0.

Nicolás hizo un *ace*, un saque directo. Pilló a Samuel totalmente desprevenido. Y a mí también. Durante ese primer juego del segundo set, le volvió completamente loco. Porque fue alternando saques fuertes y planos con otros liftados con botes muy altos que descuadraron a su adversario. Al final sí que me había hecho caso y estaba pensando.

—Nicolás Rion gana 1-0.

—Bien, joder —mascullé, pero no me escuchó. Ya tenía la ventaja. Ahora debía consolidarla con el siguiente juego.

Y, tras un descanso de menos de un minuto, comenzó a sacar Samuel. Me fijé en lo que hacía Nicolás y este empezó a mover los pies y las piernas de manera casi electrizante. Samuel sacó y falló a la red. ¿Le había puesto nervioso? ¿Estaba empezando a dudar? Cogió la bola de su bolsillo, la lanzó al aire, pero, antes de golpearla, dejó que cayera y la cogió de nuevo con la mano disculpándose por no haberla dado. Sí. Estaba dudando. Claramente. Algo había visto en Nicolás al comienzo de ese segundo set. Algo que le había hecho pensar que, quizá y solo quizá, podía tener un partido difícil por delante. Al menos, más difícil de lo que había pensado.

—¿Cómo va? ¿Cómo va?

Detrás de mí estaba Álvaro, el amigo de Nicolás. Estaba sudado y con el pelo pegado a la frente. Seguramente vendría de jugar su partido.

—Ha perdido el primer set, pero ahora gana 1-0 en el segundo.

—Nicolás Rion gana 2-0 —me interrumpió el árbitro. ¿Por fin le había roto el saque Nicolás? Eso es que estaba haciendo las cosas bien.

—¡Venga, Nico! ¡Que tú puedes! —chilló Álvaro casi en mi oído. Al ver mi mueca de desagrado, se disculpó y se apartó un poco—. Hay que animarle de vez en cuando.

—¿Y eso qué quiere decir? —bramé, porque claramente lo había dicho por mí.

—Quiere decir lo que quiere decir. Que hay que animarle de vez en cuando.

—¿Lo dices por mí?

—¿Crees que lo digo por ti? —replicó Álvaro, envalentonado.

—Yo le animo. Va ganando por mi estrategia —afirmé, orgulloso.

—No le restes méritos. El que está ahí en la pista es Nicolás —dijo otra voz a mi derecha. Damiano. Debía de ser el tutor de Álvaro.

—Damiano.

—Marcos —saludó fríamente. Estúpido Damiano Monteri. Qué pocas ganas tenía de verle la cara—. Álvaro ha ganado su primer partido y no me atribuyo el mérito.

—¿Quieres una medalla por ello? —repuse—. Hasta donde sé, lo único que has hecho por él seguro que ha sido darle la botella de vodka de tu armario.

Damiano mató a Álvaro con la mirada, que se defendió afirmando que él no le había dicho nada a nadie. Obviamente que no. Pero no había que ser muy listo. Era la dinámica que creaba con sus alumnos. «Mejor saber el alcohol que bebes». Se los ganaba dándoles vodka. Un poco turbio. Sebas obviamente no sabía nada. Y Damiano tampoco sabía que yo lo sabía hasta ese momento.

—Nicolás Rion gana 3-0 —anunció el árbitro, y vi la felicidad dibujada en el rostro de Nicolás, que me miró directamente, con una sonrisa de oreja a oreja, y diciendo entre dientes un «¡Vamos!» que me reconfortó al momento. Estaba motivado por primera vez desde que le conocía. E iba ganando 3-0.

Se acercó al banco para descansar, dio un sorbo más largo de lo normal a una de sus botellas de agua y tuvo tiempo de girarse y sonreír a Álvaro, que le saludó con sus pulgares hacia arriba. Nicolás le felicitó y se levantó para volver al partido. Nunca le había visto sonreír así.

—Tendrías que aflojar un poco con él.

—Soy su tutor. Sé lo mejor para… —repliqué.

—¿Te parece lo mejor jugar un partido con él y humillarle delante de todas las personas que se ríen de él? —Había mucho reproche en esa frase de Álvaro. Pero no iba a dejarle que me juzgara así. No tenía derecho.

—Nicolás quiso jugar ese partido. Yo no le obligué. Y mira ahora. Va ganando, ¿verdad?

—Claro. Tú haz lo que quieras. Solo comento que quizá, y solo quizá, estás siendo un poco demasiado gilipollas con él. —Se encogió de hombros y se alejó con Damiano para ver el partido desde otro sitio.

¿Qué le habría contado Nicolás sobre mí en la fiesta? Porque claramente no le gustaba mucho a Álvaro. Un enemigo más a la lista. Tampoco era algo que me sorprendiera a esas alturas. Pensé en contestarle, pero no tenía ni ganas ni energía. Lo único que quería es que Nicolás ganara. Y, por lo que estaba viendo en pista, todo empezaba a ir a su favor.

Capítulo 26

Paula

Era imposible no ver las ganas que tenía Marcos de que su pupilo ganara. Lo disimulaba, por supuesto. Siempre fue un chico difícil de descifrar. Incluso cuando estábamos juntos. Y la lesión acabó de bloquearle por completo. Ahora veía a Marcos en apariencia, sí. Pero no lo veía en su mirada. Se había perdido. Y, pese a todo, me seguía gustando. No le perdonaba que me hubiera engañado con Min-ho. De todas las personas que podía haber elegido, porque Marcos otra cosa no, pero guapo era un rato, tuvo que elegir a nuestro mejor amigo. Es que ni haciéndolo a propósito. Un beso que rompió por completo nuestra relación. Estarían contentos los dos. Sin embargo, no podía evitar seguir sintiendo lo que sentía por él. Había sido mi primer novio. Y con dieciocho recién cumplidos se me hacía tan lejano…, y a la vez era como si hubiera pasado el día anterior.

Me fijé en sus manos. No dejaba de mover los dedos de manera nerviosa y compulsiva. No había querido sentarse y no quitaba los ojos del partido. Además, de vez en cuando aprovechaba para apuntar cosas en una libreta pequeña de color morado. Ese chico significaba para él más de lo que quería reconocer. De eso estaba segura. Hacía tanto que no me miraba a mí así… Pero no. ¡No! Paula. Fue un cabrón insensible. Que le den. Que se vaya a la puta mierda. ¡Solo me faltaba! ¡Volver a caer en las redes de Marcos Brunas! Era un chico roto. Demasiado pronto, sí. Pero roto al fin y al cabo. Ya intenté arreglarle y casi me pierdo por el camino. Hace tiempo que una frase me dejó claro lo que no debía hacer: no te rompas tú para recomponer a los demás. Y estuve a punto de hacerlo. Así que era mejor mantener distancia. Aunque tuviera que darle de su propia medicina siendo una borde nivel profesional. Lo había aprendido del mejor.

—Juego y segundo set para Nicolás Rion. Un set iguales —intervino el árbitro. Vi cómo Nicolás daba un salto de emoción, dispuesto a entregarse hasta el final en el *supertie-break* a diez puntos que quedaba por jugarse. Si lo ganaba, se estaba quitando de en medio al número ocho del torneo. Nada mal para un suplente.

—El impostor no juega mal, ¿eh?

—Lucha mucho. Y aquí la gente es una puta vaga —respondí. Teresa rio porque sabía que era verdad. Los alumnos de Arcadia podían jugar de la hostia, pero estaban tan acostumbrados a que se lo dieran todo hecho que luego en la pista no tenían la garra necesaria. Y eso no lo decía ella, sino todo el mundo. Sí, Arcadia podría ser la academia con mejores talentos del país. Pero, para ella, era mucho mejor la academia Top-Ten. Al menos, daba a jugadores mucho más entregados. Quizá ninguno llegara a ocupar los primeros puestos del ranking, pero iban a tener una carrera mucho más larga. Es decir, de ahí habían salido tenistas increíbles como Andy Smith o Hugo Jericho. Aun así, la fama la seguía teniendo Arcadia. Si querías tener oportunidades, ese era el sitio en el que debías estar. Sobre todo después de la crisis reputacional de Loreak, otra de las tres grandes academias del país. Los rumores sobre dopaje no le habían hecho ningún bien, desde luego.

—Tú lo has dicho. La chica de la que soy tutora…, uf, Dios, lo que le cuesta correr. ¡Y lo peor es que tiene unas piernas maravillosas! Pero no hay forma. Bueno, no es mi problema. No es mi cometido —dijo Teresa como si se lavara las manos—. ¿Qué tal la tuya?

—Ni lo sé ni me importa —repliqué.

—¿Has apostado en el centro, por cierto?

Por supuesto que había apostado. De hecho, había apostado por Samuel Quintana. Si perdía, yo también perdía. Poco, pero no por ello jodía menos.

—2-0. —El muy puñetero iba perdiendo.

El otro día en la fiesta recuerdo que Nicolás iba literalmente del revés. Estaba claro que no había bebido mucho en su vida. Y esa noche… Madre mía. Llegó ya del revés con su amigo. ¿Qué habían tomado que les costaba hasta mantenerse en pie? No debería haberle dejado beber de mi cerveza. Pero era su primera fiesta en Arcadia. ¿Quién era yo para impedírselo? Y he de admitir que pensé que, cuanto mejor se lo pasara, peor le sentaría a Marcos. Sabía lo mucho que se obsesionaba con las cosas, y, aunque no le hiciera ni pizca de gracia ser el tutor de Nicolás, estaba claro que lo iba a convertir en su proyecto personal. El muy inocente se creería que Sebas le dejaría apuntarse a algún curso o al torneo, por lo que había escuchado, si conseguía ser un tutor modelo. Pero Arcadia no funcionaba así. Ni Arcadia ni Sebas.

Sí. Vale. Quería que Marcos siguiera siendo un miserable. Pero, por otro lado, quería que siguiera siendo *mi* miserable.

Capítulo 27

Nicolás

¿Iba a ganar el partido? No. Espera. Era imposible. Pero era real. Desde que me había centrado, había descuadrado por completo a Samuel. O yo estaba jugando muy bien, o él no era tan bueno como decía su ranking. Y creo sinceramente que fue una mezcla de las dos cosas. Marcos no me quitaba el ojo de encima y, en un momento dado, le vi sacar su libreta. Lejos de ponerme nervioso, me hizo motivarme más aún. Le iba a dar buenos motivos para apuntar cosas en esa maldita libreta.

—5-1. Cambio de lado.

Estaba solo a cinco puntos de ganar mi primer partido en Arcadia. Según Marcos, eso me aseguraba ya una plaza en el segundo torneo. A ver qué decían los que me llamaban impostor o suplente. Al final él iba a tener razón, y yo quería demostrar que realmente merecía la plaza en la academia.

Generalmente, salvo contadas ocasiones, siempre que jugaba al tenis lo hacía sin pensar demasiado. Alguna vez tenía clara mi estrategia. Pero generalmente me dejaba llevar por el partido. Marcos me estaba enseñando a hacerlo de forma diferente. Sus métodos no eran los mejores, desde luego. Pero funcionaban. ¿O era yo el que funcionaba y ya estaba otra vez quitándome méritos, como siempre?

—7-2.

Solo faltaban tres puntos más. No tenía por qué arriesgar. La presión la tenía Samuel. Era él el que tenía que jugársela para…

—7-3.

¡Joder! Menudo pelotazo había lanzado a la esquina. No podía despistarme. Aunque tenía bastante ventaja. Todo estaba a mi favor. Tenía el partido al alcance de la mano. Solo tenía que jugar como había estado haciendo hasta ese momento.

—7-4.

Pero ¿qué coño me pasaba? Se me estaba empezando a agarrotar la mano. Mi muñeca iba por libre, más débil y blanda que nunca, casi como si temblara. Me estaba empezando a poner nervioso, y, según pasaban los puntos, Samuel se iba creciendo más y más. Cuando quise darme cuenta, íbamos empatados a siete y yo ya no sabía qué más intentar. Por suerte, conseguí hacer un saque increíble y gané mi primer punto después de una racha de cinco seguidos perdidos. Ahí pude respirar un poco, pero el siguiente lo ganó Samuel. Ocho iguales. A los dos nos separaban el mismo número de puntos para poder ganar el primer partido. ¿Cómo habíamos llegado a esa situación? Totalmente por mi culpa. Por despistarme. Por creerme que iba a ser fácil. Joder. No quería ni mirar a Marcos. Debía de estar apuntando cosas en su libreta como un loco. Mierda.

Samuel hizo su segundo saque con mucho efecto cortado, la pelota resbaló mucho sobre la tierra y casi ni botó. No fui capaz de devolverla en condiciones y estrellé mi revés en la red.

—8-9. Punto de partido para Samuel Quintana.

El estómago se me encogió por completo. Todo el oxígeno que me rodeaba desapareció de golpe. Efecto vacío. Casi parecía que estuviera en el espacio. Silencio sepulcral. Solo escuchaba mi propia respiración, cada vez más acelerada, porque me faltaba el aire. Daba grandes bocanadas, casi como si estuviera ahogándome en el mar. Ahora toda la presión recaía en mí. Tenía un punto de partido en contra. Tenía que hacer un muy buen saque si quería ganar el punto. Pero ¿sacaba fuerte? ¿O con efecto? ¿Qué podría hacerle más daño en ese momento? Fuerte. Un saque con toda la potencia que tuviera mi brazo. No me quedaba otra. Que ni siquiera pudiera devolverlo. Con toda la confianza de la que fui capaz, lancé la bola al aire y la pegué antes casi de que subiera. El sonido fue como una explosión. Creo que nunca había sacado tan fuerte como en aquel momento. La bola pasó muy cerca de la red y botó sobre la cruz de su cuadro de saque, levantando polvo a su paso. Pero Samuel estaba preparado. Ya había armado el brazo e hizo un resto de derecha impresionante, golpeando la pelota en el centro de su raqueta, con ganas, con energía, devolviéndola y colocándola sobre la línea lateral de mi campo, sin siquiera darme tiempo a pensar.

—Partido para Samuel Quintana. Gana 6-3, 3-6 y 10-8.

Espera. ¿Había perdido?

Capítulo 28

Marcos

—¡¡ESO HA SIDO OUT!! —grité fuera de mí. No fui capaz de contenerme.

Al escuchar mi grito, Nicolás me miró, desencajado, y le señalé con las manos y con la mirada que se fijara en el bote. Esa bola se había ido fuera. Solo tenía que mirarlo y pedirle al árbitro que lo revisara. Había hecho el idiota durante el *supertie-break*. ¿Cómo había podido perder una ventaja de seis puntos de forma tan repentina? Había que trabajar mucho más su concentración en el partido. Si ibas ganando, tenías que rematar, no dejarte ir. De todos modos, me negaba a que perdiera en la primera ronda. Esa pelota había botado fuera, y dependía de Nicolás marcarlo.

Aunque tardó en hacerme caso, se acercó a la línea, revisó el bote y, mientras Samuel esperaba en la red a que le diera la mano tras haber terminado el partido, Nicolás pidió al árbitro que se acercara a ver bien el bote.

—Creo que se ha ido fuera —dijo, aunque con un tono demasiado tímido. Samuel le mató con la mirada mientras daba golpecitos impacientes en la red con su raqueta. El árbitro bajó de su silla y corrió a ver el bote que marcaba Nicolás. Lo miró desde todos los ángulos posibles, creando una tensión innecesaria. Es decir, yo ya estaba viendo que se había ido, y eso que estaba a metros de distancia.

Hasta que marcó la bola fuera.

—¿QUÉ? ¡SI HA ENTRADO! —gruñó Samuel.

El árbitro le señaló el bote, muy cerca de la línea. Samuel se inclinó encima de la red para poder verlo mejor y protestó. Lo hizo durante varios minutos, pero, una vez que el árbitro ha tomado una decisión, da igual lo que diga el jugador. La bola se había ido, así que el punto era para Nicolás. Empate a nueve. Había una nueva oportunidad. Tendría que ganar por diferencia de dos. Podía conseguirlo. Por supuesto. Le quedaba un saque más, y claramente ese punto iba a sacar de sus casillas a Samuel. No dejaba de negar con la cabeza y protestar entre dientes. Estaba muy enfadado. Normal. Había tenido el partido en las manos y quizá se le escapaba.

Nicolás hizo un buen primer saque. Su contrincante lo devolvió con relativa facilidad y empezó un peloteo que se alargó más de la cuenta. Los dos estaban cagados de miedo, con el brazo encogido. Ninguno quería arriesgar. Ninguno quería perder. Hasta que Samuel le dejó una bola corta después de un error de principiante y Nicolás lo aprovechó para rematar y conseguir su primer punto de partido. Sería al resto, pero mejor eso que nada. Se colocó en su lado de la pista, dispuesto a restar mientras que su contrincante seguía protestando, muy enfadado, dándose golpes en las piernas, tratando de activarlas o simplemente castigándose. El primer saque lo dejó en la red. Nicolás estaba más cerca de ganar que nunca. Solo esperaba que no volviera a cagarla. Tranquilo, Nicolás, Solo tienes que devolver su segundo saque. Meter la bola dentro. Eso era lo importante. Samuel consiguió meter su servicio a duras penas, y, aunque Nicolás lo tuvo fácil para ganar el punto, se le encogió el brazo demasiado y se limitó a pasar la red, como si fuera un principiante. Había dejado claro que, o no quería arriesgar, o no se veía capaz. Ninguno de los dos jugaba para ganar, sino para no perder. No obstante, fue Nicolás el que acabó teniendo más suerte.

—11-9. Partido para Nicolás Rion. Gana 3-6, 6-3 y 11-9.

—¡JODER! —bramó Samuel, fuera de sí, y empezó a golpear el suelo con la raqueta varias veces hasta que rompió el marco y la abolló por completo—. ¡ME CAGO EN LA PUTA, JODER!

Nicolás tenía cara de no creérselo. Aún parecía estar procesando lo que acababa de pasar. Se acercó a la red, temeroso de la reacción de su contrincante. Este había lanzado la raqueta contra su asiento de muy malas maneras. Fue al encuentro con Nicolás, le dio la mano y le susurró algo al oído. Acto seguido, ignoró por completo al árbitro y fue a recoger sus cosas mientras la gente empezaba a irse. Vi cómo Álvaro se acercaba a la puerta, totalmente fuera de sí, gritando y sonriendo. Pero Nicolás parecía traspuesto por lo que acababa de pasar.

—¡Tramposo! —gritó alguien en cuanto salió de la pista. Busqué con la mirada quién podía haber sido, pero no reconocí la voz. Lo que le faltaba a Nicolás. Que, aparte de llamarle impostor o suplente, comenzaran a llamarle tramposo. Pero eso daba igual. Lo importante era que había ganado. Avanzaba en el primer torneo de Arcadia y ya tenía su billete para el siguiente.

Tras un abrazo más intenso de lo normal por parte de Álvaro, Nicolás vino directo hacia mí, pero con una mirada que mezclaba tristeza y enfado. ¿Era enfado? ¿Cómo podía estar molesto después de haber ganado?

—Bueno, pues he ganado —afirmó con un hilo de voz.

—¿Y esa es tu forma de celebrarlo? —le recriminé—. ¡Has pasado el primer partido del torneo! Hay muchas cosas que mejorar, como ese apagón mental al final del *supertie-break*, que nos podría haber costado la victoria, pero…

—¿Nos?

—Sí. Nos. Somos un equipo —contesté.

—¿Has oído al chico ese? Antes, entre la gente.

—¿Qué chico? ¿De qué hablas?

—Lo sabes de sobra. Me ha llamado tramposo. —Sí, claro que sabía a lo que se refería.

—Seguramente sea alguien que ha perdido su primer partido. O que ni siquiera se ha apuntado al torneo. Ni caso. La bola se había ido claramente fuera —le recordé para que lo tuviera presente.

—Sí. Y, si no llegas a decirlo tú, ni me habría dado cuenta.

—De nada —dije en tono sarcástico.

—No te estaba dando las gracias. Todo lo contrario. No quería ganar así —explotó—. Sí, es decir, tenía ganas de ganar, por supuesto. Pero, en cuanto vi cómo botaba esa bola en la línea, sentí como una especie de alivio, ¿sabes? Y tú abriste la boca.

¿Me estaba recriminando el haberme dado cuenta de que la pelota se había ido fuera?

—Nicolás, esa bola...

—¡Esa bola me daba igual! ¡Ahora todo el mundo me va a conocer también como el tramposo! ¡Un mote más que llevar a la espalda! Pero a ti te da igual, ¿no? Lo único que te importa es que yo gane. ¿Para qué? ¿Para poder sentirte mejor? No lo tengo claro aún. ¿Qué quieres de mí, Marcos?

No estaba entendiendo nada de su actitud. ¿No estaba contento por haber ganado? ¿Tanto odiaba Arcadia?

—No quiero nada de ti, Nicolás. Y ese tono te lo guardas para otro. A mí no me hablas así. Es decir —parecía que, por su mente, estaba pasando un auténtico torrente de pensamientos y le costaba organizarlos todos a la vez—, a ver, agradezco todos tus consejos, por supuesto. Pero, en el siguiente partido, me gustaría estar yo solo si no te importa.

Capítulo 29

Nicolás

Pude notar cómo se le rompía un poco el corazón cuando le dije todas esas palabras. O al menos se le habría roto de tener uno. Sí, quería ganar el partido. A nadie le gusta perder, por supuesto. Pero curiosamente, cuando el árbitro le dio la victoria a Samuel, sentí algo parecido al alivio. Si perdía ese partido, eso significaba que ya no tendría que jugar los dos torneos restantes. Podía empezar a relajarme, a ser yo mismo y a dejar de tener a Marcos todo el rato pegado a mí como si fuera mi sombra. Estaba seguro de que él estaba viviendo sus ganas de competir a través de mí. Y no tenía claro si sería capaz de soportarlo mucho más tiempo.

Así que, cuando gritó que la bola se había ido fuera, tuve sentimientos encontrados. Por un lado, se lo agradecí, pero por otro... deseé que no hubiera dicho nada. ¿Tiene algo de sentido lo que estaba diciendo? En mi mente tampoco tenía mucho, pero, aun así, se lo había dicho. Y Marcos reaccionó como solo Marcos podía reaccionar. Mal.

—Ah, vale, muy bien —espetó, molesto—. Si quieres perder el siguiente partido, esa ya es tu decisión. Perfecto, Nicolás. Perfecto.

—A ver, no es que quiera que...

—Vamos a dejar algo clarito. Yo no quería ser tutor. ¿Eso lo entiendes? Pero Sebas me obligó y me puso a tu cargo. He descubierto estos días que eres un bocazas, un torpe y un vago. Lo que no sabía es que también eras un desagradecido. Algo más que apuntar en la lista.

—Eh, eh. No hace falta ser un borde tampoco —me defendí.

—¿No es lo que me dices siempre? ¿Que soy un borde? Solo estoy representando el papel que se me da tan bien. Pero, tranquilo, que no te molestaré más. Pediré a Sebas que me cambien de habitación y te dejaré solito en Arcadia. A ver cuánto aguantas.

—Vale, pues nada. Pide el traslado o lo que te dé la gana.

—Tranquilo, que es lo que haré.

—Pues muy bien —repliqué, y fue el final de la conversación.

Vi cómo guardaba la libreta dentro de uno de los bolsillos de su chaqueta y se alejaba de la pista con la cabeza bien alta, pero con el cuerpo totalmente en tensión. No le había sentado nada bien. Lo sabía. Y, aun así, había tenido que abrir esa enorme bocaza que tengo. Había sido injusto con él, sí. Y, según iba pasando el tiempo, me daba cuenta de que era mi especialidad: ser injusto con las personas que se preocupaban por mí un mínimo. ¿Una especie de mecanismo de defensa? ¿Tan poco me valoraba a mí mismo que no creía necesitar ni un poco de ayuda? Y, si la recibía, me rebelaba. Hay veces que la mejor ayuda es no hacer nada.

Sabía que no estaba explotando porque odiara a Marcos, sino porque cada vez me sentía más y más atrapado entre su obsesión por tenerme vigilado, las expectativas que tenía que defender y mis ganas de…

—Enhorabuena, Rion —me felicitó Paula con su amplia sonrisa de dientes perfectos. Había esperado a que se fuera Marcos para hablarme—. Menuda tensión el final del partido, ¿no?

—Sí, sí. Se me ha ido la cabeza un poco…

—Es lo bueno y lo malo que tiene el tenis. Todo depende de uno mismo. Eres tú solo contra el de enfrente. Así que la mente juega un papel importantísimo.

—Ya, ya, lo sé.

—La mente… y el corazón —señaló, misteriosa—. ¿Qué tal con Marcos?

—Difícil. —Si me volvía a preguntar por él, iba a decirle algo que no le iba a gustar.

—Puede ser muy… complicado. Pero seguro que te ha dado buenos consejos. Además, ha sido él el que ha visto que la última bola había botado fuera, ¿verdad? —Asentí—. Ahora a prepararse para el siguiente partido mañana. ¿Has mirado el cuadro?

—¿Siguiente partido mañana? —Empezaron a entrarme unos sudores fríos enormes.

—Sí. Cinco partidos en siete días. Si los ganas todos, claro. Al menos ya tienes tu billete para el siguiente.

—Sí, sí.

Paula dijo algo más, pero mi cerebro había dejado de escucharla. ¿Qué demonios me pasaba? ¿Quería ganar? ¿O quería perder? ¿Quería seguir en Arcadia o quería irme y volver a casa? ¿Por qué era incapaz de identificar ni uno solo de mis sentimientos? Se despidió con una sonrisa que escondía algo que no fui capaz de identificar, dejándome hecho un auténtico lío emocional. Estaba empezando a ser una costumbre en mi vida últimamente. Me coloqué bien el raquetero al hombro, dispuesto a ir a las duchas y luego a comer algo después de un partido que me había desgastado demasiado. Pensé que me encontraría a Marcos en la habitación, pero ni rastro de él ni de sus libretas ni de su bordería perenne. Le había dolido claramente lo que le había dicho. Pero tenía que entender mi posición. No era su juguete. No era su muñeco para controlar. Aunque, ahora que había ganado un partido…, habría que ir a por el siguiente, ¿no? Ya no estaba presente la presión de perder. De hecho, cuando el árbitro anunció que el partido era para Samuel, ese alivio que sentí… me hizo darme cuenta de que, si perdía, no pasaba nada. Y cuando uno le pierde el miedo a perder, se vuelve mucho más fuerte y seguro. La gente me llamaría tramposo, sí, pero había demostrado que estar en Arcadia no era fruto de la suerte. Había conseguido ganar al número ocho del ranking. ¿Qué más tenía que hacer para que me aceptaran y dejaran de llamarme impostor o suplente?

—No hagas ni caso a la gente. Ya estás en octavos de final. Cuatro partidos más y podrías ganar el torneo. Suponiendo que no lo gane yo, claro —me dijo Álvaro mientras entrábamos al comedor. Ganar el torneo. Algo que veía tan lejano hacía unas horas se había convertido en una posibilidad no tan remota. Podía conseguirlo. Y no necesitaba a Marcos para ello. Me bastaba y me sobraba yo solo para ganar.

Capítulo 30

Marcos

Cuando le vi entrando en el comedor con su amigo Álvaro estuve a punto de acercarme para... ¿Para qué? ¿Qué iba a decirle? ¿Recriminarle su actitud? Maldito niñato desagradecido. Solo había necesitado un partido para rebelarse y morder la mano que le había dado de comer. Yo lo admito. No soy una persona fácil. Claro que no. Pero seguía sin entender que se hubiera enfadado solo porque le ayudara a ganar diciendo que esa bola se había ido fuera. Es que ¿en qué cabeza cabe? Pues, si no me quería en su siguiente partido, tampoco querría ni mis notas ni me querría en su habitación. Si tan listo era, que avanzara solo en Arcadia. Puto niñato de los cojones.

—¿Realmente quieres eso? —me preguntó Olivia. Había sesiones que hasta se me olvidaba que estaba hablando con alguien y no haciéndolo solo—. Y, por favor, Marcos, no hables en ese tono aquí.

—El qué. —No entendí la pregunta—. Y perdón. Ya sabe que me vengo arriba, pero es que me pone de los...

—Separarte de Nicolás —me interrumpió.

—¿Separarme? Ni que fuéramos novios —escupí.

—Ya sabes a lo que me refiero, Marcos. Por lo que veo, es la primera persona con la que te implicas así en más de un año.

—No me he implicado con Nicolás —puntualicé—. Simplemente he hecho lo que me han pedido que haga. Ser su tutor.

—Marcos. Los dos sabemos que ser un tutor no implica ni entrenamientos ni acompañar a los torneos ni nada de lo que has hecho con él.

Realmente te importa ese chico. Y no hay nada malo en admitirlo. Las dos últimas sesiones que hemos tenido solo hemos hablado sobre él. No te lo digo como algo negativo. Solo quiero que reflexiones sobre ello.

Y se calló. Siempre lo hacía cuando quería dejarme unos momentos en silencio para que calara lo que me acababa de decir. Pero a mí nunca se me ha dado bien el silencio.

—Y, si me importa Nicolás, ¿qué problema hay?

—Ninguno. ¿Él lo sabe?

—Hombre, no voy a ir a decirle que me importa. Esas cosas no se hacen así.

—Claro que se hacen así —replicó—. Pero entiendo que a ti te cuesten. No has tenido una vida fácil, pero, por lo que sé, Nicolás tampoco.

Olivia volvió a quedarse en silencio, esperando a que yo dijera algo, pero no sabía muy bien qué quería que hiciera. Se quitó las gafas con parsimonia y sacó una toallita de su bolsillo para limpiar los cristales.

—No he tratado con Nicolás y no puedo estar cien por cien segura de lo que pasó. Pero por lo que me has contado, y por lo que sé gracias a su ficha, es que debemos considerar que Nicolás está bajo una enorme presión, no solo por su padre y la propia academia, sino también por la forma en que ha llegado a Arcadia. Su autoestima está íntimamente ligada a su rendimiento, y seguro que eso puedes entenderlo. Por lo que veo, cada vez que alguien interviene en su proceso, especialmente si lo percibe como una manera de quitarle el control sobre su propia historia, se siente, de algún modo, invalidado. Cuando tú, como su tutor, intervienes en el partido, no solo le estás dando una corrección en el ámbito del tenis, sino que le estás quitando un sentido de control sobre su propio destino en el partido.

—No sé si lo entiendo. —Olivia se aclaró la garganta para seguir hablando.

—Para alguien como Nicolás, que está luchando por sentirse legítimo en Arcadia, cualquier acción que perciba como una intervención no solicitada puede sentirse como un rechazo a su capacidad para manejar la situación por sí mismo. Porque lo que estaba en juego no era solo el partido, sino su identidad como jugador y como persona dentro de la academia. Si siente que no puede ganar sin tu intervención, eso refuerza la idea de que no está aquí por méritos propios. Necesita sentir que puede ganar él por sí mismo. ¿Entiendes eso?

—Pero yo ya le he dicho que está aquí por méritos propios. Izaguirre simplemente no se presentó. Pero Nicolás sí. Había llegado a la final, ¿no? Por mucho que se lo explique, siempre…

—Siempre hay alguien que trata de decirle lo contrario —terminó mi frase—. Piensa que, cuando tú intervienes en el partido, aunque de forma bienintencionada, no digo lo contrario, que te veo venir, tocas una fibra muy sensible de Nicolás. Él parece estar tratando de reconstruir la confianza en sí mismo. Y al intervenir le quitaste el protagonismo de su propia historia, por eso está a la defensiva. Tienes que entender que el impacto emocional en Nicolás fue mucho más profundo de lo que puedes imaginar.

—No creo que haya que darle tantas vueltas a todo, la verdad —me sinceré, porque su reflexión me había agotado mentalmente. No sabía hasta qué punto tenía razón o no, pero era verdad que algo le había dolido a Nicolás, y, aunque no fuera capaz de identificar la razón, eso no significaba que no fuera real—. Yo solo quería que ganara. Nada más.

—¿Que ganara él o que ganaras tú?

—Que ganara él, que es el que estaba jugando —repliqué.

—Creo que, ahora mismo, lo importante es que dejes a Nicolás un poco de espacio para tomar sus propias decisiones. Deja que sea él quien controle su progreso y sus logros. Ofrecerle apoyo cuando lo necesite, pero sin invadir su espacio. Reconoce sus frustraciones, valida sus emociones y, sobre todo, ayúdale a ganar confianza en sí mismo, no solo en su habilidad, sino también en su capacidad para gestionar la presión y el camino que elija. A veces, el mejor tutor no es el que más exige, sino el que sabe cuándo dar un paso atrás para que el otro crezca por sí mismo.

Y, con esa frase, terminó nuestra sesión del día dejándome con más preguntas que respuestas. No pensaba que fuera a tener que lidiar con estas emociones y decisiones cuando Sebas decidió que iba a ser el tutor de uno de los nuevos.

Pensé mucho el acercarme a ver su segundo partido al día siguiente. Cuando se despidió por la mañana al salir de la habitación, camino del desayuno, estuve a punto de decirle de entrenar un poco antes. Pero me contuve. Iba a hacer caso a Olivia, aunque fuera la primera vez que accedía a ello desde que la conocía. Fue salir por la puerta y mirar mi teléfono para distraerme un poco antes de ir a desayunar y vi que uno de los grupos de «Alumnos de Arcadia» estaba repleto de mensajes. ¿Qué había pasado? Había más de doscientos. No pensaba leerlos todos. No me hizo falta. Todos hablaban de lo mismo: Min-ho había vuelto a ganar otro torneo. En Brunswick. Maldito Min-ho. Pues claro que lo había ganado. Era demasiado bueno. Y sí, me seguía dando rabia que él siguiera ganando y yo tuviera que conformarme con estar atrapado dando clases de iniciación. ¿Era justo? No.

Después de esa noticia, lo último que me apetecía era ir a ver el partido de Nicolás. Por suerte, tenía una clase a la misma hora que este empezaba. Vi a Álvaro pasar por delante de mi pista y, pese a sus palabras del día anterior, me dedicó una sonrisa y me saludó con un movimiento de la cabeza. Yo me limité a imitarlo y a seguir con lo mío.

—Profe, ¿hoy no vamos a jugar a *Portero*? —quiso saber una de mis alumnas, Noelia.

—No. Hoy no. No podemos jugar todos los días a los mismos juegos.

—¿Por qué no?

—Porque lo digo yo —espeté sin miramientos. Pareció darle igual.

—¿Y por qué lo dices tú?

—Porque soy el profesor.

Entonces otro de los niños se unió a la conversación, que parecía haberse convertido en un debate sin ningún sentido.

—¿Y por qué eres el profesor? —Con que esas teníamos, ¿no? Pues a mí a cabezota no me ganaba nadie.

—Porque soy el mejor.

—¿Y por qué eres el mejor? —añadió otro chico más.

—Porque os puedo ganar a todos.

—¿Y por qué puedes ganarnos a todos?

—Porque soy mayor y tengo más experiencia.

—¿Y por qué eres mayor y tienes más experiencia? —dijeron todos al unísono.

—Porque… —Pero no me dio tiempo a terminar la frase, porque vi de reojo a varios chicos corriendo en dirección a las pistas del torneo. ¿Había pasado algo?

—¡Has perdido! ¡Nos toca jugar a *Portero*! —gritaron, victoriosos. Pero mi mente ya no estaba dentro de la pista.

—¡Eh, eh! ¿Ha pasado algo? —pregunté acercándome a la valla y llamando a uno de los chicos que había visto pasar.

—El tramposo. Parece que se ha lesionado.

Capítulo 31

Nicolás

Joder, joder, joder. No podía haberme lesionado de una forma tan estúpida. No podía ser. Pero el tobillo me dolía horrores. Tenía que resbalar justo cuando iba a ganar. Es decir, estaba a un juego de la victoria. Había jugado mejor que nunca. Es verdad que mi contrincante era bastante peor que el de mi anterior partido, pero tampoco iba a restarme méritos. Estaba como con un extra de motivación. Me entraba todo. No le había dejado ni respirar. ¡A ver qué decían los que me llamaban tramposo! Cuando resbalé, lancé la raqueta al caer, para no clavármela o hacerme daño en la muñeca, y literalmente besé el suelo. Mi contrincante vino al momento a ayudarme, preocupado, mientras yo no podía parar de gemir de dolor agarrándome el tobillo con ambas manos, como si eso fuera a solucionar algo.

El árbitro detuvo el partido y, a los pocos segundos, entró uno de los fisioterapeutas de Arcadia, armado con una mochila que, seguramente, estaría repleta de cremas antiinflamatorias, hielo, vendajes y Reflex. Me apoyé en los hombros del fisio y del otro chico que jugaba contra mí y, cojeando, llegué a mi asiento. El fisio se colocó de cuclillas y, tras observar un rato mi tobillo, me quitó la zapatilla y el calcetín. Abrió su mochila, sacó una crema, se untó las manos y comenzó a masajearme con cuidado.

—Uf, ay —protesté.

—¿Te duele mucho?

—Sí. Joder, soy gilipollas —me lamenté llevándome las manos a la cara y echando la cabeza hacia atrás.

—Si aprieto aquí…

—¡AY! ¡COÑO, SÍ!

—¿Y aquí?

—Ahí no tanto, no. Pero molesta. ¿Está torcido? ¿Está roto? No voy a poder jugar más, ¿verdad? Dímelo sin rodeos. Puedo aguantarlo. ¡AY! ¡JODER, QUÉ DAÑO!

El fisio se rio y siguió masajeando durante unos minutos más, hasta que, tras limpiarse las manos, me colocó un vendaje alrededor del tobillo apretándolo bastante, pero dejando que, al menos, la sangre me circulara un mínimo.

—No te lo has roto. Es una pequeña torcedura, pero creo que puedes continuar. Eso sí, con mucho cuidado y…

Pero dejé de escucharle. Porque al otro lado de la valla vi llegar a Marcos con cara de preocupación. Nuestras miradas se encontraron. Yo pensaba que tenía clases por la mañana. ¿Las había terminado ya? Sí, sé que le había pedido que no viniera a verme, pero de repente saber que estaba allí… me alivió al momento. Aunque me esforzaba por demostrar lo contrario, me estaba empezando a dar cuenta de que realmente sí me importaba lo que Marcos Brunas opinara de mí. Realmente sí me importaba que estuviera presente. Aunque me dejara a mí tomar mis propias decisiones. Ya lo había dicho Álvaro. A veces, en la vida, es suficiente con estar. Dudó si acercarse o no, porque podía notarlo en su lenguaje corporal. Hasta que lo hizo. Porque si algo había aprendido era que, si Marcos Brunas quería hacer algo, lo hacía. Se colocó en la valla como si fuera un murciélago y explotó.

—¿Qué coño ha pasado? —Su manera de preocuparse a veces era demasiado.

—Un resbalón tonto.

—¿Estás bien? ¿Está bien? ¿Podrá seguir jugando? —le preguntó al fisio mientras guardaba las cosas en su mochila.

—Ya le he dicho que puede jugar si lo hace con cuidado.

—No se lo habrá roto, ¿no?

—Es solo una torcedura. —Se puso de pie, hizo un gesto al árbitro y salió de la pista. Este me miró y me preguntó si quería continuar con el partido. Yo, por supuesto, asentí y me levanté del banco, apoyando con cuidado el pie. Me dio un pequeño pinchazo con el que vi las estrellas, pero solo fue al apoyarlo. Según fui andando, el dolor fue mitigándose hasta convertirse solo en una molestia. Como si alguien me estuviera agarrando el tobillo con la mano, apretando ocasionalmente para recordarme que no podía escapar.

—¿Puedes? ¿Estás seguro? —me preguntó Marcos.

—Todo bien. Solo me queda un juego para ganar. —Y, claro, escucharme decir eso le cambió la expresión por completo. Estaba sorprendido—. Ya moriré después.

—¿Quién saca?

—Él.

—Juega todos los restos. Dale con todo. Y no corras. No fuerces más de la cuenta y... —Entonces se calló y tardó unos segundos en seguir hablando—. Pero no hace falta que me hagas caso. Haz lo que creas mejor tú.

Espera. ¿Marcos Brunas dándome autonomía o no imponiendo sus métodos? Lo cierto es que la táctica que me había dicho tenía bastante lógica. Así que ¿por qué no seguirla? Además, jugar contra un jugador medio lesionado siempre es muy difícil. Crees que estás por encima, que puedes ganarle fácil, pero no hay cosa más complicada que derrotar a un león herido. Porque se va a revolver hasta el último momento. Que fue, básicamente, lo que hice yo. Con cada saque que hizo, me dejé la piel devolviéndolo. El primero lo tiré literalmente a la valla del fondo. Pero el segundo fue un resto impecable, que barrió casi la línea lateral. Él no tenía muy clara la estrategia a seguir. Me hizo una dejada junto a la red, y estuve tentado de ir a por ella, pero preferí no arriesgarme y la dejé pasar. No podía jugármela y que me volviera a doler el tobillo.

15-15.

30-15.

30-30.

30-40.

—Punto de partido para Nicolás Rion —anunció el árbitro con mucha ceremonia. Antes de lesionarme, me quedaba tan poco para ganar que creo que eso es lo que más me había dolido. Que se me fuera a escapar una victoria tan cerca del final. Pero ahora solo estaba a un punto. Un punto más y pasaba a cuartos de final. Vi el miedo en la mirada del otro jugador. ¿Cómo podía perder con alguien lesionado? Seguro que estaba pensando en eso. Y lo sabía porque yo también estaba pensando en ello. Pero quizá él sobrepensó demasiado, porque falló los dos saques que le quedaban y me entregó el partido en bandeja.

—Juego, set y partido para Nicolás Rion. Gana 6-3 y 6-4.

Y, una vez más, había vuelto a ganar, colocándome en cuartos de final de mi primer torneo en Arcadia. Aunque ningún partido podía terminar fácil y sencillo. Nos dimos la mano en la red y, cuando me despedí del árbitro y recogí mis cosas, vi que Marcos estaba esperándome cerca de la salida, a una distancia totalmente prudencial.

—Felicidades.

—¿No hay ningún comentario negativo? ¿Ni un reproche? ¿Nada? —le pregunté. Marcos apretó la mandíbula y se limitó a sonreír—. Eso es nuevo. Pues gracias, gracias.

—Ahora a pensar en el siguiente. Pero, por suerte, tienes un día extra para descansar ese tobillo. ¿Te duele?

—Ahora mismo ni lo noto —admití.

—Perfecto. Esta tarde te vendría muy bien natación y… —Pero hizo lo mismo que cuando me había dado el consejo para ganar. Lo pensó mejor y decidió cambiar lo que iba a decirme—. Bueno, lo que tú consideres que sea mejor.

—¿Este nuevo Marcos de dónde ha salido?

—No es ningún nuevo Marcos. Valora lo que te digo y no me lo pongas tan difícil siempre, joder. —Vale, ahí estaba el Brunas que yo conocía.

—Eh, eh, relaja, que no te he dicho nada —me defendí. Marcos cerró unos segundos los ojos y noté cómo estaba tratando de calmarse a sí mismo. Respirando con control militar. Apretando y soltando los puños. Hasta que los volvió a abrir.

—Siento…, uf…, a ver… —No sabía qué pensaba decirme, pero estaba claro que era algo que le costaba horrores—. Siento haber sido tan profesional contigo.

—¿Profesional?

—Sí, profesional.

—¿Cómo que has sido «profesional» conmigo? ¿Qué quiere decir eso?

—¿No sabes lo que significa «profesional»? —gruñó—. He estado demasiado encima de ti sin dejarte la autonomía que necesitas —repitió como si fuera un loro que acababa de aprender palabras nuevas—. Lo… lo siento.

No sabía muy bien de dónde venía ese cambio, pero no me iba a quejar. Estaba hasta mono sufriendo tanto para decir «lo siento».

—Gracias —respondí—. Significa mucho lo que acabas de decirme.

—¿Cómo que gracias? ¿Y YA ESTÁ? ¿NO PIENSAS DECIR NADA MÁS? —rugió, y me pilló totalmente desprevenido.

—¿Nada más? Pero ¿qué quieres que diga? —contesté, asustado.

—Eh, no sé. ¿Algo así como «Yo también lo siento por haber sido un jodido cabezota y haberme enfadado cuando me ayudaste a ganar»? ¡Por ejemplo eso!

—¿Solo me has pedido perdón esperando que yo te pidiera perdón? —repliqué. Ahora el molesto era yo.

—¡Sí! No. Es decir. Si alguien te pide perdón, tendrás que pedirlo también, ¿no? Vamos, digo yo —soltó, nervioso. Marcos no dejaba de sorprenderme con sus capacidades sociales tan alejadas de lo que yo había conocido hasta el momento.

—Se supone que uno pide perdón porque lo siente, no porque espere nada a cambio.

—Vale. Pues nada. Olvida lo que he dicho, coño —repuso de malas maneras—. Enhorabuena de nuevo por la victoria. —Y se dio la vuelta para irse. Las conversaciones con él siempre eran una sorpresa. Nunca sabías por dónde iban a ir. Pero en algo sí que tenía razón. Claro que le debía una disculpa.

—Lo siento, vale. Lo siento —dije, haciendo que frenara en seco y no se alejara más de mí. Pero no respondió. Se quedó ahí, en medio del camino de piedra, parado, como esperando a que yo siguiera hablando—. Vale, Marcos, tú ganas. Siento haberte dicho que no quería que vinieras a mi partido.

—¿Solo eso? —preguntó dándose la vuelta.

—Es mi disculpa. ¿Ni eso me dejas hacer?

—Vale, vale. Sí. Sigue —me indicó tratando de contenerse las ganas de seguir discutiendo, aunque fuera un poco más.

—¿Que siga? Es… es que ya está.

—¿Ya está? —se lamentó, decepcionado.

—Siento haberte dicho que no quería que estuvieras en mi partido. No fui justo contigo y lo siento. ¿Mejor así? —Si él se ponía chulo, yo más.

—Sí, mejor así. Faltan cosas, pero aceptaré esta primera disculpa. —Y yo no pude evitar reírme con su comentario—. ¿Quieres entrenar un rato?

—A ver, estoy un poco lesionado…

—Verdad, verdad, verdad. Vale, tienes razón.

—Podemos dar una vuelta y te cuento el partido mientras me tomo un Nesquik, ¿te parece? —sugerí, y Marcos asintió—. Ahora solo falta que vayamos a por el Nesquik.

Aunque nos costara, poco a poco parecía que Marcos y yo íbamos entendiéndonos por fin. En el camino hacia uno de los edificios principales, donde había máquinas expendedoras y podía comprarme mi Nesquik de todas las mañanas, le fui hablando del partido, de cómo me había sentido, de los puntos que más había disfrutado, de mis fallos cada vez más tontos y del agobio cuando me resbalé y me torcí el tobillo. Marcos se mantuvo en silencio escuchándome pacientemente, aunque estaba seguro de que se moría por intervenir y darme su particular visión. Algo había esa mañana en él. Una especie de cambio que no acababa de identificar. Me dio un par de consejos, aunque bastante generales, y me dejó irme a las duchas mientras él se iba al comedor a comer con sus compañeros profesores. Tuve cuidado de no mojar mucho el vendaje que me había puesto el fisio en el tobillo y, cuando ya estuve listo, fui directamente al comedor para estar con Álvaro y sorprenderme con mi menú diario.

—¿Tú has visto la cantidad de pollo que me han puesto hoy? ¿Cómo piensan que voy a comerme todo esto?

—Necesitas proteína. Hoy has jugado y ayer también. Hay que generar fuerza y resistencia, amor —me explicó Álvaro mientras él comía un wrap integral del que chorreaba salsa picante—. Además, tienes que vengarme, ya lo sabes.

—Claro que te vengaré. ¿Tan difícil fue el partido? —pregunté.

—He de decir que yo tampoco tuve mi día. Si hubiera estado a mi nivel de siempre, hubiera arrasado, por supuesto —afirmó, sonriente y haciendo aspavientos con las manos—. Pero no pasa nada. Al menos gané el primer partido y puedo jugar el segundo torneo. ¿Tú cómo te sientes ahora que estás en cuartos de final?

—A ver, aún no lo he reflexionado en serio. Ya sabes, por lo del tobillo y tal. No sé, creo que puedo ganar, fíjate lo que te digo —declaré con confianza.

—Claro que puedes ganar. Ya te digo. Contra el que jugué hoy tiene una derecha malísima. Con que juegues igual que ayer, lo tienes hecho, y ya estarías en semifinales. Y por el otro lado tampoco te creas que van jugadores muy fuertes. Sí, creo que sigue el número uno por ahí, por ese lado del cuadro. Pero ¿y? Si tú ya no le tienes miedo a nada.

Y la verdad era que no. Había estado dos veces a punto de perder, y ver que no me quitaba el sueño, que era capaz de tolerar una derrota, me había creado una especie de coraza más fuerte.

—Un día podíamos entrenar juntos, que yo no soy tan duro como míster Brunas —sugirió.

—Me encantaría entrenar contigo. —Y, en cuanto se lo dije, alguien dejó caer parte de su sopa sobre mi cabeza y mi espalda.

—¡EH! —protesté levantándome de golpe, tratando de que no me manchara más. Detrás de mí había un grupo de tres chicos. Uno de ellos era el responsable. Lo supe porque su cuenco estaba medio vacío.

—Perdona, no te había visto —se disculpó el responsable con sorna.

—¿Y ahora me ves, gilipollas? —repliqué, más enfadado que nunca. Tanto que Álvaro tuvo que agarrarme de la muñeca.

—Todos te vemos, tramposo —intervino otro de los chicos. Ah, vale, así que iba por ahí la cosa. Pues no sabían con quién se enfrentaban. Cogí mi vaso de batido de chocolate de la mesa y se lo lancé a la cara al chico que me había llamado tramposo, manchándosela por completo.

—¡EH, QUÉ HACES! —intervino el primero, como si fuera su guardaespaldas, y se acercó bravucón empujándome con fuerza y a punto estuvo de tirarme al suelo.

—¿Yo? ¡Qué hacéis vosotros! ¿Tenéis algún problema? Ah, que seguro que habéis perdido en el torneo ya, ¿no? Lo suponía. —Y parecía haber acertado, porque los tres se pusieron rojos de furia, dispuestos a seguir con la pelea. Vale. Había llegado el momento de hacerme valer en Arcadia, y, si eso significaba lanzar comida y pegarme con tres inútiles, pues no me quedaba otra.

—Oye, mejor nos vamos, Nico. ¿Para qué vamos a meternos en una pelea?

Claro. A Álvaro no le insultaban ni le estaban haciendo la vida imposible. Obvio que él no quería meterse en problemas. A mí me daba igual. Me había metido en tantos en el instituto que, por otro más, no pasaba nada.

—Si me vuelves a llamar tramposo, la vamos a tener —amenacé a uno de ellos—. Y tú, no vuelvas a ponerme las putas manos encima. ¿Te queda claro?

—¿Tú a mí me vas a decir qué tengo que hacer? Si no hubiera sido por esa beca, ni siquiera podrías permitirte el batido de chocolate que me has tirado —me soltó él con rabia, con un clasismo que me asustó para un chico tan joven. Me despreciaba. Pero no era por haber sido tramposo o haber llegado como había llegado a Arcadia. No. Era por mi posición social. Por saber que no tenía el mismo dinero que tenía él. Aporofobia en estado puro.

—¿Qué me acabas de decir? —Me solté de la mano de Álvaro.

—De hecho, ¿no te has dado cuenta de que llevas un chándal con un agujero? —Me señaló con la mano un pequeño roto que tenía sobre mi rodilla derecha—. ¿Tu padre no tiene suficiente dinero para comprarte unos pantalones?

Sé que estuvo mal. Lo sé. Pero no me pude contener. Y me arrepentí en el momento en el que mi puño chocó contra su mandíbula. Me hizo polvo los nudillos y no mereció la pena el gusto que sentí un escaso segundo. Pero daba igual. Ya no podía dar marcha atrás. Por suerte, solo le di de refilón, pero le hice el suficiente daño como para que gritara y se dejara caer en los brazos de su amiga. Se llevó la mano a la zona dolorida y movió la mandíbula hacia arriba y hacia abajo, compulsivamente, como si se la hubiera roto y estuviera tratando de recolocársela.

—Menudo hijo de puta —gruñó—. Los de tu clase solo saben solucionar las cosas a puñetazos. Así se vive en las chabolas, claro.

Ese comentario volvió a encenderme más que ningún otro, y le habría vuelto a golpear si no llega a ser porque alguien me detuvo cogiéndome del brazo con fuerza.

—Álvaro, por favor, suéltame.

Pero no era Álvaro.

—Nicolás. Fuera.

Capítulo 32

Marcos

—Nicolás. Fuera.

Las únicas palabras que pude decir para que entrara en razón. Le agarraba con fuerza el brazo, porque sabía que si aflojaba, aunque fuera un poco, se iba a lanzar encima de ese chico. Menos mal que estaba subiendo a su planta del comedor para hablar con él, porque llegué en el momento justo, como suele decirse. Un segundo después y, quién sabe, podríamos estar lamentando su expulsión de Arcadia, porque a Sebas no le iba a temblar el pulso. De hecho, lo más seguro era que, si ese chico se chivaba del primer golpe, Sebas le hiciera una seria advertencia a Nicolás. Y eso fue obviamente lo que pasó.

—Quedas fuera del torneo. En Arcadia no toleramos la violencia, Nicolás —le dijo con firmeza Sebas mientras yo me quedaba en la esquina de su despacho, vigilante y paciente.

—¿Y toleráis el bullying y que lleven metiéndose conmigo desde el primer día? —replicó él.

—Vienes a mí y me lo cuentas. Lo hablamos. Lo solucionamos. Pero no vamos repartiendo puñetazos a la gente.

—Pues que no me insulten, me tiren cosas o me empujen. También son normas básicas de civilización, ¿no? —Acto seguido esbozó una sonrisa que sacó a Sebas de sus casillas.

—Último aviso que te doy, Nicolás. Mañana además tendrás sesión con Olivia. Y tú, Marcos. Siendo su tutor, ¿dónde estabas? ¿Por qué no evitaste esto?

—Evité una pelea mayor —me defendí—. Pero no comemos en la misma planta. Entonces es difícil. Además, se supone que no tengo que vigilarlo en todo momento, ¿no? No soy su padre.

—Vigila el tono, Marcos. Vigila el tono. Y largaos los dos de mi despacho. Que no se vuelva a repetir. Y da gracias que lo dejamos aquí, porque podría echarte del resto de los torneos o de la propia Arcadia.

—¡Y QUÉ MÁS! —protestó Nicolás, furioso—. Yo solo me he defendido. ¿Y me llevo el castigo? Pues sí que es justa Arcadia. La academia más justa del mundo.

Tras terminar su explosión de ira, se levantó de la silla y salió del despacho sin siquiera despedirse o decir algo más. Sebas también se había quedado sin palabras, y creo sinceramente que prefirió no alargar una conversación que iba a acabar mal para los dos. Yo hice un gesto con la cabeza de despedida e iba a ir tras Nicolás. Pero Sebas me detuvo.

—Marcos. Esto no puede volver a repetirse, ¿lo comprendes?

—Sí, lo he entendido a la primera.

—Habla con él y házselo entender.

—Hablaré con él.

Pero, cuando salí del despacho, Nicolás no estaba por ningún lado. ¿Cómo podía ir tan rápido estando con el tobillo mal? Joder, siempre poniendo las cosas difíciles. Cuando me dijeron que se había lesionado, me puse en alerta. Los recuerdos de mi lesión pasaron a toda velocidad por mi mente. Solo podía escuchar mis gritos de dolor, los murmullos de la gente, el fisio hablándome en un inglés chapucero y los meses y meses de sufrimiento, de operaciones, los mensajes de lástima, las miradas de tristeza. Todo daba vueltas a mi alrededor como una telaraña de la que era imposible escapar. No podía haberse lesionado en un estúpido torneo de Arcadia. Si se había roto algo…; no quería ni pensarlo. Sabía que no podía dejarle solo. Pero cuando llegué a su pista y vi que estaba bien, que solo había sido una torcedura, respiré aliviado. ¡Respiré aliviado! ¡Al final iba a tener razón Olivia y sí que me importaba Nicolás Rion! Daba igual que me sacara de quicio, que fuera un bocazas y que me pusiera tan nervioso su desorden. Realmente estaba empezando a importarme. Así que, quizá y solo quizá, debía empezar a escucharle un poco más y, aunque odiara darle la razón, hacer caso a los consejos de Olivia.

A veces, el mejor tutor no es el que más exige, sino el que sabe cuándo dar un paso atrás para que el otro crezca por sí mismo.

Y, aunque me costaba horrores ser simpático con prácticamente cualquier persona que tuviera cerca, me esforcé todo lo que pude en serlo con Nicolás durante toda esa mañana. Le pedí perdón, aunque realmente no lo sintiera del todo. Pero era lo que tenía que hacer. Lo que tocaba. Y, aunque me lo puso difícil, sorprendentemente me sentí aliviado, me sentí bien al disculparme con él. Eso era una novedad para mí. Si me viera Paula, que siempre decía que yo era incapaz de pedir perdón... Si me viera Min-ho... Y sabía que tenía que hablar con él. No porque me lo hubiera pedido Sebas, sino porque realmente quería entender de dónde había venido ese arrebato de ira. Yo los tenía, y muchas veces. Fruto de la frustración, de la maldita presión de mi tío y motivados por mil razones más. Pero ¿qué le podían haber dicho a Nicolás que le hubiera hecho saltar así de golpe?

—¡Nicolás, espera! —Sabía que me había escuchado, pero estaba empeñado en seguir caminando sin hacerme caso. Enfadado hasta la última fibra de su ser. Cabezota como siempre. Dios, nos parecíamos tanto—. ¡Nicolás, joder!

—¡Déjame, por favor! —me pidió, y noté la voz algo rota. ¿Estaba llorando? ¿O se estaba conteniendo para no hacerlo?

—No te lo voy a volver a repetir. No pienso estar persiguiéndote por toda la academia —me planté.

—Nadie te lo ha pedido. Además, me voy de Arcadia. ¿Para qué seguir en un sitio en el que nadie me respeta? ¡Y me expulsan del torneo! Eso tiene que ser ilegal. ¡Una pelea fuera del torneo no tiene nada que ver! ¡Esto no es el colegio! —Según iba hablando, fue frenando su zancada y, aunque creía que lo estaba disimulando bien, vi cómo hacía ademán de llevarse la mano al tobillo. Le estaba empezando a doler de nuevo.

—Nicolás, ¿puedes parar un segundo?

—¿Y para qué? ¿Para que me digas lo mal que lo he hecho? Eso ya lo sé yo.

—No te voy a decir eso. —Traté de usar un tono tranquilizador con él. Ese que nunca era capaz de usar y que requería de toda mi energía—. Solo quiero saber por qué le has pegado un puñetazo a ese chico. No dudo que se lo mereciera. Pero por tener un poco de contexto.

—¿Y eso en qué va a ayudar exactamente?

—Coño, Nicolás. ¿No puedes responderme normal por una vez? Solo quiero ayudarte. Nada más. —Estaba demasiado nervioso. Demasiada electricidad contenida en un cuerpo tan pequeño. Sus ojos empezaban a tornarse de un color rojo rosado. Sus pupilas se volvían difusas, acuosas, y su pelo se alborotaba por culpa del viento que soplaba con fuerza, proveniente del mar. En pocos segundos, esa brisa marina no iba a ser lo único salado del ambiente.

—¿Qué? —espetó como un niño pequeño que no quiere hablar.

—«¿Qué?» —le imité—. Eso no es forma de responder.

—Mira, Marcos, ahora no, ¿vale? Ahora no.

—Hagamos una cosa —dije con el tono más suave y conciliador del que era capaz—. Claramente ese tobillo te está molestando, así que vamos a ponerle un poco de hielo, nos sentamos un rato y pensamos qué podemos hacer para que te vuelvan a aceptar en el torneo.

—No quiero que me vuelvan a aceptar en el torneo. En los dos partidos que he jugado ya he tenido un pie fuera. Era cuestión de tiempo. No me apetece rogar a nadie.

Capítulo 33

Nicolás

Estaba enfadado. Estaba muy enfadado. Realmente estaba furioso. Pero ya no con Sebas. Ni siquiera con Marcos. Estaba enfadado conmigo mismo. Porque, por un momento de rabia, lo había mandado todo a la mierda. ¿Cómo había sido tan estúpido? Y pensaba que Marcos se enfadaría, me echaría la bronca y me diría lo estúpido que era. No hizo nada de eso y yo, en un retorcido giro de los acontecimientos, necesitaba que lo hiciera.

—Ya tienes plaza en el cuadro del siguiente torneo. No jugarlo sí que sería una estupidez. Ya has cometido una. No voy a dejar que cometas dos —sentenció.

—Ahora me van a conocer como el matón. Voy acumulando motes, por si no te habías dado cuenta —ironicé.

—Al menos ya nadie te llama suplente o impostor —indicó, y la verdad es que tenía razón—. Y si queremos… Si quieres jugar el siguiente torneo, hay que cuidar ese tobillo. Lo mejor para una torcedura así es hielo cada seis horas. Así que vamos a la habitación, cuidemos un poco tu tobillo y luego te llevaré a un sitio perfecto para reflexionar sobre la estupidez que has hecho.

—¿Qué sitio? —repuse, suspicaz.

—Mira que eres impaciente. Lo primero es lo primero. No tengas prisa.

Nos quedamos los dos un rato en silencio. Estaba cansado. No tenía ganas de seguir discutiendo. Estaba agotado. Así que decidí resignarme y hacerle caso. Al menos, él seguro que sabía cómo hacer que dejara de dolerme el tobillo. Pero, en cuanto reanudé la marcha, un nuevo pinchazo me hizo polvo el tobillo y estuve a punto de caer al suelo.

—¡Ay, joder!

—¿Qué pasa? ¿Qué ha pasado? —preguntó Marcos, preocupado.

—Nada, nada… Esto…, un pinchazo. Un pinchazo de nada.

—Apóyate un poco en mi hombro y vamos a la habitación.

—¿Apoyarme?

—¡No te voy a llevar a caballito, Nicolás! O te apoyas, o tendrás que ir saltando a la pata coja hasta la puta residencia —espetó, malhablado como siempre.

—Vale, vale. No nos pongamos agresivos, que esa es mi tarea —bromeé y, pasando mi brazo por encima de sus hombros, dejé que mi peso se apoyara sobre él.

Y, aunque a veces iba más rápido de la cuenta, me acompañó hasta literalmente la puerta de nuestra habitación sin soltarme un solo segundo. Debajo de toda la bordería con la que se protegía, había un corazón, había una persona sincera y que se preocupaba por los demás, no solo por sí mismo. Una sorprendente novedad. Me ayudó a sentarme sobre la cama y, cuando coloqué mi pierna en alto, vi que el tobillo estaba un poco más hinchado que unas horas antes. Marcos abrió la pequeña nevera que teníamos en una de las esquinas del dormitorio y sacó una bolsa de hielo líquido de color azul. La envolvió en una tela blanca y, colocándomela con cuidado sobre la hinchazón, la ató alrededor para que se sujetara bien.

—Así unos diez minutos. Hay que bajar un poco la hinchazón.

—Gracias.

—Nada —contestó—. Alguien tendrá que poner un poco de orden en tu caótica vida, ¿no?

—Tampoco es que tu vida esté perfectamente ordenada. —La broma no le sentó muy bien, pero prefirió ignorarme y, abriendo su cajón de la mesa, sacó dos cajas de pastillas.

—Toma. —Y me tendió una de color verde y blanco.

—¿Qué es esto?

—Un protector de estómago. Te lo tomas ahora y luego, en diez minutos, te tomas un antiinflamatorio.

—¿Hace falta tanto?

—No te vas a dejar cuidar, ¿verdad?

—Siempre he sido un enfermo malísimo —admití. Y era cierto. Nunca me gustó que me vieran débil.

—No hace falta que me lo jures.

Me dejó las pastillas sobre la mesa junto con un vaso de agua y abrió su armario. Cogió una chaqueta y unos pantalones y los dejó sobre la cama.

—¿Qué haces?

—Tengo clase ahora —me informó.

—¿Te vas? ¿Me dejas solo? ¿Y si me muero?

—No te vas a morir por una torcedura —aseveró entre dientes mientras se bajaba los pantalones y me enseñaba sus calzoncillos blancos tipo slip, que le marcaban unos muslos increíbles. Me quedé embobado mirándole el culo, lo reconozco, hasta que se puso unos pantalones largos. La goma chocó con el perfil de sus glúteos y le costó un poco subírselos. No me había dado cuenta de lo redondo y perfecto que lo tenía hasta ese momento.

—¿Y si tengo que hacer algo? ¿O levantarme? ¿O de repente hay un incendio? ¿Cómo voy a escapar?

—¿Quieres que me quede? —me planteó girándose de golpe y mirándome directamente a los ojos. «¿Quieres que me quede?». Su pregunta resonó en mi cabeza. ¿Quería que se quedara? ¿Quería que Marcos mostrara interés en mí y me cuidara?

—No, no. Que tienes clase. Estaré bien. Aunque no lo parezca, sé cuidarme solo. No me ha quedado otra que aprenderlo —dije, medio en broma, medio en serio. Con una madre ausente y un padre más centrado en su trabajo o en vivir sus sueños frustrados a través de mí, no me había quedado otra. Hubo un momento en que lo único que hacía era meterme en peleas en el instituto solo para llamar su atención. *Spoiler*: no salió bien. Hay mejores formas de llamar la atención de alguien. Pero ya no necesitaba de estrategias. No demandaba la atención de nadie. Si te intereso, si quieres saber de mí, si me quieres en tu vida, solo tienes que venir. Pero yo, lo siento mucho, no te voy a ir a buscar. Ya lo he hecho demasiado tiempo y nunca me ha funcionado.

—¿Tienes mi móvil?

—¿Eh?

—Mi número de móvil.

—¿Cómo que si tengo tu número de móvil? —repetí, algo perdido.

—¿Te ha subido la hinchazón al cerebro y no eres capaz de entender mi idioma? Mi móvil, que si lo tienes, por si tienes que llamarme para algo, joder.

—¡Ah! No, no. Creo que no. No me lo has dado.

—Dame tu teléfono.

—Está sobre la mesa. —Le señalé y se acercó a cogerlo.

—¿Contraseña?

—No te voy a decir mi contraseña —repuse, orgulloso.

—Dios… —exclamó y me tendió el móvil para que lo desbloqueara yo. Cuando lo hice, él seguía con la mano a mi lado esperando a que se lo devolviera.

—A ver, que sigo teniendo manos. Puedo apuntarlo yo. —No le iba a dejar mi móvil así como así.

—Joder, como quieras. —Fui apuntando su número. Lo guardé como «Marcos Brunas tutor Arcadia». Sí. Muy poco personal, pero tampoco se me ocurrió otra forma de guardar su contacto—. Si necesitas algo, me llamas.

—¿Puedes coger el teléfono en clase? —pregunté, sorprendido.

—No. —Y salió de la habitación cerrando la puerta con fuerza.

—Joder, mira que es bruto.

Capítulo 34

Álvaro

Fue llegar a la puerta de la habitación de Nicolás y cruzarme con Marcos, que salía totalmente equipado cerrando de un portazo. Me daba un poco de respeto hablarle, pero, aun así, lo hice.

—Hola. ¿Está Nicolás dentro de…?

—Todo tuyo. —Y pasó a mi lado sin decirme una palabra más. Menudo borde. Así normal que nadie quisiera acercarse a él en Arcadia. Llamé a la puerta y escuché la voz de Nicolás al otro lado. Me decía que no podía levantarse, así que me dijo la contraseña para abrir, aunque era difícil escucharle si no gritaba más.

—¡GRITA, QUE NO TE ENTIENDO!

—¡31-23! —chilló a pleno pulmón. Metí los números y la puerta se abrió con un ¡clic!

Dentro del cuarto, Nicolás estaba tumbado en su cama, con el pie encima de varias almohadas, además de un vendaje y una tela blanca mojada alrededor. Tenía el móvil en las manos y miraba la pantalla absorto. Hasta que entré yo y dejó el teléfono en la mesa.

—Me levantaría a saludarte, pero órdenes del médico: tengo que estar así diez minutos —me explicó con una sonrisa sarcástica dibujada en la cara. Estaba claro qué lado de la habitación era de Marcos y cuál era el de Nicolás. No solo porque estuviera tumbado en la cama, sino porque en uno había un desorden absoluto y en otro, una limpieza prístina. La cama hecha, nada de ropa por el suelo, las zapatillas ordenadas metódicamente y por color y, en su lado de la mesa, varios cuadernos apilados milimétricamente, un par de botellas grandes de plástico y una cajita de madera con la tapa semiabierta por la que asomaban cables blancos, seguramente cargadores. Además, unos auriculares de gran tamaño reposaban sobre el lateral de la silla y, a los pies de la cama, una manta de color azul oscuro doblada y colocada en la esquina.

—¿Qué tal está el lesionado?

—Pues lesionado. ¿Tú qué tal estás? Oye, siento lo de la pelea de antes. Pero hay veces que es que… Uf, no soporto a la gente como ese… ¿Cómo se llamaba?

—Roberto.

—Pues Roberto. Es que… esa necesidad de mirar a otras personas por encima del hombro. Y que encima se enorgullezca de ello. No puedo soportarlo, lo siento —admitió—. Y me voy a quitar esa cosa ya de aquí, que ya me he cansado.

—Déjatelo un rato más, que seguro que te lo acabas de poner —sugerí y me senté al borde de su cama—. ¿Te duele mucho?

—Ahora tengo el tobillo dormido. Podrías haberte sentado encima, que ni lo habría notado. Menuda caída más estúpida, te lo juro.

—Generalmente todas las caídas son estúpidas. Pero, calma, que tienes un día extra entre medias para descansar. Es solo una torcedura. Eso se pasa en nada y, además, veo que te están cuidando bien, ¿verdad?

—Quién diría que Marcos Brunas tiene un corazoncito. Pequeño, pero lo tiene después de todo —bromeó—. Pero…, bueno…, tengo más de un día para descansar.

—¿Cómo? —pregunté, asombrado. ¿A qué se refería?

—A ver, por culpa de mi…, llamémoslo arrebato…, me han expulsado del torneo.

—¿¡QUÉ!? ¿PUEDEN HACER ESO?

—Hemos estado hablando hace un rato con Sebas. Sebastián. Estaba muy enfadado y ha dicho que en Arcadia no se tolera la violencia y bla, bla, bla. En fin, que me ha dicho que nada de jugar este torneo. Así que, bueno, al menos he llegado hasta cuartos de final —sonrió con amargura. Aunque al principio le diera igual ganar o perder, ahora claramente podía ver que le había dolido acabar su participación en el torneo de una forma tan absurda.

—Pero..., bueno, seguro que algo se puede hacer. Si Roberto fuera a hablar con él o algo, diciendo que fue una pelea tonta, a lo mejor ayuda a que te vuelva a admitir.

—Sí, seguro que el que me llamó pobre y me tiró media sopa en la cabeza va a interceder por mí. Estará frotándose las manos y contándole a todo el mundo lo idiota que soy —se lamentó.

—Joder, lo siento mucho.

—Nada, tranquilo. Era cuestión de tiempo. Ya me salvé del primer partido y en el segundo casi igual con mi torcedura. Ya no había más suerte a la que recurrir —dijo encogiéndose de hombros.

—¿Y qué tal se lo ha tomado Marcos? Como está tan obsesionado con que ganes a toda costa y esas cosas... Y, cuando he llegado, ha salido de aquí hecho una furia.

—Ah, tranqui, es su forma de salir de los sitios —me explicó—. Pero, sorprendentemente, está mejor que nunca. Sí, sigue ahí su bordería de siempre, pero parece que ha empezado a escucharme y a no ser tan obsesivo con que haga todo lo que él diga. Un cambio interesante. Y fíjate, me está cuidando y todo.

En ese momento quizá no supe identificar bien lo que sentí, pero, al imaginar a Marcos cuidando de Nicolás, experimenté una especie de celos punzantes en el corazón. Mis ganas de sentirme necesitado, de cuidar y de ayudar se vieron comprometidas por un momento. Además, nunca había visto a Nicolás hablando de Marcos así.

—Claro, porque eres su caballo de carreras y no quiere que tu lesión vaya a peor.

—¡Joder, menuda comparación! —y se echó a reír—. Oye, gracias por venir a verme.

—Nada, cariño. Lo que sea por mi Nicolasín. ¿Necesitas algo más?

—Levantarme de esta cama y dar una vuelta o algo.

Se quitó el hielo que tenía sobre el tobillo, se sentó en el borde junto a mí y apoyó los dos pies en el suelo. Pero, cuando quiso incorporarse, puso una mueca de dolor y volvió a sentarse.

—¿Nos quedamos aquí viendo algún *k-drama* en tu ordenador?

—Pues, mira, creo que va a ser lo mejor.

Así que busqué el primero que se me ocurrió, que no fue otro que *Veinticinco, veintiuno*, y nos tumbamos los dos en su cama, juntos, comiendo una bolsa de patatas fritas que Nicolás tenía guardada junto a la mesa. En un momento dado, estiró la mano y esta tocó la mía. Pensé en apartarla, pero finalmente no lo hice y las dos estuvieron rozándose durante todo el primer capítulo de la serie. Sabía que el beso que nos habíamos dado en la fiesta no había significado nada. Ni para él ni para mí. Pero... ¿y si sí?

Capítulo 35

Sebastián

Solo llevábamos una semana del curso intensivo de verano y ya quería que se acabara. Cada vez me costaba más lidiar con los problemas de niñatos adolescentes con las hormonas revolucionadas. Demasiado trabajo. Al menos solo era ese mes y luego volvería todo a la normalidad. Pero el mes de julio era el más intenso de lejos. Cuarenta nuevos alumnos, más los chicos de iniciación que cambiaban cada quince días y, además, las visitas ocasionales de verano, los invitados semanales y el Grand Slam de Arcadia. Pero, por otro lado, me gustaba que todos ellos llegaran y se sintieran como en casa. Éramos la academia favorita por quinto año consecutivo, sacando bastante ventaja a la siguiente en la lista. Así que algo debíamos estar haciendo bien. Nuestras instalaciones eran las mejores, y el clima también ayudaba. Top-Ten estaba en Madrid, pero era mucho más pequeña que Arcadia. Y luego estaba Loreak en el norte, pero el tiempo era su peor enemigo… y su reciente reputación.

Después de la conversación que había tenido con Marcos y Nicolás necesitaba dar una vuelta, despejarme un poco. Quizá había sido demasiado duro con ellos. Con Nicolás en particular. Claro que estaba al tanto de cómo le llamaban otros alumnos de la academia. Simplemente pensé que sería algo puntual y que iría olvidándose con el paso de los días, pero me había equivocado. El arrebato violento de Nicolás era imperdonable, pero también iba entendiendo que era motivo de la frustración, y tal vez de un sentimiento de abandono por parte de Arcadia. Por mi parte. Dejaría que pasara ese día, que reflexionara sobre las consecuencias de sus actos… y al día siguiente seguramente le readmitiría en el torneo. Por ahora solo lo sabían ellos. Era un chico con potencial. Me lo había dicho Zoe. Lo había visto en el torneo de El Roble. Pero sabía de su pasado. Sabía lo mucho que le había afectado la separación de sus padres. Cuando conocí a su padre, supe que estaba obsesionado con que su hijo triunfara. ¿Sueños frustrados? ¿O simplemente necesitaba el dinero y el único modo de conseguirlo era a través de su propio hijo? No era el primer padre que conocía que veía a su hijo como un mero instrumento. El tío de Marcos era bastante similar. Cuando este se lesionó la rodilla, no solo se rompieron sus sueños, sino también la relación con su tío. Fueron unos meses duros para él. Pero ahora parecía haber cambiado algo en ese chico. Nunca había visto a Marcos tan implicado con alguien desde que le conocía. Aunque seguramente lo negara, le había devuelto una especie de ilusión que había perdido.

Sí, estaba claro que quería conseguir que Nicolás triunfara para que yo le viera con otros ojos. Lo que no le entraba en la cabeza es que yo lo hacía todo por él, para protegerlo. Prefería que me odiara un mes más a que regresara a la competición, se lesionara y nunca pudiera volver a jugar. Solo necesitaba tener un poco más de paciencia. Solo un poco más. Pero el tiempo nunca juega limpio. Siempre queremos todo de manera inmediata. Y, cuando el mejor consejo que nos da alguien es que el tiempo lo cura todo, ¿hay algo que dé más rabia que eso? Lamentablemente, la gran mayoría de las veces era verdad.

Dios, cuánto echaba de menos tener su edad. Crecer es una trampa. La vida adulta es la peor de las prisiones. A veces la intensidad permanece, pero cada vez se acompaña más de una tristeza inconsolable que nunca sabes de dónde viene. Pero está ahí, perenne, y te ataca cuando menos te lo esperas. Cuando te metes en la cama por la noche, cuando estás rodeado de gente, pero te sientes solo, cuando escuchas esa canción que te recuerda a ella… ¿Qué estaría haciendo ahora? Hacía meses que no sabía de ella. Me resistía a escribirle, aunque todo mi organismo deseara hacerlo. Pero fue ella la que decidió terminarlo todo. Y yo tendría que mantenerme firme. ¿De qué serviría? ¿De qué sirve nada?

El amor muchas veces es como un plato de sopa caliente. Lo coges por los bordes porque, si no, te puedes quemar. Y, si esperas demasiado a tomarla, se ha enfriado y ya no sabe igual por mucho que vuelvas a calentarla. Pero ¿en qué estaba pensando? Me había prometido a mí mismo no dejarle más espacio en mi mente más allá de mis recuerdos... y de mi móvil. Porque he de admitir que, de vez en cuando, seguía metiéndome en nuestras conversaciones y me quedaba mirando la pantalla decidiendo si debía intentarlo de nuevo o no. El último mensaje había sido suyo. Un «hola» que se quedó sin respuesta. Al igual que todo el amor que le di. Pero uno no puede esperar que los demás nos den lo mismo que les damos nosotros. O eso me decía Olivia en cada una de nuestras sesiones. El único momento de la semana en el que me sentía en paz. ¿Eran las sesiones... o era la calidez de Olivia lo que me ayudaba a olvidarlo todo por un instante? Llevaba tiempo pensando en invitarla a cenar, pero era difícil volver a abrirse. Y no sabía hasta qué punto era recomendable salir con tu terapeuta.

Paseé entre las pistas de hierba artificial y entré en alguna de las clases para supervisar el trabajo de los profesores. Una de mis favoritas era Zoe. Se llevaba tan bien con sus alumnos... Construía un vínculo emocional instantáneo. Tenía una facilidad asombrosa. El que más me sorprendió, eso sí, fue Marcos. Daba igual que fuera borde, porque trataba a los niños como adultos. Y eso hacía que le tuvieran un enorme respeto. Cuando me vio entrar en su pista, se puso en tensión. Nos habíamos visto solo una hora antes, y había ocurrido en un entorno totalmente diferente... y con una conversación que no había sido nada agradable.

—¿Qué tal va la clase? —le pregunté mientras los niños recogían las pelotas que habían usado en el último ejercicio.

—Son unos cabritos. Pero al menos hacen caso —contestó con esa voz tan grave que le hacía parecer varios años mayor.

—No llames cabritos a tus alumnos, Marcos, que tienen diez años.

—¿Y cómo los llamo si lo son?

—Me ha dicho Olivia que estás mejorando en estas últimas sesiones.

—¿No se supone que no puede contarte nada de lo que hablamos? —replicó haciéndose el ofendido. Pero en el fondo le encantaba que hablaran de él.

—Una cosa es que me cuente tus mejoras y otra que me diga lo que habláis en las sesiones. Tranquilo, que de eso no sé nada. Y tampoco quiero —le tranquilicé—. Al final ser tutor no te ha venido tan mal, ¿verdad?

—Sin más.

—¿Sin más? ¿Estás seguro de eso, Marcos?

—¡Os dejo un minuto para recoger todo! ¡Espabilad u os quedáis sin juegos hoy! —gritó de repente, y los niños comenzaron a correr como pollos sin cabeza—. Aún no sé si me ha venido bien o no. Estoy decidiéndolo todavía. Pero sí que quería hablar contigo de algo.

Vale. Sabía que en algún momento me preguntaría si había reconsiderado readmitir en el torneo a Nicolás. Y eso que solo había pasado una hora. En vez de decírselo yo como tenía pensado, iba a dejar que pensara que había sido idea suya, que había sido gracias a su intervención.

—Dime. Pero date prisa porque tus alumnos están a punto de terminar de recoger.

—Has sido muy duro con Nicolás —sentenció.

—¿Y eso por qué?

—Llevan provocándole toda la semana.

—¿Crees que he sido demasiado duro? ¿Te parece bien que vaya pegando por ahí a un compañero? —Se lo iba a poner un poco difícil.

—Ese chico es gilipollas. Desde luego que me parece bien. Ya sabemos lo que hay en Arcadia. Hay muchos que juegan de la hostia, pero también se creen por encima de todo el mundo. Unos arrogantes de mierda —escupió.

—No, Marcos. Tú eres su tutor, no puedes decirle que está bien lo que ha hecho.

—Y no lo he hecho. Te lo digo a ti. A él le he dicho que ha sido una puta estupidez.

—Y lo ha sido, y lo ha sido —asentí—. Pero no quiero que piense que esto es el ejército o una especie de cárcel. Hay disciplina, por supuesto, y hay que cumplir ciertas normas. Pero quiero que se sienta como en casa, en familia.

—¡YA! —gritaron los niños al unísono.

—¡Vale, monstruitos, poneos al final de la pista, que ahora voy!

—Voy a dejar que continúe en el torneo —le dije, y entonces vi cómo se le iluminaron los ojos, aunque fuera solo durante unos escasos segundos.

—Deberías —masculló. No era capaz de relajar el tono ni un solo segundo.

—Pero no quiero que vuelva a pasar nada parecido.

—Tranquilo, que le pondré unas esposas si hace falta para que no vuelva a hacer el imbécil —ironizó—. Yo no puedo detenerle.

—Puedes hacerle ver sus errores.

—No soy su psicóloga ni su madre. Solo soy su tutor.

—Por eso mismo —recalqué—. ¿Se lo dices tú? ¿Me haces ese favor? Pero no se lo digas aún. Déjale unas horas para que reflexione sobre lo que ha pasado. Que, al menos, vea que soy un hueso duro de roer.

—Yo también soy partidario de dejarle sufrir un poco.

—¡Eh, se ha colado Tomás! ¡PROFE, SE HA COLADO TOMÁS!

—¡JODER, QUE YA VOY! ¡EL PRÓXIMO QUE HABLE SE DA TRES VUELTAS A LA PISTA! —chilló Marcos. Pensé en decirle que estuviera más tranquilo, pero no iba a servir de nada conociéndole como le conocía.

—¿Qué tal con tu tío? ¿Has hablado con él estos días?

—No.

Seguramente estuviera mintiendo, pero no le iba a presionar. Ya me lo contaría cuando lo necesitara.

—Vale. Te dejo con tus monstruitos. Pero, si necesitas algo, ya sabes dónde estoy. —Marcos se limitó a asentir, como si no fuera con él la cosa, y regresó a su clase. Pero, antes de salir, me volvió a llamar.

—¿Sebas?

—Dime.

Vi en su mirada que quería decirme una de esas palabras que era incapaz de pronunciar. Un «gracias» que se ahogó en su garganta antes de salir.

—Cierra la puerta al irte.

Capítulo 36

Marcos

Sabía que, si hablaba con él, recapacitaría. Nicolás se había ganado su sitio en ese torneo, y no era justo que le expulsaran por una acción ajena a la propia competición. Desde que me lo dijo Sebas, estaba deseando contárselo. No le diría que había sido gracias a mí, por supuesto. Iba a seguir haciendo caso a Olivia, aunque fuera un poco más. Me había dado tal subidón la noticia que necesitaba jugar, necesitaba entrenar, hacer algo con toda la energía acumulada. Así que cambié los últimos juegos que tenía preparados para clase y les propuse a los niños un partido contra mí. Podría saciar mis ganas de jugar y mi rodilla no sufriría porque no tendría que moverme mucho. Y además mis alumnos estarían más motivados, tratando de derrotarme. Todos salíamos ganando.

—Venga, que hoy os toca demostrar lo que valéis. Si me ganáis, mañana recojo yo las bolas durante toda la clase. —Ese premio los revolucionó más que nunca.

Obviamente, no consiguieron ganarme más de tres puntos, pero les motivó tanto que pensé en hacerles el mismo juego algún otro día. Así al menos no estarían gritando tonterías y pidiéndome juegos absurdos que me daba pereza hacer. Cuando salieron de la clase, en vez de marcharme yo también, me quedé un rato más mirando la cesta de bolas y decidiendo si merecía la pena hacer unos saques antes de volver a la habitación. Hacía días que no entrenaba yo solo. Pero también habían pasado días desde la última vez que hice los ejercicios de rehabilitación que me habían mandado. Me sentía mal por no estar haciéndolos, pero llevaba meses con ellos y no sentía haber mejorado nada. La rodilla me seguía doliendo, me seguía jodiendo la vida. Así que ¿para qué los iba a hacer si no ayudaban en lo más mínimo?

—¡Eh, Brunas! Esta noche. ¿Te vienes al pueblo? Vamos al Azul —me dijo David, uno de mis antiguos compañeros de clase.

—¿Al Azul hoy?

—Sí, claro. Vamos todos los séniors. Tráete a tu mascota si quieres.

—No es mi mascota —rugí.

—Lo que quieras. Si te animas, estaremos ahí desde las ocho. —Y siguió su camino.

Quería haber llevado a Nicolás a mi sitio favorito de Arcadia, pero a lo mejor era buena idea ir a El Acantilado Azul, el mejor bar del pueblo junto a la academia. Estaba en lo alto de un acantilado desde el que se veía el mar Mediterráneo, y tenían las mejores sardinas a la brasa. Las vistas eran increíbles, y yo le caía muy bien a su dueña, Julia. En mi primer año en Arcadia, creo que de lo que más me alimenté era de sus sardinas y su arroz. Podría ser un buen plan para que se distrajera, y ahí le diría la noticia que me había dado Sebas. No pasaba nada por un día de relajación, aunque, por otro lado, me gustaría… No. Tenía mal el tobillo. Tenía que reposar. Tenía que cuidarlo. Y, si no estuviera así, tendría que entrenar. Así que mejor no le diría nada.

Volví a la habitación después de pasar un rato por el gimnasio para hacer algo de musculación y, cuando estaba frente a la puerta, lo único que deseaba era que Álvaro se hubiera ido ya. Acompañaría a Nicolás a natación y, quién sabe, después a lo mejor podíamos ir a la sala de cine a ver alguna de las sesiones nocturnas. Metí el código y abrí, pero la habitación estaba vacía. ¿Dónde narices se había metido? Le dije que si necesitaba algo me llamara. ¡Y se había largado sin decirme nada! Dios, había veces que ponía a prueba mi paciencia. Saqué mi móvil del bolsillo y le escribí, porque yo sí tenía su número desde el primer día. Cortesía de Sebas. Le puse un «¿Dónde coño estás?». Pero, antes de enviárselo, lo modifiqué por un «¿Dónde estás?».

La clase de natación empezaba en diez minutos, así que más le valía estar allí a tiempo. No sabía por qué se empeñaba en hacerlo todo siempre tan difícil. Pensé en quedarme esperando en el dormitorio hasta que apareciera, pero no era su padre. No. Que hiciera lo que le diera la gana. Yo ya había decidido que no iba a ordenar su vida a cada paso que diera. Me senté en la cama, cogí uno de los libros que tenía junto al cabecero y lo abrí por donde estaba el marcapáginas. Pero releí la misma hoja tres veces sin enterarme realmente de lo que estaba leyendo.

—Vale —dije a la vez que cerraba el libro de golpe y me levantaba de la cama—. Como le encuentre, le mato. —Y salí de la habitación una vez más. No podía haber ido muy lejos estando medio cojo.

Tardé casi veinte minutos en encontrarle. Y, para mi sorpresa, estaba en natación. Me había hecho caso sin yo insistirle. Estaba en la piscina pequeña haciendo ejercicios con las piernas junto a Samara, la profesora. Me saludó con la mirada y con una sonrisa, y al momento volvió a centrarse en hacer los ejercicios que le estaban mandando para recuperar su tobillo y fortalecer sus piernas. Pues parecía que Nicolás, poco a poco, sí que estaba cambiando. A lo mejor había funcionado la bronca de Sebas. Salí de la zona de piscinas y me senté en uno de los bancos bajo las palmeras del paseo principal esperando a que saliera y, aunque tardó casi una hora, apareció andando con total normalidad, sin ningún tipo de molestia o cojera. En cuanto me vio, vino hacia mí con una sonrisa de oreja a oreja.

—Oye, pues no me duele nada ahora mismo. ¡Podría hasta ganarte en un partido! —bromeó.

—¿Por qué no contestas a tu teléfono? —fue lo primero que se me ocurrió decirle.

—¿Eh? ¿Yo? ¿Me has escrito?

—Fui a la habitación y no estabas.

—Pues es que me dejé el teléfono en la cama. No sabía que lo necesitara en clases de natación.

—No sabía dónde estabas —le dije, molesto. Y su sonrisa se amplió más si es que eso era posible—. ¿Qué haces? ¿Por qué sonríes más?

—Estabas preocupado por mí —observó, bastante molesto, como intentando chincharme—. Marcos Brunas estaba preocupado por mí.

—¡Claro que estaba preocupado por ti! No sabía dónde estabas y te habías ido sin decirme nada.

—Pensaba que habíamos quedado en que iría a natación. Perdona, no sabía que tenía que avisarte —se disculpó de la forma más sincera de la que fue capaz—. Oye, ¿por qué no bajamos al pueblo esta noche? Tú seguro que lo conoces bien. Podrías enseñármelo, ¿no? Dar una vuelta por la playa o yo qué sé.

—Tienes el tobillo mal. Necesitas reposo —le recordé.

—¡Ya no! Mira, está estupendo. Y te prometo que andaremos poco, que tendré cuidado. No quiero estar todo lo que queda de día encerrado en la habitación. ¡Me muero ahí dentro!

—Es lo que toca cuando uno está lesionado —recalqué.

—Pues entonces me voy yo solo a dar una vuelta. O se lo digo a Álvaro, no sé.

Sabía que me lo había dicho para ver si yo caía en la trampa. ¿Tan predecible era? Al parecer sí, porque, en cuanto vi lo empeñado que estaba en ir, me di cuenta de que, o iba con él, o se iría solo.

—No. Solo no vas. Voy yo contigo. Con una condición: volvemos cuando yo diga.

—A mandar, sargento Brunas.

—No me llames así.

—Vale, sargento. —Se llevó la mano a la frente—. ¿Ahora sí me llevas a caballito a la habitación?

Capítulo 37

Nicolás

Vale. No quieres ser divertido. Lo entiendo. Pero tampoco tienes que matarme con la mirada.

Bajar al pueblo fue quizá la mejor decisión que había tomado desde que estaba en Arcadia. Liberado de la presión de tener que seguir jugando el torneo, sabía que iba a disfrutar por primera vez desde que había entrado allí, si no contábamos la fiesta de la otra noche con Álvaro. Marcos tenía una mezcla de animación y nervios según nos íbamos acercando a la salida de la academia. Allí tuvimos que esperar diez minutos a que llegara uno de los bus exprés que bajaban a la zona de la playa cada hora y media. No era muy grande, no cabríamos más de veinte personas, y no solo nos subimos nosotros dos, sino también un grupo de cinco chicos y varias chicas más. Álvaro me había dicho que se quedaba en la habitación, porque al día siguiente tenía un entrenamiento muy duro demasiado temprano. Así que iba a ser la primera vez que Marcos y yo hiciéramos un plan los dos solos, fuera de Arcadia, fuera del tenis, fuera de la presión de entrenar. Podía ser divertido.

—Eh, Brunas, cuánto tiempo —dijo uno de los chicos que estaba sentado justo delante de nosotros. Las ventanillas del autobús iban bajadas y se podía oler el aroma a mar, cada vez más cerca. El sol iba cayendo poco a poco, y la luz anaranjada se reflejaba en los cristales convirtiendo el interior del autobús en una especie de escena de película independiente.

—Hola, David —saludó Marcos de la forma más seca posible. ¿Es que no se llevaba bien con nadie?

—Y tú eres Nicolás, ¿no? Nicolás Rion. El que ganó el torneo de El Roble. Un placer, tío. —Me tendió la mano. Sin un añadido. Sin llamarme suplente, impostor o tramposo.

—Hola. Sí, sí. Soy Nicolás. Un placer.

—¿Primera vez que bajas al pueblo? —preguntó con ganas de saber.

—Sí. Es decir, no, no. Estuve el otro día en la fiesta de la playa.

—Ah, es verdad, que eres un júnior. Hoy hay fiesta también, en el Azul. El bar favorito de aquí el amigo —dijo señalando con el mentón a Marcos, que se puso nervioso al instante—. Se lo he dicho antes, pero no ha mostrado mucho entusiasmo. ¿Verdad, Brunas? —Le cogió del brazo, agitándolo y haciendo que Marcos se apartara violentamente.

—¿Qué es el Azul?

—El Acantilado Azul —intervino Marcos con desgana mientras miraba por la ventanilla—. Una especie de chiringuito en lo alto del acantilado de la Pedrera.

—Ni idea de lo que estás diciendo, pero pinta bien. ¿Vamos?

—Es una fiesta de séniors, pero entrando con Brunas seguro que no hay ningún problema. Habrá sardinas a la brasa, buena música y se rumorea que están por aquí las chicas de Loreak.

—¿He oído bien? ¿Loreak, la academia de alto rendimiento? —pregunté, asombrado. Lo único que sabía de sus jugadores es que no solían relacionarse con el resto. Eran bastante inaccesibles. Que de repente estuvieran en el pueblo junto a Arcadia era algo poco menos que sorprendente.

—¿La conoces?

—¿Quién no conoce Loreak? No seré un megafriki del tenis ni sabré quién ha ganado más Wimbledon, pero…

—Martina Navrátilová en mujeres. Roger Federer en hombres —dijo Marcos a toda velocidad.

—Marcos sí lo sabe —puntualicé, y el tal David se echó a reír—. Yo no lo sabía. ¡Me sonaba! Pero no lo sabía. Habría dicho Serena Williams.

—Casi, pero Serena tiene siete títulos —añadió Marcos sin inmutarse. Era como una enciclopedia humana de tenis—. No llega a los nueve de Navrátilová.

—Vale. Genial. Sabía yo que era buena. El caso es que no sabré eso, pero sí que conozco Loreak. Claro que la conozco —insistí—. Qué fuerte que estén por aquí.

—Entonces ¿os venís al Azul? —volvió a preguntar David, que miraba a Marcos insistentemente—. No hay mucho más que hacer en el pueblo.

—Vamos a que Nicolás ande por la playa. Le vendrá bien para...

—Bueno, la playa podemos verla otro día. Enséñame ese bar. ¿No es tu favorito? —le pedí, poniéndole ojos de pena, a ver si así conseguía que aceptara el plan. Podía notar que no le hacía mucha gracia y que prefería pasar el tiempo alejado de todo y todos. Pero a lo mejor precisamente era un plan así lo que necesitaba para romper su coraza de acero, hacer un poco de vida social.

—No. Tu tobillo no está recuperado —sentenció.

—¿Qué le pasa a tu tobillo? —quiso saber David.

—Me lo torcí esta mañana jugando el torneo, pero ¡ojo, incluso con torcedura, gané el partido! —me enorgullecí hinchando el pecho.

—Oye, pues enhorabuena, tío. No por haberte lesionado, sino por haber ganado. ¿En qué ronda estás?

—En cuartos de final, ¿no? —le pregunté a Marcos, que asintió con pasividad—. En cuartos de final.

—Súper, bro. Espero que tengas suerte y ganes el torneo. Me has caído bien. —Y estiró su mano esperando que le chocara los cinco. Tardé un poco en entender lo que quería y, al final, acabé aceptando y le choqué la mano—. ¡Pues al Azul entonces! —dijo, emocionado, y se dio la vuelta en su asiento para seguir hablando con el otro chico que se sentaba junto a él.

—Bueno, pues ya tenemos plan —le comenté a Marcos, pero este me mató con la mirada—. ¿Qué?

—Siempre haces lo que te da la gana. Te da igual lo que opinemos los demás —contestó, molesto.

—¿Estás…? ¿Es que he hecho algo que te haya molestado? —pregunté, confuso.

—La próxima vez estaría bien ponerse de acuerdo para aceptar un plan. Y, más aún, con el tobillo como lo tienes —me recriminó.

—Por favor, Brunas, que no eres su padre —le soltó David desde su asiento.

—¿Por qué no te metes en tus putos asuntos, David? Veo que sigues siendo el mismo cotilla de siempre, coño —repuso Marcos con fiereza. David ni se inmutó.

—Relaja, Brunas. Que vengo en son de paz.

—«En son de paz» mis cojones —murmuró Marcos. Eso solo se lo escuché yo.

Pasamos el resto del trayecto en silencio. El autobús hizo varias paradas en el pueblo. Un pueblo típico de pescadores, con pocas casas, todas de una o dos plantas y con fachadas de colores llamativos. Rodeamos la plaza principal, donde estaba el ayuntamiento y varias terrazas de bares repletas de gente, y empezamos a subir por una de las laderas de la montaña. La Pedrera la había llamado Marcos.

—Si tienes miedo a las alturas, no mires por la ventanilla.

Obviamente, no le hice caso y vi cómo íbamos subiendo y subiendo por una carretera cada vez más estrecha, de doble sentido y sin quitamiedos que nos protegieran en caso de salirnos del carril. Sí, había sido una mala idea mirar, desde luego. Así que, en lo que nos quedó de camino, decidí centrarme en mi móvil en vez de en nuestra posible muerte si caíamos por el precipicio. Tuvo que avisarme Marcos de que habíamos llegado para que me relajara y me levantara del asiento. Estaba completamente sudado. De la cabeza a los pies. La tensión había sido horrible. Sobre todo cuando nos cruzamos con otro autobús que bajaba y hubo que ponerse al límite del vacío.

—¿Sabes que tienes todo el pantalón mojado? —me dijo Marcos cuando pasé por delante de él.

—Sudo mucho, ¿vale? —me defendí, y traté de taparme todo lo que pude. Pero lo importante no era estar sudado, sino que Marcos me había mirado el culo.

Salimos del autobús de la muerte y frente a nosotros había una enorme explanada con varios coches aparcados y, en ellos, grupos de gente bebiendo con las puertas abiertas y los maleteros levantados. Al fondo, un chiringuito de madera blanca con una terraza de sillas rojas y blancas metálicas. Pero no había gente sentada, sino de pie, por todos lados. Rodeando la terraza se alzaban varias palmeras de diferentes tamaños, con luces colgadas de sus hojas, pero aún no estaban encendidas. Todavía era pronto y quedaba luz solar. Olía a parrilla, a brasas, a carbón, a pescado, a verano. Y, en un enorme tablón de madera sobre el techo del chiringuito, se podía leer su nombre: El Acantilado Azul.

—Pues qué sitio más chulo —le dije a Marcos.

—Estamos un rato y nos vamos —contestó.

—Bueno, depende de cómo lo estemos pasando, ¿no? Necesito probar esas sardinas de las que hablaba David. Y, luego, pues ya veremos. ¿Un par de tintos de verano, por ejemplo? ¿Nos dejarán beber teniendo dieciséis años?

—Yo tengo diecisiete.

—Perdone usted, señor Brunas —me disculpé en broma y, de manera automática y casi inconsciente, le cogí de la mano y tiré de él hacia el bar. Pero, a diferencia de Álvaro cuando nos rozamos las manos en mi habitación, Marcos la apartó con rapidez, casi como si le hubiera quemado.

—No me gusta que me den la mano —fue su explicación y se adelantó, nervioso, dejándome atrás al momento. Vale. Captado. Al señorito no le gustaba el contacto físico. Apuntado. Traté de acelerar el paso para alcanzarle y un pinchazo en el tobillo me recordó la lesión de por la mañana. Gemí de dolor, pero con la música de fondo fue imposible que nadie me oyera. Ni siquiera Marcos, que seguía concentrado en abrirnos paso para llegar al interior del bar.

Como por arte de magia, a los pocos minutos había conseguido una de las mesas altas de madera, un plato con sardinas a la brasa y pan rústico, y dos vasos de plástico de tinto de verano. La dueña creía que Marcos tenía dieciocho años desde hacía un año. Y era verdad que Marcos podía pasar por una persona más mayor. Yo no tanto, pero por suerte había tanta gente que nadie iba a decirme nada por estar bebiendo un inofensivo tinto de verano.

Las sardinas olían increíble. Marcos cogió una de ellas con la mano, la colocó sobre una rebanada de pan y le dio un mordisco que se llevó la mitad. El aceite resbaló por las comisuras de su boca y tuvo que limpiarse con el dorso de la mano mientras no dejaba de masticar.

—¿Y tú qué? ¿No comes? —me preguntó con la boca llena.

—Voy, voy. —Le imité colocando la sardina sobre el pan. Pero, cuando fui a morderlo, Marcos me lo impidió.

—Espera, primero tienes que echarle un poco de esto por encima. —Y volcó parte del líquido que había en un pequeño cuenco de cristal sobre la sardina.

—¿Qué es?

—¿Ya estás con las preguntas? Joder, pruébalo.

—¿Y está bueno eso?

—Tú pruébalo.

—Vale, vale. —Le di un mordisco y, al igual que le había pasado a Marcos, el aceite empezó a resbalar por mi barbilla. Pero daba igual, porque esa sardina estaba increíble. Me comería diez si hiciera falta. Me vio la cara y sonrió, orgulloso, mientras se terminaba su trozo de pan.

—Uf, está buenísimo esto.

—Las mejores sardinas que vas a probar en tu vida. —Acto seguido, cogió su vaso de tinto de verano, le dio un sorbo y se lamió el labio superior nada más hacerlo—. No sabía lo mucho que echaba de menos esto.

—Hemos hecho bien en venir, ¿no? —le dije esperando que me diera la razón, aunque fuera a regañadientes. Pero no respondió. Se limitó a girarse para ver la gente que había en el bar.

Yo no reconocía a nadie de los que nos rodeaban, pero sí que veía que todos eran mayores que nosotros. O, al menos, mayores que yo. Así que, cada vez que quería beber un poco del tinto de verano de mi vaso, lo hacía inconscientemente a escondidas. No quería que nadie estuviera juzgándome. Eso sí, el vaso nos duró poco tiempo, porque esas sardinas daban mucha sed. Y, cuando digo mucha sed, es mucha. Aunque, a partir del primer vaso, Marcos se empeñó en que pasáramos a beber agua.

—No vas a emborracharte.

—Oye, que solo me ha pasado una vez.

—Dentro de diez minutos sale el próximo autobús de vuelta a Arcadia —me advirtió y se colocó a un lado de la mesa, dispuesto a que nos fuéramos.

—Pero ¿nos vamos a ir ya? ¡Si esto acaba de empezar! ¡Fíjate el ambientazo que hay!

—Tú tienes que cenar la dieta que te hayan puesto en la pulsera y descansar el tobillo —dijo con firmeza. Autoritario como él solo, y había aprendido que a cabezota no le ganaba nadie. Pero a mí tampoco.

—¿Puedo ir al baño primero al menos?

—¿Tienes que ir ahora? —protestó.

—Es eso o mearme en el bus —mentí. Solo quería hacer el suficiente tiempo para que perdiéramos el medio de transporte para volver y tuviéramos que esperar una hora más. Marcos gruñó y me señaló con la mirada la zona donde estaban los baños.

—No tardes.

—Deja de ser un estirado por un momento, Brunas —repliqué y me giré, dándole la espalda, de camino hacia el baño.

—No soy un estirado —contestó él, pero su voz se perdió entre el bullicio—. ¡Y NO TARDES, JODER! —Eso sí que lo escuché bien.

Empecé a mezclarme entre la gente, pero no reconocía a nadie ni nadie me reconocía a mí. Mejor. No quería tener que enfrentarme a miradas de «aquí está el impostor». Pasé junto a la puerta del baño y, asegurándome de que Marcos no me miraba, seguí andando hacia la parte trasera del chiringuito. Porque ahí también había fiesta, alrededor de una mesa de ping-pong, donde un grupo de chicas charlaban a un volumen demasiado alto para tratar de escucharse por encima de la canción de Bad Bunny que estaba sonando. Parecían mucho más mayores y no había visto a ninguna de ellas por Arcadia.

—Eh, chaval. ¿Juegas? —me propuso un chico tras de mí. Cuando me giré, vi a un coreano de casi dos metros de altura, con el pelo negro perfectamente peinado hacia atrás, una americana de color negro, una camiseta blanca que mostraba parte de su pecho y unos pantalones a juego que le marcaban los cuádriceps. Su sonrisa era arrebatadora y sus ojos hipnotizantes. Tenía una pala de ping-pong en una mano y, en la otra, un vaso de lo que parecía Coca-Cola—. ¿Estás bien?

—¿Cómo? Ah, sí, sí. Eh, hola.

—*annyeonghaseyo.* Hola, hola. ¿Quieres jugar? —Me tendió la pala con una sonrisa tan blanca que era imposible mirarla directamente.

—¿Al ping-pong dices?

—Sí. Al ping-pong —repitió—. ¿Eres de por aquí?

—Yo-yo sí. Sí. Es decir, no, pero estoy en Arcadia, en la aca-academia de tenis.

Fue decir Arcadia y su expresión cambió. Sus ojos se iluminaron de manera especial y me miró inquisitivamente, como queriendo leerme por dentro.

—¿Cómo te llamas, chaval? —No entendía por qué me trataba como si fuera un niño pequeño cuando no debía sacarme más de un par de años. ¿Le decía mi nombre real? ¿O me inventaba otro? Porque a lo mejor me reconocía también como el impostor que ganó en el torneo de El Roble.

—Álvaro. Vergara.

—Hola, Álvaro. Yo soy Song Min-ho. —Cogió mi mano, apretándola con fuerza. Su mano era la mano más suave que había tocado en mi vida—. Encantado. Yo también soy alumno de Arcadia.

—Ah, vale. Genial. No te había visto nunca.

—Acabo de volver de Alemania —me explicó.

—¡Acaba de ganar un torneo allí! —intervino una chica que pasó entre los dos, guiñándome el ojo.

—Anda, ¿acabas de ganar un torneo en Alemania? —le pregunté de nuevo. Él asintió con la sonrisa perenne en su rostro.

—Entonces ¿juegas? —insistió, así que cogí la pala de ping-pong de su mano, aunque todavía dudoso, y él asintió, feliz—. Genial. Ven, que te explicamos las normas.

—Espera, si yo ya sé jugar.

—Este... juego es diferente —rio y me pasó su brazo por los hombros, juntándome contra él. Nos acercamos los dos a la mesa de ping-pong, donde dos chicas trataban de aguantar lo máximo posible la pelota. Cada una de ellas sujetaba con la mano libre un vaso de plástico a medio beber—. Aquí se trata de aguantar. Pero solo puedes jugar con una mano. Con la otra, sujetas tu bebida. Si pierdes el punto, tienes que beber de tu vaso. Si se te cae la bebida, tienes que beber del tuyo y del de tu contrincante.

—¿Qué? Pero a ver, que yo tengo dieciséis años —les revelé.

—Tranquilo, no llevan alcohol. Creo...

—No mientas, Min-ho —le abroncó una de las chicas—. Ven, bonito, ven. Sustitúyeme —me dijo desde el otro lado de la mesa, haciéndome gestos con la pala mientras se terminaba su bebida. Min-ho me empujó con suavidad llevándome hasta ella.

—Yo-yo ya tengo pala —señalé.

—Ah, mejor. ¡Una copa para este chico! —gritó y, al rato, alguien apareció con un vaso lleno de tinto de verano—. Toma, y será mejor que no se te caiga.

—No sé yo si... —comencé a decir, dudoso de poder aguantar lo que me habían propuesto. La chica que tenía enfrente me avisó de que lanzaba la bola. La botó contra la mesa y la golpeó, cogiendo al segundo su propio vaso. La bola vino hacia mí, pero la mano me temblaba, así que le di mal y fallé en la red.

—¡Bebes! —chilló ella.

—¿Bebo ya?

—Te toca, sí. Son las normas. —Obediente, cogí el vaso que tenía en mi otra mano y lo fui bebiendo casi sin respirar hasta terminarlo. Cuando lo dejé sobre la mesa, todos me miraban, sorprendidos.

—¿Qué?

—Solo hay que beber un trago, Álvaro. No todo el vaso. ¡Así no vas a durar más de una partida! —me dijo Min-ho, incapaz de contener la risa, al igual que el resto de las chicas.

—¿Y-y-y yo qué sabía? —Dios, el alcohol me había subido de golpe.

—Este chico no desentonaría en Loreak, ¿eh? —comentó la chica que había jugado contra mí. ¿Loreak había dicho? ¿Eran las chicas de la academia? Me empecé a fijar mejor, y todas eran increíblemente atléticas y tenían un magnetismo inherente que las hacía destacar por encima de cualquiera que estuviera cerca. Los rumores eran ciertos y realmente eran las más elegantes de todas las academias de alto rendimiento. Además, en Loreak no solo había tenis, sino atletismo y natación. Una de las academias más completas del país.

—¡NICOLÁS!

Dios, ese grito. Solo podía ser una persona. Mierda. Estaba en un lío enorme. Marcos apareció entre la gente con la expresión más enfadada que le había visto desde que le conocía. Y no sé si fue por la tensión o por miedo de que viniera hacia mí, pero sentí unas ganas incontrolables de vomitar.

—¡Llevo quince minutos buscándote! —vociferó, totalmente desatado—. ¿Qué coño haces?

—Marcos, yo... —Pero no pude decir más, porque vomité sobre la mesa de ping-pong, y todo el mundo se alejó de golpe, asqueados. Yo el primero, pero había sido incapaz de controlarlo.

—¿Marcos? —dijo Min-ho. Marcos cambió por completo su expresión al verlo. ¿Se conocían?

—¿Min-ho? ¿Qué coño haces aquí?

Capítulo 38

Marcos

—¿Min-ho? ¿Qué coño haces aquí?

No me lo podía creer. Mi mente era incapaz de procesar que Min-ho estaba delante de mí. Después de tanto tiempo. Después de todo lo que había sufrido por él..., y estaba más guapo que nunca. No tenía ningún derecho a estar tan elegante y tan arrebatador. Pero no tenía tiempo para él. Porque, en cuanto Nicolás vomitó, estuvo a punto de caerse al suelo y tuve que correr a sujetarle de los brazos para que no acabara desparramado sobre la mesa.

—*annyeonghaseyo*, Marcos —me saludó educadamente.

—¿Qué haces aquí? —le pregunté, pero sin mirarlo, tratando de centrar toda mi atención en un Nicolás que casi no se tenía en pie—. ¿Qué le habéis hecho?

—¿Quiénes? Él ha querido jugar —se defendió una de las chicas—. Solo que no sabe beber.

—¿Le habéis dado alcohol?

—¿Eres su padre? —dijo otra de las chicas, visiblemente borracha, pero calló cuando la miré, asustada.

—Oye, Marcos, ¿podemos hablar un segundo? —me sugirió Min-ho acercándose por detrás y acariciándome con suavidad la espalda.

—Joder, Min-ho, ahora no —espeté con furia—. No sé qué haces aquí, ni me importa. Pero déjame en paz.

—Veo que sigues exactamente igual —replicó, molesto. Gruñí como respuesta y cogí a Nicolás, poniéndole su brazo sobre mi hombro para poder cargar con él y llevármelo hasta la parada del autobús. Pero era como un peso muerto. Me costaba horrores ir así con él, porque tampoco quería que pisara con mucha fuerza. Su tobillo debía de estar sufriendo… y mi rodilla también. Joder, había sido una mala idea hacerle caso y venir al pueblo—. Déjame que te ayude —se ofreció Min-ho de repente, cogiendo el otro brazo de Nicolás y compartiendo la carga.

—Min-ho, te he dicho que…

—No seas cabezota, Marcos. Ódiame luego si quieres, pero este chico no se tiene en pie y tú solo no puedes con él. Déjame ayudarte hasta que lleguemos a la parada de autobús —insistió Min-ho con autoridad. Pensé en rebatirle y en decirle que se metiera en sus asuntos, pero la verdad era que me venía muy bien su ayuda, así que me limité a asentir, entre gruñido y gruñido, y Min-ho sonrió mientras cargaba con mucho más peso que yo, descuadrándome por completo.

—¿No ves que eres demasiado alto? No puedo llevarle bien.

—Deja de quejarte y cógele con fuerza —me ordenó. Nicolás solo era capaz de balbucear cosas sin sentido. Tenía restos de vómito en la camisa y los ojos semicerrados. Respiraba con pesadez, con fuerza, y de vez en cuando tenía alguna arcada que acababa en falsa alarma. ¿Cuánto había bebido? Cuando le perdí de vista al ir al baño, temí lo peor. Me lo imaginé metiéndose en peleas o que le hubieran echado por verle con un vaso de tinto siendo menor. Lo que nunca pensé es que me lo encontraría bebiendo, jugando al ping-pong… y en compañía de Min-ho.

—Vosotros… ¡Hip! ¿Os… os conocíais?

—¿En qué coño estabas pensando, Nicolás? —le recriminé en cuanto abrió la boca.

—¿Nicolás? ¿No se llama Álvaro? —preguntó Min-ho, confuso.

—¿Álvaro? No. Se llama Nicolás. Nicolás Rion.

—¿Rion no es el chico que ganó el torneo de El Roble?

—Sí, soy-soy-soy-soy yo —dijo Nicolás, seguido de un eructo enorme—. Pe-perdón.

—¿Y por qué ha dicho que se llama Álvaro?

—Quizá porque no dejan de meterse con él en Arcadia —le defendí—. Pero no es asunto tuyo lo que diga o haga Nicolás, ¿entendido? —bramé.

—Marcos, por favor, ¿tienes que ser tan borde todo el tiempo? Solo quiero hablar.

—Ahora no es el momento. Ahora es el peor momento de todos, Min-ho —insistí mientras nos acercábamos a la parada del autobús que nos llevaría a Arcadia, que ya estaba con las puertas abiertas esperando a que se subieran todos los que estaban esperándolo. Había unas cinco personas y nosotros, que llegamos a duras penas. Me dolía el hombro, me dolía la rodilla y tenía ganas de llegar a nuestra habitación y tirarme sobre la cama.

—¿Necesitas que vaya con vosotros?

—No, gracias. Ya has hecho bastante —le recriminé mientras subía con Nicolás, vigilando que no cayera en el pasillo del autobús. Le senté en el primer asiento libre que vi e iba a colocarme a su lado, pero, como la puerta seguía abierta, Min-ho entró tras nosotros para continuar la conversación.

—¿Seguro que no necesitas ayuda, Marcos?

—No, Min-ho. No necesito más ayuda.

—Estaré unos días por Arcadia antes de mi próximo torneo. Me gustaría hablar contigo, en serio. Creo que nos lo debemos.

¿Cómo que iba a estar por Arcadia? ¿Iba a tener que verle todos los días?

—La puerta se cierra. —Le indiqué con la mirada. Min-ho miró al conductor, que le preguntó si se subía o se bajaba. Él asintió con una sonrisa melancólica, echó un último vistazo a Nicolás y bajó del autobús. La puerta se cerró y este arrancó, alejándonos del Azul, de Min-ho y de una noche que ya quería olvidar.

Casi todo el trayecto de vuelta fuimos en silencio, acompañado de los ocasionales ronquidos de un Nicolás que era incapaz de mantenerse despierto, mientras yo no paraba de darle vueltas a mi encuentro con Min-ho. Me venía mal. Me venía muy mal su presencia en la academia.

—¿Estás con-contento en Arcadia? —me preguntó Nicolás de repente, casi como si hablara en sueños—. No-no te veo contento.

—No digas tonterías y duérmete.

—Pero responde… responde. Dime. ¿Estás…, ¡hip!, estás contento? —insistió.

—Sí. Estoy contento —mascullé, aunque no fuera del todo cierto.

—¿Seguro? ¿Sin poder jugar? —Se la iba a pasar porque estaba borracho.

—Sí. Estoy contento —repetí.

—¿Y si te llamaran de otra academia? ¿Irías?

—No me van a llamar de ninguna otra academia, Nicolás. —¿De dónde se sacaba esas estúpidas preguntas?

—Ya, pero.. ¿y si lo hicieran? ¿Te irías? —Y giró su cabeza para mirarme con los ojos entrecerrados y casi todo el pelo pegado a su frente, repleta de sudor.

—No.

—¿Me lo prometes?

—No te voy a prometer nada. Deja de preguntar estupideces y duérmete.

—A mí… Arcadia… me gusta a ratos. A ratos… —Bostezó y, de golpe, hizo ademán de volver a vomitar. Cogí una de las botellas de agua que había en el bolsillo del asiento de delante y se la di.

—Bebe agua. —Tardó en cogerla, pero lo hizo. Y, cuando empezó a beberla, la mitad del contenido de la botella cayó por su barbilla, su cuello y mojó casi toda su camiseta—. Joder, Nicolás, ¿ni beber agua sabes ya?

Cogí la otra botella que había delante de nosotros, la abrí y se la coloqué en los labios, sujetándola y haciéndole beber poco a poco.

El autobús nos llevó hasta la puerta de Arcadia y, tras dejar que todos se bajaran, traté de despertar a Nicolás, pero parecía imposible. Se negaba a abrir los ojos, hasta que tuve que sacudirle, literalmente, para que espabilara un mínimo. Le ayudé a ponerse de pie y, aunque seguía bastante mareado, parecía poder andar por sí mismo. Tardamos más de la cuenta en llegar a nuestra habitación, sobre todo porque Nicolás decidió tirarse sobre el césped para mirar las estrellas. Hasta que los aspersores hicieron acto de presencia y tuve que levantarlo de nuevo, totalmente empapado. Pero por fin llegamos al cuarto, le hice lavarse los dientes, le quité la ropa y le metí en la cama con un esfuerzo enorme. Estaba agotado. Y ni siquiera se acordaría al día siguiente.

—Ven… aquí… —dijo en un susurro, y tiró de mi camiseta haciéndome caer sobre él, por lo que se golpearon nuestras frentes y nuestros pechos.

—¡Qué haces! —le recriminé.

—Marcos… Brunas…, eres muy guapo… —dijo paladeando mi nombre como si fuera la primera vez que lo pronunciaba. Aún estaba borracho. No sabía cuánto había bebido desde que le perdí en el Azul, pero parecía que demasiado—. ¿Yo no soy guapo?

—Nicolás, por favor, estás borracho —contesté tratando de zafarme de su agarre.

—Lo sabía. No lo soy… —susurró—. Siempre… Adrián nunca me llamó guapo.

—No sé quién es Adrián, pero suéltame, Nicolás —le ordené.

—Marcos… Marcos… —prosiguió mientras yo me levantaba de su cama, en dirección a la mía—. ¿Te vas a quedar despierto hasta que me duerma?

—No. Yo me voy a dormir.

—Por favor —susurró. Y no sé si fue el tono en el que lo dijo o la razón por la que hice lo que hice, pero, después de chistar la lengua y protestar un buen rato, volví a su cama y me senté pegando mi espalda a la pared.

—Más te vale dormirte rápido, Nicolás. —Pensé en decirle que Sebas le había readmitido en el torneo, pero no parecía el momento adecuado.

Sobre todo porque seguramente no lo recordara al día siguiente, así que ya se lo contaría por la mañana. Cuando estuviera en las condiciones apropiadas.

—Gracias —murmuró—. Me gusta haberte conocido, Marcos Brunas. Eres una buena persona.

Capítulo 39

Nicolás

Al abrir los ojos, Marcos seguía en mi cama, pero ya no estaba apoyado en la pared, sino tumbado a mi lado, con la nariz pegada a la mía. El sol de la mañana se colaba entre las ranuras de la persiana y dibujaba unas líneas oscuras sobre su cara, como si fuera un tatuaje a medio terminar. En algún momento de la noche nos habíamos quedado dormidos. La cabeza me dolía, pero al menos no era como la otra noche. No sabía ni qué hora era, pero el momento era tan perfecto que no quería ni moverme. Porque, si lo hacía, le despertaría seguro. Estaba sin camiseta, solo con los pantalones puestos, y yo estaba tentado de acercarme un poco más a él. Era una sensación rarísima, pero ver a Marcos tan cerca de mí, tan vulnerable… casi parecía hasta humano. No pude evitar mirar hacia abajo y vi a través del pantalón lo excitado que estaba…, y me excitó a mí al momento. Su respiración se me metía por el oído de una forma rítmica y electrizante, y el breve movimiento de su nariz al coger aire me parecía hipnótico. Creo que hasta ese momento no me había fijado en lo guapo que era Marcos Brunas. Al menos no de una forma tan consciente. De repente, bostezó y se acercó un poco más a mí. Tanto que nuestros labios empezaron a rozarse por milímetros. Nunca había creído tanto en la basorexia hasta ese momento. Solo tenía que dejarme llevar y nos estaríamos besando. Pero, espera, ¿iba a besar a Marcos? Podía notar su respiración dentro de mi boca… y también su polla rozando la mía, porque yo también me había empalmado. No podía dejar de mirar su cara, su nariz, sus labios, su pelo, su cuello. Él seguía con los ojos cerrados. No sabía si estaba dormido o en ese punto en el que estás entre medias de los dos mundos. Quizá estaba en ese estado hipnagógico en el que no eres plenamente consciente de nada. Pero es que nuestros labios estaban literalmente tocándose. No me atrevía a hacer ningún movimiento. ¿La verdad? Porque no quería romper ese momento. Hasta que el que se movió fue Marcos. Volvió a estirarse un poco, como desperezándose, pasó su brazo por encima de mi costado y me juntó contra él, abriendo la boca con lentitud y besándome con unos labios tan sorprendentemente suaves que, más que un beso, parecía una caricia. Yo pasé torpemente mi mano por encima de él y me dejé llevar. Cerré los ojos y sentí que él seguía manteniendo los suyos cerrados. Sus pantalones chocaron con mis calzoncillos, y nuestras lenguas se encontraron en el interior de nuestras bocas. ¿Qué estaba pasando? ¿Nos estábamos besando Marcos y yo... y me estaba gustando? ¿Y a él? ¿Le estaba gustando también? Sus besos empezaron a convertirse en gemidos y comenzó a rozarse cada vez más contra mí, como si estuviera masturbándose, como cuando te levantas muy excitado y te rozas con la cama. Sus gemidos me excitaban más y más. Se habían convertido en mi gasolina.

Paseé la mano por su espalda hasta que noté una especie de cicatriz en el hombro derecho. Fui siguiéndola con el dedo índice lentamente hasta llegar a su final, en la cintura. De repente, Marcos se apartó bruscamente arqueando la espalda y abriendo los ojos.

—¿Qué haces?

—¿Qué hago? —contesté, confuso.

—No me toques la espalda así —protestó.

—Perdón, solo estaba...

—No. Nicolás. No —sentenció con firmeza y se apartó un poco más.

Yo me aparté también. Le conocía lo suficiente como para saber cuándo tenía que dar marcha atrás, así que dejé de acariciarle y me di la vuelta, sin tocarle, sin rozarle. ¿Quizá me había pasado? ¿Ese beso había sido demasiado? Pero había sido él el que se había lanzado. ¿Tan pronto se estaba arrepintiendo?

—¿Qué hora es? —gruñó.

—Hum, ¿la de seguir durmiendo? —bromeé.

—¿Tienes el móvil por ahí?

—Relax... Deben de ser como las seis o así. —Y estiré el brazo para coger el teléfono de la mesa. No eran las seis después de todo—. Prométeme que no te vas a enfadar.

Marcos se reincorporó de golpe y pasó por encima de mí, sin ningún tipo de reparo, aplastándome literalmente con su cuerpo. Estiró el brazo y me arrebató mi teléfono de la mano casi sin darme tiempo a reaccionar.

—Son las diez de la mañana —dije en un hilo de voz.

Capítulo 40

Marcos

—¡YA LO VEO! —grité, totalmente sobrepasado. ¿Las diez de la mañana? ¡Iba a llegar tarde a clase! ¡No! ¡Ya llegaba tarde a clase! Dios, Sebas me iba a matar. Y los padres. Y los niños. ¿Cómo podía haberme quedado dormido tanto tiempo? JODER, JODER, JODER.

—Sí que hemos dormido, sí —dijo Nicolás con una calma increíble.

—¡Venga, levanta y vístete! —Pasé por encima de él saliendo de la cama a toda velocidad, a punto de tropezar con la sábana y caerme de boca contra el suelo—. ¡COÑO! ¡VAMOS, NICOLÁS! ¡¿A QUÉ ESPERAS?!

—Uf, para, por favor, dame unos segundos… que me acabo de despertar.

—¡Y deberías estar en clase con Zoe! —Ahí fui consciente de que estaba empalmado y el recuerdo de besar a Nicolás me golpeó de pronto. No solo nos habíamos besado, sino que nuestras pollas se habían rozado. La vergüenza fue tal que me giré para colocármela bien sin que él se diera cuenta.

—Si no tengo clase con ella hasta las diez… Ah, oh, claro… —¿Cómo podía estar tan tranquilo?

Yo, mientras, abrí el armario, cogí lo primero que vi y me cambié a toda velocidad. En lo que yo había tardado en ponerme los pantalones y la camiseta, Nicolás solo había sido capaz de sentarse en el borde de la cama.

—¿A qué esperas? ¡Venga!

—¿No podemos decir que estamos malos? ¿Que nos sentaron mal las sardinas o algo así? Es decir, sería totalmente comprensible. —Y, por un segundo, pensé que ese plan podría funcionar. No obstante, al momento lo quité de mi cabeza. Iba a ser demasiado extraño que ni siquiera hubiera avisado con tiempo. No había lugar a dudas. Me había dormido y tendría que asumirlo. No solo me haba dormido, sino que había remoloneado más de la cuenta, algo que nunca me había pasado. ¿Cómo podía haber acabado en la cama con Nicolás toda la noche? Aunque lo cierto es que había dormido del tirón, algo que hacía meses que no conseguía...

—No. O espabilas, o me voy sin ti. —Esa amenaza tan sencilla no hizo que Nicolás fuera más rápido, sino que sus ojos brillaran con luz propia, como si le hubiera dicho la cosa más bonita del universo.

—¿Estás esperándome para ir juntos? —me planteó con la voz más cursi de la que fue capaz.

—No es lo que he dicho, ni remotamente. Lo que he dicho es que te muevas, porque ya estamos llegando tardísimo; así que venga —le insistí, y eso pareció darle la energía que le faltaba para levantarse y comenzar a vestirse. Dios, era tardísimo.

—Oye, pese al dolor horrible de cabeza que tengo, me gustó mucho la noche de ayer —me dijo mientras se ponía otros pantalones—. Gracias por dormir conmigo.

—Sí, sí, muy bien, pero venga.

—¿A ti no te gustó?

—Eso da igual ahora.

—A mí no me da igual. —Dejó de vestirse y me miró directamente, esperando a que le diera una respuesta mucho mejor. No era capaz de pensar con claridad, porque no dejaba de darle vueltas a que iba a llegar tarde por primera vez en mi vida. Sabía que él quería llevar la conversación a una dirección para la que yo no estaba preparado—. No sé... Lo de esta mañana...

—Soy tu tutor —le dije al fin, cortante, para acabar con esa conversación cuanto antes.

—¿Y? Ah, vale. Entiendo. Que, como eres mi tutor, esto no está bien y esas cosas, ¿no? Uf, es que no puede darme más igual, Marcos.

—Joder, Nicolás, lo hablamos luego —mascullé.

—Lo que quieras —convino, pero su voz había cambiado a un tono de derrota y apatía. Terminó de vestirse, cogió su raquetero y salió por delante de mí, cabizbajo.

Salimos de la residencia en completo silencio y, cuando estábamos fuera, cada uno nos fuimos para un lado. Él hacia su clase con Zoe, yo hacia mi pista con los niños. Y, cuando llegué, estaban todos peloteando entre ellos, ordenados, sin hacer ruido y sin desmadrarse. Abrí la puerta metálica para entrar en clase con el raquetero colgando del hombro. Pero, cuando entré, me di cuenta de que no estaban solos. No se habían organizado por ciencia infusa. Era Sebas, quien estaba esperándome sentado en el banco de la pista, y su mirada no podía dar más miedo.

¡MIERDA!

Nada más verme entrar, se puso de pie y me miró con condescendencia, pero también con un poco de enfado en los ojos. ¿O era decepción? No esperaba tener que enfrentarme a él esa mañana. Así que traté de adelantarme a su más que segura bronca.

—Perdón, Sebas. Siento haber llegado tarde.

—Esto no puede seguir así, Marcos. Menos mal que estaba yo pasando por aquí y vi la clase vacía. ¿Habrías dejado a tus alumnos toda la mañana sin profesor?

—No. Simplemente he llegado tarde. Es la primera vez.

—Y la última —sentenció Sebas con autoridad—. ¿Me puedes explicar lo que ha pasado?

—Se me olvidó poner el despertador —mentí. Sebas, obviamente, sabía que no le estaba diciendo la verdad, pero prefirió pasarlo por alto. O, al menos, no montar un escándalo delante de mis alumnos.

—Que no vuelva a pasar. ¿Me has entendido? —me dijo entre dientes, tratando de no hablar muy alto, pero dejándome claro que era una falta que no iba a tolerar más.

—Sí. ¿Puedo empezar mi clase?

—¿Qué te dijo Rion sobre su participación en el torneo?

Al final no se lo había podido decir. Pensaba haberlo hecho esa misma mañana, pero no contaba con quedarnos dormidos y, mucho menos, con despertarnos como lo habíamos hecho.

—Que está muy agradecido. —Dos mentiras seguidas. Me estaba poniendo muy nervioso. ¿Qué me pasaba?

—Tus alumnos te esperan. Luego hablamos. —Me dio un par de palmadas en el hombro y salió de la clase cerrando la puerta metálica tras de sí.

Capítulo 41

Nicolás

No podía con mi alma. Era peor que el otro día cuando tuve que entrenar con Marcos estando de resaca. Porque en la clase no me quedaba otra que disimular. Tuve que decir que había tenido una intoxicación alimentaria y que había pasado muy mala noche. No sabía si Zoe me había creído, pero no pude hacer mejor mi papel. Debía de tener una cara de muerto increíble, pero, comparándome con el resto de la clase, desde luego seguía siendo el mejor.

—¡Nicolás, venga! —me gritó Zoe, y me di cuenta de que ya estaban todos en el otro lado de la pista y yo me había quedado mirando a la nada junto a la valla del fondo.

—¡Voy!

La verdad es que no podía dejar de pensar en la manera en la que me había despertado con Marcos a mi lado. Había sido sorprendente cuando menos. Pero, a los pocos segundos, el Marcos de siempre había vuelto a hacer acto de presencia. «Soy tu tutor». ¿Y? Ni que hubiéramos hecho algo malo. Con él, todo siempre era más complicado.

Zoe nos explicó el ejercicio, que se limitaba a correr hacia delante para llegar a una bola corta, devolverla de derecha y luego correr hacia atrás, obviamente dando pasos laterales, para rematar un globo y lanzarlo al fondo de la pista. Un ejercicio para el que había que tener muy buenas piernas. Yo hice lo que pude. Al principio no llegaba a ninguna, pero poco a poco me fui soltando y terminé siendo el mejor de todos. No lo digo yo. Lo dijo Zoe. Así que, al final, después de todo, no fue un mal entrenamiento. No fue una mala clase. Especialmente después de la liberación que suponía no tener, al menos, que seguir jugando el primer torneo. Cero presión en el entrenamiento. Ya me preocuparía en unos días cuanto tuviera que jugar el segundo.

—Eh, ¿esos no son...?

—Sí, tío, qué fuerte. Son los Montecarlo. ¿Qué hacen aquí?

—¿De quién habláis? —les pregunté mientras recogíamos las bolas del último ejercicio.

—Tío, ¿no sabes quiénes son? Perseo y Gabriel Montecarlo. —Al ver mi cara de absoluta indiferencia, siguieron explicándome—: La familia Montecarlo. ¿Los de los hoteles? ¿Nada?

—Ni idea de quiénes son.

—Su familia es dueña de Arcadia.

Paseando por el camino central, iban dos chicos. Uno de ellos en traje, estirado, andando de la forma más recta que había visto en mi vida, con las manos atrás, el pelo peinado a la perfección con una especie de efecto mojado y unas gafas de sol de montura oscura. A su lado, otro chico pelirrojo, también de traje, pero mucho más desenfadado, con la camisa por fuera y la chaqueta en la mano. Era un poco más bajito y solo le veía de espaldas, pero parecía ser totalmente opuesto al chico de la izquierda. Y, a su lado, estaba Sebas, que iba hablando con ellos y señalando distintos lugares de Arcadia con las manos. Los Montecarlo. No había escuchado hablar de ellos en la vida. Mi mirada se cruzó con la de Sebas y parecía que iba a seguir andando. Pero, en vez de eso, decidió acercarse a nuestra pista, seguido por los dos hermanos. ¿Vendría a echarme más bronca? ¿O se habría enterado de que había llegado tarde a clases y me iba a expulsar definitivamente de Arcadia?

Ni siquiera entró en la pista. Saludó a Zoe y se colocó frente a la valla, esperando a que yo fuera hacia él y le hablara. Pero era una situación extrañamente tensa. ¿Y yo qué le iba a decir después de cómo terminó nuestra última conversación juntos?

—Buenos días, Nicolás. Me gustaría presentarte a los hermanos Montecarlo.

Joder, y yo con esa cara de resaca mortal, sudado y asqueroso. No había un mejor momento, no.

—Ah, sí, claro, eh, hola —saludé tímidamente agitando la mano como si fuera idiota.

—Son Perseo y Gabriel Montecarlo.

Mientras que Perseo se limitó a hacer una pequeña reverencia, Gabriel se bajó sus gafas de sol, me guiñó un ojo y me sonrió.

—Un placer —dijo paladeando las palabras.

—Este es Nicolás Rion. Ganó el torneo de El Roble y ahora está en cuartos de final del primero de los tres torneros de Arcadia. Uno de nuestros nuevos talentos.

¿Y todas esas buenas palabras así, de repente? Además, no había hecho mención a mi expulsión del torneo. Un detalle que tampoco tenían por qué saber.

—¿Cuántos años tienes? —preguntó Perseo, curioso.

—Dieciséis, pero a punto de diecisiete.

—¿Y desde cuándo llevas jugando? —añadió Gabriel.

—¿Al tenis? Bueno, desde hace un par de años.

—Pues Sebas debe de haber visto potencial en ti. No suele animar a gente tan mayor.

—¿Mayor? —dije, sorprendido.

—El deporte profesional es duro, cariño —agregó el pelirrojo, encogiéndose de hombros y sacando un cigarrillo del interior de su pantalón.

—Más aún si fumas —le reprendió Perseo quitándole el cigarrillo y rompiéndolo por la mitad—. Un placer, Nicolás. Estaremos atentos a tu carrera, por supuesto.

—Mañana juega su partido de cuartos de final. ¿Verdad, Nicolás? —anunció Sebas de repente, y no sabía si era un vacile o qué estaba pasando.

—Pero creía que estaba expulsado del torneo —señalé, tratando de encontrar la lógica.

—¿No has hablado con Marcos? Sigues en el torneo, le pedí que te lo dijera.

—Ah, pues no-no. No me había dicho nada. —¿Seguía en el torneo? ¿Y por qué lo sabía Marcos antes que yo? ¿Habría ido a hablar él con Sebas para que me readmitieran?

—¿Qué tal va tu tobillo?

—No me duele nada, la verdad. —Y es que se me había olvidado por completo la torcedura.

—Genial. No te quitamos más tiempo, Nicolás. ¡Suerte mañana! —Sebas se alejó con Perseo. Pero el otro hermano, el tal Gabriel, se pegó más a la valla, como queriendo estudiarme de arriba abajo.

—¿Qué tal va la resaca?

Espera, ¿cómo lo sabía?

—¿Cómo dices?

—He tenido muchas en mi vida como para reconocer una. Bebe mucha agua, y una ducha bien fría también ayuda.

—No estoy de resaca —mentí.

—No soy tu padre. No tienes que engañarme. Además, te vi anoche en el Azul. Si no tienes resaca con todo lo que bebiste con tu novio, eres mi héroe.

—¿Mi novio? No tengo novio —susurré eso último. No quería que nadie nos escuchara.

—Insisto. No soy tu padre. ¡Suerte mañana, Rion! Estaremos viendo el partido, a ver si Sebastián tiene razón y eres un talento por descubrir.

Se subió las gafas de sol de nuevo y se alejó, alcanzando a Sebas y a su hermano, dándole un susto a este por detrás, tratando de colgarse de su cuello como si quisiera que le llevara a caballito. Qué dos personas tan extrañas y extravagantes. Cuando volví a la clase para incorporarme al último juego, el resto de mis compañeros no podían ocultar su envidia por que los hermanos Montecarlo hubieran elegido hablar conmigo en vez de con ellos. Si ya me odiaban, acababa de darles un nuevo motivo para seguir haciéndolo.

Cuando se lo conté a Álvaro, dio un grito tan alto que debió de escucharse en todo Arcadia. Al parecer sí que había estado viviendo en una cueva, porque todo el mundo parecía conocerlos menos yo.

—¿Y cómo es Perseo? Dios, es tan guapo... Seguro que en persona gana mucho más. Debe de ser increíble tenerle cerca y...

—Marcos y yo nos hemos besado —le solté sin ningún tipo de preparación, y Álvaro pareció ahogarse con su propia saliva con la información que acababa de contarle de golpe.

—Espera, ¿qué? ¿Que os habéis besado? ¿Marcos y tú? ¿Nuestro Marcos? Es decir, mío no es. Pero ese Marcos. Marcos Marcos —dijo haciendo comillas en el aire.

—Sí. Marcos. Nuestro Marcos —sonreí—. Aunque técnicamente me besó él primero.

Y, con ese nuevo dato, escupió toda el agua que había bebido.

—Por favor, Nicolás, cariño, dime toda la información de golpe, porque no puedo gestionarlo en estas dosis absurdas. Cuéntamelo todo.

—Pues partamos de la base de que hemos dormido juntos. Yo me emborraché anoche...

—Dios, me dio tanta rabia no ir. Venga, sigue —me interrumpió.

—Fuimos al pueblo, a un sitio que se llama el Azul y...

—¿Al Azul? Joder, qué envidia. Dicen que las sardinas a la brasa están buenísimas.

—A ver, Álvaro. Si me vas a cortar a cada paso, no termino nunca —le recriminé.

—Pero es que esto es una conversación, y yo necesito comentar. Mi mente necesita comentar.

Suspiré y, armándome de paciencia, le fui relatando poco a poco y punto por punto cómo fue la noche con Marcos. Cómo bebimos tinto de verano, me emborraché jugando al ping-pong, cómo él me llevó hasta la habitación y cómo nos habíamos despertado juntos. Era raro contarle todo eso a Álvaro después de que, hacía solo una semana, hubiera pasado algo similar con él. Pero no pareció importarle, y cada vez me pedía más y más detalles, sorprendiéndose por cada cosa que le contaba. ¿Lo que más le descuadró? Que no acabáramos haciendo más en su cama por la mañana.

—Al menos le has tocado la polla, espero.

—Bueno, tocar, tocar...

—O sea que no sabes cómo la tiene.

—Sí sé cómo la tiene.

—¿Cómo lo sabes? —indagó.

—Se la he visto en las duchas —respondí entre risas. Y era verdad.

—¿Y cómo es? Me pega que la tenga grande y gorda.

—¡Álvaro, por favor! ¡Estás salidísimo!

—A ver, será un borde, pero es Marcos Brunas. Aún estoy alucinando por que os hayáis liado. ¿Y cómo ha sido despertarse a su lado?

—Pues... pues ha sido una sensación rara... pero reconfortante, ¿sabes? Aunque, bueno, luego se ha vuelto todo raro.

—¿Y eso? —preguntó, confuso.

—A ver, no he entendido muy bien la razón. Pero... le he acariciado la espalda, que tiene una especie de cicatriz. Y, en cuanto se la he tocado, se ha puesto a la defensiva, como muy enfadado. Ha sido raro.

—¿Una cicatriz? —repitió en voz alta, pensativo—. Ah, claro. Que tú no lo sabes...

—¿Que no sé el qué?

—A ver, supongo que te lo puedo contar porque es algo sabido..., aunque nadie conoce toda la historia. Pero te puedo decir que fue un accidente de coche y, al parecer, pues también iban sus padres y su hermana. Y..., bueno, ya te puedes imaginar lo que pasó.

—No. Nunca me ha hablado de ello.

—A ver. Marcos desde entonces vive con su tío.

Y ahí entendí lo que quería decir. ¿Me estaba diciendo Álvaro que Marcos fue el único superviviente del accidente de coche?

—¿Cómo sabes eso?

—A mí me lo contó Damiano. Le pasó con nueve años..., creo. Supongo que por eso está tan... tan sensible con su cicatriz.

No solo con su cicatriz, sino con todo. Y entendía que no me lo hubiera contado. Ni a mí ni a nadie, con lo que odiaba que la gente sintiera lástima por él. Se me encogió el corazón al momento. Si Álvaro me lo estaba contando bien, no se me ocurría nada peor que eso.

—Y, quitando todo eso, ¿qué ha pasado después? —quiso saber.

—Nada. Creo que eso le agobió un poco, y luego dejó caer algo así como que era mi tutor y que no estaba bien visto lo que estábamos haciendo.

—Pero... ¿y eso qué más da? —Solo pude encogerme de hombros. ¿Quién entendía a Marcos Brunas si no se entendía ni él mismo?

—Bueno, ya me contarás en qué queda la cosa, porque ahora mismo ya os shipeo un montón. ¿Cómo os podría llamar? ¿NicoMar? ¿BruRion? Tengo que pensar un buen nombre.

—No somos nada aún, Álvaro, por favor, que solo han sido unos besos —traté de frenarle. Y es que era verdad. Solo habíamos dormido juntos y ya está. ¿En qué nos convertía eso? ¿En compañeros de cuarto? Ya lo éramos antes.

—Oye, hoy ponen *La La Land* en la sala de cine. ¿Te apetece ir? Creo que es como a las siete o algo así.

—Me encantaría, pero... creo que sigo en el torneo, fíjate tú —dije haciéndome el sorprendido.

—Pero ¿no te habían expulsado por meterte en una pelea?

—Cuando vino esta mañana Sebas a hablar conmigo...

—Y a presentarte a los Montecarlo —me interrumpió.

—Y a presentarme a los Montecarlo, justo, pues me dijo que seguía en el torneo, que si Marcos no me lo había dicho.

—¿Marcos? ¿Qué tiene él que ver en todo esto?

—Ni idea. Aunque, conociéndole, con tal de que yo siga jugando para poder decir que he ganado gracias a él…, a saber qué le dijo a Sebas para que me readmitiera.

—¡Pues celebremos! —Y elevó su vaso de agua al aire fingiendo un brindis imaginario—. Iré a verte. Y espero que ganes y me vengues. Nunca te he pedido nada. Pero eso sí te lo voy a pedir.

—Haré lo que pueda. No contaba con tener que seguir jugando. ¿La verdad? Estaba tranquilísimo pensando que ya se había acabado este torneo.

—No seas dramático. En el fondo, disfrutas ganando a todos esos pijos que se han metido contigo desde que llegaste. *Eat the rich*, Nico.

—*jeosonghamnida.* Disculpa, Álvaro —dijo una voz en un idioma que no entendimos ninguno de los dos, pero que me sonaba tremendamente. Álvaro y yo nos miramos algo descolocados y, al girarnos, vi a Song Min-ho, el chico coreano que había conocido la noche anterior en el Azul—. ¿O debería llamarte Nicolás?

Álvaro me miró, confuso, sin entender muy bien la situación.

—Nicolás, Nicolás —me apresuré a decir.

—No sé si te acuerdas de mí. Soy Song Min-ho. Estaba buscando a Marcos Brunas. Creo que es tu tutor. ¿Sabes dónde está?

Capítulo 42

Min-ho (traducido del coreano)

Cuando me fui de Arcadia, no pensaba que volvería habiendo ganado cinco torneos en el mismo año. ¿El último? El Brawo Open en Brunswick. Estaba teniendo un buen año, con mi equipo apoyando cada torneo al que iba. Disciplina, entrenamientos duros, una dieta adecuada y mucho esfuerzo. Al final estaban siendo las claves para que las cosas me fueran bien. Podía mirar con orgullo hacia atrás y darme cuenta de que mi carrera estaba más que encaminada. En un par de meses estaría jugando la previa del US Open, en Nueva York. Mi primer Grand Slam. Mi sueño desde que era pequeño y entrenaba en la Yong en Seúl. Solo de pensar el vértigo que me había dado dejar Arcadia a principios de año me hacía reír y mirar a mi yo pasado con ternura y melancolía. Olivia siempre me decía que tenía que mirarme con más cariño y saber de lo que era capaz. Lo estaba demostrando a cada paso que daba. Song Min-ho iba camino de convertirse en un gran tenista, dispuesto a superar lo que habían conseguido otros antes que yo, como Chung Hyeon o Lee Hyung-taik. Iba a llegar más lejos. Iba a llegar mucho más lejos y conseguiría que mi familia estuviera orgullosa de mí. Cumplir las expectativas. ¡Qué difícil! Sobre todo viniendo de una familia de matemáticos, físicos e importantes empresarios. Mi tío, Song Seok-soo, era uno de los empresarios más famosos de Corea y, pese a ser siempre tan amable conmigo, a mi primo Jae-young nunca le había tratado bien, siempre llevándolo hasta el límite. Mi padre era igual. Siempre tenías que superarte, ser el mejor, no desfallecer. El día que recibí su mensaje felicitándome por ganar el Brawo Open fue uno de los mejores de mi vida. Acabamos los dos llorando en una videollamada con mi madre y mis dos hermanas.

Volver a Arcadia era raro después de haberme ido hacía ya más de seis meses. Pero curiosamente era como regresar a casa. Me había preparado mentalmente de una manera muy minuciosa para soportar el golpe emocional que supondría volver, pero, al atravesar sus puertas, todo el miedo se había disipado. Excepto el que albergaba en mi interior temiendo el momento de enfrentarme de nuevo a Marcos. Cuando le había visto en el Azul la noche anterior, lo único en lo que pude pensar fue en abrazarlo. Pero sabía que iba a ser incómodo. Porque nuestra relación no terminó bien. ¡Ni siquiera empezó bien! Ese beso en la pista de tenis no debería haber existido. Pero llevaba enamorado de él dos años y no soportaba verle con Paula. Por muy amigos que fuéramos los tres. Porque éramos muy amigos. Éramos *sambaeksa.* «Los tres del revés».

Hasta que me lancé y todo se complicó. Paula nunca nos lo perdonó, y puedo entenderlo, por supuesto. Luego pasó lo de la lesión de Marcos, y no volvió a ser el mismo. Estaba todo el día enfadado, y yo ya no sabía cómo ayudarlo. Porque, en vez de servirle de apoyo, volcaba en mí todas sus frustraciones. Era su recipiente. Su diana, y todos los dardos daban en el centro. Hasta que me cansé, y me dijo que tenía... ¿Cómo era? La inteligencia emocional de una patata. No habíamos vuelto a hablar desde entonces. Pero luego supe que había vuelto a Arcadia, que estaba de profesor de niños de iniciación (¡lo mucho que lo estaría odiando!) y que, además, era tutor del chico que había ganado el torneo de El Roble. Tenía que verlo con mis propios ojos. Sobre todo desde que me escribió David y me dijo que Marcos y ese chico se llevaban a matar, e incluso habían jugado un partido del que estuvo pendiente toda la academia. Obviamente, Marcos ganó, porque a orgulloso y cabezota nunca le ha ganado nadie. Sabía que reencontrarme con él iba a ser difícil, pero tenía ganas de verle. Aunque no contaba con que el reencuentro fuera a ser en el Azul. Precisamente el sitio donde decidimos tomar caminos separados.

Recordaba esa conversación a la perfección. Yo emocionado contándole que iba a viajar a mi primer torneo fuera de España. Marcos haciendo que todo girara en torno a él, como siempre, acusándome de abandonarlo en su momento más bajo. Acusándome de ser una mala persona y de haber estado solo con él por interés.

—Interés ¿en qué? —pregunté, desubicado.

—Solo me querías para que te ayudara a mejorar tu juego —replicó, furioso—. Y, ahora que te necesito yo, ¿te vas?

—Marcos, tú no necesitas a nadie más que a ti mismo.

—¿Y eso qué coño quiere decir?

—Ya lo sabes —contesté con toda la calma de la que fui capaz. Al día siguiente, estaba viajando a Francia, y Marcos dejó de contestarme a los mensajes. En algún momento, yo decidí dejar de escribirle. ¿Para qué hacerlo si nunca obtenía respuesta?

Él no entendía que yo me preocupaba de verdad por su salud, por su recuperación. ¿Cómo no iba a hacerlo? Es decir, no era una persona desconocida en mi vida. Era Marcos Brunas. Era mi primer amor, mi primer beso, mi primer todo. Esas cosas no desaparecen de la noche a la mañana.

Y aunque entendía en mi interior que debía dejarle ir, que había llegado el momento de mirar hacia delante, sin estar continuamente preguntándome si seguía mi ritmo o no, quería (y necesitaba) intentarlo una vez más. Al menos, volver a ser amigos. Recuperar a una cordialidad que había quedado en desuso. *bulsiga sara isseumyeon dasi bureul jipinda.* «Si la chispa está viva, se vuelve a encender el fuego». Y, sinceramente, quería creer que esa chispa todavía seguía ahí, en algún lado. Hasta que le vi junto a Nicolás, el chico de El Roble. Marcos se había vuelto distante y frío desde su lesión, pero verle tan preocupado por aquel chaval que no se mantenía en pie me hizo darme cuenta de que quizá había algo más ahí que no se veía a simple vista. Escrito con tinta invisible. Solo había que rascar un poco para descubrirlo.

—No sé si te acuerdas de mí. Soy Song Min-ho. Estaba buscando a Marcos Brunas. Creo que es tu tutor. ¿Sabes dónde está?

David me había dicho que no le estaban tratando muy bien, que no dejaban de meterse con él por haber ganado el torneo de El Roble de la forma en la que lo había ganado. La gente en Arcadia podía ser muy dura. Muchísimo. Todos lo sabíamos. Y Sebastián estaba demasiado enfrascado en él mismo como para percatarse. Arcadia se estaba quedando atrás en muchas cosas. Por esa razón, también quería hablar con Marcos. Porque tenía una oferta para él y había pensado en decírselo por teléfono, pero prefería hablarlo en persona. Al principio no lo entendería, pero podía ser una gran oportunidad para él… como lo estaba siendo para mí.

—Hola. Eh…, sí, sí, me acuerdo de ti —respondió con una expresión de vergüenza dibujada en su rostro y con el pelo alborotado cayéndole por la frente. A su lado había otro chico que me miraba con la boca abierta, sin pestañear, sin mover un músculo.

—Perdona, ¿le ocurre algo a tu amigo? —le pregunté. Nicolás se giró hacia él y, con delicadeza, puso la mano en su barbilla y le cerró la boca.

—Álvaro. Es muy dramático. —Así que ese era el Álvaro real…

—¿Has dicho Min-ho? ¿Min-ho Min-ho? —dijo al fin.

—Sí. Song Min-ho —repetí.

—Eres mucho más alto de lo que imaginaba. Solo quería decirte que-que enhorabuena por tu último torneo. Y que he hecho cambios en mis reveses solo fijándome en el tuyo. Yo-yo lo daba a dos manos, pero, desde que te vi jugar, supe que tenía que cambiar mi revés a una mano. Me encantaría que…

—No le hagas caso —le interrumpió Nicolás—. No sé dónde está Marcos. Supongo que comiendo en la primera planta, con el resto de los profesores.

—Vale. *jeongmal gamsahamnida.* Muchas gracias —contesté con una pequeña reverencia—. Espero que la resaca no haya sido muy fuerte.

—Ni la noto ya —sonrió, incómodo. Volví a despedirme con un gesto de la cabeza y me di la vuelta para ir en busca de Marcos.

Noté que no dejaban de mirarme mientras me alejaba, buscando las escaleras para bajar a la primera planta. El corazón me iba cada vez más rápido. Me tendría que enfrentar a un reencuentro que no iba a ser cómodo, pero al menos ya habíamos roto el hielo la noche anterior. ¿Cómo podía seguir poniéndome tan nervioso? ¿Cómo podía tener ese poder tan extraño en mí?

Tardé más de la cuenta en llegar a la primera planta, porque no dejaba de encontrarme a gente, a amigos, a conocidos, incluso a admiradores. Y, cada vez que me adulaban o me sonreían, mi ego crecía un poco más, mi satisfacción se ensanchaba un poco más. El Song Min-ho de hacía un año se enorgullecía un poco más. Mientras, iba repasando mentalmente las primeras palabras que le iba a decir: «Hola, Marcos. Quiero que sepas que, pese a todo, quiero seguir estando en tu vida. Y quería proponerte algo. No hay ningún tipo de obligación, pero creo sinceramente que puede ser una buena oportunidad para ti. Sobre todo para poder recuperar tu nivel y volver a sentirte competitivo. ¿Qué? ¿Te parecería venirte conmigo a la academia Loreak?».

—¿Min-ho?

Capítulo 43

Marcos

Lo que me faltaba. En serio. ¿La vida se había empeñado en putearme cada día? ¿Qué hacía aquí Min-ho? ¿Qué coño hacía en Arcadia? Al verme se quedó totalmente en blanco. Inmóvil, sin saber muy bien qué hacer. Si acercarse a saludar o si salir corriendo. Optó por la tercera opción. Quedarse quieto esperando a que yo tomara, como siempre, la iniciativa. Quizá se lo debía por no haberle contestado a ninguno de los mensajes que me había estado enviando los últimos meses. Quizá se lo debía por lo borde que había estado con él la noche anterior. Sí, me avisó de que estaría por Arcadia, pero no pensaba que me lo encontraría justo a la mañana siguiente, tan ceremonial y elegante como siempre.

—*annyeonghaseyo.* Hola, Marcos —me saludó con aplomo.

—Hola, Min-ho —respondí, impaciente—. Ahora no tengo tiempo. Tengo que ir a las pistas a un entrenamiento —mentí, y traté de pasar a su lado, pero Min-ho no se apartó.

—Quiero que sepas que, pese a todo, deseo seguir…

—Marcos, tenemos que hablar de tu protegido —dijo Zoe de repente, saliendo de la sala de profesores y sonriéndome maliciosamente.

—No es mi protegido —repliqué, pero Zoe ya no me estaba escuchando. Estaba mirando directamente a Min-ho. Tardó unos segundos en reaccionar y, cuando lo hizo, se lanzó a sus brazos dándole un abrazo de lo más emotivo.

—Min-ho. ¡Qué haces aquí! No sabía que venías. Oye, enhorabuena por la victoria en Alemania. ¿Cuántos torneos van ya este año? ¿Tres?

—Cinco, a decir verdad —sonrió—. Yo también me alegro de verte, Zoe.

—Ojo con este. Hoy está de mal humor —susurró Zoe, señalándome con la mirada—. ¿Hasta cuándo te quedas?

—Unos días solo —admitió con formalidad.

—¿Y eso? ¿Algún otro torneo?

—Tengo una visita familiar en Zarza —explicó.

—Ah, el norte. Qué gusto. Allí al menos no hace este calor infernal. Si pasas por Loreak, asegúrate de hacerles una pintada o algo en la entrada, ¿eh?

—¿Una pintada? —Min-ho nunca había entendido muy bien el humor, en general. Esa no fue la excepción.

—Olvídalo. Pero, por favor, salúdalos de mi parte. —Y le enseñó los dos dedos corazón mientras sonreía y se alejaba por las escaleras. Min-ho arqueó una ceja tratando de entender lo que le acababa de decir Zoe y, al rato, volvió a mirarme a mí, buscando algún tipo de explicación.

—A mí no me mires. Nunca entiendo a Zoe. —Me encogí de hombros y pasé junto a él en dirección a las escaleras. Pero Min-ho no se dio por vencido y me siguió raudo y veloz.

—Marcos, tengo que hablar contigo un segundo, *jebal.* Por favor —insistió. Una de las pocas palabras que había aprendido en coreano desde que le conocía era precisamente esa. «Por favor».

—Te lo he dicho. Tengo prisa. —Aceleré bajando las escaleras, y notaba cómo Min-ho seguía cada paso que daba. No me apetecía tener una conversación con él. Porque no iba a saber por dónde empezar. ¿Me disculpaba? ¿O le echaba en cara de nuevo cómo me dejó cuando más le necesitaba? Ya me había costado hablar con él la noche anterior cuando me ayudó a llevar a Nicolás al autobús. Pero ese momento fue diferente. Me pilló desprevenido y necesitado. Esa mañana estaba en Arcadia. Mi territorio. Podía huir cuando quisiera y podía inventarme, literalmente, cualquier excusa.

—Solo será un segundo. He venido porque tengo ganas de decirte algo. Y no me contestas a mis mensajes desde hace mucho. —Tenía razón, pero no quería dársela.

—Si no te contesto, a lo mejor es por algo. Piénsalo, Min-ho —gruñí y llegamos a la planta principal.

Mientras la atravesábamos camino de la salida, varios de los alumnos comenzaron a reconocerle, parándole cada poco, entorpeciendo su persecución. Podía notar lo nervioso que se iba poniendo y, aun así, seguía tras de mí tratando de hablar conmigo. A insistente no le ganaba nadie. Así era en la pista. Perseverante. Nunca se daba por vencido. Daba igual que fuera perdiendo 6-0 y 5-0, que seguía luchando cada punto como si fuera el más importante. Desquiciaba a sus rivales, generalmente mucho más perdidos a nivel mental que él. Suyas son varias de las remontadas más épicas de Arcadia. Una de ellas contra mí. Tuve hasta diez puntos de partido y, pese a ello, se las ingenió para darle la vuelta al marcador y ganarme en el último set.

Conseguí salir al exterior, a respirar aire puro, creyendo que, al fin, le había perdido de vista, pero solo llevaba unos pocos pasos cuando la puerta se volvió a abrir y Min-ho emergió de nuevo.

—¡Marcos! —gritó. Rara vez perdía la compostura, y yo tenía matrícula de honor en provocar eso en la gente. Me giré bruscamente y enfrenté su mirada. Pero no estaba enfadado, sino ansioso.

—¡Qué pasa! ¿Qué es eso tan importante, joder?

—Marcos... —comenzó a decir. Claramente estaba buscando las palabras adecuadas para un discurso perfecto—. Marcos, quiero que sepas que, pese a todo lo que ha pasado, deseo seguir estando en tu vida.

Igual que en el tenis, no se daba por vencido conmigo.

—Min-ho, yo... —Pero me interrumpió, porque no había acabado de decir todo lo que tenía que decirme.

—Quería proponerte algo. No hay ningún tipo de obligación, pero creo sinceramente que puede ser una buena oportunidad para ti. Sobre todo para poder recuperar tu nivel y volver a sentirte competitivo. —Y se quedó en silencio manteniendo la tensión que acababa de crear. Esperé unos segundos, pero permaneció callado hasta que yo le instigué a hablar:

—¿Vas a decirme esa propuesta?

—Creo que aquí no es el mejor sitio para hacerlo —dijo al fin.

—Pues no va a haber otro sitio diferente, Min-ho. Te lo recuerdo. Tengo cosas que hacer. —Seguía obviando que me había dicho que quería seguir en mi vida. No era capaz de procesarlo a un ritmo normal. Necesitaba pensar en ello, pero ese no era el momento.

—No quiero que nadie nos escuche —murmuró, vigilante. ¿Qué podía haber tan secreto que tuviera que decírmelo en un sitio a escondidas?—. Marcos, por favor…

—Suéltalo ya, Min-ho —le ordené.

—¿Qué te parecería venirte conmigo a la academia Loreak?

De entre todas las cosas que podría haberme dicho, con las que podría haberme sorprendido, eligió la más inesperada de todas. Nunca pensé que Min-ho me haría semejante propuesta.

—¿Es en serio? —sonreí como esperando que fuera una broma lo que me estaba diciendo. Él se mantuvo en silencio, expectante. Sí, iba totalmente en serio—. ¿Qué cojones, Min-ho?

—Déjame que te explique.

—¿Qué me vas a explicar? Tú eres de Arcadia. Siempre lo has sido. ¿A qué viene eso de ir a Loreak?

—He hablado con su directora, Marisa Salas. Vino a verme a un torneo en Tenerife y estuvimos hablando sobre la posibilidad de entrenar siempre que quiera en sus instalaciones. Pero prefiero contártelo con calma si me dejas.

—Espera, espera. ¿Torneo en Tenerife? ¿El que ganaste? Min-ho, eso fue en enero. ¿Llevas en Loreak desde enero? —exploté—. ¿Y me lo dices así?

—Marcos, no contestabas a mis mensajes. Me sacaste de tu vida. Y era algo que quería hablar contigo, en persona. Sobre todo porque creo que también puede ser bueno para ti.

—¿Bueno para mí? ¿El qué? ¿Irme a Loreak? ¿Dejar Arcadia así de golpe? —bramé. No estaba claro si estaba furioso porque me lo estuviera proponiendo, porque no me lo hubiera propuesto antes o porque él fuera lo suficientemente valiente como para seguir hacia delante con su carrera. O puede que fuera una mezcla de todas esas cosas a la vez.

—Voy a estar aquí unos días. ¿Por qué no vamos a comer o a cenar y lo hablamos tranquilamente? En serio, seguro que lo ves con otros ojos y…

—¡Min-ho! ¿Eres tú? —gritó a lo lejos David, sonriente y con los brazos en alto. Min-ho me miró con una cara de «ahora no me apetece hablar con él, por favor, no te vayas», pero yo me limité a encogerme de hombros y a alejarme en cuanto apareció el chico, todo entusiasmo y efusividad, dispuesto a hablar con Min-ho de las absurdeces de siempre.

Me distancié todo lo que pude, con el corazón latiéndome a mil por hora. ¿Por qué me ponía nervioso hablar con Min-ho? No me había pasado de una forma tan salvaje cuando le había visto la noche anterior en el Azul. Seguía teniendo un extraño poder en mí. O eso, o es que yo seguía sintiéndome culpable por…, bueno, por cosas que ya no podía cambiar. Abrí la boca y aspiré todo el aire que fui capaz. Tanto que casi me ahogo con tanto oxígeno, al límite de la hiperoxia. Anduve unos cuantos metros más y, en cuanto vi un banco lo suficientemente escondido, me dejé caer sobre él y dejé que la ansiedad fuera disminuyendo, controlando todo lo posible mi respiración. Uno de los mejores trucos que me había enseñado Olivia.

—Uno…, dos…, tres…, cuatro…, cinco…

—¿Por qué narices no me contaste anoche que Sebas me había readmitido en el torneo? Me ha dicho que lo sabías tú y que tenías que habérmelo dicho. —Nicolás estaba frente a mí, los brazos en jarra y el ceño fruncido. Iba a contestarle con una de mis borderías de siempre, pero no fui capaz de decir ni una sola palabra. No sabía de dónde venía todo lo que estaba sintiendo en ese momento, pero lo único que me salió fue llorar—. Pero ¡qué te pasa! ¡Ay, no, no, perdón!

Su cara se transformó en una de terror absoluto y se sentó en el banco a mi lado, abrazándome y apretando mi cara contra su pecho. Tenía ganas de gritarle que me dejara en paz, que se metiera en sus asuntos, que estaba bien. Pero no hice nada de eso. Simplemente dejé caer mi cabeza contra él y dejé que las lágrimas salieran solas. Traté de detenerlas al principio, pero, cuando vi que era algo imposible, me di por vencido. Su mano comenzó a acariciarme el pelo con suavidad y se mantuvo en silencio, expectante, esperando a que yo decidiera apartarme o hablar. Hasta que ya no pude más y me aparté.

—Jodido Min-ho. ¿A qué coño tiene que venir aquí ahora?

—Es el chico coreano, ¿no? Vino preguntando por ti. No sé si puedo, pero… ¿qué te pasa con Min-ho?

—No, no puedes —contesté mientras me secaba las lágrimas con el dorso de la mano—. Siempre queriendo preguntar cosas. ¿No te cansas?

—Bueno, quiero saber más de ti. —Joder, Nicolás. ¿Por qué se empeñaba en ser bueno conmigo?

—¿Para qué?

—¿No puedo tampoco? —protestó apartándose un poco—. Coño, qué difícil eres.

—No me puedes hablar así. Estoy llorando —me defendí.

—Después de lo borde que eres, a saber si son lágrimas de verdad.

—Gilipollas —fue lo único que me salió decir.

—Joder, es que… ¿no puedes ser simpático conmigo ni cinco minutos? ¿Siempre tiene que salir Marcos Brunas a relucir? ¿No puedes ser simplemente, yo qué sé, Marcos? —Y vi en sus ojos un extraño brillo que no había visto en él hasta ese momento. Algo que me asustó y que solo me hacía querer huir en dirección contraria. Un brillo que solo podía significar una cosa. Y ni yo estaba preparado ni lo estaba él. Esperé en silencio, tratando de ordenar mis pensamientos y saber qué decirle. No lo tenía claro ni yo, y estaba haciendo el esfuerzo más grande de mi vida para no seguir siendo borde. Para no seguir siendo Marcos Brunas.

—Min-ho era mi ex. Es mi ex, vaya. No era. Es —le dije al fin.

—¿Tu ex? Pero… ¿no era Paula?

—Existe la bisexualidad, Nicolás.

—¡Lo sé! Joder, que no quiero invisibilizar ni nada. Vale, vale. Pues-pues es que no sabía que Min-ho fuera tu ex.

—¿Y cómo sabes que Paula sí? Yo no te lo he contado.

—¡Ah! —Se le fue el color de la cara de golpe—. Pues, a ver, es como algo que sabe la gente, supongo, ¿no? A mí pues nadie me lo ha dicho concretamente en plan «Oye, mira, Paula y Marcos estaban liados y…».

—Ha sido tu amigo Álvaro, ¿verdad? —deduje.

—Sí, señor —admitió como si le hubiera pillado haciendo algo que no debía—. Pero no es que estemos hablando de ti ni nada, ¿eh?

—¿No hablas de mí?

—¡Sí! Sí, a ver, de vez en cuando. Así, de manera casual. —Me estaba dando cuenta de lo mucho que disfrutaba poniéndole nervioso—. Pero… Ya sé que dices que soy muy preguntón, pero… supongo que pasó algo, ¿no?

—Joder, Nico. —Es que no podía evitar querer saberlo todo—. Yo estaba con Paula y me lie con Min-ho a sus espaldas. Hala, para que lo comentes con tu amigo y me juzgues un poco.

—No pensaba hacerlo. Te puedo juzgar aquí y ahora.

¿Será imbécil? ¿Y me lo soltaba así sin más? Pero, al verle reír, entendí que estaba intentando vacilarme todo lo posible.

—¿Y luego lo de Min-ho supongo que no salió bien?

—No —sentencié.

—Bueno, no sé muy bien lo que pasó, pero quizá haya venido para disculparse o para arreglar las cosas. No lo sé.

—Yo no quiero arreglar nada.

—Y también está bien. —Trataba de calmarme, de entenderme, pero seguía sin comprender que yo era muy difícil para esas cosas.

—Y no, no ha venido por eso.

—¿Cómo lo sabes? ¿Qué te ha dicho?

—No me ha dicho nada que te importe. —¿Habría escuchado algo? Era imposible, ¿no?

—Vale, vale, joder. No insisto.

—Mejor. —Me limpié los restos de lágrimas de la cara con el dorso de la mano—. Y no te dije lo del torneo porque te perdí en medio de la noche y te encontré borracho.

—Menuda excusa de mierda. Tuviste toda la tarde —replicó.

—¿Ahora vas a decir tú cuándo tengo que contarte las cosas? —contraataqué, furioso.

—Vale, vale. No he dicho nada —respondió dándose por vencido—. Tengo la sesión con Olivia ahora. Pero luego echan *La La Land* en la sala de cine. ¿Te apetece ir?

—Mañana tienes partido.

—Podemos ir al cine… y luego entrenar. ¿Qué te parece?

—Ve a tu sesión con Olivia y luego decidimos.

—Vale, vale. Tenemos una semicita —sonrió y se levantó del banco, dispuesto a irse, pero lo pensó mejor y se dio la vuelta—. ¿Quieres que me quede?

—No. —Sí.

Capítulo 44

Nicolás

Me alejé de él pensando que debería haberme quedado. Quizá Marcos estaba esperando que lo hiciera, que me saltara la sesión de Olivia y me quedara un rato más con él. Pero, como tampoco soy adivino, me fui. Si quería las cosas, debería empezar a pedirlas más claramente, ¿no? Yo no funcionaba ni con posibles ni con futuribles. Necesitaba las cosas claras, y más aún después de lo que había pasado por la mañana. Algo que no habíamos vuelto a mencionar ninguno de los dos, pero que, en algún momento, tendríamos que abordar. No quedaba otra. Porque yo me había quedado con ganas de más. Despertándonos uno al lado del otro. Mirándonos a los ojos. Mezclando nuestras respiraciones. Escuchando el latido de nuestros corazones. Porque sí, porque Marcos Brunas iba demostrando poco a poco que tenía uno.

Mientras me acercaba al edificio principal, donde tenía el despacho Olivia, no podía dejar de darle vueltas a todo. Mi mente funcionaba a pleno rendimiento, así que iba a llegar a la sesión en plena ebullición. Si no tenía cuidado, todo iba a desbordar, quemando lo que encontrara a su paso. Estaba realmente nervioso por mi sesión con la psicóloga. No era la primera a la que me enfrentaba ni mucho menos. Pero hacía demasiado tiempo desde la última vez, y tenía vértigo. Vértigo de lo que podría salir de esa conversación. Llamé a la puerta cuando encontré la placa en la que se podía leer OLIVIA BELLMAN y, tras unos segundos de espera, esta se abrió y salió Paula Casals de su interior. Tenía los ojos rojos, síntoma de que había estado llorando. O eso, o habían estado fumando porros ahí dentro, pero dudaba que fuera parte de su terapia. Me miró con desdén contenido, como si verme ahí de repente la molestara. Se limitó a saludarme con un movimiento muy leve de la cabeza y siguió su camino, directa hacia las escaleras. ¿Así iba a salir yo de la sesión?

—¿Nicolás? —dijo una voz desde el interior del despacho. Me asomé y vi a una mujer de no más de cuarenta años de pie, delante de un escritorio negro perfectamente pulcro y ordenado, con un jardín eterno de lo que parecía un ficus (aunque era más bien similar a las mandrágoras de Harry Potter) encerrado en un tarro enorme de cristal y una ventana desde la que se veían las pistas de hierba de Arcadia. No estaban muy bien insonorizadas porque se oía el rumor lejano de los alumnos golpeando a la pelota de cuando en cuando.

—Sí, soy yo.

—Puedes pasar. —Me invitó con la mano a que entrara.

Se podía adivinar mucho de una persona por cómo tenía su habitación o su lugar de trabajo, y Olivia no era una excepción. Aunque sorprendentemente, el espacio no tenía mucha personalidad. Salvo una estantería repleta de libros, varias enredaderas de plástico cuyos tallos caían desde la última balda, un cuadro de arte moderno abstracto y su ordenador portátil, tampoco había mucho más a lo que agarrarme para hacer un estudio de lo que iba a encontrarme cuando empezáramos a hablar. Metí las manos en los bolsillos y entré en el despacho, que olía a vainilla y canela. Seguramente la culpable era una enorme vela blanca que tenía la mecha negruzca y que descansaba sobre una mesita de cristal entre los dos sillones de negro que, sin ningún tipo de dudas, serían en los que nos sentaríamos los dos. Jugueteé con algo que tenía en uno de los bolsillos y caí en la cuenta de que era una moneda de Japón. Un yen. Me lo había regalado Adrián cuando volvió de sus vacaciones en Tokio con sus padres. La había cogido para dejarla en el despacho de la psicóloga. Siguiendo las órdenes de Álvaro el primer día que nos conocimos. «Nicolás Rion ha estado aquí», me dijo cuando le di mi muñeco de Taki.

Iba a seguir su consejo. Su pequeño juego absurdo de demostrar que pasaba por los sitios.

—Bienvenido, Nicolás. Tenía ganas de conocerte. Puedes sentarte si quieres —me dijo Olivia amablemente.

—Hola, eh..., no soy nuevo en esto, ya se lo aviso. Mis padres están divorciados. Mi madre se largó con otro para crear una nueva familia. Debe de ser que la primera no le gustó demasiado y quiso probar de nuevo. Ya sabe, método científico. Así que sí, mis problemas de inseguridad, de necesitar aprobación constante, de que la gente me quiera y todas esas cosas vienen por culpa de todo eso. Si podemos ahorrarnos toda esa parte, pues mejor, ¿no? —Me senté en el sofá como si hubiera derrotado al villano final de un videojuego.

—Gracias por hacer mi trabajo, Nicolás. Entonces ¿de qué quieres que hablemos el resto de la sesión? —preguntó sentándose con parsimonia en el otro sillón y dejando su libreta sobre el escritorio, cruzando las piernas y apoyando sus manos sobre sus rodillas, mirándome atentamente.

—Pues no lo había pensado, la verdad. Vengo aquí porque me ha mandado Sebas y...

—¿No quieres estar aquí? Estas sesiones no son obligatorias. Son recomendadas, por supuesto. Pero no son obligatorias.

—Ah, yo pensaba que sí.

—Arcadia no es el ejército, Nicolás. Si quieres irte, ahí tienes la puerta. No hay ningún problema.

—Pero... ¿es que quiere que me vaya? —repuse, algo confundido.

—No, no quiero que te vayas. Pero tampoco pienso retenerte contra tu voluntad, si es eso lo que te preocupa. —Su sinceridad y su suavidad al hablar eran hipnóticas. Estuve tentado de levantarme e irme, pero me había intrigado su actitud. Quizá podría quedarme un poco más.

—¿Y por dónde tenemos que empezar? —pregunté.

—Por donde quieras.

—A ver, es que no tengo ni idea. Por eso lo he preguntado.

—Como habías dicho que no era tu primera vez, presupuse que tendrías algo en mente. —Y se quedó en silencio mirándome fijamente, a ver si me atrevía a decir algo, a proponer un tema. Pero no sabía qué podía decir. Así que se adelantó—: ¿Qué tal los partidos que has jugado del torneo? ¿Cómo te has sentido? Me enteré de que en el primero estuviste a punto de perder, ¿verdad?

—Perdí, perdí. Hasta que Marcos habló y dijo que se había ido fuera. Y, como siempre, tenía razón. Así que le debo la victoria —recordé—. Marcos Brunas, vaya. —Olivia asintió.

—¿Realmente crees que le debes la victoria a Marcos? —Movió la cabeza ladeándola un poco, esperando una respuesta que fuera diferente a lo que le había dicho.

—Hum, no, a ver. Sí que es verdad que, si no llega a ser por él, yo habría aceptado la derrota. ¿Sabe lo que le quiero decir?

—Nicolás. Por supuesto que Marcos desempeñó un papel importante en ese momento, pero, al final, la victoria es tuya. Eso tienes que entenderlo. —Se inclinó un poco hacia delante, como queriendo estar más cerca de mí—. Verás, todas las decisiones que tomaste en la pista, por muy pequeñas que fueran, son las que te llevaron a ganar. No tienes por qué quitarte el mérito. Tú eres el que jugó el partido, y eso no lo define una última jugada. No dejes que, por recibir apoyo de alguien en algo, eso te haga sentir que no lo hiciste por ti mismo. Piensa —y decidió dejar un segundo de silencio— que el esfuerzo detrás de cada pequeño logro no se ve a simple vista. Y esos logros, por pequeños que sean, son grandes.

—Si tiene razón, lo sé. No sé por qué dije eso, la verdad.

—¿Qué tal ha ido tu primera semana en Arcadia?

—¿Ahora? Bien. ¿Hace unos días, cuando no dejaban de llamarme impostor? Una puta mierda. No sé si puedo decir eso aquí.

—Puedes decir lo que quieras. Cualquier cosa que te sirva para expresarte. Entonces ¿qué ha cambiado en estos días para que ya no sea, y te cito, «una puta mierda»? —dijo, sonriente.

—No lo sé. Muchas cosas están cambiando. A mi alrededor. O yo estoy cambiando… No sé, es verdad que estoy hecho un poco un lío. ¿Cuál era la pregunta?

—¿Has visto a tu padre desde que entraste en Arcadia?

La pregunta del millón. No solo no le había visto, sino que casi no habíamos mantenido el contacto. Ni siquiera sabía si había vuelto a las apuestas, si mantenía su nuevo trabajo o si estaba, una vez más, malviviendo a base de alcohol y pizzas congeladas.

—No, la verdad. Tiene mucho trabajo ahora.

—Vale, entiendo. ¿Tu padre juega al tenis?

—Solo de joven. Es decir, hace tiempo que no. Jugaba, jugaba.

—¿Y por qué empezaste tú a jugar al tenis? —inquirió.

—Se me dio bien. Gané un torneo en el colegio, mi padre me apuntó a clases y, no sé, fue coger una raqueta y sentirme como en casa. Una sensación rara.

—¿Crees que tenías el control que te faltaba?

—¿Qué? ¿Qué control me faltaba?

—En tu vida. ¿Te faltaba control? ¿Tus padres estaban separados cuando empezaste a jugar?

—Sí, pero no sé si… A ver, no sé si era por eso —contesté frunciendo el ceño—. Me refiero a que no creo que me gustara jugar al tenis por el hecho de tener control. No puedo tenerlo en un partido. Es decir, hay un contrincante que me tira pelotas y eso —reí, nervioso.

—Lo que más importa no es lo que pasa durante el partido, sino cómo eliges reaccionar ante ello. Puedes controlar tus emociones, pero no el resultado. Y si consigues controlar lo controlable, si consigues enfocarte solo en eso, desde ahí solo puedes crecer. Así que sí, puedes llegar a tener el control, pero no al que estamos acostumbrados.

—¿Tener el control?

—¿Tienes el control ahora mismo sobre tu vida, Nicolás? —replicó.

—No lo sé.

—¿Puedo serte sincera?

—Eh, sí, claro, supongo que sí.

—Creo que, una parte de ti, siente que no mereces estar donde estás, y eso tiene mucho que ver con el camino que tomaste para llegar aquí. No es fácil sentirte parte de algo cuando todo parece estar rodeado de dudas, especialmente en un lugar tan competitivo como Arcadia, las cosas como son. Quiero que empieces a pensar en ti mismo como más que en un impostor y veas el valor en tus propios logros, independientemente de cómo llegaste aquí. Eso es lo que cuenta. Sé que cuesta ignorar lo que los demás dicen de nosotros, pero tienes que entender que lo que otros piensan de ti no tiene el poder de definir quién eres. Lo sabes, ¿verdad?

—Sí.

—No importa cómo llegaste aquí. Eso da igual, Nicolás. Lo importante, lo verdaderamente importante, es lo que vas a hacer con lo que tienes ahora.

Capítulo 45

Olivia

Nicolás era un claro caso de dependencia emocional. Había visto muchos como él a lo largo de los últimos años. Si mezclábamos eso con una familia desestructurada y la ansiedad de un nuevo ambiente algo agresivo hacia él, teníamos una bomba a punto de explotar. Y, de entre toda la gente que podía haber conocido, tenía que acercarse a Marcos Brunas. Quizá la persona menos indicada para él en esos momentos. Aunque, mirando el lado positivo, a Marcos sí que le iba a venir bien la presencia de Nicolás. Sabía que Sebastián me haría caso cuando le recomendé que le convirtiera en tutor en verano. Centrarse en alguien ajeno a él podía obrar milagros y, aunque al principio las cosas habían sido complicadas, parecía que ya estaba asentándose y entendiendo que tenía que volver a abrirse a la gente. Nicolás era un amor de chico. Y había sufrido demasiado para alguien de su edad, pero lo importante era cómo podía avanzar ahora desde ese punto. Eso es lo que yo quería que entendiera. Pero esas cosas no se consiguen en una sola sesión. Es un trabajo que requiere tiempo y esfuerzo. La pregunta era si él estaba dispuesto a ello.

—No ha sido tan duro, ¿verdad?

—De todas las psicólogas que he tenido en estos años, de lejos ha sido la mejor. Una propina para usted. —Y me dio una moneda que no identifiqué—. Es un yen. Puede dejarlo en su despacho si quiere.

—Gracias —dije, algo descolocada. Sonreí y le despedí con un apretón de manos mientras salía de mi pequeño despacho mucho más animado de lo que había entrado. Amaba ese trabajo, amaba trabajar con adolescentes y tratar de ayudarlos a tener herramientas para defenderse en ese agujero negro que es la vida. Egoístamente, esperaba que me lo reconocieran. Que me dieran el valor suficiente en sus vidas. Rara vez lo hacían. Rara vez se acordaban de mí cuando salían de Arcadia. Supongo que era el precio que pagar. El trabajo de fuera de cámara. Era su vida, no la mía. No tenía que hacer las cosas esperando un reconocimiento o una recompensa, aunque todos lo hacemos. Siempre. Por mucho que tratemos de engañarnos con que somos altruistas.

Empecé a transcribir nuestra conversación en el ordenador, dejando claros los puntos principales de nuestra sesión, sobre todo para poder añadirlo a su ficha y comentarlo con Sebastián. Nunca le daba demasiados datos de mis pacientes. Porque ni podía ni quería hacerlo, pero sí que podía ayudarle a conocerlos mejor y a que tomara ciertas decisiones. De Nicolás no habíamos hablado mucho aún. De hecho, había hablado más sobre él con Marcos, que estaba literalmente obsesionado. Quizá la palabra no fuera esa, sino «enamorado». Al menos, un principio de enamoramiento. Sabía ver esas cosas a kilómetros de distancia. Cuando no tenía que ver conmigo, claro. Nunca he sabido ver las señales si me implican a mí. Así me va. ¿Soltera y entera? No lo creo. Aunque eso pretendía cambiarlo. Porque esa misma tarde le iba a decir a Sebastián de cenar juntos. Por fin había reunido el valor suficiente para atreverme. Ya había pasado bastante tiempo desde su separación. Ya había guardado el luto. Estuve ahí cuando lo necesitó, fui su terapeuta, sí, pero también su amiga... hasta que mis sentimientos cambiaron. No sabía si lo había notado o no, porque de vez en cuando veía cosas que me descuadraban. ¡Menuda psicóloga estaba hecha! Entendía al resto de las personas menos a mí misma.

Cuando salí del edificio principal, Arcadia estaba en plena ebullición, con todas las pistas llenas de alumnos. No había ni una sola vacía. Era la hora punta de entrenamientos. Siempre me gustaba salir del despacho justo en ese momento. Me sentía parte de algo grande, de algo importante. Casi todas las personas con las que me cruzaba me saludaban con una sonrisa, pero seguían su camino sin darme más conversación. Lo entendía. Pero eso no quitaba para que me sintiera algo invisible. Solo me veían cuando me necesitaban. Ese era mi trabajo.

—Olivia, Olivia… —me llamaba alguien en la lejanía. Entrecerré los ojos y vi a Sebastián corriendo hacia mí.

—No hace falta que corras, que te espero.

Llegó asfixiado, como si hubiera recorrido varios kilómetros para ir a mi encuentro. Tenía cara de cansado (como siempre), pero seguía igual de guapo (como siempre). Recuperó poco a poco el aliento mientras yo esperaba, impaciente. ¿Me atrevía y se lo decía? No era tan difícil, ¿no? Sebastián, ¿te apetece que vayamos a cenar esta noche? Y, luego, pues podemos tomar algo en mi habitación.

—¿Dónde vas? —me preguntó.

—Ya he terminado por hoy.

—¿Y te vas a encerrar en tu apartamento ya? —preguntó, sorprendido.

—Pensaba ir a la sala de cine. Hoy echan *La La Land.*

—¿Sí? Estará llena de adolescentes salidos, Oli, por favor —se rio.

—¿Cuándo dejaste tú de ser un adolescente cachondo, Sebastián? —le vacilé, y se rio más aún.

—Hace mucho, Oli. Hace mucho. ¿Qué tal las sesiones hoy? Has visto a Rion, ¿verdad?

—Sí —contesté con sequedad. No le iba a dar más información. Él esperó en silencio deseando que le contara más—. Sabes que no te voy a contar nada.

—Oh, venga, aunque sea un poquito. ¿Es un caso perdido?

—Nadie es un caso perdido —respondí, tajante.

—Vale, vale. Retiro lo dicho. Pero algo puedes contarme… ¿Cuánto ha hablado de Brunas en la sesión? —Una sonrisa me delató.

—¿Cómo lo sabes?

—No seré ya un «adolescente cachondo», pero sé cuándo dos están enamorados. Y Brunas y Rion tienen todas las papeletas.

—Ambos han pasado por infancias muy complicadas.

—Genial. —Enarqué las cejas, y trató de justificar su expresión lo más rápido posible—. A ver, genial en el sentido de que pueden ayudarse mutuamente. Por eso pensé que Brunas sería un tutor perfecto para Rion.

—Eso te lo dije yo.

—No, no. Tú me dijiste que a Marcos le vendría bien ser tutor de alguno de los nuevos. Yo encontré a Nicolás Rion —puntualizó hinchando el pecho, orgulloso.

—Para ti entonces la perra gorda.

—Bueno, aunque no puedas ir dándome información, mantenme al tanto de su progreso, ¿vale?

—Como siempre, Sebastián. ¿Tú ibas a algún lado? —le pregunté. Venga, podía ser mi momento perfecto.

—Tengo una cena con los Montecarlo.

—¿Los Montecarlo están en Arcadia?

—Pero solo Perseo y Gabriel. Y mejor. Si ya me cuesta con ellos, imagínate que hubiera venido su padre. Me pego un tiro —exageró, como siempre. Pero, si tenía cena con ellos, adiós a mi plan. Otra vez sería.

—Ya me contarás mañana entonces —dije despidiéndome de él.

—Genial, Oli. Nos vemos mañana.

—Claro. —Y, con una sonrisa amarga, me di la vuelta y me alejé. Qué mejor cura para el desamor que ver una historia mucho más dramática. Mia y Sebastian. Hasta el destino quería que tuvieran el mismo nombre.

—¡OLIVIA! —gritó Sebastián de repente. Un grito demasiado alto estando tan cerca los dos. Me giré, confusa. Él no se había movido del sitio.

—¿Qué pasa?

—¿Puedo acompañarte a ver *La La Land*?

Capítulo 46

Marcos

Nicolás tardó más de la cuenta en aparecer. Había terminado ya con Olivia, porque la estaba viendo hablando con Sebas justo frente a mi pista. Las miradas que se dedicaban el uno al otro dejaban claro que se gustaban. Había que estar ciego para no percatarse. Mis alumnos ya habían recogido y estaban saliendo de clase. Había sido dura. No habían hecho ni caso, y me había dejado la garganta llamándoles la atención continuamente. O es que yo estaba aún algo desequilibrado después de lo de Min-ho... y mi explosión de sentimientos con Nicolás. Le había tocado ver una cara que trataba por todos los medios de ocultar. Y, desde ese momento, ya no había marcha atrás. Me había propuesto ir al cine a ver *La La Land*. Yo ya la había visto. No me gustó. No porque la película fuera mala, porque no lo es. Sino porque me puso demasiado triste, y no me gustaba ponerme triste de esa manera. Si fuera el Marcos del pasado, le habría dicho que no, que debía descansar. Al día siguiente tenía el partido a las diez de la mañana. Necesitaba una noche de sueño reparador y levantarse como nuevo.

Llegó acelerado con su amigo Álvaro, culpable de que lo hicieran tarde. Los tres fuimos hacia la sala de cine, junto al campo de fútbol y los frontones. No éramos muchos dentro, y cuando llegamos la película ya había empezado. Álvaro se sentó con otras dos chicas, y Nicolás y yo nos sentamos en una de las primeras filas. Con nuestro cubo de palomitas. Min-ho también estaba por allí, junto a su amigo David y un par de chicas más. Y Sebas y Olivia también, escondidos en uno de los laterales. Si no fuera porque era imposible, diría que estaban en una cita. Espera. ¿Todos los que estábamos ahí… estábamos en una cita? ¿Min-ho estaba en una cita? ¿Yo estaba en una cita con Nicolás? Le miré de reojo y estaba totalmente absorto en la película, tarareando una de las canciones que canta Emma Stone al comienzo. De repente se giró hacia mí y me pilló mirándole. Me puse rojo de vergüenza y disimulé haciendo como que buscaba algo, metí la mano dentro del cubo de palomitas y cogí un buen puñado, volviendo a dirigir la vista a la pantalla.

La película fue avanzando y yo, mientras, repasaba mentalmente los ejercicios que iba a hacer con Nicolás en el entrenamiento nocturno que le había preparado. Le visualicé en el partido del día siguiente, llevando a cabo todas mis indicaciones y ganándolo fácil. El rival que le había tocado, Javier Simón, era incómodo como pocos. Pero podía ganarle. Solo tenía que concentrarse y seguir mis pautas que…

—Perdón —me dijo cuando nos rozamos la mano al coger palomitas a la vez. Sacó la suya y me dejó a mí. Un roce accidental, una caricia sin importancia que me hizo recordar lo que había ocurrido por la mañana, en su cama. Y me apetecía volver a hacerlo de nuevo. Así que, casi a la vez que Emma Stone colocaba la mano sobre la pierna de Ryan Gosling cuando estaban viendo *Rebelde sin causa*, yo hice lo mismo. Con la vista al frente, en la pantalla, sin inmutarme. Y pude ver de reojo que Nicolás me imitó. Ninguno de los dos nos mirábamos. Solo podía pensar en esa mañana. Y en cómo lo había estropeado todo por mi mal humor de siempre. Pero es que no quería que nadie me tocara la espalda.

No quería que nadie supiera lo que me había pasado en la espalda.

Mucho menos Nicolás. Porque entonces su percepción sobre mí cambiaría por completo.

Empezaría a sentir lástima por mí. Ya no solo por mi rodilla, sino también por mi accidente. La película fue avanzando, al igual que la relación de los protagonistas. Y, curiosamente, empezaba igual que la nuestra. Del odio al… Espera. ¿Iba a decir del odio al amor? Moví disimuladamente mi dedo meñique. No podía ver si él lo había hecho también o no, pero confiaba en que lo hiciera. Que, al menos, moviese su pierna, que rozara la mía. Ninguno de los dos se movió más. Ninguno nos atrevimos. Fue el único que aplaudió cuando terminó la película. Bueno, y Álvaro. Como si estuviéramos en una especie de preestreno. Busqué con la mirada a Min-ho, pero ya no estaba. Ni él ni su acompañante.

Volvimos junto a Álvaro hacia la residencia mientras repasábamos la estrategia que seguir en el partido que tendría que jugar Nicolás por la mañana. Al fin y al cabo, le tocaba enfrentarse al contrincante que había ganado a su amigo, así que nos vino perfecto esa vuelta entre los tres para establecer algunos puntos importantes. Aunque el que más interesado parecía era yo, como siempre. Pero no quería ser de nuevo el Marcos mandón que impone sus normas, así que todo lo que dije lo transformé en sugerencias. Nos despedimos de Álvaro en la entrada de la residencia y, cuando llegamos a nuestro dormitorio, Nico se lanzó sobre la cama, derrotado. «Dame cinco minutos», me pidió antes de que le insistiera para ir a nuestro entrenamiento. Pero los cinco minutos se convirtieron en treinta, porque nada más tumbarse comenzó a roncar. Joder, ¿cómo podía dormir tanto?

Traté de despertarlo, pero era imposible. Y, la verdad, yo también estaba demasiado cansado como para luchar contra él para que se despertara. Así que me fui desvistiendo poco a poco, me senté sobre la cama, me quité las zapatillas y, haciendo mi ritual de siempre, estiré las piernas contra la pared y, cogiendo la crema para la rodilla, me masajeé un poco mientras ponía la música en los auriculares a todo volumen. Le levantaría por la mañana un poco más temprano y el entrenamiento nocturno lo sustituiríamos por uno a primera hora. Sin apenas darme cuenta, me quedé dormido y me desperté en medio de la noche por un dolor punzante en la rodilla. Mis piernas ya no estaban en la pared, sino hechas un ovillo sobre la cama. La posición era tan mala que una de ellas se había quedado dormida y la otra me dolía horrores. Me reincorporé como pude y me senté sobre el borde de la cama, estirando y encogiendo la pierna izquierda, tratando de doblegar el dolor. Debí de protestar demasiado alto porque Nicolás se giró y dejó de roncar. Estaba todo demasiado oscuro para saber a ciencia cierta si tenía los ojos abiertos o cerrados. Me quedé inmóvil unos segundos, porque no quería despertarlo, y, cuando volví a escuchar sus ronquidos, seguí con mi rutina. Me puse de pie con cuidado y fui acuclillándome poco a poco, controlando el impulso, controlando el dolor. Lo hice varias veces hasta que volví a sentarme en la cama, exhausto.

—¿Estás bien? —susurró Nicolás en la oscuridad de la noche. No sabía si me lo había imaginado o realmente me había hablado, así que opté por ignorarlo—. ¿Marcos?

—Sí, sí, estoy bien. Vuelve a dormir.

—No puedo dormir —replicó.

—Tus ronquidos dicen lo contrario.

—¿Por qué no vienes a mi cama? —Su pregunta me pilló totalmente desprevenido—. Veo que tú tampoco puedes dormir.

—Solo me he levantado para ir al baño.

—¿Y por qué no has ido?

—¿Ya estás con tus preguntas otra vez? —gruñí—. Vuelve a dormir, que tienes partido en unas horas.

—Yo solo digo... que anoche dormiste del tirón... —Se giró de nuevo, roncando a los pocos segundos. Y lo fuerte es que tenía razón. Porque la noche anterior, cuando dormí con él, fue la primera vez en meses que había dormido del tirón.

Capítulo 47

Nicolás

Por supuesto que noté cómo me miraba mientras fingía que estaba roncando. Porque también le había visto hacer sus ejercicios en mitad de la noche. Le dolía la rodilla. Eso no podía negármelo. Pero había algo más que le preocupaba. ¿Quizá la presencia de Min-ho en Arcadia? Aún no me había contado lo que habían hablado, pero claramente le había trastocado durante todo el día anterior. ¿Seguiría enamorado de él? ¿O todo lo contrario? Había intentado preguntárselo, pero, como siempre, se cerraba de golpe cada vez que trataba de indagar un poco más en su vida.

No dormí nada en toda la noche. Perfecto para estar preparado para mi partido de cuartos de final. Y lo decía de manera irónica. Porque, cuando conseguí dormirme, justo sonó el despertador. Los ojos pegados, los brazos y las piernas agarrotadas, y mis ganas de vivir por los suelos. Pero ahí estaba él, despierto, completamente vestido y esperando a que yo me desperezara.

—Oye, ¿y si me retiro del torneo? Tengo mucho sueño.

Y, de la nada, me lanzó un vaso de agua a la cara y me empapó por completo.

—¡QUÉ HACES! ¡ME-ME HAS TIRADO UN VASO DE AGUA!

—Bien. Ya estás despierto. Ahora, a vestirte, que ya son las siete y media. Tienes que desayunar bien y espabilarte antes del partido.

—¡Estás loco! ¡Estoy empapado!

—Así te ahorras la ducha. ¡Venga! —Tiró de mi sábana, me la quitó por completo y me dejó en calzoncillos delante de él.

—Si querías verme en calzoncillos, solo tenías que pedírmelo. —Esa frase le puso rojo de vergüenza, pero lo disimuló lo mejor que pudo. Se dio la vuelta, cogió su chaqueta y me lanzó ropa encima.

—Este partido es importante, y toda tu ropa está hecha una mierda. No lo niegues, porque es verdad. Así que te dejo mi chándal negro. —Su favorito—. Te quedará bien, es el que más pequeño me queda a mí.

—Primero, ¿me estás llamado enano? Segundo, mi ropa no está hecha una mierda. Bueno, sí, pero eso solo lo puedo decir yo. Y tercero. No voy a ponerme tu ropa. Si la mancho o algo, sé que no me lo vas a perdonar y me matarás. Y te la voy a sudar. Mucho. Lo sabes.

—Espero que la sudes mucho. Si no, es que no te has movido en la pista, y eso sí que me va a cabrear. Ahora, andando. Si ganas este partido, te metes en semifinales. Lo entiendes, ¿verdad?

—Sí, sé cómo funciona el cuadro de un torneo, gracias —repliqué con sorna mientras me sentaba en la cama y empezaba a ponerme su ropa. Una ropa que olía a él—. ¿Me vas a vigilar mientras me visto también?

—Sí, porque sé que eres capaz de volverte a dormir si me doy la vuelta. Así que mejor tenerte vigilado, como dices tú.

—¿Tan irresponsable crees que soy? Vale, no respondas. Ya voy, ya voy. Pero necesito lavarme la cara o algo.

—¿Para qué, si ya te he echado yo agua? —¿Eso era una broma?

—Ja, ja, ja. Qué gracioso eres. Mira cómo me río.

Su chándal no tenía nada que ver con los míos. Para empezar, no tenía ni un solo roto, ni un solo agujero. Era suave, parecía nuevo, estaba perfectamente planchado y, cuando me lo terminé de poner, me quedaba como si hubiera sido mío toda la vida. Me miré en el espejo y, salvo la cara de muerto y los pelos huracanados, no reconocí a la persona que tenía delante. Parecía un tenista... Un tenista de verdad, no uno que intentaba aparentarlo continuamente.

—Ahora, vamos a desayunar. Y después repasamos un poco tu táctica. Tenemos tiempo para hacer un entrenamiento de treinta minutos.

—¿Dónde ha quedado lo de dejarme elegir y tomar mis decisiones sobre la pista?

—Cuando juegues un partido menos importante, haces lo que quieras. Hoy, me haces caso a mí.

Ahí estaba el Marcos Brunas de siempre. Abrió la puerta y me indicó con la mano que pasara delante de él. Los dos salimos de la habitación y nos despedimos al llegar al comedor. Él en dirección a la primera planta para comer con el resto de los profesores, y yo de camino a la última, donde seguramente ya me estaría esperando Álvaro, dispuesto a que le contara todos los cotilleos de la noche anterior. Me aseguré de llevar la pulsera esa vez, porque, si no, tendría que volver, y no tenía fuerzas para ello. Subí a la cuarta planta, mentalizándome continuamente del partido que tenía que jugar en menos de tres horas. Era un partido importante. No podía defraudar a Marcos ni a Sebas ni a mí mismo. Yo, que ya me hacía fuera del torneo, y, de golpe, toda la presión volvía a estar sobre mis hombros. Pero debería disfrutarlo, ¿no? Si quería ser tenista profesional, ese era el camino. Lidiar con la presión y buscar siempre formas de ganar. Visualizar el resultado y, como me había dicho Olivia, aprender a controlar mis emociones dentro de la pista. Ojalá poder controlarlas también fuera. Con lo que no contaba era con que, de repente, esa mañana fuera a llamarme mi padre. Siempre había sido un experto en aparecer en los momentos más inoportunos.

—¿Quién es? —me preguntó Álvaro mientras se terminaba su tostada con huevos revueltos y aguacate.

—Mi padre.

—¿Y por qué no lo coges?

—Porque mi padre no me llama nunca. Si me está llamando, o quiere algo, o es una mala noticia. —Seguramente serían las dos cosas, pero prefería no decirlo en alto, que a lo mejor lo invocaba por error.

—¿Lo cojo yo? Sé poner voces. Podría imitar la tuya perfectamente —bromeó y se aclaró la garganta, pero no le dejé seguir.

—No, no, tranquilo. Que suene. Le llamaré después. Ahora mi cabeza está en el desayuno. No quiero que me quite el apetito. —Aunque lo hubiera hecho ya.

—Te veo demasiado agobiado, Nico. ¿Realmente quieres jugar ese partido? No pasa nada por retirarte. Decimos que estás malo o algo así, y ya está. Y a pensar en el siguiente torneo.

—Uf, oferta tentadora, pero no, no. Quiero jugarlo. Y solo faltaba que me retirara. Un mote más para la colección. ¿El cobarde? Seguramente irían por ahí.

—Tengo que enseñarte a que te dé igual lo que digan de ti, Nico. ¿No has aprendido aún que, aquí, la mitad de las personas son víboras con aspecto humano? Algunas incluso no lo disimulan y tienen cara de reptil directamente.

—Lo sé. Pero cada cosa a su tiempo. Ya trabajaremos en mi autoestima más adelante.

—Por cierto —y dio otro mordisco a su tostada—, se rumorea que los Montecarlo van a estar viendo el partido. Al parecer conocen al otro chico que juega contra ti. Así que no me juzgues si pierdo un poco los nervios.

—Voy a estar jugando. Ni me voy a enterar.

—Los dos sabemos que eso no es verdad. Te encanta estar pendiente de lo que pasa a tu alrededor.

—Bueno, intenta perder los nervios al menos cuando vaya ganando.

—No prometo nada —sonrió. Y sí, perdió los nervios. Pero no cuando yo iba ganando, porque no fui por delante en ningún momento, sino cuando se dio cuenta de que estaba a un juego de perder el partido.

Capítulo 48

Marcos

—¡VAMOS, NICO, QUE TÚ PUEDES! —chilló Álvaro a lo lejos entre todos los alumnos de Arcadia que se agolpaban viendo el partido de Nicolás.

Aunque estaba ya visto para sentencia. Yo siempre confiaba en remontadas de última hora, en proezas deportivas de esas de las que luego habla todo el mundo. Ese partido no iba a ser el caso. Nicolás salió con fuerza, deseando ganar, y ese empuje fue increíble. El problema es que solo le duró los dos primeros juegos. En cuanto el otro chico cogió la delantera, no la soltó ni un solo momento. Y tampoco es que fuera el mejor contrincante contra el que se había enfrentado en el torneo. Simplemente, tenía las cosas claras… y Nicolás fallaba más que nunca. Sus manos estaban débiles, como si le costara agarrar la raqueta. Sus pies, lentos y torpes. Había fallado más derechas en la red que nunca. Su juego estaba repleto de errores no forzados. Así que perdió el primer set por 6 a 3. Y eso que el entrenamiento previo al partido había sido muy bueno. Pero estaba cansado. ¿Cómo podía estarlo si le había dejado dormir más de la cuenta?

Pensé en animarle en el descanso entre set y set. Pero luego reflexioné que quizá eso no ayudara a sus nervios. No quería añadirle más presión, así que preferí mantenerme más en un segundo plano. Dejándole actuar. Le había dicho las cosas que tenía que hacer sobre la pista. Y las había empezado haciendo, por supuesto. Pero, en cuanto perdió un par de puntos, empezó a agobiarse y a descuidarlo todo. Seguro que había pensado que tenía que cambiar, que tenía que elegir otra estrategia. No tenía paciencia, y en el tenis la necesitas. Sí, hay que adaptarse al partido, por supuesto, pero no puedes caer en el derrotismo a la primera de cambio. Hay que confiar de vez en cuando..., y Nicolás no confiaba nunca.

Las gradas que rodeaban la pista número 5 de Arcadia se hallaban repletas de gente. Estaban los hermanos Montecarlo, sentados cada uno al lado de Sebas. También estaba Paula, por supuesto, con sus amigas, y me echaba miradas de vez en cuando, aunque seguro que ella creía que no me estaba dando cuenta. Nuestra relación se había convertido en algo absurdo. ¿No podía comportarse como una persona adulta y pasar página? ¿Tenía que seguir tan puñeteramente enfadada conmigo? ¡Había pasado un año ya!

—Le está costando, ¿eh?

Claro que también estaba Min-ho. Había estado evitándole casi todo el partido, pero, cada vez que pensaba que le tenía ubicado en un sitio, cuando volvía a mirar había desaparecido... para siempre aparecer un poquito más cerca de mí. Hasta que ya fue imposible huir de él.

—¿Me estás acosando, Min-ho? —le dije a la vez que aplaudía un punto de Nicolás. Muy buen revés cruzado. Ojalá hiciera más así.

—No. Solo quiero hablar contigo, Marcos. No busco nada más.

—Ya, pero es que yo no quiero hablar —dije con firmeza—. Y menos después de lo que me dijiste ayer.

—El que debería estar enfadado tendría que ser yo. Llevas ignorando mis mensajes meses.

—Mira, estamos empatados. Yo ignoré tus mensajes. Tú ignoraste mis sentimientos. Creo que podemos dejarlo ahí, ¿no? Joder, Nicolás, tírate la bola más alta —murmuré entre dientes e hice que Min-ho mirara hacia la pista, despistándole un poco de la conversación.

—Te veo cansado. ¿Estás bien?

—Estoy bien. Puedes estar tranquilo.

—¿Por qué tienes que ser siempre tan borde? —me dijo con un tono lastimero en la voz.

—¿Has hablado con Paula? —pregunté tratando de cambiar el tema y enfocarlo en otra persona que no fuera yo. Muchas veces, la mejor forma de iniciar una conversación es poniendo verde a alguien.

—No quiere hablar conmigo.

—Me pregunto por qué será. —Ahí quizá me pasé—. Si te consuela, conmigo tampoco quiere hablar mucho.

—No me consuela, no —sonrió forzadamente—. Si no quieres hablar conmigo, me parece bien. Es tu decisión. Pero en Loreak te quieren, Marcos. Yo he aceptado su oferta, y solo espero que tú también lo hagas. O, al menos, que la escuches. —Me quedé en silencio unos segundos de más, así que Min-ho siguió hablando—: Mira, solo te pido una hora, ¿vale? Quedemos una hora después de este partido, comamos juntos y te contaré todo. Ahí ya podrás tomar una decisión. Pero, al menos, escúchame. Me lo debes.

Y me cogió de las manos. Me miró directamente a los ojos y fui incapaz de evitar su mirada, porque en sus pupilas veía reflejado el pasado, cuando nos besábamos en la pista de tenis, cuando hablábamos durante horas en el jardín secreto de Arcadia, cuando dormíamos juntos a escondidas, cuando entrenábamos sin descanso solo para mejorar el uno al otro... Hasta que me di cuenta de que había pasado demasiado tiempo y le solté las manos. Miré hacia la pista y crucé la mirada con Nicolás. Fue un segundo, porque, al hacerlo, él se limitó a negar con la cabeza y a volver a centrarse en el partido.

—No, Min-ho, no. Esto no... —le recriminé—. Yo no te debo nada. Me dejaste, tío. En el momento que más te necesitaba.

—Ese es el problema, Marcos. ¿Es que no lo ves? Que siempre era lo que tú necesitabas. Continuamente. Y yo quería estar ahí para ti. Pero llegó un punto en el que ya no pude más. No quería...

—No querías qué —le reté a decir.

—No quería ver cómo te rompías un poco más cada día.

—¿Te recuerdo que mi sueño se fue a la puta mierda?

—Créeme que lo sé. Y por el camino casi te llevaste el mío también.

Eso había dolido más de lo debido. Porque, por muy enfadado que estuviera con él, sabía que tenía algo de razón en lo que me estaba diciendo, aunque no quisiera admitirlo.

—Una hora. No te doy más.

—Nos vemos a la una en la puerta de Arcadia.

—¿Dónde vamos a ir?

—No esperarías tener una conversación sobre Loreak aquí, ¿verdad? —me dijo enarcando las cejas con suficiencia. Y, de la nada, al igual que cuando me había cogido las manos, me dio un abrazo. Yo me quedé inmóvil, bloqueado, sin saber cómo reaccionar. Duró muy poco, pero a mí me pareció eterno, y, mientras me estaba abrazando, escuché de fondo una voz muy lejana que dio la peor de las noticias.

—Partido para Javier Simón. Gana 6-3 y 6-2 —dijo el árbitro de fondo, y me quedé sin respiración. Aunque estuviera viendo venir el resultado, una parte de mí quería confiar en que Nicolás podría remontar el partido. No había estado dentro más que en los dos primeros juegos. Algo le había pasado que no había sido capaz de gestionar. Me separé de inmediato de Min-ho y bajé de las gradas a toda velocidad. Vi cómo Nicolás y su contrincante se estrechaban la mano en la red y, mientras Javier celebraba su victoria saludando a la gente y alzando los puños al cielo, Nicolás fue directamente a su asiento, cogió sus cosas, las metió a toda prisa en su raquetero y salió de la pista, cabizbajo. Ni siquiera se detuvo con Álvaro. Me costó alcanzar su ritmo, así que tuve que gritarle desde lejos para que dejara de andar.

—¡Nicolás! —Pero no se detuvo. Seguía andando con un destino previamente fijado en su cabezota—. ¡NICOLÁS RION! —grité. Se detuvo al instante y se giró asustado.

—¡Qué! ¡Qué chillas! ¡Por qué gritas!

—Te he llamado y no contestabas.

—No te había oído —mintió. Claramente—. Déjame un rato ahora, Marcos, por favor.

—No. —Y mi respuesta le sorprendió.

—¿Cómo que no?

—Esa actitud conmigo no. ¿Has perdido? Perfecto. Haber jugado mejor. Pero esa derrota se queda en la pista. No la lleves contigo. ¿Me has entendido?

—¿Tenemos que hacer esto ahora? ¿En serio? —protestó, luchando seguramente contra sí mismo para no mandarme a la mierda.

—¿Te has llevado la derrota o la has dejado en la pista?

—La he dejado —contestó en un susurro muy poco convincente.

—¿Estás seguro? Porque a mí me parece que la llevas pegada a la cara.

—En serio, Marcos. No estoy de humor ahora mismo...

—Ni lo vas a estar luego. Escúchame bien. No hay nadie que conozcas que sepa mejor lo que es una derrota que yo. Llevo arrastrándola conmigo todo un año. Sé que solo ha sido un partido más para ti. Pero tienes que comprender estos momentos para que no te dominen. ¿Lo entiendes? A veces, el mayor reto no es el que enfrentas en la pista, sino el que enfrentamos dentro de nosotros mismos. Cada fallo es una oportunidad de mejorar. —Esa frase le dejó fuera de juego por completo. Nicolás me miró con cara de circunstancia, porque ni él ni yo estábamos acostumbrados a que me abriera así de repente.

—Lo siento —dijo al fin.

—¿Lo sientes?

—Sí, lo siento —repitió, cabizbajo.

—¿Por qué lo sientes?

—Por perder.

—No me pidas perdón por perder, Nicolás —le abronqué—. Repito: no lleves contigo la derrota. Está en la pista, ¿no? La hemos dejado en la pista 5. Desde aquí, solo podemos ir hacia delante. A por la siguiente victoria.

—¡Nicolás! ¿Estás bien? —preguntó Álvaro, que apareció junto a nosotros—. ¿No le estarás echando la bronca? —inquirió amenazándome con el dedo.

—¿Yo?

—No, no, tranqui, Álvaro. Solo estábamos hablando del partido.

—¿Qué ha pasado? No… no has jugado como tú sabes.

—Lo sé. No ha sido mi mejor partido, desde luego —admitió Nico mientras yo esperaba en silencio, decidiendo si intervenir o no.

—Bueno, no pasa nada. Estás en el segundo torneo, y en el primer partido te tocará alguno malísimo, ya verás. Solo era el primer torneo.

—Sí, lo sé, lo sé. —Su actitud había cambiado en cuestión de segundos. No estaba seguro de si yo había tenido algo que ver en ello, pero quería pensar que sí, que poco a poco iba aprendiendo a dar palabras de ánimo, en vez de borderías. Era una mejoría, desde luego. Olivia estaría contenta. Ahora solo necesitaba a alguien que hiciera lo mismo conmigo. Miento. Necesitaba a alguien al que yo le permitiera hacerlo conmigo.

Capítulo 49

Nicolás

Y yo que pensaba que me iba a echar la bronca por perder, que iba a ver la decepción en sus ojos... Creo que eso es lo que más me agobió cuando salí de la pista. Parecía que no hubiera jugado yo el partido, sino los dos. Lo estaba jugando para los dos. Y juro que, cuando lo empecé, estaba muy motivado. Durante el peloteo tenía claro que podía ganar. Que iba a ganar. Hay veces que, con solo un par de puntos, ya sabes si el rival es mejor o peor que tú. Javier era bueno, pero si yo estaba concentrado, si tenía el día ideal, le podía ganar fácil. El problema es que estuve lejos de tener «el día». No solo porque no había dormido nada, sino porque tenía la cabeza en otro sitio. No estaba en la pista, no estaba en la raqueta, no estaba en las bolas que golpeaba. Eso se nota. Lo notó Javier. Lo notó el público. Y seguro que lo notó Marcos.

Pero mi distracción no era solo el propio partido, sino lo que estaba pasando fuera. Ya estaba desconcentrado porque Marcos no estaba desde el principio, sí. Pero verle llegar luego hablando con Min-ho, dándose la mano... ¡Dios, dándose un abrazo! ¡Justo cuando tenía un punto de partido en contra! ¿Por qué Min-ho podía darle un abrazo y yo tenía que rogarle o pillarle con la guardia baja para poder hacerlo? La peor pregunta que uno puede hacerse en la vida me la hice en ese momento: ¿por qué yo no?

Tampoco ayudaba que estuvieran los hermanos Montecarlo viendo el partido con Sebas, justo un día después de que él me hubiera vendido como una de las grandes promesas de Arcadia. Y, con cada golpe que fallaba en la red, sentía que lo estaba decepcionando. Sentía que estaba decepcionando a todos.

Sin apenas darme cuenta, ya había perdido el primer set, y tampoco había motivos para pensar que pudiera ganar el segundo. Ni siquiera iba a poder vengar la derrota de Álvaro.

No soy suficiente.

No lo estaba siendo en la pista. No lo estaba siendo en Arcadia. No lo era para Marcos. Ni siquiera lo fui para mi madre. Impostor. Tramposo. Suplente…

—¡EH! ¡NICOLÁS RION!

Ese grito de Marcos me devolvió a la realidad. Supo ver que me estaba ahogando y metió la mano en el agua para tirar de mí hacia la superficie. Se quedó en un segundo plano dejando que Álvaro y yo habláramos. Porque sabía salvarme, pero también dejarme espacio. ¿Cómo habían cambiado tanto las cosas?

—Otra vez será, rubiales —me dijo Gabriel Montecarlo pasando a nuestro lado con una sonrisa cautivadora y las gafas de sol a la altura casi de la nariz. Sonrió y siguió su camino, con su hermano Perseo a su lado. Solo esperaba que no hubieran venido para ver exclusivamente mi partido y se quedaran al resto de los que se jugaban ese día.

—Eh, que te ha hablado Gabriel Montecarlo. Joder, Nico, llevo obsesionado con él desde que descubrí que me gustaban los tíos —susurró Álvaro. Más bien gritó, pero, para él, eso era nivel susurro.

—¿No has hablado con él? ¿Quieres que te lo presente?

—¡No! Qué dices. Nunca conozcas a tus ídolos. Prefiero seguir teniendo un amor platónico con él dentro de mi cabeza.

—Rion, ¿podemos hablar un momento? —Sebas. El que faltaba. Pero claro que iba a querer hablar conmigo. Seguramente para echarme de Arcadia. No cumplía las expectativas y era mejor que me fuera.

—Claro.

—Vergara —le saludó Sebas.

—Jefe —le devolvió el saludo y, antes de irme, me dio un abrazo (de ocho segundos, porque para él uno de menos tiempo no valía para nada) y se fue tras haber quedado conmigo para comer después.

—¿Te lo puedo robar un momento, Marcos? —Este asintió, me miró durante un microsegundo, esperando alguna palabra por mi parte, pero no le dije nada, aunque quisiera que se quedara conmigo. La única forma de protegerme de Sebas.

—Claro. —Y se fue.

—¿Damos una vuelta?

—Debería ir a ducharme y tal... —Pero su silencio me dejó claro que no era una sugerencia, sino una obligación—. Vale, claro.

Mientras nos alejábamos, vi cómo varias personas de mantenimiento entraban en la pista número 5 donde habíamos jugado el partido y empezaban a rastrillar la tierra y a dejarla perfecta para el siguiente juego. Algunos de los que me habían estado viendo seguían sentados en sus gradas, pero la gran mayoría se fueron en cuanto los dos salimos de la pista. Busqué a Min-ho con la mirada instintivamente. No le vi por ningún lado.

—No ha sido tu mejor partido.

—Lo sé —admití, compungido.

—¿Ha pasado algo, Nicolás? ¿Estás bien? —preguntó, genuinamente preocupado.

—No estaba concentrado. Eso es todo. Bueno, y el otro chico, Javier, jugó muy bien —afirmé, aunque no creyera mucho lo que le estaba diciendo.

—Ajá. —Sebas tampoco parecía creérselo.

—¿Qué tal estos primeros días por Arcadia? ¿Qué tal con Brunas?

—Bien, bien. Las cosas ya se están empezando a asentar, supongo.

—Quiero que sepas que no ignoro lo que me dijiste. Y, si tienes algún problema con alguien de la academia, por favor, mi despacho está abierto, ¿vale? No queremos otra pelea.

—No habrá más peleas, eh…, señor.

—No me llames señor, por favor te lo pido —rio—. Espero que en el segundo torneo te vaya mejor. Siempre es difícil debutar en Arcadia. Pero tú has pasado la primera fase. No todo el mundo lo consigue.

—Lo sé, lo sé.

—Valóralo. Valórate.

—Lo hago. Lo-lo haré.

—Yo ahora voy a ponerme al día con algunos pagos de Arcadia, aprovechando que están aquí los Montecarlo. Pero, si necesitas algo, ya sabes. Ánimo, que de las derrotas es de lo que más se aprende.

Curioso que todo el mundo menos yo viera en mí algún tipo de potencial. Sorprendente que todos creyeran en mí menos yo. Sebas se marchó y yo fui camino del comedor principal, dispuesto a olvidar la derrota y a pensar en el siguiente torneo. No quería darle vueltas al partido que acababa de jugar. Al menos, no más de la cuenta. Y no lo hice, porque, cuando estaba a punto de entrar en el comedor, me crucé con Min-ho, quien me saludó educadamente.

—Buenos días, Nicolás.

—Hola.

—Siento la derrota. Jugaste bien —me comentó, sonriente.

—No estoy yo tan seguro. No estaba concentrado.

—El siguiente torneo irá mejor. Como siempre dice Sebastián: «De las derrotas es de lo que más se aprende». Aunque, si puedo serte sincero, nunca me ha gustado ese dicho —me dijo en un tono como de confesión.

—A mí tampoco. No me gusta perder.

—Y a quién le gusta, ¿verdad?

—Ya, ya…

—De todos modos, solo quería decirte que eres bueno jugando. Podríamos entrenar algún día si quieres. —¿Y esa amabilidad de dónde venía?—. Ahora te dejo, que he quedado con Marcos para comer.

—¿Con Marcos? —Había soltado esa información de una forma tan deliberada…

—Sí. Bajamos al pueblo. Tenemos que ponernos al día.

—Sí, claro, claro…

—Encantado de verte de nuevo, Nicolás. *annyeonghi gyeseyo*. Adiós. —Y haciendo una última reverencia, se alejó de camino a la salida de Arcadia.

Capítulo 50

Min-ho (traducido del coreano)

No tenía muy clara la relación que tenían Nicolás y Marcos hasta que vi su reacción al decirle que había quedado con él para comer. Trató de disimular, pero los ojos nunca mienten. Y lo que vi en su mirada fueron celos. No sabía qué le habría contado Marcos sobre mí, sobre nuestra relación y sobre lo que pasó. Conociéndole, seguramente nada. Siempre había sido muy celoso de su vida privada. Pero los vi la noche anterior juntos en el cine, y parecían de todo menos amigos. Me habría gustado ir con Marcos en vez de con David. Durante la proyección, miré más a Marcos que a la pantalla. Después de todo, después de cómo me había tratado y de lo mucho que se había esforzado en sacarme de su vida, yo seguía empeñado en volverlo a intentar. En darle una nueva oportunidad.

—Una hora —me dijo cuando le encontré en la entrada de Arcadia. No se había cambiado. Seguía con el chándal de por la mañana. Yo me había puesto un poco más elegante.

—Quizá un poco más. Tenemos que bajar al pueblo.

—Una hora —refunfuñó y me dio la espalda caminando en dirección a la parada del autobús. No tardó mucho en aparecer, pero, hasta que lo hizo, estuvimos en silencio. Casi como si nos acabáramos de conocer. Y, en cierta manera, era así. Porque llevábamos tanto tiempo sin hablar…

—¿Qué tal estos días en Arcadia? —le pregunté para romper el hielo.

—Como siempre —se limitó a decir.

—Nicolás juega bastante bien, la verdad. Le falta un poco de concentración, pero su revés es magnífico.

—Sí. Lo sé.

—¿Vas a responderme a todo así? —le pregunté, molesto. Él paró de mirar por la ventanilla y me miró a mí, dejando clara su respuesta—. Vale. Pues entonces, en cuanto nos bajemos en el pueblo, cada uno vamos por nuestro lado.

—¿Perdona?

—Me has dicho que sí a comer conmigo. Pero no estoy por la labor de aguantarte de morros todo el rato. Así que, si no quieres estar conmigo, eres libre. Yo ya no tengo fuerzas para estas niñatadas.

—No soy un niñato.

—Pues deja de comportarte como tal —espeté, y eso pareció encender algo en él. Había algunas veces que, con Marcos, tenías que ser más borde para que te empezara a tener un poco de respeto.

—Enhorabuena por ganar el torneo en Alemania —dijo al fin, después de un rato suspirando.

—*gamsahamnida*. Gracias. Ha sido el que más me ha costado de todos. Pero estoy contento. En septiembre jugaré la previa del US Open —anuncié orgulloso. Pero también con un toque de prepotencia, sobre todo para ver su reacción. Por supuesto, no me decepcionó.

—¿Y vienes a darme envidia o qué? —replicó.

—No. Me encantaría que tú también jugaras. Por eso he vuelto.

—¿Has venido para ofrecerme jugar la previa del US Open? Dudo que tengas ese poder, sinceramente —se burló.

—He venido para que puedas jugar la del año que viene —sentencié y miré su rodilla. Por mucho que tratara de ocultarlo, seguía doliéndole. Lo había notado desde que nos reencontramos en el Azul la otra noche. Y esa mañana, en el partido, le había visto cojear un par de veces. Al notar que le estaba mirando la pierna, la movió con nerviosismo y puso su mano sobre ella.

—Deja de mirar mi rodilla —gruñó.

—¿Qué tal va la rehabilitación?

—No es asunto tuyo. Qué pesados todos con mi puta rodilla, joder.

—¿Y si te dijera que en Loreak... pueden curártela?

—Te diría que estás loco —respondió. Yo me limité a sonreír, me encogí de hombros y dejé que mi frase calara poco a poco en él.

El autobús se detuvo en el pueblo, justo en la parada que daba al pequeño paseo marítimo, y nos bajamos, junto con otra chica que iba dos asientos más delante. No me había dado cuenta hasta ese momento de lo mucho que echaba de menos ese lugar. Era mi casa. Lo había sido durante dos largos años. Y, pese a ello, sentía algo diferente. Como si lo fuera..., pero ya no. Volver a casa, pero sabiendo que tienes otra tuya, propia, esperándote. Así me sentía con Arcadia y Loreak. Llevaba entrenando en sus pistas casi seis meses, y, aunque no pasaban por su mejor momento de reputación, se estaban esforzando por darle la vuelta, y Marcos era una pieza clave para conseguirlo.

Anduvimos un rato cerca de la playa, bastante llena de gente a esas horas, con varios de los restaurantes del paseo repletos de gente comiendo paella y bebiendo cerveza fría. En cuanto encontramos un sitio libre, nos sentamos, dispuestos a charlar aunque fuera un rato. Pero Marcos no dejaba de mirar la hora en su teléfono móvil. O eso, o estaba esperando alguna llamada. Así que me obligué a ir al grano.

—Sabes que Loreak lleva tiempo queriendo contar contigo. Tú mismo me lo dijiste hace un año cuando no dejaban de llamarte. Hasta Marisa Salas fue a verte jugar la previa a Roland Garros —le recordé.

—Sí. Y, cuando me lesioné, sus llamadas pararon —rezongó y dio un sorbo a su vaso de agua.

—Quieren darte una nueva oportunidad, Marcos. Los dos sabemos que tu talento está desaprovechado ahora mismo. Sí, estás lesionado. Pero las cosas no están funcionando, ¿me equivoco? —Marcos se mantuvo en silencio—. Te he visto cojear.

—Claro que cojeo. Porque aún no estoy recuperado.

—Ha pasado un año.

—¡Joder, ya lo sé! —rugió, provocando que los de la mesa de al lado nos miraran, incómodos—. ¿Te crees que no soy consciente?

—Por eso quería hablar contigo. Loreak quiere ofrecerte sus nuevos tratamientos y que entrenes en su academia. Terapia génica, Marcos. Revolucionaria. Podrías estar jugando torneos este mismo septiembre.

—¿Por qué tanto interés?

—No lo sé. Solo sé que quieren que formes parte de la academia. Marcos Brunas en Loreak.

—¿No les basta con tenerte a ti? —contraatacó—. Eres Song Min-ho, la nueva promesa coreana. Y encima con doble nacionalidad. ¿Has decidido ya si vas a jugar con España o con Corea?

—Eso es complicado, ya lo sabes. —Y lo era. Una decisión que tendría que tomar tarde o temprano—. Pero en Loreak me están ayudando a…

—¿Por qué has ido allí? ¿No te gustaba Arcadia?

—Arcadia se ha quedado en el pasado. Además, Loreak está en Zarza. Sabes que allí estudia mi primo Jae-young. Es mi único contacto con mi familia fuera de Corea.

El camarero llegó con nuestra comida y nos dejó un plato de ensalada a cada uno, junto con una cesta de pan y dos pequeños boles de cristal con alioli y tomate rallado. Marcos cogió un trozo de pan, lo partió por la mitad y lo untó con un poco de tomate.

—No voy a dejar Arcadia, Min-ho —dijo con firmeza—. Sabes de sobra que no voy a dejar Arcadia. Lo sabías antes de venir y lo has sabido todo el tiempo.

—¿Prefieres seguir dando clases a niños de iniciación? Marcos, escúchame. Es tu carrera. Tienes que pensar en lo mejor para ti. Además, estaríamos los dos juntos allí.

—No. Tú estarías jugando tus torneos por todo el mundo, y yo seguiría atrapado, solo que en una cárcel diferente.

Era difícil razonar con alguien como Marcos. Siempre lo había sido. Pero más aún tras su lesión, empeñado en regodearse en su negatividad, en su mala suerte. Y yo no quería alejarme de él, pero su actitud me echó, literalmente, de su lado. Había pasado mucho tiempo ya, pero seguía igual.

—Marisa Salas te llamará en los próximos días.

—¿Para qué? Ya te he dicho que no.

—Yo voy a seguir en Arcadia un poco más. Solo quería decirte lo que te pueden ofrecer allí. La decisión la tendrás que tomar tú.

—Ya la he tomado —insistió—. No voy a irme a una academia que tiene fama de tramposa. ¿O te recuerdo los últimos casos de dopaje?

—Eso es agua pasada.

—¿Lo sabe Sebas? ¿Sabe que entrenas en Loreak?

—Sí. —Eso era una verdad a medias. Solo le había dicho que había sido invitado a entrenar en sus instalaciones un par de veces que estuve en Zarza visitando a Jae-young. Nada más. Sabía la rivalidad visceral que él y Marisa tenían desde años antes. Las academias en sí eran rivales, y había muchas historias conocidas sobre cómo robaban jugadores de uno y de otro lado. El propio Sebastián comenzó su carrera en la academia Top-Ten antes de dar el salto a Arcadia. Era común el cambio de jugadores de un sitio a otro..., pero, cuando se trataba de los números uno, ya había más intereses escondidos. Como los había con Marcos. Le querían para lavar su imagen, para potenciar la llegada de nuevos alumnos con sus terapias de rehabilitación novedosas y porque usar al jugador más joven de la historia en participar en el cuadro principal de un Grand Slam era una gran oportunidad. Marisa había insistido mucho en que tenía que ser yo el que se lo dijera. Al menos la primera vez. Cuando se enteró de que estaba descontento en Arcadia, dando clases a niños pequeños, supo que era el momento perfecto. Un golpe muy duro para Arcadia si Marcos acababa aceptando..., y necesitaba que lo hiciera. Porque de ello dependía que Marisa siguiera confiando en mí y cumpliera su parte del trato.

—¿Y le parece bien? ¿Con lo mucho que odia a Marisa Salas? —preguntó, sorprendido e incrédulo.

—Simplemente le parece bien que haga lo mejor para mi carrera.

—Menuda mentira, Min-ho —dijo mientras comía un poco de su ensalada.

—¿Lo pensarás?

—No —respondió, cortante—. ¿Ya me has dicho todo lo que me tenías que decir?

—No —conseguí sorprenderle de nuevo—. Quiero seguir en tu vida, Marcos. Y quiero que tú sigas en la mía. Ya ha pasado suficiente tiempo, y creo que debemos pasar página.

—Yo ya he pasado página —afirmó, cabezota como siempre.

—Siento no haber estado ahí cuando me necesitabas, Marcos. De verdad que lo siento. Solo quería que supieras cómo me sentí yo también en esos momentos. Y lo difícil que era ayudar a una persona que no se dejaba ayudar.

—¿Ahora vas a echarme cosas en cara?

—Jamás haría eso —me defendí—. Pero me importas, Marcos Brunas. Y me importa saber que me importas.

—¿Por qué?

—¿Cómo que por qué?

—¿Por qué te sigo importando? No lo entiendo. He hecho todo lo posible por sacarte de mi vida, y aquí sigues —señaló—. No merezco que seas... así conmigo.

—Lo merezcas o no, aquí estoy. Vengas o no a Loreak. ¿Te parece que hablemos de otra cosa? —Marcos asintió y, por primera vez en meses, tuvimos una conversación casi como las de antes, sobre tenis, sobre los nuevos alumnos, sobre Nicolás..., incluso sobre Paula y su orgullo. Y, cuando quisimos darnos cuenta, ya habían pasado tres horas desde que habíamos salido de Arcadia.

Cogimos el autobús de vuelta y nos despedimos en el paseo principal de la academia con un abrazo. Estuve tentado de intentar besarle, pero no quería asustarlo tan rápido. Bastante había avanzado ya. Solo esperaba estar jugando bien mis cartas.

Capítulo 51

Marcos

¿Cómo había acabado así? Sentado en una de las pistas de Arcadia, con los focos apagados, la oscuridad abrazándome y la rodilla no dejándome dar ni un solo paso más. Muchas veces pensamos que algo no va a pasarnos hasta que nos pasa. Yo era un experto en eso. Aunque también tuviera sobresaliente en ponerme siempre en lo peor. Cada movimiento que hacía me provocaba unos pinchazos insoportables en la rodilla. Había hecho un mal movimiento, eso estaba claro. Lo raro era que nadie hubiera escuchado mi grito cuando sonó un clac y me tuve que tirar al suelo del dolor. Me arrastré hasta la valla como pude y me quedé sentado en el borde, con las lágrimas brotando de mis ojos, sujetándome la rodilla con las dos manos y deseando que alguien pasara cerca de la pista para pedir ayuda. Pero, cuando pasaba alguien, siempre encontraba una excusa para no hablarle.

Había sido un día raro cuando menos. Primero, por la derrota de Nicolás. Traté de animarle, por supuesto a mi manera. Traté de que viera más allá de perder, que había futuro después. Y me habría gustado seguir hablando con él si no hubiera sido por la interrupción de Sebas en el momento menos oportuno. Sabía que él confiaba en Nico, porque me lo había dicho, y por eso me había puesto como su tutor. Sabía que yo podía sacar lo mejor de él. Al final parece que no tuvo razón. No solo no conseguí sacar lo bueno, sino que parecía haberlo hecho al revés. Adiós a mi oportunidad de que me aceptara de nuevo en algún curso intensivo. Si no era suficiente con eso, mi rodilla tenía que volver a tocarme los huevos. No podía estar quieta, no podía recuperarse. Daba igual las cosas que hiciera, la puta crema que me echara y los estúpidos ejercicios que me habían mandado. La realidad era que nada servía, y tenía que empezar a hacerme a la idea de que quizá iba a ser así el resto de mi vida. Que mi carrera tenística se había acabado casi antes de empezar y ya no tenía más que hacer.

Marcos Brunas. El niño maravilla.

Marcos Brunas. El nuevo Rafael Nadal.

Marcos Brunas. El jugador más joven de la historia en entrar en un cuadro principal de Grand Slam.

Marcos Brunas. El tenista de la derecha de oro.

Marcos Brunas. El lesionado.

Marcos Brunas. La promesa que se quedó en promesa.

Marcos Brunas. El chico de las dos operaciones.

Marcos Brunas. El que lo tenía todo y… y lo perdió todo.

La vida al final era ir acumulando nombres que te acaban por definir más que el tuyo propio. Pero yo no quería que ninguno de esos añadidos fuera lo que me acompañara el resto de mi vida. Yo solo quería ser Marcos Brunas, el hijo de Enrique y Myriam. Marcos Brunas, el hermano de Carlota. Marcos Brunas, el niño que se metía en peleas en el colegio. Marcos Brunas, el fan de *Star Wars* y Marvel. Marcos Brunas…, el chico que solo buscaba cariño por las noches. ¿No podía ser todo eso en vez de lo primero?

Y, para añadir más drama al día, estaba Min-ho. No solo por su estúpida oferta para que fuera a Loreak. ¿Pensaba que no me daba cuenta de lo que había ahí detrás? Claramente querían usarme para limpiar su imagen. Aprovecharse de mi lesión para quedar por encima de Arcadia. Yo no podía traicionar a Sebas así. No cuando era el único que había estado ahí para mí, cuando todo el mundo se alejó… o los alejé yo. Min-ho lo sabía. Sabía que era inútil intentar convencerme. Aun así, lo había intentado. Pero más porque quería verme que porque creyera con sinceridad en esa oferta.

Y yo, sorprendentemente, también quería verle, por mucho que me hubiera resistido a ello. ¿Eso significaba que me seguía gustando? ¿O simplemente quería hacer las paces con esa parte de mi pasado?

Había sido una tontería entrar en la pista y ponerme a entrenar de nuevo con tanta energía. Había comenzado bien, con fuerza, con ganas, sin dolor. Hasta que forcé, y mi rodilla volvió a decir «basta». Jodida rodilla de mierda. ¿Por qué parecía que estuviera hecho de cristal? Esa tarde me había llamado mi tío. Quería venir a Arcadia la semana siguiente para verme. Pero nunca era solo para verme. Algo querría. Seguramente controlarme y asegurarse de que estaba mejorando y de que había esperanza. Se iba a llevar una gran decepción.

Y ahí sentado, con mi vista acostumbrándose más y más a la oscuridad, pasó por mi mente el recuerdo de la mañana con Nicolás. Al principio fue como una estrella fugaz, imposible de retener. Pero luego se convirtió en una lluvia de estrellas cayendo continuamente sin descanso, esperando a que yo mirara hacia el cielo. Y entonces lo hice. Y me imaginé con él.

Me imaginé con Nicolás, durmiendo juntos, yendo al cine juntos, pero dándonos la mano esa vez. Recordé los mismos momentos con Min-ho. Con Paula incluso. Pero todo era demasiado lejano. No los veía en mi futuro. A Nicolás, por alguna extraña razón, sí.

Era cuestión de tiempo que todo el agobio y la angustia de la que tanto había tratado de huir me pillara. Lo que no pensaba es que lo haría de esa forma tan brutal y desasosegante. Recordándome todo lo que había perdido en la vida y lo que podía llegar a perder. Porque abrirme a una persona de nuevo… Uf. Costaba. Costaba horrores. Estaba demasiado acostumbrado a que la gente se fuera, a que las personas importantes para mí me acabaran abandonando. Ya no solo por lo que pasó con mis padres y con Carlota. Sino con Paula, con Min-ho… ¿Y si Nicolás se iba también? ¿Y si ganaba el último torneo y se iba de Arcadia y se olvidaba de mí?

Pensaba que lo peor que había era recordar las cosas dolorosas. Pero me equivocaba. Lo peor que hay es el olvido.

—¿Marcos?

Y, tan pronto como pensaba que nadie se acordaba de mí, apareció él para disipar todas mis dudas.

Capítulo 52

Nicolás

—¿Marcos?

Había alguien sentado en el lateral de la pista 12, apoyado contra la valla, cabizbajo y con una pierna estirada. Costaba ver quién era, porque la única luz que había a esas horas era la de las farolas que alumbraban los caminos de Arcadia. Pero eran tan tenues que discernir lo que tenías a unos metros de distancia a veces era complicado. Nadie respondió. Aunque claramente había una persona ahí. Le había buscado en la sala de cine, en el edificio de las máquinas expendedoras, cerca del campo de fútbol... Pero no estaba en ningún lado. Así que se me ocurrió nuestra pista 12. Seguramente habría ido a entrenar por su cuenta, como tanto le gustaba hacer antes de que le conociera. Cuando vi que eran más de las doce de la noche, empecé a preocuparme. Primero pensé que seguiría con Min-ho y, sí, los celos hicieron acto de presencia. Pero, cuando le escribí y no contestó a ninguno de mis mensajes, supe que algo no iba bien y salí en su busca.

—¿Marcos? ¿Eres tú?

—¿Qué haces aquí, Nicolás?

—La pregunta es qué haces tú aquí a estas horas y a oscuras —repuse mientras entraba en la pista y me daba cuenta de que estaba repleta de pelotas de tenis sin recoger—. Veo que has entrenado a tope, ¿eh?

—Si tú lo dices... —murmuró entre dientes. Fui sorteando todas las bolas que había repartidas por el suelo tratando de no pisar una por error y esmorrarme contra el suelo como en mí era normal, y llegué a donde estaba sentado Marcos. No le pregunté si podía acercarme. Simplemente lo di por hecho y me senté junto a él, pero guardando una pequeña distancia, que ya sabía lo mucho que le podía llegar a agobiar.

—¿Te has quedado sin luz a mitad del entrenamiento?

—La luz lleva apagada una hora. O dos. No sé cuánto tiempo llevo aquí —suspiró, enfadado.

—¿Y por qué sigues aquí? Te daba pereza recoger y estabas esperando a que apareciera yo, ¿verdad? Pues no pienso recoger todas las pelotas, ya te voy avisando —traté de bromear, pero le dio igual. Tenía la cabeza en otra parte—. Marcos... ¿Estás bien? —Le rocé la pierna con la mano, pero él reaccionó apartándose.

—Sí. Vuelve a la habitación. No sé para qué has venido.

—Bueno, es que ya era tarde y me preocupó no verte en el cuarto echándome la bronca por lo fuerte que respiro.

—Es que respiras muy fuerte, joder —se quejó.

—Tú tampoco eres precisamente silencioso, ojo. —Se mantuvo en silencio—. ¿Qué pasa, Marcos? ¿Por qué estás aquí?

—¿Tú qué crees? —repuso entre dientes—. La puta rodilla.

—¿Qué ha pasado? Pero ¿estás bien? —pregunté, preocupado, mirando directamente a su rodillera negra.

—No. No estoy bien. Cada vez me duele más. Y estaba tratando de ignorarlo pensando que ya se me pasaría. Pero no se pasa y, cada puta vez que trato de jugar un poco más fuerte, me duele. Me duele tanto que no soy capaz de mantenerme de pie. Una puta mierda. —Cogió una pelota de tenis que había junto a su pie y la lanzó con toda la fuerza que pudo al otro lado de la pista.

—¿Has hablado con Rehabilitación?

—Ya estoy haciendo sus ejercicios. Tomándome la medicación, haciéndome los putos masajes cada noche. ¡Y me hice una jodida resonancia hace menos de un mes! ¿Y sabes qué? Todo estaba bien. «¡Qué bien, Marcos, la rodilla se está recuperando estupendamente!». ¡Y UNA PUTA MIERDA! —explotó.

—A lo mejor es que estos días te has exigido demasiado de nuevo...

—Me he exigido lo mínimo.

—Eso duele —fingí que me ofendía para ver si por fin le arrancaba una sonrisa, por muy pequeña que fuera. No hubo suerte—. A ver, yo no soy médico y no puedo ayudarte mucho más allá de decirte que tienes que tener cuidado, supongo. Y que si necesitas que te acompañe a rehabilitación o a lo que sea...

—¿Qué haces aquí, Nicolás? —me interrumpió.

—Ya te lo he dicho. He venido a buscarte porque...

—Digo en Arcadia. ¿Qué haces en Arcadia? No te gusta. No lo disfrutas. No quieres ser tenista. ¿Por qué estás aquí?

Era la pregunta que no dejaba de hacerme desde que había ganado el torneo de El Roble y la beca. Si yo no tenía la respuesta para mí mismo, ¿qué podía decirle a Marcos?

—Supongo que al final ha acabado gustándome esto —admití encogiéndome de hombros.

—¿Por qué?

—¿Cómo que por qué?

—¿Qué ha cambiado para que te guste estar en Arcadia? ¿Qué ha cambiado para que te importe tanto una derrota que hacía unos días te daba igual?

—Tú —dije sin pensar.

—No —dijo él casi a la vez.

—¿Qué?

—No digas que he sido yo.

—Es que has sido tú —repetí, más seguro esa vez—. ¿Qué quieres que te diga?

—Todo menos eso. No quiero... no quiero esa responsabilidad sobre mis hombros —afirmó con tristeza, pero también con rabia.

—¿Responsabilidad? ¿Qué tonterías dices? Responsabilidad ninguna. Yo solo soy sincero. Tú has cambiado. Y, al cambiar tú, ha cambiado mi percepción de Arcadia —expuse con el corazón en la mano. No sabía si necesitaba escuchar esas palabras o no, pero, aun así, se las dije.

—Si yo solo soy un borde de mierda contigo. Te he tratado fatal.

—Pero nunca has pensado que fuera un impostor, ¿verdad?

—Porque no lo eres, Nicolás —contestó, negando con la cabeza.

—Pues ahí lo tienes. Y llámame Nico, por favor. Deja de llamarme Nicolás.

—Ya veremos —contestó.

—¿Qué tal la comida con Min-ho? —Pude ver que le sorprendió que yo lo supiera.

—Bien. Sin más. —Vale, quizá no era el mejor momento para hablar de ello.

—¿Quieres que volvamos a la habitación y hablamos?

—¿Mientras te tomas tu Nesquik nocturno? —señaló.

—Exactamente.

—No creo que pueda andar. Me duele mucho al apoyar la pierna en el suelo.

—Pues apóyate en mí. —No sé si lo entendió así o no, pero no le ofrecía un apoyo solo para su rodilla, sino para lo que necesitara.

—Vale, pero con cuidado, ¿eh?

—¿Y cuándo no he tenido yo cuidado? Venga, anda, torpe. Vamos a llevar al niño de cristal a su cama.

—Sigue haciendo bromas. Tú sigue haciéndolas… —me amenazó con voz fuerte y firme. Pero me dio igual. Me puse en pie y le tendí la mano para ayudarle a levantarse. Dudó, pero acabó cogiéndola y tiré de él. Marcos consiguió incorporarse, aunque con pesadez. No apoyó su pierna izquierda en el suelo, por si acaso, y pasó su brazo por encima de mis hombros. Yo no le solté la mano, entrelazando nuestros dedos para darle más seguridad.

—Venga, un paso cada vez. La residencia no está tan lejos. Solo son veinte kilómetros de nada.

—¿Qué dices veinte kilómetros?

—Era una broma, Marcos. Una broma. Va. Con cuidado. No apoyes el pie, que no hace falta. Parece que no, pero soy fuerte, ¿eh?

—Y demasiado bajito. Esto es incomodísimo —protestó.

—¿Prefieres ir por tu cuenta? Porque ahora mismo te dejo aquí..., y suerte apoyándote en la raqueta —repliqué, ofendido.

—Joder, es que eres muy bajo.

—¿Y qué le hago? ¿Me pongo a crecer para que el señorito Brunas pueda ir mucho más cómodo? Nos ha jodido.

—Nada, déjalo. Me acostumbraré a tu estatura, tú tranquilo. —Su forma de pedir perdón cada vez era más rebuscada—. Cómo se han dado la vuelta las tornas, ¿eh? Ahora me toca a mí arrastrarte a la residencia. —Su única respuesta fue un bufido.

Tardamos casi veinte minutos en llegar a ella, porque cada pocos metros teníamos que parar para que Marcos recuperara el aliento. Y ya, de paso, yo también. Porque, por mucho que pusiera de su parte, cargar con alguien de su peso y su altura era complicado. Llegamos sudando, casi como si hubiéramos estado entrenando durante horas, y el calor húmedo de la noche tampoco ayudaba mucho. Subimos en el ascensor y, cuando entramos en la habitación, dio un par de saltos y se dejó caer sobre la cama, totalmente derrotado.

—¿No vas a ducharte? —le dije con un poco de mala leche, porque era lo que siempre me decía él a mí cuando entrenaba y me iba a dormir sin pasar por la ducha.

—¿Me vas a ayudar tú a ducharme? —replicó molesto, aunque a mí no me pareció del todo mala idea.

—No he dicho nada.

Se tumbó como pudo y luchó para quitarse los pantalones. Así que me tuve que acercar yo a ofrecerle mi ayuda.

—Puedo solo —gruñó.

—Y una mierda.

Ignorándole por completo, tiré de los pantalones hacia abajo mientras Marcos protestaba, pero se dejaba hacer. Llevaba de nuevo slips blancos, y la forma de su polla se dejaba entrever a través de la tela. Una vez quitados, traté de doblarlos como él hacía siempre, pero no me dejó hacerlo a mi manera, dando indicaciones todo el rato. Así que opté por tirarlos hechos una bola al fondo de la habitación. Me llamó de todo, pero me dio igual.

—No te vas a poder levantar a colocarlos, ¿verdad? Pues silencio y recuéstate, venga.

Le quité también la camiseta, que olía a su perfume, e hice lo mismo que con los pantalones. Acto seguido, le di su ropa para dormir y esa sí que no me dejó ponérsela. Giró sobre sí mismo en la cama y colocó, como siempre, las piernas en alto junto a la pared.

—Acércame la crema. Está en…

—Sé dónde está.

Abrí un cajón junto a su cama y saqué un tubo de color gris apagado a medio usar. Iba a dárselo, pero lo pensé mejor.

—¿Quieres que te dé yo el masaje? —dije, sonriente.

—Ni de puta coña.

—No hables así de mal. Estás convaleciente. Estás sudando de lo que te duele. Ni siquiera puedes colocarte bien en la cama. Déjame a mí. Te he visto hacerlo mil veces. Confía un poco en mí.

Marcos parecía tener un debate interno consigo mismo. ¿Aceptaba mi ayuda, lo que significaba para él que era un débil? ¿O me gritaba como siempre, me quitaba la crema y volvía a ser ese borde del que tanto intentaba huir?

—Como me hagas daño, te mato —dijo al fin.

—¡Bien! Es decir, no te voy a hacer daño. Seré como un ninja. Ni vas a notarlo.

—Ten cuidado.

—Tranqui, que está todo controlado.

Abrí el bote, pero apreté demasiado y salió un montón de crema, que se esparció por toda mi mano.

—¡Joder, qué sensible es esto!

—¿Qué ha pasado?

—Nada, nada. Todo solucionado. Solo ha salido un poco más de la cuenta. —Un poco, lo que se dice un poco... no. Cogí un trozo de papel con la otra mano y dejé la crema sobrante. El resto, con mucho cuidado, lo puse sobre la rodilla de Marcos. Gimió levemente, se recostó y cerró los ojos. Mientras, yo fui masajeando con mucho cuidado en toda la zona alrededor de la rodilla, yendo desde el muslo hasta la parte inferior de la rótula. Con movimientos circulares, suaves y envolventes, despacio, esperando a que la crema se absorbiera. Me daba miedo presionar demasiado, porque no quería hacerle nada de daño, pero, en un momento dado, estiró su mano y cogió la mía indicándome cómo lo tenía que hacer y cuánta fuerza debía poner. Se quitó los auriculares y dejó que la música sonara en toda la habitación, creando una atmósfera diferente entre la tenue luz de la lámpara de noche, la luna y el sonido de los grillos colándose por la ventana semiabierta, y la voz de Chappell Roan cantando «Kaleidoscope».

And love is a kaleidoscope.
How it works, I'll never know.

Continué acariciando su pierna mucho tiempo después de que la crema se hubiera acabado, y su mano siguió junto a la mía, siguiendo el ritmo de la música y de mis dedos. Y, sin abrir los ojos, empezó a hablar.

—Tenía una hermana. Carlota —comenzó a decir, casi como en trance. Yo no respondí. Proseguí con el masaje, dejando que sintiera que estaba en un sitio seguro y que podía contarme lo que quisiera—. Tenía un año menos que yo. Pero era graciosísima. De estas personas que iluminan, que llenan cualquier sitio en el que están. Así era Carlota... —Suspiró—.

Se le daba genial el ballet. Dios, era una bailarina de la hostia. Increíble. Y, mientras ella estaba en sus clases, yo iba a las mías de tenis. Nos llevaban siempre mis padres. Los dos. Nos encantaba pasar tiempo juntos. —Hizo un silencio, como si quisiera coger aire—. Ese día me habían castigado en el colegio, así que salí más tarde. Tuvimos que hacer un rodeo y dejarme primero a mí, en vez de a mi hermana. Y..., bueno..., eh...

Le apreté la mano con cariño, pero también con fuerza. No hacía falta que siguiera si no quería. Pero continuó la historia:

—Dijeron que era un conductor borracho. No me contaron mucho en su momento, pero lo supe después. Un hombre de unos treinta años. No tenía muchos más. Se saltó un semáforo y nos arrolló. —Se me hizo un nudo en el estómago—. Recuerdo bastante poco, la verdad. Olivia ha sido la que más me ha ayudado a... ¿Cómo lo dice ella? A bucear en los recuerdos. Le debo mucho. «Cada vez que un recuerdo vuelve, es porque estoy listo para enfrentarlo» —dijo como si lo repitiera después de habérselo grabado a fuego—. En fin... Esa... esa es mi historia, Nicolás... Nico. Y por eso no quería que me tocaras la espalda. Esa cicatriz... Estuve en el hospital casi un mes.. Se me clavó una parte del cristal junto a la columna. Unos centímetros más y me habría quedado tetrapléjico. Mis padres y Carlota no tuvieron tanta suerte.

—Lo siento, Marcos. No sabía nada.

—No tenías por qué saberlo. Pero, ahora que lo sabes, te aviso. Nada de sentir lástima por mí, ¿lo has entendido? Me niego.

—Vale, vale. Pero no puedes decirme lo que tengo que sentir o no —repliqué.

—Solo quiero que lo sepas —sentenció—. Así que ya sabes mi mayor secreto: yo maté a mi familia, fíjate tú.

—¿Matar a tu familia? ¿Qué gilipollez es esa?

—He aprendido a vivir con ello. Si no me hubieran castigado ese día, no habríamos ido por ese camino y nunca habríamos tenido el accidente. Tan fácil como eso.

—Marcos, escúchame, y voy a ser todo lo sincero posible, ¿vale? —Le tomé ambas manos y le miré directamente a los ojos—. Esa es la mayor estupidez que has dicho desde que te conozco.

—¿Perdona? —contestó, furioso, y trató de soltarse, pero agarré sus manos más fuerte aún.

—Tú no eres responsable de lo que sucedió. Eso te lo tienes que meter en la cabeza. Fue una cosa horrible, indescriptible. Es que ni me puedo imaginar lo mucho que tuviste y tienes que sufrir por ello. Pero no fue tu culpa. No tienes que cargar con el peso de la tragedia ni con el peso de la muerte de tu familia —sentencié—. ¿Lo que importa ahora? Cómo eliges vivir con lo que pasó. No tienes que sentirte culpable por ser el que sigue aquí. Tienes derecho a vivir y a ser feliz, joder. Sé que a todos nos encanta agarrarnos al pasado. Créeme, lo sé mejor que nadie. Pero tu vida está por delante, ¿lo entiendes? Eres más que tu pasado, Marcos Brunas.

Y, por primera vez desde que le conocía, le dejé sin palabras. Parecía que había absorbido todo el aire que nos rodeaba. No sé ni cuánto tiempo estuvimos así, en la oscuridad de la habitación, mirándonos fijamente, sin soltarnos las manos. Dos personas que ni habían cumplido los dieciocho y ya estaban completamente rotas, arrastrando un pasado duro de abandono. Dos caras de la misma moneda. Quizá por eso chocábamos tanto al principio. Hasta que habíamos acabado por aceptar que podíamos seguir adelante, hacernos mejores si estábamos juntos, si hacíamos equipo, en vez de convertirnos continuamente en enemigos.

Esa noche volvimos a dormir juntos.

Esa noche volvimos a besarnos.

Esa noche volvimos a sentirnos vulnerables el uno con el otro.

Esa noche comprendí que me estaba enamorando de Marcos Brunas.

Capítulo 53

Marcos

Y, desde esa noche, todo cambió entre Nico y yo.

Había sido capaz de abrirme como nunca lo había hecho. Porque, cuando estaba en la pista número 12, sin poder moverme, lamentándome por mi rodilla, esperando a alguien que viniera a rescatarme, apareció él. Ni le tuve que avisar. Vino él a por mí. Porque estaba preocupado. Porque... porque le importaba. Y era la primera persona que había conocido en el último año que se preocupaba por mí, que no tenía miedo de decirme las cosas cuando me equivocaba y que me escuchaba, que me conocía. Porque, si no, ¿cómo podía haber sabido que iba a estar en esa pista a esas horas de la noche?

Cuando me desperté a su lado, tardé en entender que era real, que no era un sueño, que nos habíamos liado de madrugada, besándonos y tocándonos por todos los lados posibles. Le había visto desnudo y él a mí. Y, aunque suene bruto decirlo así, había disfrutado tanto que hacía mucho tiempo que no me corría como lo había hecho esa noche con Nico. Nada que ver con Paula o con Min-ho. La conexión que había formado con Nico era diferente. Pese a todo, no dejaba de tener la sensación de que era fuerte y débil a la vez. Como el hilo de una tela de araña.

—Buenos días —me dijo sin abrir los ojos—. ¿Has dormido bien?

—Demasiado —contesté.

—Tranqui, que hoy no tienes clase. Ni yo torneo. Somos un poco más libres. —Y terminó la frase con un sonoro bostezo.

—Hay que preparar tu segundo torneo, y cuanto antes, mejor.

—Por Dios, Marcos, que aún quedan tres días más hasta que empiece. Que ni siquiera ha terminado el anterior…

—Precisamente por eso. Vamos a ver hoy las dos semifinales. Y mañana la final. Hay que estudiar a tus rivales, y esa es la mejor forma —reflexioné.

—Pero… si son solo las siete de la mañana. El primer partido no es hasta las diez. Por favor, relájate, aunque sea media hora.

—Nico…

—Marcos —me interrumpió—. Hemos dormido dos horas. Se me escapa cómo tienes tanta energía, pero lo más importante para un deportista profesional es descansar bien. Y, si me estás haciendo madrugar todos los días, pues va a ser difícil. Y no puedo creerme que haya sido capaz de decir todo eso sin dormirme.

—Te dejo dormir treinta minutos. Yo voy a bajar a desayunar.

—No pienso luchar. Sé reconocer un caso perdido cuando lo veo… —Volvió a recostar la cabeza, empezando a roncar a los pocos segundos.

Yo salí de la cama con cuidado, temeroso de apoyar la pierna izquierda, por si la rodilla seguía doliendo. Pero, cuando lo hice, el dolor no estaba. Solo había un recuerdo muy lejano que provocaba que no estuviera cómodo del todo, pero al menos podía andar. Fui a las duchas y, cuando volví a la habitación para vestirme, Nico seguía profundamente dormido. Comprobé su móvil y vi que tenía la alarma puesta en diez minutos, así que, en contra de lo que habría hecho normalmente, decidí dejarle durmiendo y salí del cuarto, en dirección al comedor.

El sol comenzaba a asomar entre las montañas lejanas que rodeaban una parte de Arcadia, y el olor a césped mojado lo embriagaba todo. Ya había pistas ocupadas con alumnos entrenando. El golpeo de la bola y sus gemidos de esfuerzo contrastaban con el chirriar de las cigarras, que nos daban los buenos días a los que todavía estábamos en proceso de despertar. Y, de camino a desayunar, me crucé con una de las personas que menos quería cruzarme.

—Menuda cara de sueño, Brunas —dijo una chica a su lado que no reconocí.

—¿Tú te has visto la cara? —contesté, molesto. La chica se ofendió mucho e iba a responder, pero Paula se adelantó y habló ella primero.

—¿Resaca por la derrota de ayer? —se interesó sibilinamente.

—Una pequeña piedra en el camino. Lo importante es que está en el segundo torneo.

—Tiene buenos golpes, pero está un poco verde, ¿no? O eso dice Zoe.

—Zoe puede decir misa. Nico va a conseguir esa *wildcard* del último torneo.

—Solo espero que juegue mejor que ayer, porque lo veo complicado —se jactó—. La mía está ya en la final.

—Bien por ella —respondí haciéndome el desinteresado. Lo había dicho para fastidiarme, estaba claro. Pero no podía darme más igual. No me importaban los demás. Me importaba lo que hiciera Nico. Ni más ni menos.

Y, gracias a eso, empezamos a entendernos mucho mejor. Habíamos llegado a un acuerdo no escrito y se resumía en hacer equipo los dos. Ni yo sería tan mandón ni él tan protestón y cabezota y bocazas. No había funcionado bien cuando yo estaba todo el rato encima, presionándole y diciéndole qué hacer. Me había convertido peligrosamente en mi tío y, si yo no lo soportaba, Nico lo iba a soportar menos. No podía hacerle eso. Así que, gracias a esa conversación con Olivia, eché el freno, y parecía que estaba funcionando. Porque, cuando empezó el segundo torneo, Nico jugó el mejor partido que le había visto desde que le conocía. Normal. Estaba tranquilo. Estaba relajado. Estaba fluyendo con el tenis, que era lo más difícil, pero también lo más importante.

Se le veía desde fuera. Disfrutaba jugando, y eso era una enorme mejoría. Pero, aunque crea que sí, he de decir que no todo era mérito mío. Porque Nico también me había dejado hacer. Cuando se callaba un poco, podías ver que era un alumno muy aplicado y muy implicado. Escuchaba, aprendía rápido y, además, proponía nuevas estrategias que yo ni siquiera había pensado. Por eso decía que estábamos formando un equipo. Nos entendíamos bien. Discutíamos mucho, sí. Pero también hablaba mucho, y cada vez iba descubriendo más cosas de él. Como su mala relación con sus padres. Ya me había contado uno de los primeros días que su madre los había abandonado, pero no sabía que su padre se pareciera tanto a mi tío y estuviera obsesionado con las victorias de Nico. Y tampoco que tuviera ciertos problemas con el mundo de las apuestas, lo que había provocado un distanciamiento enorme entre los dos.

Cuando empezó el siguiente torneo, Nico estaba mucho más mentalizado que cuando le había conocido. Sus golpes habían mejorado. Su movilidad era mucho más ágil y, poco a poco, había sido capaz de abrirme más con él. Joder, no sabía lo mucho que lo necesitaba hasta que lo había hecho. Llevaba casi un año con mi vida en pausa. Nico me había devuelto las ganas. Y ni siquiera la constante presencia de Min-ho me había distraído. Porque, desde nuestra comida, había decidido dejarme un poco de espacio. Le había visto hablar alguna vez con Paula. Eso debía de significar que se habían reconciliado. Aunque fuera en parte. Solo esperaba que no le dijera nada de lo de Loreak. No había que darle munición extra.

—Nicolás Rion gana 6-3 y 6-3.

Le veía contento. Primera vez que chocábamos las manos después de un partido suyo. Casi parecíamos entrenador y jugador. Hasta Olivia me había felicitado por mi cambio. Aunque, desde esa noche de tres días antes, no habíamos vuelto a hacer nada. Es decir, no nos habíamos vuelto a liar. Nico tenía graves problemas de dependencia emocional y, aunque no lo creyera, se lanzaba muy rápido. Yo, pues era todo lo contrario. Yo necesitaba distancia. No quería que luego todo se diluyera de golpe. Así que tenía continuamente una lucha interna conmigo mismo. ¿Me dejaba llevar o seguía poniendo trabas y muros a mi especie de relación con Nico? Claramente lo segundo.

Y no ayudaba nada que desde Loreak siguieran insistiendo en hablar conmigo. Porque ya no solo era Min-ho. Porque también me llamó uno de mis ídolos. Uno de mis jugadores favoritos. Boro Lodi. El tenista nacido en Santino. Se había formado en Loreak y era uno de sus alumnos más famosos. Que me llamara era una jugada un poco sucia. Y hablar con él por teléfono, aunque solo fuera un par de minutos, fue increíble. ¿Cómo le iba a decir que no a Boro Lodi? Solo dije que lo pensaría, y al menos pareció entenderlo. Pero dejó claro que me querían en Loreak. «Aquí está tu futuro», me aseguró en un momento de la conversación.

—¿Has visto lo bien que he sacado? —me dijo limpiándose el sudor de la frente.

—Los primeros saques, perfectos. Pero los segundos... Tenemos que hacer un poco más de ejercicios. Porque son muy bajos.

—Pero han funcionado, ¿no?

—¿Quieres que solo funcionen? ¿O quieres que sean increíbles?

—¿No es lo mismo? —Ya estaba el bocazas de siempre.

—No, Nico, no es lo mismo.

—Odio entrenar el saque. Uf... —protestó amargamente.

—Mala suerte. Si sacas mal, es lo que hay.

—¿Cómo que saco mal? ¡Será culpa tuya que no me enseñas bien! —bramó, enfadado.

—¡O culpa tuya que no escuchas bien! —contraataqué.

—Vale, muy bien. En nuestro próximo entrenamiento, te reto a ver quién mete más saques, por listo. Si gano yo..., no tengo que hacer ese ejercicio que estás pensando y, además, me invitas a una cena en el Azul.

—¿Y si gano yo?

—Pues te invito yo a cenar.

—Pero si no tienes dinero —me burlé, pero Nico lo tomó por otro lado. Yo solo me refería a que no tenía dinero en Arcadia, porque me lo había dicho.

—¿Y? Voy a ganar, así que no me va a hacer falta —afirmó orgulloso.

Capítulo 54

Nicolás

Y, obviamente, perdí.

¿A quién se le ocurría retar a Marcos Brunas a una competición de saques? Pues solo a mí, la verdad. Al principio estuvo bastante ajustado. Pero, en cuanto empezó a acelerar un poco, yo me fui quedando atrás. Al final, me ganó por goleada. El primero que metiera treinta ganaba. Yo me quedé en veintidós cuando él consiguió meter el último. Dios, iba a estar insoportable. Segunda vez que le retaba a algo y segunda vez que me ganaba.

—Te lo dije. Ahora toca mi ejercicio. Así es una apuesta.

—Sí —admití compungido.

—Coge la raqueta y vamos al otro lado, que están todas las bolas allí. Bueno, menos las que has dejado en la red, claro.

—Eh, que tú también has fallado en la red, ojo.

—No tantas como tú. Por eso quiero hacer este ejercicio, para que tus bolas vayan un poco más altas. No puedes fallar tantas en la red. No puedes hacer tantos regalos al contrario —me fue explicando mientras íbamos los dos juntos a la línea de fondo. Seguía siendo bruto y borde de vez en cuando, pero notaba el cambio también, porque me explicaba las cosas mucho mejor, con más paciencia. Y quién diría que Marcos iba a tener paciencia conmigo. Desde luego, no era como mi padre.

Cada vez me costaba más hablar con él, porque siempre que me llamaba o me escribía era para preguntarme si había ganado algún partido, si iba a jugar algún torneo o si ya era el número uno de Arcadia.

—Papá, he perdido —le conté cuando perdí en cuartos de final del primero de los torneos—. Pero en unos días puedo jugar el segundo porque conseguí ganar el primer par…

—¿Perdiste el torneo? Nicolás, tienes que aprovechar esa beca —me dijo con seriedad. Como siempre, sin escucharme.

—Lo sé, pero te lo he dicho. Son tres torneos. Estoy clasificado para el segundo.

—¿Y? Ya acumulas una derrota.

—Siempre viendo la parte positiva de todo, ¿eh? Desde luego que no cambias —le solté con amargura.

—Eres el mejor tenista, Nicolás. Y tienes que demostrarlo. ¿Qué te ha distraído? ¿Alguna chica allí que te guste? —Dios, odiaba cuando llevaba por ahí la conversación. Porque sabía de sobra que yo era gay. Simplemente se hacía el olvidadizo cuando salía el tema en alguna ocasión.

—Papá, no me gustan las chicas y lo sabes. Soy gay.

—Bueno, tú a concentrarte en ganar el siguiente, ¿vale? —Ignorando lo que le acababa de decir, como siempre.

—¿Sabes algo de mamá? Yo no he conseguido hablar con ella estos días.

—Si no has conseguido hablar tú, ¿crees que va a querer hablar conmigo? —me contestó de malas maneras, así que me despedí y le colgué. No necesitaba tener una conversación así en esos momentos.

Por lo menos, Marcos era diferente. Marcos me escuchaba y se preocupaba por mí. Ya no tenía la sensación de que solo me usaba para ganar partidos y para cumplir su sueño frustrado. Ahora veía que se alegraba de verdad por mis progresos, y eso me alegraba a mí también.

—¿Y saco desde aquí? —pregunté colocándome justo detrás de la línea de fondo.

—No. Ahora damos tres pasos hacia atrás. —Dio tres pequeñas zancadas hacia la valla que teníamos a la espalda—. Pásame una —me indicó con la mano. Le lancé una de las pelotas que tenía en el bolsillo del pantalón y la cogió al aire—. Desde aquí atrás, es importante no solo tirarse la bola más alta, sino sacar el brazo bien hacia arriba. Mira, si lanzo la bola simplemente hacia delante... —dijo, tirándola con fuerza y dejándola en la red— es muy difícil que la bola consiga superar la red, ¿no? Pero... dame otra. —Le di otra de las que tenía y volvió a cogerla al aire—. Pero, si la lanzamos con el brazo hacia arriba... —y, flexionando las rodillas, elevó el brazo todo lo posible al tirar la pelota, que sí consiguió pasar la red— el resultado es diferente, ¿ves?

—Pero en un partido no voy a sacar desde ahí atrás.

—Joder, Nico, es para que aprendas a sacar el brazo hacia arriba y darle un poco más de efecto a tu segundo saque. Hay veces que eres un poco lento.

—Gracias por la confianza. —Entorné los ojos, di tres pasos hacia atrás y, cogiendo un par de pelotas del suelo, hice lo que me había pedido. Y, aunque las primeras se me quedaron cortas, al final fui pillando lo que quería y, para el final de la cesta, no había saque que fallara.

—Ahora, prueba desde la línea, a ver qué tal.

—Pero las voy a tirar a la mierda.

—Tú prueba.

Sin confiar mucho en lo que estaba intentando, acabé por obedecerle, me coloqué de nuevo en la línea e hice exactamente el mismo movimiento que en el fondo. Y, para mi sorpresa, el saque entró, con más efecto y más fuerza. Me giré, sorprendido, y ahí estaba Marcos poniendo ese gesto de «te lo dije, soy el mejor» que tan de quicio me sacaba. Pero, si tenía razón, tenía razón.

Cuando llegamos al Azul, no había tanta gente como el otro día que habíamos ido, y me hizo prometerle que nada de tinto de verano esa vez. «Tienes que estar fresco para el partido de mañana». Sí, aún seguía esa vena de entrenador de la Unión Soviética palpitando en su cuello. Así que acepté el destino fijado y, en vez de colocarnos en una de las mesas altas que rodeaban el bar, cogimos un par de platos de sardinas a la brasa, uno de patatas bravas y otro de boquerones fritos y nos los subimos junto con dos botellas de agua al mirador. Lejos de la gente, lejos de todo. Simplemente los dos comiendo mientras mirábamos el atardecer y hablábamos de nuestras películas y libros favoritos. Él me dijo que le encantaba hacer regalos, quién lo iba a decir. Yo le confesé que amaba que me regalaran flores. Y sí, mi flor favorita era el tulipán. Cero original.

—¿Cuál es tu libro favorito? Porque he visto alguno de los que tienes en la mesa, pero no me sonaba ninguno —le pregunté después de comerme una de las sardinas del plato casi de un bocado.

—¿Mi libro favorito? Depende del momento. Ahora es *Algún día este dolor te será útil.*

—No lo he leído —admití. De hecho, ni me sonaba—. Me lo podrías dejar.

—No dejo libros. No me gusta.

—Respeto total. Yo tampoco los dejo. Aunque no es que tenga muchos. —Esperé a que me preguntara cuál era mi favorito, pero no lo hizo, así que se lo dije yo directamente—. El mío es *Flores para Algernon*. ¿Lo conoces?

—No me suena.

—Es como de ciencia ficción. Un chico que se somete a un experimento para hacerse más listo, y se va comparando su progreso con el de un ratoncito. Algernon. Bueno, al principio muy guay porque se va haciendo listísimo y...

—No me cuentes más. Por si acaso me lo leo algún día.

—Yo creo que te gustará... Creo —admití y probé las patatas bravas, que estaban buenísimas. Porque las patatas también las habían hecho en la parrilla.

—¿Te gusta leer? —preguntó sin mirarme. Sus ojos estaban centrados en el atardecer. El sol iba descendiendo lentamente, dándole un color anaranjado a todo el cielo, reflejando su sueño dorado sobre nosotros—. A mi madre le encantaba. Podía leerse varios libros a la vez. Y llevaba una libreta donde iba apuntando todos los que se leía. Les ponía estrellas y escribía lo que le habían hecho sentir. Si le habían dado alegría, tristeza, rabia, aburrimiento. Cualquier cosa que sintiera leyéndolos, lo apuntaba.

—Ah, qué chulo. Qué guay.

—Me he propuesto leer todos los libros que tiene apuntados —me dijo, pero me di cuenta de que no estaba hablándome a mí, sino que se estaba recordando a sí mismo una promesa hecha mucho tiempo atrás.

—¿Cuántos tenía…?

—Unos doscientos, creo. Pero te lo estoy diciendo de memoria. La libreta la encontré entre las cosas de… entre sus cosas, hace un año o algo así. No recuerdo cuándo, la verdad. Este último año tengo todo bastante difuso.

—Normal. Has pasado por demasiadas cosas.

—Nico, no, joder. No seas así.

—¿Ahora qué he hecho? ¿He comido más de la cuenta o algo? —aventuré mirando al plato, confuso.

—Tú me escuchas, intentas comprenderme. Pero yo nunca te pregunto por ti, por cómo te sientes, por tu pasado. Todo lo absorbo yo. Todo. Como una esponja a la que es imposible estrujar después.

—No es cierto. Sí que te interesas por mí. Quizá no tanto como yo… —Abrió la boca para hablar, pero le interrumpí antes de que dijera nada—. Quizá no tanto como yo porque yo, cuando me pongo, soy muy preguntón. Pero no tienes por qué ser igual. Lo sabes, ¿no?

—¿No te molesta? Es imposible que no lo hayas pensado alguna vez.

—No especialmente. Antes te odiaba. No te odiaba, pero no me caías bien. Y, ahora que es al revés, pues yo qué sé. Es diferente, ¿no?

—¿Ahora es al revés? O sea, que ahora te gusto.

—Gustarme, gustarme… Lo que se dice gustar, en el sentido estricto del término… —Venga, qué más da. Si ya lo sabe—. Sí. Me gustas. Claro. No es ninguna sorpresa para ti, ¿no?

—No, pero, aun así, no deja de serlo… —afirmó con calma—. Es curioso que ahora estemos aquí.

—¿En el mirador? —dije sin seguirle muy bien el hilo de lo que quería decir.

—Aquí me refiero a nosotros. Nos conocemos desde hace diez días. Pero ha sido intenso.

Dios, ¿por qué todo estaba sonando como si fuera una despedida? Joder, ¿me iba a decir que se iba a otra academia o algo así? ¿Por eso esa conversación?

—Está siendo intenso —le corregí.

—¿Nos volvemos ya? Mañana tienes partido y no quiero que se nos haga tarde —propuso mientras se levantaba y se limpiaba los vaqueros de restos de tierra.

—Claro, pero queda aún comida.

—No tengo hambre ya.

Algo había ocurrido ahí, y yo no había sido capaz de verlo o de entenderlo. Porque habíamos pasado de tener una conversación trivial sobre nuestros libros favoritos a hablar de mis sentimientos y a que se cerrara en banda por completo. Marcos Brunas seguía siendo un completo misterio para mí. Y me daba cuenta de que, cuanto más me acercaba yo, más se alejaba él.

Capítulo 55

Marcos

Fue decir que yo le gustaba y, pese a que ya lo sabía, escucharlo en voz alta provocó que me saltaran todas las alarmas, todas las trampas que había puesto para protegerme. Una a una, fueron quedando inservibles. Ninguna había funcionado correctamente. Nada. Ni siquiera el muro de ladrillos que tanto trabajo me había costado construir alrededor de mi corazón.

—Me gustas.

Esas dos palabras me habían derrotado por completo. ¿Y cómo reaccioné? Como hacía siempre. Huyendo. Apartándolo todo al momento. Si ya lo había dicho: soy un experto en apartar a la gente de mi lado. Quizá así pensaba que tenía el control, aunque fuera por primera vez en mi vida. Porque si algo podía controlar era eso. No podía controlar mi rodilla, no podía controlar mis partidos, no había podido controlar...

—¿Nos volvemos ya? Mañana tienes partido y no quiero que se nos haga tarde —propuse, interrumpiendo lo que iba a ser una conversación demasiado intensa sobre los dos. Porque ¿qué necesidad había de tenerla en ese momento?

—Claro, pero queda aún comida.

—No tengo hambre ya.

Volvimos a Arcadia prácticamente en silencio. Joder, y me dolía tenerle así, pensando que él había hecho algo mal. Porque no era así. Por primera vez no era su cabezonería o su bocaza. Era yo. Nico trataba continuamente de rellenar el silencio con conversaciones sobre cualquier cosa. Debía pensar que el silencio suponía un enfado, y normal que lo entendiera así cuando yo no le estaba dando ningún tipo de ayuda para sentirse mejor.

—¿Yo no te gusto? —me preguntó de repente mientras se metía en la cama.

—¿Cómo?

—Me has preguntado si me gustabas, y te he dicho que sí. Pero tú no has dicho si te gusto o no. Y no pasa nada. Si no te gusto, pues todo OK. Solo que preferiría saberlo…

¿Y ahí qué le podía decir yo? ¿Realmente me gustaba? ¿O estaba confundiendo sentimientos? Con Min-ho me pasó, y las cosas acabaron regular. Ni él era capaz de darme lo que yo exigía tan desesperadamente ni yo fui capaz de entender que esa exigencia era demasiada para alguien como él. ¿Y dónde nos había llevado eso?

—¿En serio estás pensando en estas cosas en vez de en el partido de mañana?

—Dios. Nada, déjalo, déjalo. Yo solo necesitaba decírtelo… y preguntártelo. Pero, OK. Ya está. Buenas noches —respondió, enfadado. Normal. Esperaba un «Sí, me gustas», pero no entendía que eso era demasiado para mí. Aunque fuera verdad, no era capaz de decirlo en voz alta. Porque eso lo convertiría en real.

—Nicolás Rion gana 7-5 y 6-4.

Menos mal que ganó el partido, porque ya temía que, por culpa de nuestra no conversación, no fuera capaz de ganar. La verdad es que jugó muy bien. Poco a poco iba encontrando su estilo, y era gracias a la dinámica que habíamos creado ente los dos. Aunque no lo creyera, tenía una derecha increíble. Pocos eran capaces de colocarla donde él lo hacía. El problema es que tenía que estar muy bien posicionado para hacerlo, así que empezamos a entrenar con ejercicios más difíciles, que llegara forzado a las bolas y, aun así, fuera capaz de pegar la derecha con la misma potencia. Al principio se empeñaba en hacer todo el recorrido del golpe, pensando que así lo conseguiría. Tardó toda una mañana en hacerme caso, pero al final me lo hizo. Simplemente tenía que acortar un poco y hacerlo más rápido. Fuerza explosiva. Y, para eso, también tenía que empezar el gimnasio y las clases de musculación. Aunque se resistía continuamente.

—Odio hacer pesas. Es que es ridículo. ¿A quién le puede gustar? —se quejó.

—Tienes que entrenar la fuerza también. No puedes dejarla de lado.

—¿Y no hay una forma rápida de conseguirlo? ¿Realmente es tan necesaria? —se lamentó.

—Sí —sentencié—. Dijiste que te ibas a fiar de mí, ¿no?

—Y tú también dijiste que me ibas a escuchar.

—Te he escuchado y mi conclusión es que no tienes razón. Así que hoy vamos al gimnasio a que empieces a hacer pesas. —Nico gruñó, pero al menos aceptó su destino. Aceptó lo que le había dicho yo, y eso era lo único que le pedía.

Entramos en el gimnasio, que a esas horas estaba lleno de los alumnos del curso anual, por lo que fue bastante difícil encontrar una máquina para poder entrenar. Yo debía hacer mis ejercicios, pero la rodilla llevaba molestándome todo el día. El tiempo sin dolor cada vez era más corto, daba igual lo que hiciera. Tenía que ir a ver al médico de Arcadia para la revisión quincenal. Sin embargo, tenía tanto miedo de lo que pudiera decirme… que prefería ir dejándolo pasar.

—Vale, ¿y esto cómo lo hago? —me planteó Nico, tumbándose en un banco y cogiendo la barra con los pesos a ambos lados, pero no los había colocado bien y, al levantarla, estuvo a punto de caerle directamente en el cuello—. ¡AYUDA!

—¡Mira que eres burro! —Corrí a sujetar la barra para que no le aplastara. Por suerte llegué a tiempo mientras Nico sudaba lo indecible para poder volver a colocarla. Al cogerla, mi rodilla sufrió, pero disimulé—. ¿No has visto que tenías puestos cincuenta kilos? ¡Podías haberte matado! ¡O, peor aún, haberte lesionado!

—¡Y yo qué sabía! Y tendrías que tener más claras tus preferencias, visto lo visto.

—No hagas nada sin mi supervisión, por favor. Para empezar, tienes que estirar un poco los músculos. Podrías lesionarte si no lo haces. Así que venga, a hacer estiramientos de bíceps y tríceps.

—A sus órdenes —dijo llevándose la mano a la frente.

—¡Hombre! La pareja de moda —exclamó Álvaro desde la elíptica. Debía de llevar varios minutos en ella porque tenía todo el pelo pegado a la frente debido al sudor.

—Hola —saludó Nico, pero no tan efusivamente como siempre. Es verdad que me había dado cuenta de que ambos se habían distanciado un poco. Y no sabía si era porque pasaba más tiempo conmigo o porque había sucedido algo entre ellos.

—Primera vez que te veo por aquí. ¿Te vas a poner potentorro para la fiesta del paso de ecuador?

—¿La fiesta de qué? —preguntó Nico, y pasó de mirarle a él a mirarme a mí, esperando una explicación.

—Pero ¿tú te enteras de algo, Nicolasín? ¡La fiesta del paso de ecuador! Cuando termine el segundo torneo, hay una fiesta enorme para todo Arcadia. Y este año se rumorea que va a venir el mismísimo Luca Calliveri, el rey de Santino.

—Espera, espera, que es demasiada información para mí.

—Nicolás, por Dios, que lo explicó Sebas en la charla del primer día. —Nico respondió encogiéndose de hombros. Era un desastre absoluto. Desde el primer hasta el último día—. ¿No te lo ha explicado tu querido tutor? —Y pude notar un tono de reproche increíble en esa última frase.

—Yo no tengo que explicarle nada —espeté.

—Bueno, enhorabuena por estar ya en semifinales. Quién sabe, a lo mejor nos encontramos en la final, que yo voy por el otro lado del cuadro.

—¿Ah, sí? —Volvió a mirarle primero a él y luego a mí.

—A mí no me mires. Es tu torneo. Eso deberías saberlo tú —le recriminé.

—¿No ha quedado claro que no sé cosas que debería saber?

—Yo voy a seguir con lo mío. Me pongo los auriculares, que este *k-drama* está interesantísimo.

—¿Sigues viendo *Veinticinco, veintiuno*? —le preguntó Nico.

—¡Chisss! ¡Cero *spoilers*! —Acto seguido, se puso los auriculares dejando claro que la conversación había llegado hasta ahí. Sí, claramente pasaba algo entre los dos.

Capítulo 56

Álvaro

Sí, quizá fui borde de más. Pero era la única forma que se me ocurría de llamar su atención. Desde aquella tarde en la que fui a su habitación cuando se torció el tobillo, casi no nos habíamos vuelto a ver o a pasar tiempo solos. Y, curiosamente, todo había empezado a distanciarse a raíz de unirse más y más a Marcos. ¡Si le trataba fatal! Era un borde, un antipático, y todo el rato estaban discutiendo. ¿Qué veía en él? Porque claramente le gustaba, aunque de Marcos tenía mis dudas. Esa persona era incapaz de abrirse emocionalmente a nadie. Podía verlo con solo tener una conversación de dos minutos con él. Nico era diferente. Nico tenía necesidad de gustar y, aunque luego le asustara, en el fondo quería sentirse querido.

Yo pensaba que no me gustaba, que simplemente podríamos llegar a ser buenos amigos. Pero todo en Arcadia era demasiado intenso. Y diez días podían parecer meses. Claro que me alegraba por él, y claro que estaba feliz de que por fin ganara partidos y hubiera conseguido que dejaran de llamarle intruso, impostor, suplente, tramposo... Ahora solo era Nicolás Rion. Pero me daba rabia no estar viviéndolo con él. No es que quisiera ser posesivo, ni mucho menos, pero había sido tan drástico el cambio que no podía evitar sentir rencor hacia él.

Había estado viendo sus partidos en el segundo torneo, y la verdad es que había mejorado bastante. Al final, tener de su lado al ex número uno de Arcadia tenía que servir de algo, ¿no? Y los dos habían formado un equipo perfecto. Pero me daba vértigo que nos tocara jugar juntos la final. Que los dos teníamos que ganar nuestro partido de semifinales, sí, pero yo qué sé.

Cuando estuve hablando con Olivia, insistía en que no podía controlar lo que los demás sentían y que una cosa era la imagen que me había formado de Nicolás y otra muy diferente la persona que era realmente. A ver, no estaba muy de acuerdo. Porque él me había demostrado ser una persona distinta a la que estaba siendo últimamente conmigo.

Pero le dije de entrenar juntos y al final nunca lo hicimos.

—Tiempo —anunció Damiano con el cronómetro en la mano—. Toca sesión de abdominales.

—¿Tiene que ser ahora? Estoy agotado.

—Precisamente por eso tiene que ser ahora. Bebe agua y a la colchoneta.

Al final Damiano también se estaba tomando demasiado en serio eso de ser tutor. Y no había cosa que más odiara que las horas en el gimnasio. Porque me parecían horas muertas, horas que me quitaba de entrenar, que es lo que realmente quería. Aparte de pasar tiempo con Nico. Joder, ¿cómo me podía haber enganchado tanto a una persona que apenas conocía? Curioso, ¿verdad? Cómo funciona el corazón, y cómo funciona el cerebro. Cuanto menos nos da una persona, cuanto más desaparecida está…, más nos llama la atención, más necesitamos que nos haga caso.

Si hay un amor que dura para siempre, ese es el no correspondido.

Capítulo 57

Nicolás

Pues no entendía por qué Álvaro estaba tan seco conmigo. ¿Es que había dicho algo que le molestara? ¿Había hecho algo? No sé. En el desayuno nos veíamos todos los días, y hablaba conmigo tan normal. Pero había sido verme en el gimnasio con Marcos y, de repente, cambiar por completo. Habría seguido hablando con él, pero no le veía con ganas, así que me centré en el ejercicio que quería Marcos. Es decir, hacer pesas como si yo fuera un experto.

—Siempre hay que ir con cuidado con el peso. Y poner un poco más en cada serie. Pero hacerlo con calma. Con tranquilidad.

—Vale. Pero tú me ayudas, ¿no?

—Sí, yo te ayudo. Va, venga, túmbate.

Le obedecí y me recosté sobre el banco. Estiré los brazos hacia arriba y cogí la barra de pesas. Marcos la cogió también y me ayudó a levantarla y bajarla con cuidado. Sin hacer mucho esfuerzo, dejándome que yo hiciera casi todo el trabajo. Así hasta diez repeticiones, y me dejaba descansar un minuto entre serie y serie. Yo ahí aprovechaba para hablar, por muy de quicio que le sacara.

—¿Por qué no me habías hablado de la fiesta esa del paso de ecuador? —le comenté mientras empezaba mi segundo descanso.

—¿Y por qué iba a hacerlo? Supuse que la conocerías.

—¿Y yo por qué iba a saber que existe? —repliqué.

—Pues igual que lo sabe tu amigo. Hay veces que no sé si es que eres demasiado despistado o simplemente te la suda todo.

—¡Eh! No soy despistado —me defendí—. ¿Y cómo es? Es decir, ¿un fiestón así en plan americanada? ¿Con baile de graduación y todo?

—No digas tonterías. Es simplemente una fiesta. Una fiesta normal. Sin alcohol para los menores de edad —me lo dijo como llamándome borracho a la cara o algo así.

—Te recuerdo que el que me dio el tinto de verano fuiste tú... —bromeé.

—¿Podrías no gritarlo? —me recriminó, molesto—. Tiempo. Venga, siguiente ronda. Te he puesto dos kilos más.

—¿A cada lado? —pregunté, asustado.

—En total. Va, con cuidado, ya sabes.

Volví a coger la barra, y obviamente pesaba mucho más, pero poco a poco iba acostumbrándome. Los brazos y el pecho los tenía agarrotados, como si me ardieran por dentro. Porque fue un entrenamiento muy intenso. Iba a tener agujetas al día siguiente. Menos mal que era día de descanso. Si lo pensaba fríamente, era fuerte que en el segundo torneo ya estuviera en semifinales. Por lo que me había dicho Marcos, si conseguía meterme en la final, aunque no la ganara, ya estaría clasificado matemáticamente para el torneo final. Para los ocho mejores.

De la barra de pesas fuimos a la zona de mancuernas y TRX, para terminar con los abdominales. Cogimos una de esas pelotas de estabilidad y, colocando las puntas de los pies sobre ella, hice tres series de planchas de un minuto cada una, con Marcos controlando el tiempo. ¡Era una puta tortura! Al principio tuve miedo porque el tobillo me dio un pequeño aviso, pero debió de ser un mal gesto porque no me volvió a pasar. Menos mal.

—¿Y cuándo vamos a hacer tus ejercicios de rehabilitación?

—¿*Vamos?* Esos los hago yo. Tú no tienes que hacer nada.

—Bueno, pero quiero ver cómo son. Por si un día te tengo que ayudar. —Porque pensaría que no me daba cuenta, pero cada vez le costaba más disimular sus gestos de dolor cuando estaba conmigo. O ya no hacía tanto esfuerzo, o es que el dolor era más fuerte.

—¿No te fías de que los haga o qué? —gruñó, soltándome de los tobillos mientras me estaba sujetando para hacer abdominales.

—No tienes que tomarte todo tan a la tremenda o como un ataque, por Dios, Marcos. Yo estoy de tu lado. Relájate conmigo, por favor. —Sabía que pedía un imposible, pero tenía que decirlo en voz alta. Quizá ese dolor en aumento era por toda la tensión que tenía acumulada sobre sus hombros, sobre su cabeza, sobre todo su cuerpo. El estrés puede ser muy hijo de puta.

—El que no tienes que relajarte eres tú. Aprieta los abdominales. Haz un poco de fuerza. Si no, esto no sirve de nada —me abroncó—. Ahí, aprieta. —Puso su mano sobre mi estómago, primero apretando con su dedo índice y luego posando su palma con suavidad—. ¿Esto es apretar?

—Joder, sí. No puedo más. —Su roce. Lo necesitaba continuamente. Pero no me había vuelto a tocar desde aquella noche, como si tuviera miedo.

—Bufff—suspiró—. Venga, terminamos con los estiramientos, anda.

—El mayor aburrimiento.

—Y lo más importante si queremos evitar lesiones inoportunas. —Me miró el tobillo.

—Eso no fue por no estirar. Eso fue porque la pista estaba mal…, creo.

—Min-ho siempre ponía la misma excusa cuando perdía o hacía algo mal. No seas tan vago, Nico, por favor.

—Oye, el otro día te vi hablando con él cuando estaba jugando mi partido… —recordé y vi cómo se ponía en alerta con el tema, como si le hubiera sacado la cosa más tabú de su vida. Llegamos a una zona con espalderas y colchonetas. Cogió una, la dejó caer en el suelo y puso encima una toalla.

—Va, a cuatro patas. —Se dio cuenta de lo que había dicho y se puso rojo de la vergüenza—. Es decir, ponte sobre las rodillas y las palmas de las manos.

—Claro, claro —dije, tratando de contener la risa—. Eso es lo más porno que me has dicho nunca, Marcos.

—¡Calla! ¿O quieres que volvamos a los abdominales?

—¡No, no! Me pongo a cuatro patas, me pongo a cuatro patas.

—¿Puedes dejar de repetirlo? —me pidió en un siseo entre dientes—. Venga, estira hacia atrás. Siéntate sobre tus talones y deja las palmas apoyadas en el suelo.

—¿Así? —pregunté, pero sin ser capaz de cumplir lo que me pedía, así que se agachó y tiró de mi espalda hasta el máximo permitido.

—Así. Ahora aguantamos diez segundos. —Pero no quitó su mano de mi espalda. ¿Era normal que los estiramientos con Marcos me estuvieran poniendo cachondo? Que sí, que le había dicho que me gustaba y él había esquivado la pregunta de la forma menos sutil posible. Pero los ojos no mienten. En los ojos siempre se puede ver todo, y yo vi en los suyos el miedo que tenía a decirme lo mismo. Solo necesitaba confiar un poco más. En eso nos parecíamos demasiado.

—¿Sigue por aquí?

—Quién.

—Min-ho. ¿Sigue en Arcadia?

—¿Y qué importa? —bufó.

—No sé. El otro día fuisteis a comer juntos, pero no me has contado nada.

—No tengo que contártelo todo —refunfuñó.

—Claro que no. Por eso te pregunto. ¿Qué tal fue con él?

—Ahora al revés, estírate hacia delante y hacia arriba. Apoya todo tu cuerpo sobre el suelo y tira con las manos hacia arriba, con la barbilla, así. Nota cómo se estiran tus abdominales.

—¿Así?

—Perfecto. Otros diez segundos.

—Y hablando de Min-ho…

—Pero ¿qué coño te ha dado con Min-ho, vamos a ver? —refunfuñó.

—¡Nada! Solo quiero saber… Conocerte. Si te da vergüenza, yo te puedo hablar sobre Adrián.

—Vale. Venga, arriba. ¿Quién es Adrián?

—El único novio que he tenido —confesé poniéndome de pie.

—Ahora vamos a bajar un poco a tocar el suelo. Si puedes con las palmas, genial. Pero no puedes doblar las rodillas, ¿vale? —Y mientras lo hacía, podía escucharle pensando—. No sabía que habías tenido novio.

—Ni yo sabía que tú habías tenido novio… y novia. Y los dos aquí en Arcadia. Si me cuentas algo de ellos, yo te cuento del mío.

—¿Por qué tantas ganas de saber? Venga, Nico, estírate un poco más, que llegas al suelo. No seas blando.

—No lo soy, pero es que me tira demasiado… —protesté.

—Aguanta ahí quince segundos. Venga.

—Lo intento.

—Inténtalo más —replicó—. De Min-ho no hay nada que contar. Éramos amigos. Nos liamos, y ya está.

—¿Solo eso? ¿No fuisteis novios? —insistí.

—Sí. Fuimos algo parecido a novios. Pero luego todo se fue a la mierda. Ni él me entendía ni yo a él.

—Fue cuando lo de tu rodilla, ¿no? —Asintió en silencio, con un sutil gesto de cabeza—. ¿Y qué tal fue la comida con él el otro día?

—Solo fuimos al pueblo y estuvimos hablando de sus torneos. Nada más. ¿Ha terminado ya el interrogatorio?

—Por ahora. ¿Puedo levantarme ya?

—Sí, ya está. Ahora a estirar los brazos. Ya sabes cómo hacerlo, ¿no?

—Supongo, sí. No he empezado hoy a jugar al tenis —dije chulescamente—. ¿Te puedo preguntar otra cosa?

—Dios, Nicolás —suspiró—. ¿Qué quieres saber ahora?

—¿Es verdad lo de que va a venir Luca Calliveri a la fiesta esa del paso de ecuador? Es decir, es un rey. ¿Qué pinta en Arcadia?

—Eso se lo tendrás que preguntar a Sebas. Yo no tengo ni idea. —Se encogió de hombros.

—Oh, vamos. Seguro que tú sabes algo. ¿Marcos Brunas no teniendo todas las respuestas? ¿Cuándo se ha visto eso? Nunca, en la vida, jamás. Si siempre sabe qué decir o qué hacer —le vacilé y, por primera vez ese día, conseguí verle sonreír, aunque fuera un poco.

—La familia Calliveri tiene relación con las tres grandes academias del país. Siempre reparte *wildcards* para el Challenger de Santino, el que se juega en septiembre. Y, de vez en cuando, su padre, el rey Carlo, venía por aquí a entrenar. Así que es bastante normal que venga Luca.

—¿*Wildcards*? ¿Crees que vendrá a dar alguna este año? Dios, siempre he querido conocer Santino. Sobre todo desde que vi *Luca*. ¿La has visto? De mis pelis favoritas.

—No creo que venga para eso. Pero, si fuera así, las *wildcards* suelen darse por recomendación del director de Arcadia. Es decir, recomendación de Sebas. ¿Crees que te va a recomendar?

—Joder, visto así…

—En lo que has de centrarte es en tu partido de mañana. Son semifinales. Tienes que ganarlo si quieres clasificarte para el tercer torneo, así que es importante que te concentres en ello.

—Si gano, en la final podría tocarme Álvaro. ¿Te imaginas? —elucubré.

—O Javier. El mismo que te ha ganado ya una vez.

—Joder, no me gusta ninguna opción.

—A mí sí. Prefiero que gane tu amigo. Es mucho más flojo y… —Pero no terminó la frase porque alguien empezó a llamarle al móvil y su cara cambió por completo—. Oye, nos vemos esta noche, ¿vale? Voy a cogerlo.

—Eh, vale, pero… —Dio igual, porque fue terminar su frase e irse sin despedirse—. ¿Ya puedo dejar de estirar?

No me oyó. Por supuesto.

¿Quién le habría llamado que le había puesto así de nervioso en un instante?

Capítulo 58

Sebas

Marcos pasó junto a mí como una exhalación mientras iba hablando por teléfono cuando salía del gimnasio a toda velocidad. Ni siquiera me saludó. Poco después, salió también Nicolás, que hizo un gesto con la cabeza, puso media sonrisa y siguió su camino. Seguramente hacia el comedor. Pero le veía más confiado. Su traspié en el primer torneo le había servido para aprender. Ya llevaba dos partidos ganados en ese segundo torneo. Y al día siguiente jugaría las semifinales, así que parecía que su dupla con Marcos estaba surtiendo efecto por fin. Pero ¿por qué me preocupaba tanto por esos dos habiendo tantísimos otros alumnos en Arcadia? Por momentos, parecían ser los únicos. Atraían toda la atención. Marcos Brunas siempre lo había hecho. Aunque lo negara, siempre le había gustado ser el centro de todas las miradas. Lo que no sabía es que Nicolás Rion las atrajera de igual manera, o incluso más. Hay veces en la vida que, cuanto más desapercibidos queremos pasar, más visibles nos vemos para los demás. Quizá ese fuera el caso de Nicolás.

Tendría que hablar con Olivia sobre él. No podía parar de pensar en ella desde la otra noche. Y el pensamiento más recurrente era que en septiembre nos volvería a abandonar. Al final, su trabajo estable como terapeuta de adolescentes en un instituto de Madrid la absorbía la mayor parte del año. De septiembre a junio. Si aceptó venir a Arcadia esos últimos tres veranos era sobre todo por la amistad que tenía con Ángela. Yo creía que, en cuanto nos divorciamos, dejaría de responder a mis llamadas y no querría volver a la academia. «¿Dudas de mi profesionalidad?», me repuso cuando le pregunté. No sabía si ella y Ángela seguían siendo amigas o si ya no tenían relación. Tampoco me apetecía saberlo. Podía ser raro. Ya era raro. Porque yo pensaba que no le interesaba lo más mínimo, y la otra noche, cuando vimos *La La Land* en la sala de cine de Arcadia, me di cuenta de que sí, de que ahí había una chispa que nunca había sido capaz de identificar. Pero no solo en ella, sino en mí mismo. Una chispa que pensé que nunca volvería a sentir por nadie. Hay que ver las sorpresas que nos da la vida, el origen había sido mi terapeuta. Sí, de ahí solo podía salir un incendio.

Aproveché para dar un paseo entre las pistas de hierba, para revisar que estuvieran listas para el torneo final. Éramos la única academia junto a Loreak que tenía pistas de hierba natural en lugar de esas horribles artificiales que lo único que hacían era llenarte de arena las zapatillas. Sí, costaba mucho mantenerlas, y más aún en un clima tan cálido como el que rodeaba a Arcadia. No obstante, merecía la pena. Por cosas como esa, seguíamos siendo la academia número uno, si se sumaba el ranking de todos sus jugadores clasificados el año anterior, además de alumnos matriculados. Aunque Loreak estaba a muy poca distancia. Quería recuperar el primer puesto de la década precedente. Las dos luchábamos continuamente, junto a la academia Top-Ten en Madrid, por colarnos entre las diez mejores del mundo. Y creía, sinceramente, que ese año por fin lo conseguiríamos. Solo necesitábamos terminar por todo lo alto. Los jugadores que recibieran las *wildcards* del último torneo del verano tendrían que hacerlo muy bien en los dos torneos a los que irían. Y, aunque fuera algo menor, las dos invitaciones que iba a dar Luca Calliveri para el Challenger de Santino también tenían una importancia capital. Tenía que elaborar la lista de las recomendaciones, hablarlo con los diferentes profesores y enviarla directamente a la organización del torneo. El rey Calliveri anunciaría los nombres en la fiesta del paso de ecuador. ¿Pondría a Nicolás Rion como uno de los posibles o estaba demasiado verde aún? Dependía de lo que hiciera en sus próximos partidos. De no estar lesionado, obviamente Marcos sería mi primera opción, pero con esos dolores continuos en la rodilla... Quizá le hiciera más mal que bien.

A esas horas, ya estaba empezando su clase de por la tarde con otro de los cursos de iniciación. Me quedé observándole desde lejos y no podía hacerme más feliz ver cómo había progresado y, sobre todo, ver que se había vuelto mucho más paciente con sus alumnos. Si se lo tomara más en serio, sería un entrenador y un profesor genial. Su intuición era su gran aliada. Sobre todo en los partidos. Dios, recordaba cuando jugaba a su máximo nivel. Nunca había visto nada igual. El día que se lesionó creo que nos dolió a todos. Fue una derrota conjunta. Recuerdo estar viendo su partido con todo Arcadia expectante en el salón de actos de la academia. Y también recuerdo el silencio que se produjo cuando resbaló y cayó al suelo, gritando de dolor en medio de la pista de tierra batida número 17 de Roland Garros. El salón de actos enmudeció. Aún se me ponía la piel de gallina solo de pensar en ello. Cuando volvió, todos intentamos volcarnos en él, ayudarle de la mejor forma posible..., pero Marcos empezó a apartar a todo el mundo de su lado. Si no llega a ser por Olivia, ni siquiera querría seguir ligado al mundo del tenis. Y, aunque quisiera ocultarlo, me había dado cuenta de que su recuperación parecía estancada. No lo decía en voz alta, pero sabía el miedo que tenía a una nueva operación. Sería la tercera ya. Sentencia mortal para su carrera, y eso que ya pendía de un hilo. No era justo. Pero el deporte profesional rara vez lo era.

Después de estar un rato observando la clase de Marcos, fui de vuelta a mi despacho para ir cerrando todo lo que faltaba por organizar de la fiesta del paso de ecuador. Tenía que llamar a Marta para ver si ya tenía todo montado con el catering especial, y también faltaba coordinarnos con el equipo de seguridad de la familia real Calliveri, que tendrían que venir con tiempo para establecer sus condiciones y ver la viabilidad de la presencia del rey. Iba a ser la primera vez que viniera Luca desde que había sido coronado. Su padre, Carlo Calliveri, ya había venido varias veces a entrenar. Al final tenían buena relación con los Montecarlo. Sabía que se habían ido decepcionados después de hablarles tan bien de Nicolás y que este perdiera. Sin embargo, solo había sido una piedra en el camino. Confiaba mucho en él.

Pero ni siquiera llegué al despacho, porque, en el camino principal de Arcadia, oculto entre las palmeras, había alguien esperándome. Una visita con la que no contaba y con la que sabía que iba a tener que lidiar tarde o temprano. Lo que no esperaba es que fuera a encontrármela esa tarde. Y mucho menos lo que me iba a decir.

Capítulo 59

Marcos

Vi a Sebas alejándose y me pude relajar por fin. No sabía quién era ese hombre con el que se había encontrado, pero mejor que se fuera. No me gustaba tenerle espiando mientras daba mi clase. ¿Es que se pensaba que no le había visto? Porque no se escondía muy bien precisamente. Además, después de la conversación que había tenido por teléfono, era la última persona a la que quería ver. La cabeza me iba a explotar. Demasiadas cosas dando vueltas en mi mente, demasiadas posibilidades, demasiados posibles futuros… Y todo quería pasar a la vez, pero mi cerebro era como un cuello de botella, y eso hacía que todo se congestionara de la peor forma posible. Si a eso le sumábamos lo insoportables que estaban mis alumnos, lo raro es que no hubiera estallado aún. Pero fue ver que Sebas se iba y al menos esa tensión desapareció.

—¡¿PODÉIS DEJAR DE GRITAR COMO UNOS ENERGÚMENOS DURANTE UN MALDITO SEGUNDO?! —chillé sin ningún tipo de filtro y, al instante, todos se quedaron en silencio, asustados—. Es que ya está bien. ¿Qué sois? ¿¡ANIMALES!? ¡Hasta los animales son más silenciosos que vosotros! Ahora mismo, todos a correr tres vueltas a la pista. ¡Y el último se da una de propina! ¡VENGA!

Los siete niños, asustados, echaron a correr como si les fuera la vida en ello, empujándose y maldiciendo, pero obedeciéndome al fin. Estaba hasta las narices de dar esas clases a los de iniciación. Estaba perdiendo el tiempo, y odiaba perder el tiempo. Los de Loreak lo sabían y por eso no dejaban de presionarme. Por eso me habían llamado. ¡Y delante de Nico!

Tuve que salir huyendo de allí. No porque le debiera nada, pero ahora que se había aclimatado a Arcadia..., ahora que yo estaba bien con él..., no veía claro decirle que iba a reunirme con la jefa de Loreak esa misma tarde.

—Hola, Marcos. Soy Marisa Salas. Me gustaría hablar contigo unos minutos. ¿Te pillo en buen momento? —me dijo en cuanto descolgué la llamada. Salí a toda velocidad del gimnasio y ni siquiera me paré a saludar a Sebas cuando me lo crucé. ¡Le habría dado un infarto si supiera con quién estaba hablando!

Las tres academias más importantes del país también eran conocidas por robarse continuamente a sus mejores jugadores, y eso había provocado que los diferentes directores no pudieran ni verse. En vez de trabajar juntos, trabajaban unos contra otros. Demencial. Pero, de lejos, la peor relación era la que tenían Marisa y Sebas.

—Ahora a la línea de fondo, que vamos a hacer una cesta de saques. —Fue decirlo y todos comenzaron a protestar amargamente—. ¡Eh, ojo con lo que decís! Llevamos dos días sin hacer saques y ya toca. No seáis lloricas.

Dio igual, porque siguieron protestando. Al menos les hice un juego para que se divirtieran un poco más, aunque no tuviera muchas ganas. Coloqué siete conos, desde la red hasta el fondo de la pista, en línea. Cada vez le tocaba a uno de ellos. Cogía una pelota y tenía que sacar desde el primer cono. Si la metía, avanzaba al siguiente. Así sucesivamente hasta tratar de llegar hasta el último. El juego se llamaba *Aeropuerto*, y cada cono simbolizaba un continente. Aunque añadía el Polo Norte y el espacio, por hacerlo un poco más largo. Era un juego que les encantaba, así que al menos no me odiarían tanto. Y, mientras ellos se peleaban por ser el primero, yo seguía dándole vueltas a lo que iba a hablar con Marisa esa tarde. Porque en la llamada no me dijo nada claro.

—Tengo un rato —contesté, aún algo pillado. ¿Seguía teniendo mi móvil un año después?

—¿Cómo estás? Ha pasado mucho tiempo desde la última vez que hablamos —dijo con su tan marcado acento de Bilbao.

—Un año concretamente.

—Ya me he enterado de que la rodilla va mejor, ¿verdad? ¿Has jugado algún torneo este verano? —Ella ya sabía la respuesta, por supuesto que sí. Solo esperaba oírlo de mi boca. Y he de admitir que, pese a que no me gustaran los métodos, me hacía sentir mejor que una academia como Loreak se interesara por mí.

—Sí, la rodilla ahí va. Todavía no estoy al cien por cien como para jugar torneos. —Tampoco tenía por qué mentir.

—Si no me equivoco, fueron dos operaciones las que te hiciste.

—Sí.

—¿Te habló Min-ho del tratamiento que estamos probando en Loreak? Es un tratamiento cero invasivo, está teniendo muy buenos resultados y está precisamente indicado para gente con tu tipo de lesión.

—Algo me contó, sí...

—Si quieres, podemos vernos esta tarde. Estoy cerca de Arcadia. Hablamos en persona y te cuento lo que tengo pensado para ti. ¿Te parece?

Debería haberle dicho que no. Pero no lo hice.

—Vale. Nos vemos esta tarde.

—Perfecto. A las siete. Te envío la ubicación. Un placer como siempre, Marcos. —Y colgó. No fue hasta que pasó un rato cuando me di cuenta de que mi corazón latía desbocado. Lo que me había dicho Min-ho se había cumplido. No exageraba. No mentía. La misma Marisa Salas estaba interesada en mí. Me gustaría decírselo a Nico, hablar con él y pedirle consejo, pero no quería que se agobiara pensando que me iba a ir de Arcadia. ¿Por qué me importaba tanto su opinión en todo? Seguro que se alegraría por mí. Pero ¿y si no? ¿Y si le descuadraba antes de su próximo partido? No podía hacerle eso. Sobre todo sabiendo lo fácil que era desconcentrarle. Así que primero hablaría con Marisa y luego ya tomaría decisiones. Iba a ser lo mejor.

Despedí a mis alumnos cuando finalizó la clase y fui directo a la habitación. Tenía un par de horas de margen para prepararme, mentalizarme, salir y llegar con tiempo al sitio que me había enviado. No lo conocía, pero, por lo que investigué, era el restaurante más caro del pueblo. Quería ir a por todas y dejarme claro que iba a hacer lo que fuera por tenerme en Loreak. Solo había que ver si a mí me interesaba o no. En nuestro dormitorio no estaba Nico. Estaría en su clase de natación a esas horas lo más seguro, así que al menos podría retrasar el momento de verle y tener que contárselo. Me duché, me vestí lo más rápido que pude y salí de allí, directo a coger el autobús que nos bajaba hasta el pueblo, un poco paranoico de más, intentando que nadie que conociera me viera. Aunque me encontré con Álvaro y tuve que pararme a hablar con él.

—¿Has visto a Nicolás? —me preguntó—. Le estaba buscando para ofrecerle un plan para esta tarde, pero no contesta a su móvil.

—Creo que ahora tiene natación.

—Ah, vale, claro. ¿Y cómo que no estás ahí con él?

—Porque no soy su sombra.

—Pues quién lo diría, si estáis todo el rato juntos. Que me alegro, ¿eh? Pero más te vale tratarle bien.

—¿Y quién te ha dicho a ti que trate mal a Nico? —No sé si fue por mi frase o porque dije Nico al final, pero a Álvaro pareció dolerle más de la cuenta.

—Nadie me lo tiene que decir. Ya lo he visto estos días.

—¿A ti te pasa algo conmigo? —le espeté sin rodeos, porque notaba que cada vez me tenía más ganas.

—¿A mí? Para nada. Solo me preocupo por Nico. Quiero que esté bien después de lo mal que lo han tratado en Arcadia. Que aquí hay cada hijo de puta suelto…

—Mira, en eso tienes razón —convine—. Yo me voy ya. Suerte encontrando a Nico.

—¿Dónde vas?

—¿Eh?

—Que dónde vas. Ya has terminado tus clases, ¿no? —preguntó, inquisitivo.

—¿Y a ti qué te importa dónde yo vaya o deje de ir? —repuse, molesto, y me fui dejándole con la palabra en la boca. Mejor eso que seguir charlando con él y que acabara sacándome información que yo no quería dar.

Menos mal que no me encontré a nadie más en el camino hacia el autobús. Aún tenía tiempo de llegar a la reunión con Marisa. Solo tenía que coger el de las seis y…

—¡EH, ESPERA! ¡ESPERA! —grité, pero el autobús ya se estaba alejando por la carretera. Mierda. Me iba a tocar esperar al de las seis y cuarenta y cinco. Iba a llegar tarde a mi reunión con Marisa. Cogí el teléfono y le escribí, avisándola, pero no leyó el mensaje. Me iba a tocar esperar. No quedaba otra.

—Brunas, ¿vas a algún lado?

Mierda.

La que faltaba.

—Hola, Paula.

Capítulo 60

Paula

¿A dónde iba a esas horas Marcos y por qué se había puesto tan guapo y elegante? No iba con Nicolás a su lado y se había peinado, se había puesto pantalones de vestir y tenía un extraño brillo de impaciencia en los ojos. Pensaba bajar al pueblo a dar una vuelta por la playa cuando le vi ahí plantado, en la entrada de Arcadia. Seguramente acabara de perder el autobús. ¿Le dejaba subir en mi moto y le acercaba al pueblo? Quizá era la oportunidad que estaba esperando. En los últimos días, había cambiado por completo. Estaba más seguro de sí mismo. Verle en los partidos apoyando a Nicolás era admirable, y yo he de admitir que hasta me empezaba a excitar su confianza. Se parecía al Marcos de antes de la lesión. Ya no llevaba la frase «Estoy solo, nadie me quiere» tatuada en la frente. A Nicolás le había tocado la lotería al tenerlo de tutor. Eso desde luego.

—Hola, Paula. No, estaba aquí estirando —dijo con sarcasmo.

—No te vendría nada mal. La flexibilidad nunca ha sido tu fuerte. —Esa frase casi le mata de vergüenza. Seguramente recordando lo mismo que yo. La primera vez que lo hicimos y el tirón que le dio en el muslo. Tuvimos que parar, se puso hielo y yo estuve quince minutos haciéndole un masaje para que se le pasara. Dios, cómo echaba de menos tocarle. Sobre todo tocar su culo. Era mi parte preferida de su cuerpo. Eso y la…

—Ja, ja, ja. Qué graciosa. ¿Qué quieres, Paula? —dijo interrumpiendo mis pensamientos.

—¿Yo? Nada. Iba al pueblo, te he visto y me he preguntado: «¿A dónde irá Marcos Brunas a estas horas?, ¿qué estará tramando en esa cabecita?».

—Te alegrará saber que no estoy tramando nada. Solo estoy esperando al autobús —afirmó con sequedad y se sentó en el banco de piedra junto a la señal.

—¿Quieres que te acerque? Sé que te da miedo la moto, pero siempre será mejor que esperar aquí sentado cuarenta y cinco minutos, ¿no crees?

—No hace falta. Tengo mucha vida interior.

—¡Desde luego! Lo que te falta es vida exterior. —Relaja, por favor, Paula. ¿No habíamos venido en son de paz?—. Va, no seas cabezota. Te acerco y te cuento mi charla con Min-ho.

Sus ojos se abrieron un poco más de lo normal, curiosos.

—¿Has hablado con Min-ho? —preguntó poniéndose de pie, tratando de indagar.

—Sí, el otro día. Me dijo que también habló contigo. Y que no fue del todo bien. Marcos Brunas siendo Marcos Brunas una vez más. Hay que joderse.

—Si me vas a estar echando cosas en cara todo el trayecto, prefiero esperar aquí los cuarenta y cinco minutos, la verdad. —Y se volvió a sentar.

—No seas dramático, venga. —Abrí el pequeño maletero de la moto y le lancé un casco que cogió al vuelo. Siempre teniendo buenos reflejos. Dudó unos segundos, pero al final aceptó, se lo puso y se sentó en la moto justo detrás de mí, pero sin tocarme—. Puedes cogerme, ¿eh?

Vergonzoso como nunca, pasó sus brazos por mi cintura y me agarró, aunque con muy poca fuerza. Tuve un sentimiento horrible de apartarle los brazos en medio del trayecto y dejar que se cayera de la moto mientras íbamos por la carretera. Pero, por otro lado, me sentía bien con él abrazándome. Sí, sabía que no era un abrazo, pero como si lo fuera. ¿Por qué había tenido que joderlo todo con Min-ho? ¿No era yo suficiente para él?

Traté de no ir demasiado deprisa para que no se pusiera tan nervioso como acostumbraba cuando iba conmigo en moto. Y pensar que ya había pasado un año desde su lesión, desde su beso con Min-ho, desde su huida de Arcadia, desde su intento de…

—¡Cuidado! —gritó en mi oído, como si estuviera ciega y no hubiera visto yo también que había un coche parado en el arcén. Lo evité por centímetros, porque el muy imbécil se había parado en plena curva, y noté cómo Marcos recuperaba el aliento. Otra cosa no, pero yo era una conductora maravillosa.

Cuando llegamos al pueblo, le faltó tiempo para bajarse de la moto. Ni siquiera se molestó en fingir que no se había asustado con mi conducción. Se quitó el casco de la forma más torpe posible y lo dejó en mi asiento. Yo no podía parar de reír; lo veía tan tierno, tan mono, tan pequeño...

—Tranquilo, que estamos vivos —dije mientras me quitaba mi casco y guardaba los dos.

—Sí, pero a qué precio. Dios, ¿por qué tienes que ir tan rápido?

—¿Rápido? ¡Si íbamos a treinta! Esta moto no puede ir a mucho más —le aclaré dándole una pequeña patada a la rueda trasera. La moto protestó y estuvo a punto de caer—. ¿Dónde vas?

—¿A ti qué te importa? Qué pesada —rebuznó, y me dieron ganas de hacerle la zancadilla para que se cayera de morros. Menudo bocazas.

—No es que me importe lo que tiene que hacer o dejar de hacer Marcos Brunas. Relájate un poco. Solo pregunto por mera educación.

—¿Paula Casals siendo educada conmigo? ¿Qué te dijo Min-ho para que cambiaras tan de golpe?

—¿A ti qué te importa? Qué pesado —repliqué dándole de su propia medicina. Entornó los ojos y supe que ahí ya se había rendido.

—He quedado ahora para cenar. Ya está. No tienes por qué saber ni dónde ni con quién —me dijo lo más escueto posible.

—Me parece perfecto. Pues que vaya bien la cena, amor. ¡Y recuerda no perder el autobús de vuelta! —Le lancé un beso al aire y me di la vuelta para ir a la playa.

Tres...

Dos...

Uno...

—¿Y tú no me cuentas lo de Min-ho? —gritó, furioso, mientras que yo no pude evitar sonreír. Me detuve, le hice un gesto con la mano para que se acercara. Dudó, porque era demasiado orgulloso, pero al final acabó viniendo, al igual que había aceptado subirse en la moto.

—¿Tienes tiempo para dar una vuelta? —Miró la hora en su móvil y asintió en silencio—. Antes de nada, ¿tú con Min-ho qué?

—¿Qué de qué?

—¿Os habéis reconciliado?

—¿Por? ¿Qué te dijo?

—Que te comportaste como un gilipollas. —Esperé para ver su reacción, pero ni siquiera cambió su expresión. Obviamente aceptaba lo que había dicho, porque era consciente de cómo se había comportado—. Pero, tranquilo, que ya está acostumbrado.

—¿Os habéis reconciliado vosotros o qué?

—¿Reconciliarnos? ¡Qué dices! Pero he decidido dejar de vivir sin rencores pasados, Marcos. Y Min-ho era una tarea pendiente. Él no habló mucho. Ya sabes que nunca ha sido muy expresivo. Casi todo el rato hablé yo y le dije cómo me había hecho sentir lo que pasó. Creo que necesitaba esa conversación para cerrar esa etapa de mi vida, ¿sabes lo que te quiero decir? Y fíjate que creo que él también.

—¿Me vas a contar lo que le dijiste o vas a seguir hablando como si fueras profesora de filosofía? —protestó—. Joder. Yo al principio le mandé prácticamente a la mierda. Y me dijo que se fue porque yo era la peor persona del mundo. OK. Dime algo que no sepa, ¿sabes?

—Por Dios, Marcos, que no todo gira en torno a ti siempre. ¿No lo entiendes aún? Sí, lo que te pasó fue una putada. Una putada de las enormes. Y todos quisimos estar ahí para ti, pero fue imposible. ¡Imposible! Incluso cuando pasó lo de…

—Ni se te ocurra mencionarlo, Paula. —Y me amenazó con el dedo. Pero yo era incapaz de borrar de mi mente esa noche en la que tuvimos que acompañarle Min-ho y yo a la enfermería porque se había metido todas las pastillas que había encontrado. Nadie sabía de dónde las había sacado. Nunca había visto a Sebastián tan preocupado. Min-ho y yo ni siquiera nos hablábamos, pero fue la primera persona en la que pensó para llamar. El tío de Marcos se volvió un sobreprotector de manual desde ese momento. Y Marcos no levantó cabeza. Es muy difícil ayudar a alguien que, continuamente, se niega a ser ayudado.

—Simplemente hablamos, Marcos. Como dos personas adultas. Yo me disculpé por haber pasado de él todo este tiempo, y él se disculpó por cosas que no tendría que haber hecho. Pasamos página y hacia delante. Igual que estoy haciendo contigo.

—¿Estás pasando página conmigo?

—Estoy intentando que deje de dolerme cada vez que te veo, sí. —Esa frase le dio directamente en el corazón.

—Paula, yo...

—Tú ¿qué?

—Lo siento —dijo con la voz rota—. No sé qué más decir ya.

—No hace falta que digas nada más. Ya está. Te he «casi» superado, Marcos Brunas. —Aunque en mi mente sintiera que el ciclo podía empezar en cualquier momento. Lo que había sentido por él había sido demasiado intenso. Quizá nunca se me fuera del todo. Quizá tuviera que vivir siempre con ello, con el trauma de Marcos Brunas. Sin superarlo, pero aprendiendo a sobrellevarlo.

—Joder, vale. Pues enhorabuena, qué te voy a decir —refunfuñó.

—¡Que vaya bien tu cena! Nos vemos en Arcadia. Y suerte mañana para Nicolás. Si sigue jugando como hasta ahora, quizá hasta gane después de todo.

Después de esa despedida, ya dejó de seguirme y vi cómo sacaba su móvil para, seguramente, ver dónde estaba el sitio en el que había quedado. En otra situación, me habría olvidado al momento. Pero le había visto tan extraño, tan misterioso, que solo podía pensar en con quién habría quedado, así que, una vez me cercioré de que ya no me veía, fui tras él.

Capítulo 61

Marcos

¿Me has superado? Pues enhorabuena. Qué quieres que te diga, vaya. Estaba un poco harto de escuchar a todo el mundo la horrible persona que era Marcos Brunas. Que si un egoísta, que si un borde, que si un egocéntrico... Y encima sacarme «eso» en medio de una conversación. Pues muy bien, Paula. Felicidades. Ya puedes seguir adelante. No sabía qué pretendía queriendo hablar conmigo y decirme todas esas cosas. ¿Habría sido así su conversación con Min-ho? ¿Me merecía yo siempre todo ese rencor? Bueno, al menos ya me volvía a hablar. Eso era un avance, desde luego. Y me había traído al pueblo salvándome de estar esperando casi una hora al autobús. Pues tendría que agradecerle eso, aunque fuera.

Busqué el sitio donde había quedado con Marisa Salas y, aunque el móvil se volvió algo loco con las indicaciones, llegué un poco antes de tiempo. Estaba nervioso, la verdad. Quería... No sabía muy bien lo que quería, aunque en ese momento no me venía nada mal que alguien me hablara bien, me dijera lo bueno que era y lo mucho que me quería. Suponiendo que fuera por ahí la conversación. El restaurante era increíble. Situado en una zona de la playa más apartada, varias de las mesas estaban literalmente sobre el mar, en un suelo de madera que se alzaba a unos pocos metros del agua. No quería imaginármelo cuando hubiera tormenta. El camarero me llevó hasta una de ellas y me dejó una carta. Nunca había estado en un sitio tan elegante. O no recordaba haber estado. Mi tío no era de los que les gusta gastar el dinero. Desde la mesa podía verse toda la playa, que ya iba cediendo al anochecer, y la luna que brillaba en lo alto del cielo empezaba a refulgir con más fuerza. Las únicas luces que había eran unas finas cuerdas con pequeñas bombillas de color anaranjado que colgaban de las vigas de madera sobre nosotros. Y, pese a estar lleno de gente, no había ruido. Solo se escuchaba el rumor de las olas chocando contra las rocas que teníamos debajo.

Miré el móvil, esperando que el tiempo pasara rápido, cuando alguien me llamó y cogí la llamada casi sin pensar. Pero no era Marisa, sino Nico.

—¿Marcos?

—Nico, ¿qué pasa? —respondí. Mierda. Que no preguntara dónde estaba, por favor.

—¿Dónde estás? —Joder.

—¿Qué más te da? —repuse, a ver si así no preguntaba más.

—Bueno, por saber. Yo iba ahora a cenar al comedor. Sé que dijiste que nos veíamos por la noche, pero era por si luego te apetecía dar una vuelta por Arcadia, así por la noche. O incluso entrenar un poco. Bueno, tú me tiras bolas y yo juego —rio.

—No sé si voy a poder —le contesté. Tampoco quería mentirle.

—Ah, oh, vale. ¿Por algo o…? Bueno, no pregunto que ya sé lo que me vas a responder. Vale, pues… pues nos vemos en el cuarto luego por la noche, ¿vale?

—Sí, claro. Aunque tú puedes entrenar por tu cuenta, ¿eh? ¿No quieres entrenar con tu amigo Álvaro?

—A ver, es que eres tú el que me está preparando para el torneo. Pero, vale, bueno, sí, puede que se lo diga.

Noté cómo su tono de voz iba cambiando. Realmente tenía ganas de verme, y yo me di cuenta de que también. Pero ahora tenía otras cosas más inmediatas. No quería agobiarle con temas externos que pudieran descentrarle. No era justo para él.

—Hablamos luego, ¿vale?

—Vale.

Y, cuando iba a colgar, ya había colgado él.

—Buenas noches, Marcos. —Pero no era Marisa Salas la que me saludaba, sino Min-ho, vestido elegantemente, como siempre—. ¿Llego demasiado pronto?

—¿Qué coño haces aquí? Me estás acosando, dilo.

—No. He quedado aquí a cenar contigo y con Marisa. —Y, desabrochándose la chaqueta con estilo, se sentó en la silla vacía frente a mí. Llamó con la mano al camarero, que vino a toda velocidad, y pidió una jarra de agua y un cóctel sin alcohol para él. No debía de ser su primera vez en ese restaurante, desde luego.

—Eso no es lo que me había dicho ella.

—Si te molesto, puedo irme, no hay problema. Pero creo que será mejor que esté yo por aquí, sobre todo para que no pierdas las formas.

—¿Perder las formas? ¿Me estás llamando maleducado? —repliqué encarándome con él.

—Sí. Y una cosa es que seas borde conmigo y otra muy diferente es que lo seas con ella. Así que lo mejor será que te comportes. Al menos para escuchar lo que tiene que decirte.

El camarero llegó con el agua y con su bebida de color anaranjado. Preguntó si queríamos pedir ya, pero Min-ho le explicó que estábamos esperando a otra persona. No pensaba que me fuera a tocar cenar con Min-ho como intermediario, como si yo fuera un niño pequeño al que vigilar.

—¿Y qué tiene que decirme que no me hayas dicho tú ya?

—Por favor, Marcos. Solo te pido que tengas una mente abierta. Nada más.

—Sigo pensando que esto es una traición a Sebas, a Arcadia y a todo lo que representa.

—¿Traición no es lo que te ha hecho a ti Sebas teniéndote relegado a dar clase a niños, dándote largas sobre tu recuperación? ¿Qué le debes ahora mismo? Sí, se portó bien contigo, por supuesto. Pero porque era su deber como director de la academia. Pero ya está, Marcos. Tienes que encontrar tu camino y, sinceramente…, creo que está en Loreak. —Dio un sorbo a su cóctel.

—¿Por qué estás tan puñeteramente convencido?

—Porque, aunque no lo creas, me importas. Ya te lo dije y te lo repito. Quiero a Marcos Brunas a mi lado, no contra mí. Quiero al Marcos Brunas de antes de la lesión, el que reía, el que se emocionaba al jugar, el que tenía una derecha demoledora. Tú no eres ese Marcos Brunas, y lo sabes tan bien como yo.

—No tienes derecho a decirme esas cosas. Tú no —le recriminé—. Perdiste el derecho cuando te fuiste…

—A seguir mi propio camino huyendo del tuyo, tan autodestructivo. Sí, lo siento. *mianhamnida*. No sé cuántas veces más te lo tengo que decir.

—Unas cuantas más estarían bien —ironicé, y Min-ho se rio—. ¿Cómo has estado estos meses?

—¿Marcos preguntándome por mi vida? Eso es nuevo.

—Estoy cambiando, aquí donde me ves —dije mientras bebía un poco de agua—. Y ya te pregunté el otro día en la comida. Más o menos.

—Mucho trabajo. Mucho entrenamiento. Demasiado. Necesitaba una semana así de desconexión, y me gusta que sea contigo. —Nada más decir esa frase, puso una mano sobre la mesa y rozó la mía con intención. Le miré durante un rato y la aparté escondiéndola debajo de esta. Min-ho entendió el mensaje, carraspeó con fuerza y buscó con la mirada entre los clientes que había en el restaurante. A los pocos segundos apareció Marisa Salas, la directora de Loreak, vestida con un elegante traje negro. Su pelo gris plateado le caía sobre los hombros y sus ojos me miraron con dulzura a la vez que las comisuras de su boca se elevaban cuidadosamente hacia arriba. Una mínima sonrisa. Estaba claro que no iba a permitirse más.

—Buenas noches, Marcos.

Capítulo 62

Nicolás

¿Qué coño le pasaba? ¿Dónde estaba? Porque lo que escuchaba de fondo desde luego que no era Arcadia. ¿Habría bajado al pueblo por algo? ¿Y por qué no me lo había dicho? ¿Por qué tanto misterio? ¿Por qué se empeñaba en ser siempre así en vez de confiar en mí... como lo hacía yo con él? Dios, ¿estaría otra vez con Min-ho? Por eso estaba tan esquivo. Quizá estaban hablando de volver. Al fin y al cabo, llevaban mucho sin verse y habían sido novios. Le habría preguntado más, pero preferí dejarlo estar.

Así que colgué. Obviamente ya le preguntaría después que dónde había estado, aunque dudaba de que me lo fuera a contar. Pero por intentarlo no perdía nada. Puede que esa fuera una de las cosas que me atraían de él. Su continuo e impenetrable misterio. Y, aunque no le vi en toda la tarde, al menos estuve demasiado entretenido como para pensar en él. Entre natación, correr en la pista de atletismo para ir probando de nuevo mi tobillo y que pude hasta dormir una minisiesta, pues fue un día bastante productivo. A Álvaro tampoco le había visto aparte de por la mañana en el gimnasio. Habíamos pasado de estar juntos todo el rato los primeros días a casi no vernos. Era verdad que yo pasaba más tiempo con Marcos, pero él también estaba entrenando más y se había hecho nuevas amigas. Al margen de que sentía que no le caía muy bien Marcos y hablar sobre él no siempre era la mejor decisión. Aun así, era uno de mis pilares en Arcadia. Sabía que, si necesitaba a alguien, ahí iba a estar Álvaro.

—No sé tú, pero yo cada vez puedo comer menos —me dijo cuando estábamos de camino a uno de los edificios para coger algo de comida de alguna de las máquinas expendedoras. Aunque lo único que nos permitían eran bolsas de minizanahorias, chips de quinoa o zumos naturales. ¡Necesitaba unas patatas fritas!

—Pues yo al contrario —confesé—. Tengo hambre todo el rato.

—Hay que preparar el partido. ¿Y si nos toca juntos en la final? ¿Conseguiré ganar finalmente al Javier ese? Ya va siendo hora.

Pero yo ya no podía escuchar más a Álvaro, porque estaba viendo a una persona totalmente inesperada viniendo hacia mí. ¿Qué hacía en Arcadia? Ni siquiera lo sabía. Pero era claramente él. Y eso solo podía significar que se avecinaban problemas.

—¿Qué te pasa? Te has quedado blanco —dijo Álvaro, asombrado.

—Mi padre. ¿Qué mierdas hace aquí? —gruñí.

—¿Tu padre? Pero ¿ha venido sin avisarte? A lo mejor para darte una sorpresa, no sé...

—Sí, seguro. Pues menuda sorpresa —refunfuñé. De entre todas las personas que podían aparecer en Arcadia, tenía que ser él—. ¡Papá! Papá, ¿qué haces aquí?

—¿Qué tal, hijo? —Me dio un abrazo nada más verme.—. Te dije que vendría a verte.

—Pero no cuándo... —especifiqué. Aún seguía sin creerme que mi padre estuviera allí conmigo. Es verdad que cada vez ignoraba más sus llamadas y, si las cogía, nuestras conversaciones eran bastante escuetas. Tampoco es que estuviera enfadado con él ni mucho menos. Simplemente no tenía ganas de que viniera a Arcadia a verme. Cada uno teníamos nuestro espacio, y ese era el mío.

Me despedí de Álvaro, que saludó a mi padre con una sonrisa, y nos alejamos para poder pasear por la academia. A ver para qué había venido realmente y qué es lo que quería.

—Así que esto es Arcadia. Normal que necesites una beca para entrar. Esto debe de costar una pasta. Es enorme —comentó, totalmente superado por las instalaciones—. ¿Lo estás disfrutando?

—Mucho, papá. Si ya te lo he dicho decenas de veces…

—Claro, pero verlo es diferente.

—¿Cómo es que has podido venir? ¿Y el trabajo? —pregunté, sospechoso. Curiosamente ya intuía la respuesta.

—Bueno, ha habido problemas, la verdad. —Eso siempre significaba que le habían despedido—. Pero tampoco iba a ser el trabajo de mi vida. Pagaban poco y eran demasiadas horas, ya sabes. Y yo ya no estoy para ciertas cosas.

—Lo sé, papá. Y seguro que eran unos hijos de puta, pero necesitas un trabajo. ¿Cómo vas a pagar la casa?

—Eso no te tiene que preocupar a ti, sino a mí. Tú preocúpate de jugar al tenis y ganar los torneos. Porque en el que estás ahora vas bien, ¿no?

—Sí, papá. Estoy en semifinales.

—¡Ese es mi campeón! —gritó, exultante, y me dio una palmada amistosa en la espalda—. Sabía que podía confiar en ti.

—¿Confiar en mí? Papá, que solo tengo dieciséis años y entré aquí porque se retiró mi contrincante de la final. No te hagas ilusiones tan rápido —traté de calmarle para que no se emocionara demasiado. Tarde. Mi padre llevaba creyendo que yo iba a ser una promesa del tenis desde mucho tiempo atrás. Daba igual lo que hiciera o lo que le dijera.

—Siempre haciéndote de menos, hijo. Me ha dicho el director de aquí que tienen muchas esperanzas puestas en ti. —¿Había hablado con Sebas? ¿Cuándo? Pero ¿desde qué hora llevaba pululando por Arcadia?—. Y también me ha hablado de tu tutor. ¿Marcos? ¿Dónde está?

—Eso me gustaría saber a mí —contesté en un susurro.

—Quiero conocerle.

—Bueno, eso es difícil ahora, papá. ¿Qué haces aquí realmente? Sé que hay algo que no me estás contando. Te conozco.

Primero negó con la cabeza, pero, al final, acabó claudicando. Siempre era igual. Había que tirar de la cuerda para ver lo que había al otro extremo.

—¿Sigues sin hablar con tu madre?

—Ya te lo dije. No he sabido nada de ella en días —admití, y no dejaba de ser raro, porque se había propuesto recuperar su relación conmigo. Con nosotros—. ¿Por qué no la llamas tú?

—A mí no me va a hacer caso. Lo sabes. —Y era verdad. Se había centrado más en mí que en mi padre—. Pero…

—¿Tanto dinero necesitas?

—Sé que te acabo de decir que no te preocupes, Nicolás, hijo. Pero estaría bien que hablaras con ella y le explicaras un poco la situación que estamos…, mmm…, atravesando.

—¿Me estás diciendo que llame a mamá solo para pedirle dinero? —Sabía que el motivo oculto tenía que salir a relucir tarde o temprano.

—Yo no puedo hacerme cargo de todo. No fue mi decisión que se fuera a formar otra familia, ¿no? —espetó, molesto—. Uno no puede irse y dejar de lado sus responsabilidades. Necesitamos dinero, Nicolás. Y ella es la forma más rápida y fácil. Bueno, y tú, que seguro que vas a ganarlo todo, tendrás independencia económica dentro de nada, estoy seguro.

Ya estamos. Poniendo una presión imposible sobre los hombros, como siempre. En mí recaía la responsabilidad de conseguir dinero de mamá o de mi tenis. O de ambas cosas. Como si todo eso fuera fácil. Sí, mi padre había cuidado de mí cuando más lo había necesitado. Sabía que tenía que hacer todo lo que estuviera en mi mano para ayudar, pero me pedía un imposible. Dos imposibles.

—Papá, yo…

—Solo te pido que la llames. Nada más. Llámala. Habla con ella. Háblale sobre Arcadia. Quizá, si le dices que es tu sueño, quiera pagarte aquí el curso anual. —Obviamente no para que yo me quedara en Arcadia, sino para darle el dinero a él.

—¿Y cómo sé que no te vas a gastar el dinero en tus apuestas absurdas y en beber? —le planteé sin miramientos. Porque, la última vez que me manipuló así, recordaba cómo había terminado.

—Esas cosas se han acabado, Nicolás —replicó, ofendido—. Y lo sabes. No entiendo por qué me lo tienes que decir así.

—Hablaré con mamá. Ya te diré lo que me dice. Pero no vengas a Arcadia sin preguntarme. Y mucho menos hables con mi director sin decírmelo primero.

—Entendido, hijo. Bueno, ¿me enseñas un poco todo esto? —dijo, sonriente.

Obviamente, no llamé a mi madre ese día. Necesitaba un tiempo para pensar cómo decírselo y, sobre todo, el qué. Odiaba llamar a mi madre, porque siempre sentía que estaba haciendo un esfuerzo sobrehumano para ser simpática conmigo, para interesarse por lo que le contaba. Parecía obligada a ello, y se veía a la legua. Eso siempre se nota, cuando a una persona no le interesa lo que le cuentas. Yo sentía que la aburría. Veía mucho más interesado en mí a su nuevo marido, Ricardo, que a ella. Y eso me rompía un poco más cada vez que hablábamos, y ya estaba demasiado roto como para tener que seguir pegando mis piezas sueltas después de cada llamada.

Le enseñé a mi padre todo lo que pude de Arcadia, y me dijo que se quedaría un par de noches en un pequeño hostal en el pueblo, por si necesitaba algo. Vamos, para vigilarme. Cómo lo sabía. Quería pensar que todo era porque realmente no teníamos dinero y lo necesitábamos con urgencia, pero algo me decía que todo era una nueva trampa de mi padre. No era la primera vez que lo hacía. Yo tampoco había puesto las cosas fáciles. Desde que se fue mi madre, había estado lejos de ser el hijo modelo, y las peleas en el colegio eran diarias. Tuve que cambiarme hasta tres veces para estabilizar un poco las cosas. El problema, y lo entendí después de mucha terapia, era que necesitaba constante atención, y llamar la atención de mi padre era cada vez más y más difícil. Hasta que los dos decidimos desistir de nuestros intentos. Yo dejé de pelearme, dejé de ser problemático y comencé a estudiar y a centrarme en el deporte. Él dejó de beber y de apostar y comenzó a centrarse en el trabajo... y en mi tenis. Supuse que sería su vía de escape, pero en realidad era una forma de vivir a través de mí, de agarrarse a un imposible.

Tras la cena, fui directo a mi habitación. Álvaro quería que fuéramos al cine de nuevo, pero necesitaba descansar todo lo posible. A la mañana siguiente tenía el partido de semifinales, y ese sí que no podía perderlo. Porque una derrota significaba quedarme fuera del último de los tres torneos, fuera de la posibilidad de conseguir una *wildcard* para un torneo importante. Álvaro me había dicho que, lo más probable, era que fuera para algún torneo de Estados Unidos. Arcadia tenía un acuerdo con la USPTA (Asociación de Tenis Profesional de Estados Unidos) para esas cosas, y, aunque no podía elegir qué torneo, sí que podía proponer al jugador que iba a ser seleccionado. El año pasado fue un Challenger en Cincinnati. Otro año, en el que el torneo de Arcadia repartía puntos ATP, fue para la previa del cuadro júnior del US Open, el último Grand Slam del año. A mí en verdad me daba igual, aunque ahora lo veía más factible. Me veía ganando ese torneo y viajando a Estados Unidos a comenzar mi carrera por todo lo alto. Y, curiosamente, veía a Marcos a mi lado.

—Buenas noches —dijo al abrir la puerta y entrar en la habitación. No iba vestido de tenis, sino de ropa de calle, elegante y... distinto.

—Cuánta elegancia. ¿Vienes de una boda o algo así? —bromeé.

—No —fue su única respuesta. Siempre tan escueto para todo. Para las palabras y para los sentimientos.

—No te he visto por el comedor hoy.

—Es que no comemos en la misma planta. Normal —respondió mientras se quitaba la chaqueta que llevaba puesta y la colgaba en un armario, planchándola con la mano.

—Pues, ya que no me cuentas lo que has hecho tú, te contaré mi día. Tío, ¿te puedes creer que ha venido mi padre a Arcadia? Así, de sorpresa. ¿Y sabes para qué? No para interesarse por mí, por supuesto que no. Solo para pedirme dinero. Para pedirme que hable con mi madre e intente sacarle algo de pasta. Siempre hace lo mismo.

—¿Y por qué no trabaja? —dijo mientras seguía desvistiéndose.

—Según él, le han echado de su último trabajo. Aunque no me lo creo del todo, tampoco me sorprendería. Nunca se le ha dado bien lo de seguir normas en oficinas y tal. Oye, por mucho que ame verte el culo, ¿no te puedes dar la vuelta para que hablemos mejor?

—Me estoy cambiando. ¿No puedes esperar ni cinco segundos?

—Joder, olvídalo. Ya está.

Y me tumbé de nuevo en la cama, enfadado. ¿Cómo podía gustarme una persona tan borde como Marcos Brunas? Era algo que se me escapaba. Era algo que me costaba entender por muchas vueltas que le diera.

—¿Qué tal tu rodilla? —pregunté a regañadientes. No quería irme enfadado a dormir. Quería darle una última oportunidad de ser majo conmigo. Lo que me dijo no lo vi venir.

—Lo siento.

Capítulo 63

Marcos

—Lo siento. —Fue lo único que me salió decirle. Llevaba tiempo queriendo hacerlo. Pero me costaba. Me costaba mucho decírselo. Porque era reconocer que me había equivocado. Era admitir mi propio fracaso. Tampoco había planeado decírselo así, pero era algo que se merecía. Él sí se lo merecía. Porque daba igual lo borde que fuera o lo estúpidamente que me portara con él. Seguía ahí. Se interesaba por mí. Le acababa de responder con monosílabos a todo lo que estaba contándome y, pese a ello, había tenido las ganas de preguntarme por mi rodilla. Algo que unos días antes era un tema tabú. Pero ya no tenía miedo. No me tenía miedo. Lo que sentía por mí en esos momentos era distinto, y, curiosamente, yo también.

—¿Por? —preguntó.

—Por todo. —Se venía una explosión de sentimientos. Podía notarla, creciendo en mi interior, en plena ebullición. Dicen que, si miras una olla de agua al fuego, nunca la vas a ver hervir. Esto era diferente, si me miraba, podría ver cómo estaba empezando a evaporarme de la tensión que llevaba acumulada dentro—. Porque no creo que merezca que seas así conmigo.

—Así ¿cómo? —Nico siempre teniendo una pregunta extra. No cambiaba.

—No te pongo las cosas fáciles. Nunca. O casi nunca. Soy una persona... horrible. Y a ti te da igual. Sigues ahí y no creo que me lo merezca. Sigues tratándome bien y diciéndome las cosas cuando tienes que decírmelas. El otro día me dijiste que, si seguías en Arcadia, era por mí.

Porque había cambiado. ¿Realmente crees que he cambiado? —Me giré para enfrentar su mirada.

—El Marcos Brunas que conocí los primeros días sigue ahí, por supuesto. Es decir, tu bordería es tu seña de identidad —sonrió—. Pero hay otro Marcos luchando por salir, aunque le cuesta. No creo que seas una persona horrible. Y no entiendo lo que dices de que no crees merecerte... el qué. ¿Qué no te mereces? ¿Que sea simpático contigo? Pues, mira, hay veces que yo pienso lo mismo. Pero ¿sabes una cosa? Creo que lo intentas. Creo que lo intentas con ganas. Y creo sinceramente que siempre hay que valorar al que lo intenta.

—Yo no siento que lo intente. No siento que cambie realmente... Y... —Dios, eso me iba a costar decirlo. Pero lo solté—: Y..., si cambio..., si notas ese cambio..., aunque sea pequeño..., siento..., bueno, a ver, siento que es por ti. No. Por ti no. Gracias a ti.

—No sé si yo tengo tanto poder como para influir en el gran Marcos Brunas —bromeó y me hizo reír—. No tienes que pedirme perdón. Bueno, sí. Cuando eres borde, sí. Yo, a ver, yo solo quiero que veas lo maravilloso que eres. Y joder lo que te cuesta darte cuenta. ¿Después de todo lo que te ha pasado y sigues luchando por conseguir tu sueño? Tío, yo estaría por los suelos. No sería capaz ni de levantarme de la cama. Y tú, desde el primer día que te conozco, te levantas siempre con ganas de mejorar, con ganas de superarte y con ganas de que yo lo haga también. Nunca nadie había creído tanto en mí como lo haces tú. Nunca, ¿eh? Ni siquiera mi padre, con sus motivos ocultos.

—Yo también los tengo. Al menos, los tenía. Y tú me lo dijiste. Que quería vivir mi sueño a través de ti..., y puede que no anduvieras muy desencaminado.

—Lo dicho. Dos Marcos dentro de ti. Dos que haya podido identificar, que quizá tengas ahí como diez diferentes.

—¿Tú me ves así? ¿Me ves de verdad como alguien que intenta mejorar?

—Lo fuerte es que tú no te veas así. —Se acercó a mi cama y se sentó a mi lado. Tuve ganas de apartarme, pero no lo hice—. A ver, todos nos vemos distorsionados. Siempre. Nuestro espejo siempre se va a ver más sucio... Pero si tienes a alguien a tu lado que lo limpie para que puedas ver tu reflejo verdadero... Ya no va a volver a ensuciarse nunca más. ¿Sabes lo que quiero decir?

—Odio las metáforas, Nico —repliqué.

—No sé por qué, pero no me sorprende.

Los dos nos quedamos en silencio. Estaba pensando si contarle lo de Loreak, mi conversación con Marisa Salas, su oferta, el tratamiento..., todo. Pero, siempre que pasaba ese pensamiento por mi mente, recordaba que a la mañana siguiente tenía su partido más importante y no quería darle más cosas para pensar. Bastante era que me hubiera atrevido a tener esa conversación.

—Gracias —dije al fin en un susurro casi inaudible. Un infrasonido a menos de veinte hercios, que muy pocas personas habrían sido capaces de escuchar. Nico era una de ellas.

—Gracias a ti. Tú te crees que no haces nada, Marcos. Pero estás. Y me he dado cuenta en estos días de que es lo que más necesito en la vida. Que alguien esté.

—Ahora a dormir, que mañana tienes un partido importante —corté el momento de raíz.

—A sus órdenes. —Me hizo un gesto militar con la mano izquierda—. Fuerte, ¿eh?

—El qué. ¿El partido?

—No. Fuerte que Marcos Brunas me haya dicho «lo siento» y »gracias» en la misma conversación.

—¿Ves cómo eres un bocazas? —contesté, molesto, y le empujé para que se fuera de mi cama. Nico, entre risas, se levantó, me dio las buenas noches y se metió entre sus sábanas—. ¿No piensas venir?

—¿Eh?

—A mi cama. Ven. Duerme conmigo —me pidió.

—¿Estás seguro?

—Marcos, lo estoy deseando —confesó, y me hizo sonreír de nuevo. Me levanté de mi cama y entré en la suya dejándole a él el lado de la pared.

No era muy grande, así que solo cabíamos los dos si nos pegábamos bastante. Nos miramos en la oscuridad de la noche, nuestros labios se unieron y nuestros cuerpos no se separaron durante horas, hasta que Nico se quedó dormido. Yo, como era habitual en mí últimamente, no conseguí dormir casi nada en toda la noche.

Ya no solo por la conversación con Nico, sino por la que había tenido con la directora de Loreak. Me había dado demasiadas cosas en las que pensar, y todas eran mi futuro. Todas incluían una decisión importante. Cuando nos vio a Min-ho y a mí, su sonrisa fue la sonrisa más amplia de la historia de las sonrisas. Vino directamente hacia nosotros y, en vez de darme la mano, como si fuera una cena de negocios, decidió darme dos besos. Supuse que para hacerlo todo más personal y cercano. Se sentó entre Min-ho y yo y, al segundo, ya le habían traído una copa de vino y cartas para que eligiéramos la cena. Cuando abrí la mía y vi los precios, casi me desmayo. Yo no tenía tanto dinero. ¿Cómo iba a poder pagar siquiera un plato de los que había?

—No te preocupes, que esta cena la paga Loreak —me tranquilizó Marisa, cogiendo mi carta y cerrándola de golpe—. ¿Tienes alguna alergia?

—No, no. Que yo sepa, no.

—Perfecto. Pues pediré yo. —Llamó al camarero con la mano, sonriente como siempre, y ordenó la cena—. Nos traes una ensalada de esas de tomate que están tan buenas para el centro. Luego unos langostinos, de los que están a la brasa. ¿Te gusta el pulpo, Marcos?

—Nunca he comido pulpo.

—Vale, pues el pulpo para él y para mí la dorada. Y para ti, Min-ho…

—La dorada está bien —intervino.

—Pues dos doradas entonces. Y me traes la botella entera de este vino blanco y un par de Coca-Colas. Ah, y una botella de agua con gas, por favor.

—Muy bien —dijo el camarero cogiendo nuestras cartas.

—Muchas gracias.

Marisa Salas estaba pidiendo comida por encima de mis posibilidades, desde luego. Había visto el precio de ese pulpo de pasada. ¿Treinta euros por un plato? Por supuesto que estaba por encima de mis posibilidades.

—Antes de nada, Marcos, gracias por venir. Has sido un hueso duro de roer, pero no esperaba menos de alguien como tú. —No dije nada, porque realmente no sabía qué responder a eso—. Ya sabes que hemos estado siguiendo tu trayectoria desde hace mucho tiempo. Lo sabes porque ya hablamos antes de tu... accidente.

—Mi lesión. Puedes llamarlo como lo que es —la interrumpí.

—Tu lesión. Sí. Pero créeme si te digo que eres uno de los jugadores más prometedores que he visto en mi carrera. Y te lo digo con total sinceridad. Fue una pena que ocurriera eso.

—Una putada. —Min-ho se atragantó con su bebida.

—¿Cómo?

—Que no fue una pena. Fue una putada —insistí.

—Como quieras llamarlo —sonrió, nerviosa—. De todos modos, tu rodilla no debería ser un impedimento para que vuelvas a tu máximo nivel, Marcos. En Loreak no solo ofrecemos un lugar donde entrenan los mejores, sino donde los mejores se recuperan y se preparan para ser números uno. Sí, Arcadia es una academia increíble, pero falta algo. En Loreak sabemos cómo formar campeones.

Definitivamente, quería que entrara en su academia. Me acababa de soltar el eslogan de Loreak sin inmutarse. ¿A cuántas personas habría engatusado así? A Min-ho desde luego. Le eché una mirada rápida, pero él estaba más centrado en su plato que en la conversación.

—Dime, ¿qué tratamiento estás siguiendo con tu rodilla, Marcos? Min-ho me ha dicho que te sigue doliendo.

—Min-ho podría meterse en sus propios asuntos —le recriminé, pero no pareció afectarle.

—No eres el primer tenista que pasa por mi vida con una lesión como la tuya. Cuántas han sido, ¿dos operaciones? —Asentí—. En Loreak estamos apostando mucho por la terapia génica. Los avances que estamos consiguiendo podrían activar los genes responsables de la regeneración de tejidos en la rodilla. En *tu* rodilla.

—Ese tratamiento está en fase muy experimental —me aventuré. Porque había leído sobre el tema. Y, hasta entonces, no era nada fiable. No conocía a nadie que hubiera conseguido recuperarse aún con ellos. ¿Iba a ser su conejillo de Indias?

—Cada día se producen más y más avances en este campo, Marcos. ¿No te gustaría acceder a un tratamiento tan revolucionario como este?

—Tendría que saber las implicaciones y...

—Cómo se nota que eres un alumno de Arcadia. Escucho a Sebastián cuando hablas.

En ese momento llegó el camarero con el resto de nuestras bebidas y la ensalada de tomate. Los tomates más grandes y rojos que había visto en mi vida.

—Come, anda. Prueba la ensalada —me insistió. Obediente, cogí uno de los trozos y, por el camino, lo manché todo de gotas de aceite. Un aceite verde y muy intenso que le daba un sabor totalmente diferente al tomate.

—Para ir a Loreak, tendría que hablar con Sebas —expliqué.

—¿Es tu padre? —rebatió con aspereza—. Quiero ser sincera contigo, Marcos. Te queremos en Loreak. Eres uno de los mejores jugadores, y tu lesión no va a impedir que vuelvas a lo más alto. Con alguien como tú, Loreak recuperaría el prestigio que siempre ha tenido. Y, por supuesto, nos ayudarías a volver a ser la academia número uno del país. ¡Y quién sabe! Quizá entrar en el top diez de las mejores del mundo. Eso serían patrocinios, marcas, patrocinadores...

—No entiendo por qué me ofreces todo esto. Así, de repente. —La vida me había enseñado a sospechar.

—No te voy a mentir, Marcos. Pero serías la imagen perfecta para lo que buscamos en Loreak. A todo el mundo le gusta una historia de superación, y tú eres perfecto para eso. Digamos que serías la nueva imagen de la academia. Piensa que incluso podríamos..., no sé..., conseguirte alguna *wildcard* para algún torneo cercano...

—O sea, que me usaríais como un producto comercial más que como un jugador. ¿Es eso lo que me estás diciendo?

—No, Marcos —intervino Min-ho—. Loreak sería tu hogar, tu lugar de entrenamiento, donde contar con los mejores profesionales.

—Ahórrame el *speech*, Min-ho, que nos conocemos. A ti ya te han comprado.

—¡A mí no me han comprado! —explotó, pero Marisa le calmó rozándole con suavidad la mano.

—Min-ho está en la academia porque es uno de los mejores tenistas de su generación. Al igual que tú, Marcos. Y en Loreak siempre queremos a los mejores. Tienes que mirar esto como lo que es, una promesa de futuro. Una forma de recuperar todo lo que has perdido por tu lesión. ¿No crees que merecería la pena intentarlo?

«¿No crees que merecería la pena intentarlo?». Esa pregunta me acompañó durante toda la cena, en la que solo hablamos de cosas triviales, el pasado tenístico de Marisa Salas y sobre mi vida en Arcadia. Había momentos en los que se notaba un poco su desesperación para que aceptara su oferta. Y esa desesperación nunca suele esconder nada bueno. Min-ho participó escasamente, pero siempre que yo me excedía, trataba de reconducir la conversación hacia algún otro lado. Y, cuando terminó la cena, volvimos juntos a Arcadia. Sabía que moría de ganas por preguntarme si había tomado una decisión, pero no lo hizo.

—Buenas noches, Marcos.

—Buenas noches, Min-ho —respondí con sequedad y me dirigí a la entrada de la residencia, pero su voz me detuvo.

—¿Sigues odiándome? —No me apetecía tener esa conversación, pero iba a tener que tenerla.

—No. Nunca te he odiado —repuse dándome la vuelta y enfrentándole de nuevo.

—Me apartaste de tu vida. Literalmente —se quejó, y tenía razón.

—Lo sé. Pero creía que habíamos superado eso ya.

—¿Me sigues queriendo en tu vida?

Esa pregunta me pilló por sorpresa. Aún me dolía lo que pasó entre los dos, pero con el tiempo había aprendido a admitir mi parte de culpa, aunque no fuera a reconocérselo. Al menos, no en ese momento. ¿Le quería en mi vida? Quizá. Pero no de la misma forma. Eso ya iba a ser imposible.

—Quiero pasar página.

—¿Eso qué significa?

—Sí. Te quiero en mi vida, Min-ho —admití. Sus ojos se iluminaron y, sin darme tiempo a pensar, se acercó y me besó. Tardé en reaccionar más de la cuenta. Fue unir nuestros labios y recordar aquella noche en la pista de tenis, bajo las estrellas. Recordar todos los besos que nos dimos a escondidas. Todas las noches hablando hasta la madrugada. Todos los entrenamientos. Todas sus caricias. Todo. Pero ya no sabían igual. Ya no encontraba en ellos el consuelo que encontraba antes, ni las oportunidades ni el futuro. No. Todo se había perdido. Y, aunque continué el beso un rato, finalmente acabé separándome con cautela—. *jal jayo.* Buenas noches.

—joeun kkum kkwoyo. Dulces sueños. —Y entré en la residencia sin mirar atrás.

Cuando sonó el despertador por la mañana, estaba más agotado que nunca. No habría dormido más de dos horas en toda la noche, y mi cuerpo no me respondía como quería. Pero era el día del partido de Nico. Así que tendría que disimular y estar ahí para él. Seguíamos los dos en la misma cama. Su brazo por encima de mi costado, su cara encajada en mi pecho, como si fuera la pieza que me faltaba, y su respiración hipnotizándome para mantenerme en un duermevela incómodo de gestionar. Pero sabía que, si no me levantaba yo, Nico podría estar en la misma posición durante horas. Así que tomé la responsabilidad que a él le faltaba. Me incorporé con pesadez y, como siempre, antes de pisar el suelo, cogí la rodillera de la mesa y me la coloqué con cuidado. «Terapia génica». No me fiaba aún de esos tratamientos tan experimentales, pero, pensándolo bien, ¿qué tenía que perder? Estaba claro que la rehabilitación que hacía no estaba funcionando como quería. Y cada vez temía más la revisión con el médico. Porque sabía que me iba a dar malas noticias.

—Vamos, Nico, arriba —le dije acariciándolo con suavidad.

—Cinco minutos más. —Con sus brazos tiró de mí para agarrarme y apoyar su cara en mi antebrazo. Iba a resistirme, pero tenía tantas ganas de quedarme así, durmiendo con él, sin tener que madrugar ni preocuparme por un nuevo partido…

—Ya es tarde, Nico. Vamos, que hay que preparar las semifinales.

—Uf…, no descansas ni un día, ¿verdad? —protestó. Me soltó el brazo y se desperezó ruidosamente. Parpadeó varias veces, con los ojos aún pegados por el sueño, y, cuando nuestras miradas se encontraron en la penumbra de la habitación, me sonrió y me besó—. Buenos días.

—Buenos días, dormilón —le respondí. Tenía los pelos alborotados, como siempre, y la nariz un poco taponada. Estaba más gracioso que nunca—. A la ducha. La forma más rápida de espabilarte.

—¿Vienes conmigo? —Debió de ver tal expresión de pánico en mi cara que empezó a reírse—. Era broma. Aunque tú también tendrás que ducharte, ¿no? ¿Para qué desperdiciar tanta agua si podemos compartirla?

—Nico…

—Marcos… Venga, será divertido. —Puso su mano sobre mi polla sin previo aviso. Me excité al momento, pero me aparté, avergonzado—. Nunca me he duchado con nadie.

—¿Ni con Adrián?

—No sé cómo serían las cosas en Arcadia, pero créeme que en mi instituto era difícil liarse con alguien, como no fuera escondidos en algún baño de algún Burger King.

—¿En serio? ¿Os liabais en los baños del Burger King?

—¿Y qué querías que hiciéramos? Hay veces que tenemos que seguir escondiéndonos. Y no pienso hacer eso en Arcadia —dijo con firmeza.

—Yo nunca me escondí con Min-ho. Quizá ese fue el problema. Pero no quiero que nos pillen.

—Solo tú estás tan loco para despertarte a estas horas de la mañana. Te aseguro que las duchas van a estar vacías.

Y acertó, porque, cuando llegamos a la zona de las duchas, no había nadie por allí. Solo nos cruzamos con uno de los responsables de limpieza saliendo del baño con su carro repleto de productos. Cuando entramos olía un poco a lejía, pero el olor se fue rápido. Nico eligió la que, según él, era la mejor ducha de todas, y encendió el agua caliente.

—Después de usted, milady —bromeó.

—Qué idiota eres.

Me quité la toalla que me cubría el cuerpo y entré en la ducha, seguido de un Nico que no dejaba de reír. Cuando cerró la puerta de cristal, me giré y ya lo tenía encima, chocando su boca con la mía, su cadera con mi cadera, su polla con mi polla. El agua templada caía sobre nosotros y le empapó el pelo en cuestión de segundos, haciendo que se le pegara a la frente y casi no pudiera ver nada. Se lo aparté cuidadosamente y seguí besándole, con mis manos tratando de agarrar todas las partes de su cuerpo. Me sentía unido a él, más que a nadie. Y no sabía muy bien la razón, pero sentía como que tenía que compensarle por todas las borderías que le había soltado desde que lo conocía. Cogí su polla con la mano derecha y empecé a acariciarla mientras Nico cerraba los ojos y se mordía el labio inferior.

—Vamos a probar algo.

—¿Algo? A ver, no sé si estoy preparado para…

—¿Qué dices? No, Nico. Otra cosa, joder —repliqué. Yo tampoco estaba preparado para hacerlo. Porque sería mi primera vez y quería que fuera más especial que en unas duchas del vestuario. Le giré con las dos manos poniéndole de espaldas a la ducha y me agaché un poco, casi acuclillándome, dejando su polla a la altura de mis ojos.

—¿Vas a…?

—Sí —asentí y empecé a lamerle mientras el agua resbalaba por su ombligo hasta caerme en la lengua. Nico estaba más excitado que nunca, y yo también. No iba a negarlo. Pero, cuando iba a empezar, mi rodilla dijo «basta» y me dio un pinchazo que me hizo gritar.

—¡AH! ¡JODER!

—¡Qué! ¡QUÉ! —preguntó Nico, alarmado.

—Joder, puta rodilla de los cojones —protesté. Nico me dio la mano para ayudarme a ponerme en pie y, aunque me costó horrores, lo conseguí.

—¿Estás bien?

—Estoy harto —me lamenté, e iba a salir de la ducha, pero Nico me sorprendió por detrás dándome un abrazo, buscando reconfortarme. Y lo consiguió. Aunque fuera por un breve periodo de tiempo—. Vamos, que hay que desayunar y entrenar.

—Pero… tú no vas a poder entrenar así.

—Nico…

—Marcos. No. Me niego. Ahora mismo vas a ir a ver al médico de Arcadia. No es negociable. —Se cruzó de brazos mirándome seriamente.

—No puedo.

—Y una mierda que no puedes —protestó.

—Nico. Son las siete y media de la mañana. Aún no estará —le expliqué con calma.

—Coño, vale, es verdad. Pues después, por la tarde. Pero ya no lo vas a posponer más. Yo te acompaño.

—No hace falta que…

—Lo dicho. No es negociable. —Y salió antes que yo de la ducha, pasando por mi lado.

—Nicolás Rion comienza sacando —dijo el árbitro y se hizo el silencio en la pista. Volvía a jugar en la número 5. La misma donde había perdido en el anterior torneo, con las gradas de piedra repletas de gente. Entre el público vi a Álvaro con Damiano, a Paula, por supuesto, y a su archienemiga Carla justo enfrente. También vi a Olivia, aunque miraba continuamente su teléfono móvil, y a Sebas, de pie, como siempre, paseando por los alrededores como si fuera una especie de demiurgo que debía controlar que todo fuera a la perfección.

Yo estaba justo detrás del lado de Nico. Expectante. Su contrincante era Amir. No jugaba mal. En el anterior torneo llegó a la final, pero perdió contra Javier Simón. Empezaba los partidos muy fuerte, pero no era capaz de mantener el ritmo y acababa desinflándose poco a poco. Sobre todo si se encontraba con un contrincante fuerte y duro como era Simón. Ya aconsejé a Nico que aguantara el comienzo y que no se frustrara si perdía el primer set, porque seguramente pasaría. «Pero ¡cómo voy a estar tranquilo si pierdo el primer set!», exclamó cuando se lo dije. «Pues estando tranquilo, Nico. Hay que trabajar un poco la paciencia. Muchos jugadores pierden precisamente por ser impacientes».

—Amir Manzur gana 1-0.

Vale. Empezaba el partido como había pronosticado. Amir tenía un buen resto, y había sido capaz de leerle todos los saques a Nico. Tendría que probar cosas nuevas en los siguientes juegos, porque sabía lo mucho que se le atragantaban los partidos cuando empezaba perdiendo. Solo tenía que tener paciencia. Un poco más de paciencia de la que solía tener, que era ninguna.

El primer set siguió punto a punto lo que yo había imaginado. Por suerte no fue de paliza, pero sí que es verdad que en los últimos juegos Nico se dejó ir. Precisamente como le había recomendado yo. Perdió 6 a 2. Amir estaba jugando un tenis portentoso. Le entraba todo. Llegaba a todas las bolas. Pegaba todos los golpes. Un partido casi perfecto. Pero, a partir del segundo set, la oportunidad iba a ser de Nico. Solo hacía falta ver el recoveco y colarse por ahí. Tendría una oportunidad, y sabía que iba a aprovecharla.

—¿Nervioso? —me preguntó Paula, que se sentó a mi lado con una chocolatina en la mano a medio comer.

—No, la verdad. Va a ganar.

—Si ha perdido el primer set, y Amir está jugando increíble…

—No va a aguantar ese ritmo eternamente —le dije sin quitar los ojos de la pista. Nico subió a la red y remató una bola alta a la esquina del lado de la pista de Amir, con lo que ganó el primer juego del segundo set; lo celebró apretando los puños con fuerza. Esa era la motivación que necesitaba.

—Te veo muy convencido.

—Bueno, conozco a Nicolás. Sé cómo juega y lo que puede dar de sí mismo.

—Ya veo, ya. ¿Sabe él que te vas a Loreak? —Los oídos empezaron a pitarme y sentí cómo mi alma se escapaba de mi cuerpo momentáneamente. ¿Qué sabía ella de lo de Loreak?

—¿Qué dices? —refunfuñé.

—Anoche estabas cenando con Marisa Salas, ¿no? En El Remolí.
—Mierda. Me había visto.

—No sé de qué me hablas.

—Ay, no lo niegues, que uno de los camareros que trabaja ahí es…, bueno, amigo con derecho a roce —se rio mientras daba otro mordisco a su chocolatina.

—¿Y qué pasa? No entiendo qué quieres.

—No quiero nada. Solo te preguntaba si Nico sabe ya que abandonas Arcadia. —Y le señaló con la mirada al tiempo que él volvía a ganar otro punto.

—Nicolás Rion gana 2-0 —intervino el árbitro.

—No abandono Arcadia. No sé de dónde has sacado eso. Solo cené con ella y con Min-ho, por cierto, porque quería preguntarme por mi rodilla. Además, ¿a ti qué más te da? Yo puedo cenar con quien me dé la gana.

—Eh, no te pongas a la defensiva, que no he dicho nada. Solo me sorprendió, sobre todo porque lo has llevado con un secretismo increíble.

—Que no te lo haya dicho a ti no significa que lo haya llevado en secreto —repuse.

—Ah, ¿y quién lo sabe? Nico claramente no. Sebas tampoco creo que lo sepa, ¿verdad? ¿Y tu tío?

—¿Y me lo estás diciendo porque se lo vas a contar o algo así? —Ya estaba entendiendo sus motivaciones. ¿Era su venganza? ¿Esa venganza que tanto tiempo llevaba esperando?

—No se lo voy a contar a nadie, tranquilo. Solo te quería preguntar. Solo quería saber. ¿Te vas a Loreak? —Pude entrever algo de sinceridad en su pregunta, así que accedí a su juego.

—No. No me voy. Simplemente quería saber qué podía ofrecerme.

—Pocos entenderían aquí que te vayas a la competencia directa. Ya sabes lo orgullosos que son en todas las academias. Para mí, una rivalidad demasiado agresiva, pero no sería la primera vez que Loreak nos roba alumnos…, igual que Arcadia tampoco está muy limpia que digamos.

—Bueno, que lo entendieran o no será su problema. Si yo me quiero ir será mi decisión, ¿no crees?

—Sí, sí. Totalmente. Pero aquí han apostado mucho por ti. ¿No sería un poco una puñalada trapera? —Dicho así sonaba mal. Sonaba fatal. Pero tenía razón, porque ese era uno de los sentimientos contradictorios que no dejaban de volar por mi mente—. Y más ahora que ya tienes en el horizonte tu recuperación. O, al menos, te veo disfrutar, aunque sea a través de Rion. ¿No has pensado en hacerte entrenador?

—¿Entrenador yo? No tengo la paciencia suficiente.

—Lo sé. Por eso me sorprende verte cada día tan implicado con él. Pero, tranqui, que no le voy a decir nada a nadie de tu cena secreta con Marisa Salas. Bastante tienes con lo que sea que estás pensando hacer.

—Es que ¿para qué ibas a decir algo? —repliqué.

—¿Y Min-ho? ¿Qué hacía también allí? ¿Él también se va a Loreak? —preguntó, inquisitiva.

—Eso tendrás que preguntárselo a él.

—Puede que lo haga. —Se terminó la chocolatina de un último mordisco, arrugó el papel, me abrió la mano y me lo dio—. Pero que sepas que me daría pena que te fueras, la verdad. Sonriente, se despidió y se fue del partido. Ni siquiera había ido a ver a Nico, sino que su único plan había sido ir a verme a mí y decirme que me había visto. No me fiaba nada de ella. Aunque me hubiera prometido que no se lo iba a contar a nadie, seguramente ya estaría pensando en hablarlo con Sebas. La última persona que quería que supiera que había estado hablando con la directora de Loreak. Joder.

—Nicolás Rion gana 4-0.

El árbitro me devolvió al partido. ¿Ganaba ya 4-0? Muy bien, Nico. Estás a un paso de tu primera final en Arcadia. Ya no podrán llamarte ni suplente ni impostor ni tramposo ni nada. Solo te llamarán ganador.

Amir estaba totalmente desfondado. Se había fundido tanto en el primer set que era incapaz de aguantar el ritmo que estaba imponiendo Nico, llevándole de lado a lado de la pista. Le veía con confianza, con ganas, con superioridad. Pensaba que estaría más nervioso, por la visita de su padre, por la conversación que habíamos tenido por la noche... Pero no. Todo parecía haberle dado una fuerza extra. Una energía de repuesto que no sabía que tenía. Ver las cosas claras muchas veces nos hace despejar las dudas de nuestro corazón. Yo había intentado ser lo más claro posible con él. Aunque sabía que necesitaba un plus para sentirse cómodo conmigo. Necesitaba saber que era suficiente, como yo lo necesitaba continuamente. Siempre tendemos a hacer cosas por los demás, de cara a los demás, sentirnos útiles, necesitados, que merecemos la pena. Y me estaba dando cuenta de que yo necesitaba sentir eso con Nico.

—Nicolás Rion gana el segundo set 6-1.

Momento del *supertie-break* a diez puntos. La última vez que estuvo en una situación similar, estuvo a un tris de perder el partido. Y, durante unos segundos, lo había perdido. Como estar clínicamente muerto hasta que te reaniman. En ese caso, fui yo su desfibrilador. Solo esperaba que en ese partido no hiciera falta.

—Nicolás Rion gana 4-2. Cambio de lado.

Estaba más concentrado que nunca. Cuando pasó por su asiento para descansar, aunque fuera treinta segundos, lo único que hizo fue coger su botella de bebida isotónica, bebérsela de un trago y seguir su camino hasta el otro lado de la pista. Pero, en el trayecto, me miró de reojo. Nuestros ojos se cruzaron un breve segundo, y, aunque estaba lejos, ahí vi la victoria. Vi que iba a ganar. En cuanto llegó a su línea de fondo, cogió dos pelotas. Se guardó una en el bolsillo del pantalón. Miró hacia su contrincante, se lanzó la otra hacia arriba, dobló las piernas y saltó a por ella, golpeándola perfectamente en el centro de su raqueta, haciendo su mejor saque del partido, colocándola en la línea del campo contrario, haciendo un *ace* increíble.

—5-1.

Venga, Nico. Que tú puedes. Lo tienes hecho. Vas a conseguirlo. Meterte en la final y clasificarte para el tercer torneo, el de los mejores de tu curso. Solo cinco puntos más. Sebas estaba sentado en el extremo de la grada frente a mí, expectante, nervioso. Confiaba mucho en Nico, y creo que era gracias a mí. No por quitarle méritos, sino porque sabía que para mí era importante. Joder, ¿no podía dejar de pensar en él? ¿Cómo podía haber pasado eso en dos semanas? ¿Tan intenso era vivir en Arcadia que sentía como si le conociera de toda la vida? ¿Como si hubiera estado siempre ahí, conmigo?

—6-1.

Si aceptara la oferta de Marisa Salas, eso supondría separarme de Nico al momento. Porque querían una incorporación inmediata. Separarme de Nico, de Sebas, de Olivia, irme a vivir a otra ciudad, empezar de cero… ¿Y si no funcionaba el tratamiento? ¿Me devolverían como un juguete roto, como una camisa con un agujero en el pecho?

—7-1.

Pero, si no aceptaba, ¿cuál era mi futuro? Sebas me había dejado claro que, mínimo hasta después del verano, no podría apuntarme a ninguno de los cursos de la academia. Me sobreprotegía demasiado. Y tenía pánico a lo que pudiera decirme el médico sobre mi rodilla…

—8-1.

Quedarme suponía seguir en Arcadia, seguir dando clases a los de iniciación y entrenando por mi cuenta. Pero, quizá, si era sincero con Sebas, si le hablara de la oferta de Loreak, me viera con otros ojos con tal de no dejarme escapar.

—9-1. Punto de partido para Nicolás Rion.

Y quedarme qué suponía. Nico solo tenía una beca de un mes. Cuando terminaran las dos semanas que le quedaban, ¿qué iba a pasar? No tenía dinero para pagarse su estancia en Arcadia. Tendría que recurrir a una nueva beca, y esas estaban demasiado solicitadas como para conseguir una tan fácil. ¿Y si ganaba el último torneo? Tendría una *wildcard* para irse a jugar fuera. ¿Y luego qué? ¿Volvería conmigo? ¿O estaba viendo demasiado a futuro y lo que tenía que hacer era empezar a vivir el momento, dejarme de miedos e inseguridades… y comenzar a disfrutar mi presente con él?

—10-1. Nicolás Rion gana 2-6, 6-1 y 10-1.

El público estalló en aplausos. Nunca había recibido una ovación similar. Se me erizó la piel al momento de la emoción. Así que fue ahí cuando tuve clara la respuesta a mi pregunta. Bajé de las gradas a toda velocidad mientras veía cómo Nico y Amir se daban la mano en la red. Este se alejó hacia su asiento para guardar su raqueta, mientras que Nico se quedó un rato en el centro de la pista, sonriente, disfrutando del momento. Yo llegué a la puerta metálica y me quedé esperándole. Cuando salió Amir le felicité por su partido, y se sorprendió de verme tan simpático y educado. Normal. Yo también me sorprendía a mí mismo. Y, cuando dejó la puerta libre, no esperé a que Nico saliera. Entré yo en la pista e iba a ir directo a por él, a darle la enhorabuena, pero, cuando se giró para mirarme, me quedé ahí quieto, inmóvil. Había demasiada gente viéndonos. ¿Qué estaba haciendo, por qué me había metido en la pista?

Nico pareció ver mi nerviosismo, así que vino hacia mí, con una sonrisa maravillosa, diciendo «¡He ganado!» continuamente.

—Claro que has ganado —respondí en cuanto estuvo lo suficientemente cerca como para escucharme. Y, sin pensarlo mucho (o pensándolo demasiado), le agarré de las manos y le besé.

Capítulo 64

Nicolás

¿Marcos Brunas besándome delante de todo Arcadia? Nunca pensé que eso fuera a pasar, la verdad. Y mucho menos cuando el primer encuentro que tuvimos (los primeros, a decir verdad) fueron tan desastrosos. Obviamente estaba emocionado por haber ganado. Porque no solo me metía en la final del torneo, sino que me clasificaba para el siguiente. Había jugado mi mejor partido desde que había llegado a Arcadia. Al menos, el segundo y el tercer set. Había escuchado a Marcos, y a mí mismo, dándome cuenta de que cada vez controlaba mejor mis emociones dentro de la pista. Poco a poco iba descubriendo al Nicolás jugador, al Nicolás tenista que tanta gente creía ver, pero yo había sido el último en hacerlo. Y, claro, que mi celebración fuera un beso con Marcos..., pues lo hacía todo mucho más mágico, desde luego.

—¿Y esto? —pregunté cuando nuestros labios se separaron. Sabía que la gente estaba aplaudiéndome, vitoreándome, pero solo podía escuchar su respiración acelerada.

—Tenía ganas de hacerlo.

—¿Por qué no me dijiste que te gustaba cuando te pregunté?

—No lo sé —respondió—. Pero puedo decírtelo ahora. Me gustas.

Se me dibujó una sonrisa bobalicona en el rostro al momento y, rodeándole con los brazos por detrás de la espalda, le devolví el beso, totalmente entregado.

—Enhorabuena por la victoria.

—Gracias.

—Pero te vendría bien una ducha.

—La verdad es que te voy a dar la razón esta vez —le dije entre risas, y fuimos los dos abrazados hasta mi asiento para recoger mis raquetas. Le di la mano al árbitro antes de salir de la pista y, cuando lo hicimos, entraron los encargados de mantenimiento para preparar la pista para el siguiente partido. El que enfrentaría a Álvaro contra Javier Simón, nuestro verdugo en el primer torneo. Le busqué entre la gente, pero no le vi por ningún lado, por lo que supuse que estaría concentrándose para su partido, así que nos fuimos en dirección a la residencia. Después de ducharme y adecentarme un poco, volvería para ver su partido. Él siempre veía los míos, y quería estar presente. Al menos darle mi apoyo desde fuera.

La verdad es que habían sido dos semanas muy intensas. Las más intensas de mi vida. Estar en Arcadia era diferente. Sentía que Marcos y yo nos conocíamos desde siempre, y no sabía por qué; también tenía la sensación de que íbamos a estar mucho tiempo el uno en la vida del otro. Todo se había magnificado tanto que me sorprendía no estar asustado, aunque sabía que él lo estaba. Por eso quería darle toda la seguridad de la que fuera capaz y, entretanto, disfrutar por el camino. Los dos fuimos juntos a la residencia y, después de darme una ducha más que necesaria, entré en la habitación, donde Marcos me esperaba sentado al borde de su cama.

—¿Reflexionando sobre la vida?

—¿Qué? No, no. Te estaba esperando —me contestó, sonriente.

—Pues hola —saludé tratando de sonar lo más sexy posible, y con la toalla por la cintura. Me acerqué a él lentamente y me senté sobre sus piernas.

—Estás empapado.

—¿Y? —Empecé a besarle por el cuello, dándole mordiscos ocasionales y lametones por detrás de la oreja, algo que pareció encenderle.

—Nico, ahora… ahora no puedo…

—¿Qué? ¿Por qué? Si solo va a ser un segundo...

—Tengo sesión con Olivia.

—Ah, no sabía que tenías hoy. —Me aparté de golpe.

—Sí, ahora en treinta minutos, y todavía tengo que hacer mis ejercicios de por la mañana. Nos vemos después de comer si quieres —me dijo con suavidad. Desde luego que era un nuevo Marcos. Ni una sola bordería. Su organismo debía de estar a punto de explotar.

—Claro. Eh, vale, vale. ¿Puedo quedarme a ver tus ejercicios?

—Si lo hago en el gimnasio...

—Lo sé. Pero quiero ir contigo.

—Qué raro eres —sonrió.

—Lo sé.

Le acompañé a hacer su rehabilitación, aunque no pudo terminar sus ejercicios porque cada vez le molestaba más. Le vi sudar, le vi sufrir. Y tuvo que abandonarlos a la mitad. Menos mal que había accedido a ir al médico por la tarde. Pero sabía que temía lo que pudieran decirle, así que mi cometido era acompañarle, aunque fuera de apoyo moral. Mientras él se fue a su sesión con Olivia, yo fui de camino a las pistas para ver el partido de Álvaro.

Me crucé con varios de los alumnos que, en los primeros días, no dejaban de meterse conmigo llamándome impostor y cosas peores. Pero ya era distinto. Pasé a su lado y ni siquiera se inmutaron. Ya no interesaba, ya no estaba de moda, y lo prefería. Que me dejaran tranquilo. Aunque así funciona el *bullying*, lamentablemente. O agotas a la persona que acosas, o te cansas y te olvidas de ella. Pero lo que para el acosador ha sido una broma o una tontería para el acosado es una herida que queda para siempre y, muchas veces, sin siquiera cicatrizar.

—¡Eh, Rion! ¿Dónde vas tan rápido? —me interpeló Paula Casals vapeando junto a otras dos chicas, escondidas detrás de una de las casetas de mantenimiento.

—¡A ver la otra semifinal! —grité mientras seguía corriendo.

—¿Qué otra semifinal? ¡Si ya ha terminado! —repuso una de las chicas, y frené en seco.

—¿Terminado? Es imposible.

—Sí. ¿Quién ha ganado? —preguntó otra de ellas—. ¿Javier Simón?

—Sí. Le ha metido una paliza al otro chico —puntualizó Paula mientras se llevaba su váper a los labios.

—No puede ser. ¿Ha perdido Álvaro? —pregunté, totalmente desubicado.

—6-3 y 6-0 o algo así. Un visto y no visto. Se vino totalmente abajo en el segundo set.

Joder. Me sentía fatal. ¡Había perdido de paliza! ¡Y no había estado ahí para darle ánimos! Tenía que encontrarle y hablar con él. Apoyarle todo lo posible. Porque estaría hecho una mierda.

—Por cierto, enhorabuena por tu victoria —apuntó Paula con superioridad—. Has jugado muy bien. Marcos y tú hacéis buen equipo. Qué pena que solo vaya a ser este torneo. Porque podríais conseguir muchas cosas.

—¿Solo este torneo? ¿Y eso por qué?

—Ah, no, nada. Nada, por nada —contestó a toda velocidad, como si estuviera ocultando algo que no debería haber dicho.

—¿Es que te ha dicho Marcos algo o qué? —pregunté, porque no estaba entendiendo por dónde estaba yendo la conversación.

—No, no. Tranquilo. No me ha dicho nada. Solo era un comentario —dijo entre risas.

—Pues menuda puta mierda de comentario, qué quieres que te diga —le solté, molesto, y me fui en dirección a la pista donde había jugado Álvaro. Por favor, que se hubieran inventado que había perdido de paliza. Que fuera una estúpida broma y estuvieran jugando todavía.

Pero, cuando llegué, ya estaban regando la pista y no había ni siquiera gente en las gradas. Sí que había terminado rápido, sí. Joder. ¿Dónde se habría metido? Empecé a buscarle por todos lados, a ver si le veía en algún sitio cerca de allí, pero no estaba. Se había ido. Lo único que tenía que hacer era estar allí apoyándole y es lo único que había sido incapaz de cumplir. Mierda.

Hasta que le vi llenando su botella en una de las fuentes que había entre las pistas de hierba artificial. Tenía el raquetero apoyado en un banco y estaba solo. Ni rastro de Damiano o de sus nuevas amigas. Así que corrí hacia él lo más rápido que pude, sobre todo para llegar antes de que terminara de llenar su botella y se fuera.

—¡Álvaro! ¡Eh! ¡Espera! —grité. Cuando miró hacia mi posición, vi que tenía los ojos rojos de haber llorado. Pero no quiso esperarme. Dejó la botella a medio llenar, la metió entre sus raquetas y se colgó la bolsa al hombro, dispuesto a irse antes de que yo llegara—. ¡Eh! ¡Que estoy ya! ¡Espera!

—Nos vemos en el comedor, Nicolás —dijo. Más bien gruñó.

—Oye, no, espera. ¿Quieres hablar? —pregunté casi sin aliento.

—En serio, ahora no me apetece. —Parecía yo cuando perdí y Marcos se interpuso tratando de hacerme entender que solo era una derrota y nada más.

—Lo entiendo, si yo estaba igual la última vez que perdí. Pero no puedes dejar la derrota dentro... No. Es decir, no puedes llevarte la derrota contigo y...

—¿Por qué no has venido? —me preguntó, dándose la vuelta y mirándome directamente, furioso—. Yo estoy en tus partidos, te animo, te apoyo. Y tú no eres capaz de venir. ¿Tanto te costaba?

—Espera, espera. ¡Sí he ido! Es decir, iba a venir. A ver, solo fui a ducharme, pero Marcos y yo nos entretuvimos, le acompañé a sus ejercicios y tal, y por eso he tardado un poco más, pero no pensaba que...

—Que fuera a perder de paliza, ¿no?

—Pues, la verdad, no. Pensaba que ganarías. ¿Qué ha pasado?

—Nada. Eso es lo que ha pasado. Nada. No me ha entrado ni una. Y encima las gradas estaban medio vacías. Contigo estaba todo lleno, pero, después de vuestro show, pues la gente se piró.

—¿Nuestro show?

—Déjalo, Nicolás. Me voy a duchar.

—Oye, lo siento por no llegar, ¿vale? Perdona. Se me ha pasado la hora, pero en serio que quería venir a verte.

—Si hubiera estado jugando Marcos, seguro que no se te habría pasado la hora —mascullό, aunque pude notar cómo se arrepentía al momento de decirlo.

—Eso no es justo, Álvaro.

—No lo es, no. Hablamos luego, ¿vale? Porque estoy cabreado y no quiero pagarlo contigo.

Y, con esa última frase, se fue.

Capítulo 65

Marcos

—Date tiempo —me dijo Olivia con toda la calma del mundo.

—¿Más tiempo aún? Necesito dar una respuesta. No me queda otra.

—¿Tú realmente sabes si quieres ir a Loreak? ¿O si quieres seguir aquí en Arcadia? Tienes que pensar primero eso.

—Eso es precisamente lo que no sé y no soy capaz de pensar. Porque la oferta de Loreak está ahí, ¿sabes? Pero... pero... siento que decepcionaría a todo el mundo.

—No puedes pensar en cómo va a reaccionar la gente ante las decisiones que tomes, Marcos. Porque eso lo único que va a hacer es frenarte. ¿Por qué crees que vas a decepcionar? ¿A quién?

—No lo sé. A Sebas, a Nico, a mi tío, a ti. Arcadia es mi casa. Lo ha sido siempre, pero...

—Pero ¿estamos obligados a quedarnos en un sitio solo porque haya sido nuestra casa? No, Marcos. Tienes que pensar en qué es lo mejor para ti. Aunque, por lo que cuentas, la oferta de Loreak no es lo que parece.

—¿A qué te refieres?

—Todo indica que quieren usarte para cambiar su imagen o para mejorarla. O para ambas cosas. Serías su proyecto, más que su alumno. Eso lo ves, ¿verdad?

—Supongo.

—¿Y estás cómodo con ello?

—No —admití—. Estoy hecho un lío ahora mismo, Olivia. No sé qué hacer.

—Siento decirte lo mismo, pero date tiempo, Marcos. Date un par de días. Disfruta de la fiesta de mañana. Marisa lo entenderá. Al final, es una decisión que no puede tomarse a la ligera, ¿no crees? —Su calma era contagiosa. Había entrado en la sesión repleto de nervios y había conseguido calmarme en pocos minutos.

—Sí, sí. Puede que lo hable con Nico…

—¿Qué tal estás con él? —Aprovechó que lo mencioné para cambiar de tema.

—Bien. Creo. Sí. Bien. Solo que…

—¿Qué ocurre? —inquirió, esperando poder indagar un poco más.

—A ver, anoche tuvimos una conversación, y le pedí perdón por haberle tratado mal y demás. Dormimos juntos. Y hoy por la mañana, después de ganar su partido, pues le he dado un beso delante de todo el mundo y me he sentido muy bien. Mejor que nunca. Aunque también he tenido como miedo, ¿sabes? Porque, en cuanto le he besado, he pensado: «Dios, le voy a perder».

—Ese sentimiento es normal cuando queremos a una persona.

—¿Querer? ¿Quién ha hablado de querer? —repliqué, asustado. Yo desde luego no había hablado de nada parecido—. A mí me gusta Nico. Sí. Y me importa. Se ha vuelto alguien… importante en mi vida. Sí.

—Creo que tienes miedo de mostrarte a ti mismo con él.

—Pero si el problema es que he sido demasiado yo. Por eso tuve que pedirle perdón —recordé.

—Me refiero a que… creo que te asusta que seas demasiado para él. Es difícil dejar entrar a alguien cuando has tenido esas experiencias. Cuando has sido abandonado antes, construir la confianza con los demás puede ser... arriesgado. Pero, dime, ¿por qué crees que Nicolás haría lo mismo? ¿Crees que podría dejarte?

—¿Nico? No lo creo, no. Pero ¿y si no soy lo que necesita ahora mismo?

—Eso no tienes que decidirlo tú. Esa es una decisión que solo le corresponde a él. Tienes que dejar que alguien se acerque a ti sin sentir que tienes que rechazarlo. Permítete ser vulnerable. Con Nicolás puedes serlo. Te lo ha demostrado, ¿verdad?

—Sí, supongo, sí…

—Trata de vivir el momento con él, Marcos. No pienses tanto en lo que va a suceder. Solo así vas a poder disfrutar con Nicolás de verdad. Solo así vas a poder estar sin tanto miedo.

Olivia siempre dando en el centro de la diana. Cuando salí de su consulta, me agobié pensando que a lo mejor había cometido un error contándole lo de Loreak y mi cena con Marisa Salas. ¿Y si se lo contaba a Sebas? Eran muy amigos. De hecho, se rumoreaba que ya eran algo más. Unos sudores fríos comenzaron a recorrerme la espalda. Paula ya lo sabía, y era cuestión de tiempo que se lo contara a alguien. Y ahora también lo sabía Olivia. Aunque no había hecho nada malo. Simplemente me había limitado a escuchar, pero en ningún momento había dicho que fuera a irme a Loreak.

Durante la comida, la planta de los profesores estaba repleta. No había faltado ni uno solo. Como si todos nos hubiéramos puesto de acuerdo en ir a comer a la misma hora. Zoe me saludó con la mirada mientras se reía a carcajadas con otros dos de los profesores, Lolo y Juan. Fui a la barra para pedir mi comida y elegí el menú más sencillo, con salmón al horno, puré de boniato y una sopa de tomate de primero. Tampoco tenía más hambre. La comida de Arcadia estaba buena, por supuesto. Pero, si se comparaba con la que servían en El Remolí, todo se quedaba un poco soso, un poco sin gracia. Mientras comía, me di cuenta de que había más movimiento del que solía haber a esas horas, y todo era porque una de las profesoras, Isabel, caminaba entre las mesas apuntando algo en su iPad. Hasta que llegó a la mía y se quedó un rato en silencio, decidiendo si me hablaba o pasaba de largo.

—¿Pasa algo? —le pregunté sin apartar la mirada de mi plato.

—¿Quieres apostar por las finales de mañana?

—¿Aún seguís haciendo eso?

—Tenemos las apuestas de Coral contra Sylvie. Milo contra Thomas. Sandra contra Rebeca. Eloy contra David. Nicolás contra Javier...

—¿Cómo van las apuestas de Nicolás contra Javier?

Empezó a revisar su tablet y chasqueó la lengua.

—Pues... por ahora... las apuestas están bastante claras. Diez a uno a favor de Javier.

—¿Y cuánto estamos apostando?

—Lo que quieras. Pero el tope son diez euros —me contestó Isabel, algo harta de tener que explicarme las cosas.

—¿Sebas sabe algo de esto?

—Quieres apostar o no —dijo con impaciencia.

—No, no. No hace falta. —Ella protestó y siguió a la siguiente mesa.

Curioso que los profesores siguieran con la dinámica de apostar en los partidos de los alumnos. Y, hasta donde sabía, muchos de los séniors también seguían apostando. Poco dinero, sí, pero era una práctica que ni le gustaba a Sebas ni me gustaba a mí. ¿Diez a uno a favor de Javier? Muy poca confianza tenían en Nico. Iba a tener que demostrar que podía superar la presión de enfrentarse en la final al mismo jugador que le había derrotado en el primer torneo. Si ya tenía ganas de que ganara, ahora, saber que los profesores estaban apostando contra él solo había hecho que aumentaran mis ganas de manera exponencial. Pensé en apostar también, ya solo por apoyarle, aunque ni siquiera lo fuera a saber nunca. Pero prefería alegrarme cuando ganara en la pista. Obviamente, no le conté nada a Nico cuando fuimos a la consulta del médico de Arcadia, el doctor Arjona. Tenía pánico de lo que pudiera decirme, pero Nico tenía razón. Era algo que tendría que afrontar tarde o temprano, sobre todo si pretendía recuperarme y volver a mi nivel. O, al menos, a un nivel que se le acercara. Si hubiera ido solo, seguramente me habría dado la vuelta. Porque a veces la cobardía me gana. Pero con él a mi lado sentí el apoyo que me faltaba. Al menos iba a estar ahí para cuando me dijeran si había esperanza para mi rodilla o no.

—¿Marcos Brunas? —dijo el hombre desde el interior de su consulta tras salir una chica con un brazo en cabestrillo.

—Esa está más jodida que tú —bromeó Nico, pero yo no era capaz de reír. Me levanté del asiento de la sala de espera. Él se levantó justo después que yo y entró en la consulta conmigo, dispuesto a apoyarme hasta el final.

—¿Qué tal, Marcos?

—Hola, doctor —saludó Nico, haciendo una extraña reverencia sin sentido que nos dejó a los dos confusos—. ¿Qué tal está usted?

—Hola, eh...

—Nicolás Rion. Para servirle.

El médico me miró, extrañado, y yo me limité a encogerme de hombros y sentarme frente a él.

—No te esperaba hasta la semana que viene. ¿Ha ocurrido algo? ¿Cómo va tu rodilla? —preguntó, curioso, y con un tono de voz algo preocupado. Dudé si decirle la verdad o decirle que todo estaba bien, levantarme e irme. Pero noté la mano de Nico apoyándose en mi pierna, que no dejaba de temblar, y supe que no podía escapar de ello. Había que ser valiente. Igual que en la pista.

—Pues, la verdad, un poco jodida últimamente.

—¿Sigues haciendo los ejercicios y poniéndote la crema que te receté?

—Sí, todo al pie de la letra. Pero no mejora. Estos últimos días me ha empezado a dar pinchazos. Sobre todo cuando me agacho. —El tonto de Nico soltó una risotada.

—Perdón.

—Vamos a echarle un vistazo, ¿te parece? —Asentí y, obedeciendo al traumatólogo, me senté en la camilla. Durante varios minutos me estuvo dando indicaciones mientras me tocaba la rodilla. Pero simplemente se limitaba a asentir o a negar con la cabeza, siendo lo más misterioso del mundo. Mi rodilla hizo algún crujido raro que no esperaba, pero no me molestó mucho mientras seguía estirando y doblando la pierna—. ¿Habías sentido estos pinchazos antes?

—Hacía tiempo que no —admití.

—¿Y has hecho algún tipo de movimiento brusco estos últimos días?

—He... he estado entrenando de vez en cuando, pero todo de manera muy *light*. Sin forzar —me apresuré a decir, aunque sabía que no era del todo cierto.

—Vale. Parece que la recuperación va por buen camino, Marcos. En serio. No te asustes. De todos modos, voy a pedirte otra resonancia para asegurarnos de que todo va bien.

—Si acaba de decir que va por buen camino —repuse, extrañado.

—Sí, claro. Pero mejor asegurarse. Esos dolores no deberían estar ya, así que será mejor descartar cualquier sorpresa de última hora. Lo primordial es evitar otra operación, Marcos.

—¿Otra operación? —Empecé a hiperventilar.

—Tranqui, que ha dicho que la vamos a evitar —intervino Nico tratando de calmarme—. ¿Verdad, doctor?

—Es lo principal, sí. Seguramente todo esté bien y no haga falta. Pero, por si acaso, mejor asegurarnos.

—Pero es que yo ya me he operado dos veces. ¡Y siempre me decís lo mismo! Todo va bien, todo va bien. Es solo una resonancia. Solo para asegurarnos —protesté.

—Hay que tener mucho cuidado, Marcos. La rodilla es algo muy sensible. No deberías estar entrenando. O, al menos, deberías hacerlo con supervisión.

—No soy un bebé —aseveré.

—No te comportes como un bebé —replicó el doctor, molesto—. Entiendo tus ganas de volver a jugar. Pero hay que tener paciencia. Un movimiento en falso y quizá tu rodilla diga basta. ¿Lo entiendes?

—Ya he tenido suficiente paciencia.

Me levanté de la camilla, furioso, deseando salir de esa consulta cuanto antes. Fue verme de pie y Nico me imitó, preocupado.

—Vente en un par de días y haremos esa resonancia.

—Vale —refunfuñé y, dándome la vuelta, salí de allí, hecho un basilisco—. Gracias por nada —susurré entre dientes. Escuché a Nico dándole las gracias al doctor de manera apresurada. Salió tras de mí, aunque le costó bastante alcanzarme, porque mi ritmo... era mi ritmo.

—¡Marcos, espera!

—Es que ¿tú lo has oído? Otra resonancia más. Estoy harto. ¡Harto! —gruñí.

—Pero no te ha dicho nada malo. Solo que lo va a hacer para descartar cosas. Eso está bien.

—Es que eso ya me lo ha dicho otras veces. Y, sorpresa, siempre acababa en operación —señalé. Y era verdad. Esa visita, lejos de calmarme, me había puesto más en tensión. No solo eso, sino que Loreak había pasado por mi mente de nuevo.

—Yo estoy seguro de que te lo ha dicho con conocimiento. Es decir, que ha visto que no va a pasar nada.

—Nico, gracias por tratar de decirme lo positivo. Pero le he visto la cara cuando me tocaba la rodilla y cuando le he dicho lo de los pinchazos. No le parece tan bien. No está del todo convencido, y eso lo noto. Porque no es la puta primera vez. —Aunque debía relajar el tono. Nico no tenía la culpa. Para nada.

—Lo sé, lo sé. Pero ¿podemos dejar de ser gafes por un instante y esperar a que llegue el momento? Ahora mismo no te ha dicho nada malo. Venga, quedémonos con eso.

Quería gritar, explotar y mandar todo a la mierda. Sobre todo mi rodilla, y a mí mismo, por esa estúpida caída de un año antes que me había costado todo cuanto quería. Y lo habría hecho, de no tener a Nico frente a mí mirándome a los ojos y ofreciéndome su ayuda con su mirada.

—Ya veremos —fue lo único que me salió decir.

—Vale, no es la respuesta que buscaba, pero al menos no ha sido un grito —rio—. Hoy nada de pensar en tu rodilla, ¿entendido? Y mañana, cuando gane el torneo, lo celebramos yendo al Azul a comer.

Capítulo 66

Nicolás

—Javier Simón gana 3-6, 6-4 y 10-7 a Nicolás Rion. Javier Simón es el campeón del torneo.

¿Acababa de perder? Pero si había remontado un 7-0 en el *super-tie-break*. Miré a mi alrededor, a la gente que me miraba en las gradas, al árbitro..., a Marcos. Esperando una especie de milagro. Que alguien gritara que no se había acabado, que quedaba un punto más. Que esa última derecha que había golpeado hacia su lado de la pista realmente había entrado y no se había ido medio metro fuera. No pasó nada. Solo aplausos y gritos que indicaban que el partido había llegado a su fin. Un desenlace que no había imaginado, porque me había visto bien. Había jugado bien. ¡Había jugado mejor que bien! ¿Desde cuándo perdían los que juegan mejor que el rival?

—¡Bien jugado, tío! Ha sido difícil ganarte —me dijo Javier cuando los dos nos acercamos a la red para saludarnos.

—Gracias. Eh, tú también. Enhorabuena —respondí, aunque casi en shock, porque todavía no era consciente de que realmente había perdido. Sí, aún tenía el torneo final, pero eso no hacía que la derrota doliera menos.

Después de darnos la mano, él se quedó en el centro de la pista celebrando su victoria, saludando a todo el mundo. Incluso cogió una pelota del suelo y la lanzó fuera, por encima de la valla, como quien lanza un ramo de flores en una boda. Yo, mientras, cabizbajo, fui a mi asiento y me dejé caer, derrotado. Hasta ese momento no había sido consciente de lo cansado que estaba. Porque es que me había matado en ese partido. Había corrido como en mi vida. Había golpeado todas las bolas con toda mi fuerza y, aun así, no había servido para ganar. Sí, había estado a punto. Dos veces. Primero en el segundo set, porque iba ganando 4-1. Es decir, 6-3 y 4-1. Lo tenía hecho. Pero me lo creí. Me relajé. Y, cuando tenía el punto para el 5-1, una bola suya rozó la cinta de la red y cayó en mi lado. Yo ni siquiera corrí hacia ella, porque era imposible llegar. Ese fue el principio del fin. Lo veía tan claro que, cuando esa bola, en vez de quedarse en su lado, pasó al mío, me descuadré del todo. Me descentró por completo, y empezó a remontarme. Primero un punto, luego dos, luego tres, luego un juego, luego otro, luego un set... Y luego el partido. Debía tener cuidado con esas lagunas mentales que tenía de vez en cuando, porque me podían salir muy caras.

—Has jugado muy bien, Nico —me felicitó Marcos entrando en la pista y sentándose junto a mí, mientras yo ni había sido capaz de guardar la raqueta en el raquetero. Estaba ahí sentado, con la mirada perdida en el horizonte, pensando en todos los fallos que había cometido y que ya no tenían solución. Nos encanta repasar nuestros errores sabiendo que no vamos a poder subsanarlos. Supongo que así es la vida, ¿no? Vas cometiendo un error tras otro, y, cuando tienes un acierto, es tu mejor día.

—Sí, supongo —contesté en automático.

—¿Qué hablamos la última vez?

—No sé, hablamos mucho.

—Nicolás, piensa —dijo acariciándome la pierna, y eso me hizo darme cuenta de dónde estaba y volver al mundo de los vivos.

—No lo sé.

—La derrota se queda en la pista. No te la lleves fuera. Tienes que dejarla aquí. Una cosa es llevarte lo que has aprendido de tus errores. Otra muy distinta es dejar que te definan y que se vengan contigo para siempre.

—Sí, sí —asentí.

—Pues venga. Coge la raqueta, guárdala, vámonos y deja tu derrota aquí. ¿Trato hecho?

Se puso en pie y me tendió la mano para ayudarme a levantarme. Yo tardé unos segundos en mirarle, tratando de decidir qué hacer. Hasta que le cogí la mano, me puse en pie y, al hacerlo, me sentí más liviano, como flotando, como si al levantarme el peso de la derrota se hubiera quedado en el banco, aprisionado. Guardé la raqueta, me puse el raquetero al hombro y, después de echar un último vistazo a la pista, salimos los dos, con la confianza de que mi siguiente partido sería mucho mejor. Pero aún quedaba un día para ello. Porque primero teníamos la fiesta del paso de ecuador.

Álvaro no vino a verme a la final. Ni siquiera habíamos cenado juntos la noche anterior. Después de una pequeña clase con Marcos, que se limitó a él tirándome bolas y viendo diferentes tácticas para ganar la final, pensé que le vería durante la cena, pero nada. Ni rastro de él. Supuse que seguía enfadado, así que mejor dejarle su espacio y que volviera cuando quisiera volver a hablar conmigo. No le había contado nada a Marcos, porque realmente ni sabía lo que había pasado. No quería pensar en la palabra «celos» porque no creía que todo fuera tan simple como para poder reducirlo solo a eso. ¿Quizá me había centrado tanto en Marcos y en mejorar mi juego que le había dejado a él de lado? Podía ser, aunque no lo tenía tan claro. Porque él seguía viniendo a mis partidos. Seguíamos cotilleando en cada desayuno, en cada comida, en cada cena. El día de *La La Land* estaba ahí con sus amigas tan feliz. Aunque es verdad que había sido él el que me propuso el plan. Yo le dije que no… y luego aparecí con Marcos. ¿Sería ese el motivo de su enfado?

—Nicolás Rion, ¿estás aquí o en Marte? —me gritó Marcos desde el otro lado de la pista.

—¡Aquí, aquí! ¡Estoy aquí! ¿No me ves? —respondí yo.

—¡Pues espabila, joder! —bramó para que se enterase todo el mundo del resto de las pistas. «No hacía falta gritarlo tanto —dije para mis adentros—. Joder, qué tío más dramático».

La noche anterior habíamos dormido juntos. Sí, nos liamos un rato, pero Marcos era demasiado profesional. «Tienes que dormir», insistía siempre que llevaba mi mano un poco más abajo de su ombligo, así que desistí y dormí como hacía mucho tiempo que no lo hacía. Su respiración era casi como esos sonidos blancos que ayudan a conciliar el sueño. No me había dado cuenta hasta ese momento, pero era algo que me relajaba de una forma increíble. Quizá estaba demasiado relajado para el partido. Yo qué sé. Aunque también influyó que, entre el público, estuviera mi padre.

El primer partido que me veía y tenía que ser mi derrota en la final. Cuando llegamos al *supertie-break*, le vi levantarse de las gradas e irse. Al parecer su apoyo solo llegaba si yo ganaba. Pero, si perdía, eso ya no le interesaba como padre. No es que fuera un mal padre, sino que simplemente no sabía cómo ser uno. ¿Y quién sabe? Es decir, a mí me quedaba muchísimo para llegar ahí, pero supongo que debe dar mucho miedo. Tener la responsabilidad de otra vida en tus manos. No lo había hecho mal conmigo. Pero tampoco lo había hecho demasiado bien. Fue verle y recordar nuestra conversación y que quería que llamara a mamá. Aún no había reunido el valor suficiente para hacerlo. Porque sabía que, cuando lo hiciera, no me iba a coger la llamada. Todos esos pensamientos no eran buenos para mi concentración. Ya me lo había dicho Olivia, y también Marcos. Cómo me descentraba en los partidos.

—Puedes controlar tus emociones, pero no el resultado. Y si consigues controlar lo controlable, si consigues enfocarte solo en eso, desde ahí solo puedes crecer —me dijo en una de nuestras sesiones. Claramente no había sido capaz aún de hacerlo. Al menos, no del todo, y no como me gustaría. Pero aún quedaba un torneo más y estaba en juego la *wild-card*, una invitación a uno de los torneos importantes que se jugaban en septiembre. Esa era mi meta. Ahí tenía que enfocarme y, con Marcos a mi lado, estaba seguro de que iba a conseguirlo por fin.

Tras la derrota, sacó su libreta y me hizo repasar punto por punto lo que había ocurrido en el partido. Tenía apuntado absolutamente todo. Cada fallo, cada error no forzado, cada derecha ganadora, cada *ace* del contrario... Todo estaba ahí, y, aunque antes odiara que apuntara cosas, ahora me parecía la mejor idea del mundo.

—¿Ves? Has fallado el doble de derechas en todo el partido. Y, aun así, te empeñabas en buscar continuamente las bolas de derecha. Tu revés es bueno. Lo atacas muy bien. Juega más con él, no lo escondas tanto.

—¿Tú crees? Siempre tengo la sensación de que mi derecha es más fuerte.

—Puede que sea más fuerte, pero tu revés es mucho más seguro. Y con rivales como Javier necesitas seguridad, no potencia. Eso lo ves, ¿no?

—Sí, sí. Pero, claro, si mi revés es flojo...

—Joder, qué cabezota eres. ¿Te vuelvo a enseñar todas tus estadísticas? Te estoy diciendo que uses más tu revés, que es tu punto fuerte —repuso, empezando a enfadarse.

—Vale, vale. Tú mandas.

—No, no. Yo no mando. Yo solo te digo las cosas que hay. Los números no mienten. Ni las estadísticas. Y contra rivales como Javier, que son mejores que tú, tienes que ser más listo y más seguro, ¿entiendes?

—¿Es mejor que yo? —dije, compungido.

—Por ahora. Veremos en el siguiente partido quién gana a quién.

Buena respuesta. La única que podía darme para no hundirme más en la miseria. Por suerte, ese era nuestro día libre. No había entrenamientos, no había clases a los de iniciación, no había gimnasio ni natación. Todo el día libre hasta que llegara la fiesta del paso de ecuador, que comenzaba a las siete de la tarde en el edificio principal, junto a los enormes jardines que lo rodeaban. Si lo pensaba fríamente, Arcadia era como un paraíso. Porque no solo contaba con todas las instalaciones deportivas que pudieras imaginar, sino que además la academia era preciosa y tenía cada detalle cuidado al milímetro. La ubicación entre montañas la convertía en una especie de sitio mágico, que solo podías ver en películas y series de fantasía. Las palmeras de la avenida principal te hacían creer que estabas en una de las grandes academias de tenis de Estados Unidos. Y sus edificios, con grandes ventanales por todos lados, sin apenas paredes, con espacios vastos y abiertos, te hacían sentir como si fueras una pequeña mota de polvo entre tanta inmensidad. Así era Arcadia.

—¿Quieres ir al pueblo para dar una vuelta antes de que empiece la fiesta? —le sugerí cuando salimos de comer. Y no, no vi a Álvaro por ningún lado.

—¿Al pueblo? ¿Para qué?

—No sé. A la playa o algo. ¿No te apetece? ¡O…! ¡Espera! ¿Y si me llevas al sitio ese que me dijiste?

—¿Qué sitio? —preguntó frunciendo el ceño.

—Cuando me torcí el tobillo, me dijiste que tenías un sitio perfecto para reflexionar. ¿Dónde es? ¿Por qué no vamos?

—¿Yo te dije eso?

—Sí, tú, Marcos Brunas. Tú me lo dijiste.

—Hum… —Hizo que estaba pensando muy seriamente—. Vale, creo que sé qué sitio te dije. Pero es un sitio del que no puedes hablar con nadie. Ni siquiera con Álvaro. Sergio me mataría.

—¿Quién es Sergio?

—Coño, Nico, el jefe de mantenimiento. Le has visto un millón de veces estos días.

—¡Yo qué sé! Aquí hay cientos de personas. ¡Como para acordarme de todos sus nombres estoy yo! —protesté.

Marcos gruñó, entornó los ojos y me indicó con la cabeza que le siguiera. Atravesamos el paseo principal, pasamos cerca de las pistas cubiertas, vacías a esas horas de la tarde, y junto a las piscinas, con las aguas calmadas sin nadadores y con un olor a cloro suave aromatizando el ambiente. Entramos en el campo de atletismo, donde había un grupo de chicos haciendo pruebas de velocidad (uno de ellos era David, el que bajó con nosotros al pueblo la primera vez), y salimos de ahí para llegar al campo de fútbol, también vacío de jugadores y con el sol en lo alto calentando el césped a demasiados grados. Un césped perfectamente cuidado, prístino y perfecto. Marcos empezó a rodearlo y fue a la zona de detrás de las gradas, donde había un enorme muro grisáceo.

—¿Me has traído a reflexionar… al campo de fútbol? ¿Somos heterosexuales ahora? —bromeé.

—Calla —me ordenó, y llegamos a la esquina más alejada de las gradas, donde ya no había asientos y el muro estaba cubierto por una enredadera frondosa y pegajosa. Me miró, juguetón, y con la mano apartó varias ramas de la enredadera, descubriendo una pequeña puerta desvencijada justo detrás.

—¿Y eso?

—Ahora lo verás. —Metió la mano por un agujero oscuro escarbado en la roca y, una vez que ya había metido el brazo hasta el codo, empezó a contorsionarse, como si intentara alcanzar algo al otro lado. Hasta que sonó un ¡clic! y la puerta se abrió unos centímetros—. Ya está. Espera.

Me indicó que me apartara un poco y, con ayuda de las dos manos, consiguió abrir la puerta un poco más, casi arrastrándola por el suelo, con la piedra chirriando con fuerza. Hasta que abrió un hueco lo suficientemente grande como para que cupiéramos los dos. No tenía ni idea de dónde me estaba llevando, pero me intrigaba tanto que estaba disfrutando mucho de la sorpresa. Entramos los dos por el hueco y, tras atravesar una especie de túnel de mantenimiento abandonado, salimos a un claro de luz que me hizo cerrar los ojos unos segundos. Pero, cuando los abrí, vi ante mí el jardín más bonito que había visto en mi vida.

Capítulo 67

Marcos

El jardín secreto de Arcadia. Cuando Sergio me habló de ello, pensaba que sería una estupidez. No imaginaba que sería mi lugar favorito de toda la academia. Hace unos meses pasé por momentos muy oscuros. Los más oscuros de mi vida. La lesión de la rodilla me hizo entregarme a una espiral de autodestrucción casi imparable. Nadie fue capaz de entenderme, de comprender lo que pasaba por mi mente. Ni siquiera yo. Por eso intenté acallar todos mis pensamientos y demonios aquella noche. Menos mal que Min-ho me encontró. Aunque le odiara, siempre iba a deberle la vida, y eso no lo iba a cambiar nadie. Nunca. Y recordarlo era parte del proceso para que pudiera volver a confiar en él. No había sido justo con Min-ho. No había sido justo con nadie. Pero, en esas situaciones tan extremas, ¿quién es justo? ¡Si ni siquiera yo lo era conmigo! Hasta que, un día, en el hospital, cuando estaba en observación después de aquella noche en la que me di por vencido, entre toda la gente que vino a visitarme estaba Sergio, el encargado de mantenimiento. Éramos amigos, porque yo era de los pocos que no le miraba por encima del hombro. Cuando uno está en una academia repleta de niños ricos, ninguno es capaz de empatizar con la gente que consideran que está por debajo de su escalón social. A mí eso me daba igual.

Cuando mis padres murieron, me dejaron una fortuna, y mi tío iba gestionándola poco a poco. Uno de sus primeros gastos, de hecho, fue mandarme a Arcadia, porque sabía que era mi sueño, y también el de mi padre. No habría sido el mejor tutor legal que uno podía tener, pero se había ocupado de mí, me quería y quería lo mejor para mí, aunque a veces viviera demasiado a través de mí y su exigencia fuera inhumana. Yo venía de una familia rica, pero nunca me había sentido como tal. Y generalmente tenía mucha más conexión con los alumnos becados, o con los trabajadores de Arcadia, que con sus propios alumnos millonarios. Sergio lo apreciaba, y por eso siempre me echaba un cable cuando más lo necesitaba, y aquel día lo necesitaba y mucho. Simplemente me dijo que, cuando pudiera salir de esa cama de hospital, me enseñaría mi próximo lugar favorito de Arcadia. Yo pensaba que era una exageración, algo que me decía para animarme, para darme ganas de continuar, y en parte lo consiguió. Porque lo único que me hacía tener ganas de volver a la vida era precisamente descubrir ese lugar. Puede sonar raro, pero era mi única motivación.

Así que, cuando me llevó a esa puerta secreta y me enseñó el jardín detrás del campo de fútbol, me quedé de piedra. Me explicó que lo tapiaron y abandonaron cuando construyeron el campo de fútbol. Pero él quería seguir manteniéndolo, así que cada mañana se encargaba de regarlo, de podar las plantas, de cuidar las flores y de limpiar la fuente de agua que había en el centro. Con el tiempo se convirtió en su refugio y, en ese momento, quiso compartirlo conmigo. Era un jardín circular con una fuente de piedra en el centro, con el agua cayendo en finos hilos que generaban un rumor continuo, pero suave y relajante. Las enredaderas y buganvillas se extendían por el muro que rodeaba gran parte del jardín y, entre dos árboles que se inclinaban en una forma imposible, creando una especie de media luna, se podía ver todo Arcadia, todas sus instalaciones, todos sus jardines, todo el complejo en su gloriosa inmensidad. Sergio había colocado uno de los bancos rotos de la academia y lo había restaurado, pintándolo de un verde oscuro para mimetizarlo con el entorno. Desde ese momento, ese jardín se convirtió en mi sitio para reflexionar cuando estaba triste, cuando estaba perdido o cuando necesitaba escucharme. Pese a que ya no hablábamos casi en su momento, decidí enseñárselo a Minho, como gesto de buena fe por haberme salvado la vida. Acabamos discutiendo y fue nuestra última conversación. También quise mostrárselo a Paula, pero ya no nos hablábamos. Y, si yo soy orgulloso, ella mucho más.

Ahora, ese lugar, también era parte de Nico.

—Esto es una pasada —exclamó con la boca abierta, totalmente asombrado.

—Te lo dije. Es un sitio perfecto para reflexionar y escapar de todo, ¿no te parece?

—¿Y solo lo conoces tú?

—Min-ho y Sergio también —señalé.

—Gracias por enseñármelo. Es increíble.

—Ahora estamos de día y es muy bonito, sí. Pero de noche cambia por completo. Las flores que hay aquí son increíbles. Y no toques esos hongos de allí morados, que son supervenenosos, brillan por la noche con luz propia. Mortales pero hermosos. La naturaleza muchas veces juega bastante sucio —bromeé.

—Qué fuerte... ¡Eh! ¡Si se ve todo Arcadia! —gritó al asomarse entre los dos árboles que dibujaban una forma de media luna.

—Es la mejor parte de este jardín —afirmé mientras me sentaba en el banco y veía a Nico alucinar con las vistas. Quizá ese era el momento perfecto para hablar con él sobre Loreak. Ya había jugado su partido, así que no habría problema de desestabilizarle ni nada parecido. Y necesitaba hablarlo con alguien más allá de Olivia. Además de que, desde mi visita al médico, no podía dejar de pensar en otra cosa—. Oye, Nicolás..., tengo que contarte algo.

—¿Nicolás? Uy... —dijo con temor y se acercó—. ¿Estás bien? ¿Pasa algo?

—Bueno, quiero hablarte de algo. Simplemente contártelo, ¿vale? Aún no he tomado una decisión, pero me gustaría saber tu opinión.

—¿Saber mi opinión? —Se le iluminó la cara, como si le hubiera dicho el mejor cumplido de su vida—. Vale, vale. Espera que me siente, que quiero estar preparado. Cuéntame.

—Me han ofrecido irme a Loreak. A la academia —le solté sin tapujos. Sin introducción ni dar vueltas. Nico sacudió la cabeza, algo aturdido, e inspiró profundamente.

—No esperaba eso, la verdad.

—Déjame que te explique bien. ¿Recuerdas la comida con Min-ho?

—¿Min-ho? Pero si él es alumno de Arcadia.

—Sí, pero lleva meses entrenando en Loreak. Cuando volvió, me ofreció irme allí con él. Aunque yo le dije que no. Desde entonces, no han dejado de insistirme. Hasta Boro Lodi llamó para convencerme —recordé, y solo el hecho de citar ese nombre hizo que Nico flipara un poco más.

—¿BORO LODI TE LLAMÓ? ¿Y ME LO CUENTAS AHORA?

—Nico, eso no es lo importante. Después de ese intento, yo seguía dudando. ¿Irme a Loreak? No. Mi sitio siempre ha sido Arcadia. Es como mi casa. De hecho, es más mi casa que mi propia casa. Hasta que apareció Marisa Salas.

—Esa es...

—La directora de Loreak.

—Justo. Lo que iba a decir.

—Ella ya había intentado llevarme a su academia cuando me convertí en el número uno de Arcadia. Cuando conseguí esa invitación para la previa de Roland Garros y, sobre todo, cuando conseguí clasificarme para el cuadro principal. Eso sí, dejó de insistir en cuanto me lesioné —recordé con amargura—. Al parecer seguía teniendo mi teléfono y me propuso cenar con ella y con Min-ho para contarme lo que tenía pensado para mí.

Vi en los ojos de Nico que estaba atando cabos en su cabeza, y estaba a punto de decir, de preguntarme si ese fue el día que yo estuve tan misterioso y desaparecí por la noche. Pero se calló y me dejó seguir hablando. Así que le hablé de la cena, le conté todo lo que me dijo Marisa sobre los tratamientos con terapia génica para mi rodilla, cómo iba a convertirme en la imagen, más o menos, de Loreak..., todo. No quería que le faltara ni un solo dato de información. Escuchó, paciente, aunque de vez en cuando hacía muecas que me sacaban de quicio, y esperó a que yo terminara.

—Así que eso es todo. Y la verdad es que estoy hecho un lío. No sé muy bien qué tengo que hacer.

—¿Y te fías de ellos?

—¿Cómo?

—Es decir. Es una buenísima oportunidad. Pero me da la impresión de que no confías mucho en nada de lo que te propuso Marisa y... ¿qué hacía Min-ho en esa cena?

—Hacer fuerza para convencerme.

—Así que él está contento allí... —reflexionó.

—Sí, eso parece, sí.

—Vale... —Se quedó en silencio unos segundos—. A ver, a mí todo me suena bien, siendo sincero. Pero es verdad que quizá y solo quizá... lo que te prometen sea una pequeña trampa. Es decir, y no te ofendas por lo que te voy a decir, pero Loreak no está pasando por su mejor momento de imagen, digámoslo así. Y, por lo que me cuentas, parece bastante claro que quieren usarte como su renovación. Vamos, una historia de redención y superación en toda regla. De esas que gustan en Hollywood.

—¿Tú crees? —pregunté, confuso.

—No lo sé. Pero es la impresión que me da. No dudo que te harán sentir como un rey, ojo. Pero tampoco dudo que vayan a usarte para conseguir patrocinadores y para lavar su imagen todo lo posible después de los escándalos de dopaje y todas esas cosas.

—Es que es eso. No estoy seguro ni de ese tratamiento ni de ninguna de sus promesas. Además, sería irme de aquí. Sería traicionar a Arcadia. Y dejarte a ti... —Eso último, lo admito, lo dije en un tono de voz mucho más bajo.

—¿Dejarme a mí? Pero espera. ¿Cuándo te tienes que ir?

—No lo sé, porque no he dado una respuesta, pero me dijo que sería algo inmediato —puntualicé, y eso ya le puso un poco más triste.

—Yo... yo soy lo de menos, Marcos. Lo importante es tu carrera, tu sueño. Y si sientes que tienes que ir, y dejar todo esto atrás, es tu decisión. Pero pensando en ti. No pensando en Arcadia, en Loreak..., ni siquiera en mí. Es decir, no me malinterpretes. Yo... A ver... Cómo lo digo sin sonar cursi... Yo no quiero que te vayas de aquí. Quiero estar contigo. Creo que eso ha quedado claro, ¿verdad? —Me cogió las manos, mirándome directamente a los ojos—. Pero a mí me hace feliz verte feliz, y si tu decisión al final es irte a Loreak, oye, pues yo a tope con ello. Ya descubriremos la forma de seguir teniendo lo que sea que tengamos, ¿no? —sonrió, nervioso—. Joder, y eso que nos conocemos desde hace nada, pero ya siento que te conozco de toda la vida. Mierda, al final sí que he sonado cursi, coño.

—La verdad, estoy sorprendido contigo, Nico —confesé.

—¿Y eso por qué?

—Pensaba que te iba a decepcionar, que te ibas a...

—¿Enfadar?

—Esa no era la palabra.

—Sé por lo que has pasado este último año. Bueno, en tu vida en general. No ha sido fácil. No ha sido nada fácil. Así que nunca voy a enfadarme si te veo feliz, y no hay nada que más desee en el mundo que verte triunfar y volver a lo más alto. Después de mí, por supuesto —se rio, y me contagió—. Solo quiero que estés seguro. Porque es un paso importante. Y creo que aún no tenemos toda la información necesaria. Deberías hablar más con Min-ho. Quizá él te pueda ayudar más.

—¿Min-ho? —¿Le decía lo del beso? No. No había significado nada. ¿Para qué iba a hacerlo?

—Sí, no sé. Dices que él está ahí entrenando. Pues sabrá más cosas, te podrá orientar mejor. Aunque es verdad que, perdona por lo que voy a decir, pero parece demasiado interesado en que vayas a Loreak. ¿Le habrán prometido algo a cambio?

—Ahora estás siendo conspiranoico.

—Un poco, lo admito, pero me encanta una buena conspiración —bromeó.

—¿Tú que tal estás? —pregunté, cambiando de conversación—. ¿Quieres que repasemos la final y…?

—¡Ni de coña! Hoy es la fiesta del paso de ecuador, ¿no? Pues a divertirnos y ya mañana nos deprimimos juntos, ¿te parece?

—Me parece.

Capítulo 68

Nicolás

¡Joder! ¿Que se iba a ir? ¿Ya? Esto es, si decía que sí, era probable que ni siquiera siguiera en Arcadia la semana que viene. La semana del torneo definitivo de la academia. Y ahora justo cuando por fin me había demostrado que yo le gustaba. Justo cuando empezábamos a ser algo... el puto tenis se volvía a interponer. Me cago en la puta. Pero, claro, era una buena oportunidad. Sí, Arcadia era la mejor academia, pero en Loreak le estaban ofreciendo un nuevo tratamiento, además de centrarse en él, en su carrera, en su recuperación. ¡Hasta el mismísimo Boro Lodi le había llamado para convencerle! ¿Cómo iba a decirle que odiaba la situación y que no quería que se fuera? Eso habría sido de egoísta, de tóxico, de posesivo. Sobre todo porque solo nos conocíamos desde hacía dos semanas. Aunque todo me sonaba demasiado bonito para ser real, y claramente tenían intereses de por medio. Al final se iba a cumplir lo que tanto temía: otra persona que me importaba me abandonaba a probar suerte en otra parte. Pensar en ello me dolía, pero sabía que no podía interponerme en su futuro. Ya encontraríamos la forma..., si no se olvidaba de mí, claro.

—Creo que ya va siendo hora de que vayamos a cambiarnos, ¿no? Dentro de poco empezará la fiesta, y habrá que estar presentables —comentó levantándose del banco.

—¿Presentable? Es decir, ¿me tengo que poner un traje o algo así? Porque yo no he traído nada de eso.

—Con que te pongas una camisa, vas perfecto.

—Una ¿qué? —dije, entrando en pánico. Nadie me había hablado de esa fiesta antes de venir a Arcadia. Y, si lo habían hecho, mi mente lo había borrado al momento.

—Te dejaré una de las mías. ¡Siempre que no me la manches!

—¡Jamás se me ocurriría! —me defendí y me levanté con él. Eché un último vistazo a ese jardín secreto que, a partir de ese momento, también iba a ser mi lugar de reflexión en Arcadia, y los dos salimos de allí en dirección a la residencia para prepararnos para la fiesta del paso de ecuador.

Sabía que era una tontería, pero la verdad es que estaba nervioso. Iba a ser la primera vez que estuviéramos todos los alumnos en el mismo sitio. Iba a venir un rey e incluso puede que fuera a dar una *wildcard* para un torneo en su país. ¿Y si me daba la invitación a mí por haber llegado a la final? Era bastante improbable. Nos cruzamos con varios coches negros con los cristales tintados y supusimos que serían los oficiales del rey, que habían venido a establecer el perímetro de seguridad pertinente. No sabía cómo funcionaban esas cosas, pero iba a ser un auténtico lujo tener a alguien así en Arcadia. Nos separamos para ir a comer, pero, cuando estaba subiendo a mi planta, fui consciente de que me había olvidado la pulsera otra vez. Mierda. Así que bajé a toda velocidad y eché a correr hacia la residencia... chocándome con un chico por el camino y cayendo los dos al suelo de la forma más absurda y cómica posible.

—¡Joder, qué hostia! —protesté, llevándome la mano al culo, porque se había llevado la peor parte de la caída—. Perdona, tío, ¿estás bien?

Y ahí es cuando me di cuenta de que me había chocado con Min-ho, que se puso de pie mientras se iba limpiando restos de tierra de sus pantalones.

—¿A dónde vas tan rápido? Ha sido como si me hubiera atropellado un tren —dijo con media sonrisa—. Menuda fuerza tienes.

—Es que me he olvidado la puta pulsera y vuelvo corriendo para cogerla y poder comer.

—Pues no me interpondré más. Vía libre. —Me señaló con las manos el camino, apartándose un poco y dejándome pasar.

—Gracias. —Iba a seguir corriendo, pero, ya que tenía a Min-ho delante, quizá podría hacerle yo alguna pregunta e investigar un poco por mi cuenta—. Oye, y gracias por lo del otro día. No me conociste en mi mejor momento.

—¿Eso? Nada. Un placer. Ya está olvidado.

—Espero no haberte vomitado encima o algo así.

—No, no. Tranquilo. Puedes estar tranquilo. —Su voz era tan suave y calmada que te hipnotizaba al instante.

—¿Y cómo es que sigues por aquí? Pensaba que te irías a jugar algún otro torneo o algo.

—La semana que viene voy a Zarza a ver a mi primo. No juego torneos hasta finales de agosto, justo antes de la previa del US Open —me explicó.

—¡Guau! ¿Vas a jugar el puto US Open? ¡Enhorabuena!

—*gamsahamnida*. Gracias —sonrió.

—¿Y vas a Zarza? Ahí es donde está Loreak, ¿no? O me suena... —dije haciéndome el loco. Fue mencionarle la academia y cambiar de una expresión amable a una de pánico absoluto.

—Sí, está allí —confirmó.

—Vale, qué guay. Dicen que están buscando nuevos alumnos y...

—Te lo ha contado Marcos, ¿verdad? —me interrumpió.

—Sí —admití—. Sí me lo ha contado.

Min-ho chistó con rabia y entornó los ojos, molesto con la situación.

—No es capaz de mantener la boca cerrada.

—Le ha costado contármelo, ¿eh? Y aún tiene muchas dudas. Creo que deberías hablar con él y ayudarle un poco a saber realmente lo que quieren de él y lo que le espera allí.

—Él ya sabe todo lo que tiene que saber. Y, sinceramente, después de la otra noche, creo que ya ha tomado su decisión.

—¿Ah, sí? Me ha parecido lo contrario. Como que está más perdido que nunca.

—¿Tú crees? —replicó con un brillo de esperanza en la mirada.

—No sé, no tiene claro nada. O eso parece. Al menos, por lo que me contó de la cena.

—Interesante... —murmuró entre dientes—. Bueno, te dejo volver a tu habitación, Nicolás. Hablaré con Marcos, claro que sí. Y me alegro de que no me guardes ningún rencor ni nada parecido.

—¿Rencor? Yo a ti, ¿por qué?

—Ah, como dijiste que te contó todo lo de la cena, pensaba que... Nada, nada. Vale. Un placer. —Iba a irse, pero entendí que ahí había algo más que no estaba diciendo.

—¿Qué pasó en la cena? —Min-ho pareció ponerse nervioso, sin saber muy bien cómo salir del lío en el que se había metido él solito.

—Debería contártelo él. No yo.

—Ahora me lo cuentas, por supuesto.

Min-ho se mordió el labio inferior. Nervioso. Parecía que le había pillado en algo de lo que estaba profundamente avergonzado. Miró en derredor, buscando algún curioso que pudiera estar escuchándonos, pero no había nadie en los alrededores.

—Nos besamos —confesó al fin—. Pensaba que lo sabías, que te lo había contado. Pero yo no sabía que teníais algo vosotros dos. En serio.

—¿Os besasteis? —Esa revelación me pellizcó el corazón con fuerza.

—¡Min-ho! —gritó alguien en la lejanía. Creo que se trataba de David, su amigo—. ¿Qué haces? ¿Piensas venir a comer o qué?

—Oye, lo siento, tengo que irme —se excusó, nervioso. Me hizo una pequeña reverencia de las suyas y se fue.

¿Cómo que se habían besado? Si esa noche nada más volver fue cuando dormimos juntos Marcos y yo. ¿Es que sus dudas no solo eran con Loreak, sino con Min-ho y conmigo? ¿Estaba volviendo a sentir algo por él? No me extrañaría. Era mucho más guapo, mucho más alto, mucho más elegante, mucho más simpático, mejor tenista... Oh, mierda. Pero no podía ser. Si me había dicho que yo le gustaba. Joder.

¿Y si le preguntaba a Marcos directamente? Pensé en decírselo nada más llegar a la habitación. Hablarlo con él y salir de dudas. Pero teníamos la fiesta y no quería amargársela después de todo el follón que tenía en la cabeza. Mejor se lo decía luego. O al día siguiente. Pero pensaba preguntárselo. Porque no podía quedarme con la duda. Marcos me dejó una camisa azul claro con mangas cortas para ir elegante, y, combinándola con unos pantalones beige que me había metido mi padre en la maleta, la verdad es que iba mejor que nunca. Pero Marcos iba mucho más guapo, desde luego. Con una camisa negra con un fino hilo dorado en el cuello, unos pantalones negros apretados que le hacían un culo increíble y una pulsera de color dorado que nunca le había visto. De repente me parecía mucho mayor, y también mucho más guapo de lo que había estado nunca.

—Ni te reconozco —le dije, totalmente ensimismado.

—Eso no sé si es bueno o malo.

—Es bueno, es bueno —sonreí—. ¿Yo qué tal estoy?

—Muy mono. —No iba a tener nada mejor que eso. Así que habría que conformarse con el don de la palabra que tenía Marcos Brunas.

Los dos salimos de la habitación y de la residencia, camino del edificio principal, donde tendría lugar la fiesta del paso de ecuador. Por el camino nos encontramos a medio Arcadia. Y todos iban tan elegantes... En serio, al final sí que parecía un baile de graduación como los de las series americanas. ¿Quiénes serían el rey y la reina del baile? Marcos me contó que ese tipo de fiestas siempre eran más aburridas de lo que uno esperaba. Sebas daba un discurso, se cantaba el himno de Arcadia, había comida y bebida, aunque tampoco mucha, y a las dos horas todo se terminaba porque al día siguiente ya volvían los entrenamientos, los partidos y las clases. De hecho, al día siguiente tenía lugar el sorteo del último torneo y por la tarde comenzaba la primera ronda. Por lo que la fiesta tampoco podía durar mucho.

—Espera, ¿cómo que himno? ¿Tenéis un himno?

—Todas las academias tienen uno —me explicó Marcos—. Al menos, las de España. Ten en cuenta que Arcadia tiene casi cien años de historia.

—¿Cuál es la más antigua?

—Arcadia. Luego Loreak y después Top-Ten.

—¿Cien años? No pensaba que tantos... —admití mientras entrábamos en el edificio principal en el que ya había varios camareros con bebidas en sus bandejas.

—Sí, primero se fundó Arcadia. Y luego, de sus tres fundadores, uno se fue y creó Loreak, y otro, Top-Ten.

—Joder, sí que sabes de la historia de la academia.

—Me sorprende que tú no. —Uno de los camareros se acercó con la bandeja, ofreciéndonos las copas que había sobre ella—. Tranquilo, puedes beberlo sin problemas. Esta fiesta es sin alcohol.

—¿Ni siquiera para los mayores?

—Ni siquiera para los mayores —repitió Marcos mientras cogía una copa y empezaba a beberla. Yo pensaba que me la daría, en plan educado, pero no. Era para él. Así que yo cogí la mía y probé. Sabía a zumo de manzana, pero con gas. Parecía sidra, pero no tenía alcohol.

De fondo sonaba una música instrumental de violines y, frente a nosotros, al final del amplio salón, estaban las puertas abiertas al jardín interior del edificio, donde estaba la mitad de la gente hablando y riendo. Y, en su centro, un escenario circular con un micrófono, pero no había nadie aún. Supuse que ahí es donde daría el discurso final Sebas. Mi mirada se cruzó con la de Min-ho, que estaba rodeado de un grupo de chicos, hablando animadamente con ellos, y elevó su copa hacia mí con una sonrisa turbia que no entendí. Fue verle y no pude contenerme. Se me escapó por completo. Pero lo dije:.

—¿Te gusta Min-ho?

—¿Cómo dices? —respondió Marcos, desubicado.

—No sé, como os besasteis el otro día... —Y se quedó blanco, totalmente sin palabras. Y eso era difícil en alguien como él—. No es que esté enfadado ni nada. Pero solo quiero saber si estoy haciendo el tonto o no.

—¿Quién te ha dicho que nos besamos? —gruñó.

—Así que es verdad, ¿no? Genial.

—Me besó él —me corrigió—. Nada más. Ni lo vi venir.

—Eso me da igual. En serio, si solo quiero saber si te gusta él. Y ya está. Yo me aparto. Me quito del medio y…

—¿Qué gilipolleces estás diciendo? —me abroncó.

—Eh, relaja. No me hables así. Eres tú el que se ha besado con otro.

—Con lo que me ha costado abrirme, ¿ahora dudas de mí? ¿En serio? —me espetó, totalmente alucinado. Pero no sabía por qué, al haber visto a Min-ho mirarme así, había sentido algo… como… no sabría explicarlo. Solo sabía que me había provocado decir todas esas cosas.

—No lo sé. Contigo siempre es difícil saberlo.

—Me cago en la puta, Nicolás. —Sí. Me llamó Nicolás. Me dio la espalda y se alejó; me dejó solo y se fue a hablar con varios alumnos que teníamos enfrente. Joder. ¿La había cagado? La había cagado. ¿Por qué no podía mantenerme calladito? ¿Por qué tenía que haber sido así de borde con él? Pero, claro, yo también tenía derecho a saber la verdad, ¿no? A saber lo que realmente sentía y…

—Hola.

Me di la vuelta y Álvaro estaba frente a mí, con una camisa blanca abierta hasta la mitad del pecho, con una cadena plateada sobresaliendo, unos pantalones azul marino que le llegaban por los tobillos y el pelo peinado de lado, como si fuera un niño bueno dispuesto a ir a la comunión.

—Hola —le saludé.

—Qué guapo estás —me dijo tímidamente.

—Tú también. Parece que vamos de boda o algo así.

—¿Verdad? No sabía que había que venir elegante a estas cosas.

—Ni yo. Lo lógico sería haber venido con nuestro mejor chándal, ¿no? —bromeé, y Álvaro se echó a reír. La verdad, había llegado en el mejor momento. Pese a todo, él seguía ahí intentándolo. Le debía una disculpa—. Oye, te quería pedir perdón.

—No, por favor, Nicolás. No me pidas perdón tú. Soy yo el que tiene que disculparse. He sido un imbécil. Estaba frustrado por haber perdido y por, bueno..., por...

—Lo sé —le interrumpí—. Y tienes razón, la verdad. Te... te he dejado un poco de lado estos días. Y eso ha sido feo.

—A ver, tampoco —repuso cabizbajo—. Pero ya está. Agua pasada... No soy tan posesivo como parezco, ¿eh? Solo de vez en cuando resulta que soy un poco celoso. ¡Quién lo iba a decir! ¡Con lo perfecto que soy en todo lo demás!

—¿Verdad? —Por dentro estaba respirando tranquilo. No me gustaba estar enfadado con Álvaro. Y menos en ese momento, con Marcos dándome la espalda y, quién sabe, seguramente decidiendo irse a Loreak y dejarme solo—. ¿Sabes que en Arcadia hay hasta un himno?

—Ah, ¿es que no te lo sabes? —me preguntó sorprendido.

—¡Oye, pero vamos a ver! ¿Por qué yo nunca sé ninguna de las cosas? —protesté, ofendido. Y de repente la música cesó y escuchamos cómo alguien daba unos golpecitos en el micrófono. Era Sebas, que ya estaba en el escenario principal, dispuesto a darnos la bienvenida a todos a la fiesta.

—Buenas tardes, alumnos y alumnas de Arcadia. Bienvenidos y bienvenidas a la fiesta del paso de ecuador de este año. Mañana comienza el último torneo del verano, y ya sabéis que los ganadores se llevarán una *wildcard* para dos torneos importantes durante el mes de agosto de este año, en Estados Unidos. —La gente empezó a murmurar, nerviosa—. Además, hoy tenemos el privilegio de contar con el rey de Santino, Luca Calliveri, como invitado de honor, que también repartirá invitaciones para el Challenger de Santino en septiembre.

Eso sí que puso nerviosa a la gente, porque era algo que se rumoreaba, pero no se había confirmado hasta ese mismo momento.

—Pero, antes de todo, primero hay que guardar silencio para escuchar nuestro himno, compuesto por uno de los tres fundadores de Arcadia, Leandro Góngora.

Se apartó un poco del micrófono y por los altavoces empezó a sonar una música algo más clásica, con tambores y lo que supuse que eran trompetas. Algo más pomposo y épico. La gente enmudeció y todos miraron hacia arriba, hacia los altavoces, como si alguien estuviera cantando ahí. Yo no sabía la letra, y nadie cantó por encima de la música, pero sí vi a muchos de los alumnos haciendo una especie de *lypsinc* de lo que estábamos escuchando.

Bajo el sol de Arcadia, la fuerza se alza,
Unidos en el tiempo, sin temor ni falta.
Por la gloria luchamos, por un futuro inmortal,
Arcadia nos llama, su voz es nuestro ideal.

Arcadia, Arcadia, fortis et invictus,
Tu fuerza nos guía, somos tu espíritu.
En tu nombre luchamos, en tu sombra crecemos,
Arcadia, nuestra alma, a ti fieles siempre seremos.
Desde el alto cielo hasta el mar profundo,
Tu historia nos inspira, nos da rumbo.
En cada batalla, en cada victoria,
Arcadia es nuestro hogar, nuestra eterna gloria.
Arcadia, Arcadia, fortis et invictus,
Tu fuerza nos guía, somos tu espíritu.
En tu nombre luchamos, en tu sombra crecemos,
Arcadia, nuestra alma, a ti fieles siempre seremos.

En cuanto terminó el himno, todo el mundo empezó a aplaudir. Había sido un momento entre incómodo y sentimental. No sabía muy bien cómo sentirme. Es verdad que estar en Arcadia era algo más que ser un jugador de tenis, y podía notarse en la emoción que habían experimentado muchos al escuchar el himno. Busqué con la mirada a Marcos y, cuando le encontré, vi que él no estaba siguiendo la letra. Ni siquiera miraba hacia arriba como el resto, sino que estaba cabizbajo y con la mirada perdida. «En tu nombre luchamos, en tu sombra crecemos. Arcadia, nuestra alma, a ti fieles siempre seremos». Si conocía algo a Marcos, sabía que esa letra le estaba haciendo pensar más de la cuenta, y seguramente seguiría sintiendo que estaba traicionando a todo el mundo. Ojalá haber podido cambiarle ese pensamiento, aunque solo fuera un poco. Pero seguramente yo fuera en esos momentos la última persona con la que quisiera hablar.

Capítulo 69

Sebas

Cada vez que sonaba el himno de Arcadia no podía evitar emocionarme. Porque sentía que estaba siendo parte de la historia de un lugar mítico, histórico. Es verdad que no era, ni de lejos, el director que más tiempo había estado en el cargo, y aún faltaba que saliera un verdadero número uno de la academia estando yo al mando. Marcos Brunas había sido quien me había hecho estar más cerca de esa gloria. Y quién sabe si podría volver a competir como antes. Solo esperaba que sí. Era un chico que había sufrido mucho y se merecía por fin una victoria. Estuve a punto de recomendarle para una de las dos invitaciones del Challenger de Santino. Pero, si no había conseguido recuperarse para cuando empezara el torneo, eso le iba a hundir. Tener que retirarse sin siquiera jugar un partido. No quería hacerle eso, así que elegí a Javier Simón, que estaba demostrando ser uno de los mejores del intensivo de verano, y a Sylvie Cain, del curso anual. Marcos, lamentablemente, tendría que esperar.

Habían acudido casi todos los alumnos apuntados. Los más mayores solían faltar más a la fiesta, y veía que muchos no estaban. Seguramente se habrían bajado al pueblo o estarían entrenando libremente, con las pistas casi vacías para ellos. Tampoco se lo iba a tener en cuenta. No me gustaba que Arcadia pareciera una cárcel. La asistencia a la fiesta, por supuesto, no era obligatoria.

—Bonito discurso —me comentó Olivia con dos vasos en las manos.

—Si no he dicho nada… El discurso me lo guardo para luego —respondí, haciéndome el interesante.

—Mientras no te lo boicoteen como hace dos años... —sonrió, y es que, dos años atrás, dos de los júniors empezaron una pelea que acabó bastante mal.

—Espero que no. Ya sabes. Adolescentes cachondos. Las hormonas nunca juegan limpio.

—Tampoco a nuestra edad, ¿eh?

—Lo dices como si tuviéramos ya cincuenta años, Olivia, por favor, que estamos en la flor de la vida. ¿Esa copa es para mí?

—No, las dos son para mí —contestó y se bebió primero una de un trago y luego la otra, para terminar tosiendo sin parar—. No recordaba que tenían alcohol.

—Si esta fiesta es sin alcohol...

—Una chica tiene sus trucos —me dijo, enigmática, y me ofreció el brazo para que lo cogiera. Acepté y bajé del escenario mientras los dos paseamos entre los alumnos que se agolpaban en el jardín. Algunos se reían al vernos pasar agarrados. Otros cuchicheaban. Pero me daba igual. Si el director no podía hacer lo que quisiera, ¿quién lo iba a hacer?

Habíamos tardado en darnos cuenta, pero al final lo habíamos hecho. Y, aunque fuera lo que quedara de verano, lo íbamos a intentar. Me merecía volver a creer en esas cosas. Con esas cosas me refería al amor. Aunque odiara decir esa palabra. Porque nunca me había traído nada bueno. El amor es una mierda. El amor te hace cometer las peores locuras. El amor te hace quedarte despierto toda la noche pensando en los errores que has cometido. Pero hay veces que, cuando tu amor se une al de otra persona, pasan cosas maravillosas. Mi experiencia me decía que por un muy breve periodo de tiempo, pero... ¿Y qué? ¿No habría que dejar de pensar en todo lo que podría salir mal y empezar a pensar en lo que estaba saliendo bien?

—¿Nervioso por la presencia de un rey? —me preguntó cuando llegamos a una de las zonas más apartadas del jardín, alejados de las miradas indiscretas.

—¿Está él nervioso por nuestra presencia? —repliqué provocando la risa de Olivia. Una risa tan contagiosa que era imposible no reírse con ella.

—¿Al final propusiste a Marcos Brunas?

—Mira que estuve a punto, ¿eh? Pero creo que es pronto para él todavía…

—Vas a tener que dejar de sobreprotegerle tanto, Sebastián. Lo entiendo y lo respeto, pero quizá eso consiga todo lo contrario a lo que estás intentando —dijo en un tono de voz suave y conciliador, casi como si estuviéramos en una de nuestras sesiones.

—No quiero que se vuelva a lesionar, Oli.

—Pero eso no lo decides tú, como tampoco deberías decidir sobre su futuro.

—¿Y este ataque de repente? —repuse, molesto con cómo estaba yendo la conversación.

—No es un ataque. No lo tomes así. Simplemente, y entiendo tus razones, creo que debes dejarle tomar sus propias decisiones. Siempre puedes aconsejarle, por supuesto. Pero no imponer. Lo sabes tan bien como yo.

Olivia se mantuvo en silencio unos segundos, dejando que calara todo lo que me acababa de decir. Odiaba cuando hacía eso.

—Sé que ha tenido ofertas de las otras dos academias. Incluso de alguna de las de fuera del país. Al menos, las tuvo en su momento. Marcos es increíble. Uno de los mejores jugadores que he visto en mi vida. No quiero que se vaya de Arcadia —admití.

—Esa no es tu decisión, Sebastián. Tiene que ser suya.

Si sabía que tenía razón, pero ¿por qué me costaba tanto aceptarlo? ¿Y si acababa en Top-Ten? ¿O, peor aún, en Loreak? No sería el primer alumno destacado que nos robaran.

—Recuerda que tú eras alumno de Top-Ten, Sebastián…, y viniste a Arcadia. Los cambios entre academias son normales. Además, esto son solo suposiciones. Ni siquiera sabes si se marcharía o elegiría quedarse.

—¿Es que te ha dicho algo? —inquirí, curioso.

—No.

—Y aunque lo hubiera hecho…

—Tampoco te lo diría. Exacto. Solo te puedo decir que necesita tu apoyo, no tus límites.

Odiaba cuando tenía razón. Pero no iba a ser tan cabezota como para no admitirlo, y quizá era verdad que estaba protegiendo demasiado a Marcos, pero no pensando en él, sino en mí y en mi legado como director de Arcadia. ¿Cuándo había dejado de importarme la salud y el bienestar de mis alumnos en pos de alimentar mi ego?

—No te fustigues tanto, que te oigo pensar, Sebastián.

—Llámame Sebas, por favor.

—Prefiero Sebastián —sonrió—. ¿Vamos a por más bebidas que alcoholizar ilegalmente?

—Podría expulsarte de Arcadia —bromeé, cogiéndola de la cadera—. O imponerte un castigo ejemplar…

—¿Como cuál? —preguntó, seductora.

—Hum, no lo sé… Quizá tengas que pasar por el despacho del director…

—¿Y el director decidirá mi castigo?

—Algo así, sí…

—La verdad es que esta fantasía se está poniendo demasiado turbia —reconoció Olivia cortando el momento.

—Un poco sí. ¿Vamos a ver cómo sigue la fiesta? —propuse y fui a darle un beso, pero se apartó, vergonzosa. No quería que nos vieran los alumnos. Una cosa era ir del brazo y otra muy distinta que nos vieran besarnos.

—Me parece bien —respondió ella—. Además, tengo que presentar a Luca Calliveri. No hay que hacer esperar a un rey, ¿no? —sonreí y, al entrar, nos cruzamos con Marcos y Min-ho, dos de los mejores alumnos que había dado Arcadia en los últimos años.

Capítulo 70

Marcos

—¿Tú de qué coño vas? —exploté contra Min-ho. Se quedó de piedra, al igual que todos los que estaban a su alrededor. Sonrió, nervioso, como tratando de calmar los ánimos, pero esa sonrisa torcida no iba a funcionar conmigo esa vez.

—Marcos, ¿estás bien? ¿Qué pasa?

—¿Para qué cojones tienes que decirle nada a Nico? —rugí. Su expresión cambió y me cogió del brazo, tirando de mí lejos de la gente para intentar tener una conversación sin cotillas y sin que nadie nos escuchara—. Suéltame.

—No hasta que te tranquilices —insistió, pero conseguí desasirme de su agarre con relativa facilidad.

—No me da la gana tranquilizarme. ¿Por qué coño tienes que decirle a Nico que nos besamos?

—Pensaba que se lo habías dicho tú —se explicó con suavidad. Y eso lo odiaba, porque me dejaba a mí de loco desquiciado—. No quería meter la pata. Perdona.

—Pues la has metido, joder. La has metido hasta el fondo.

—Me dijo que ya le habías contado lo de Loreak y que tenías dudas. ¿Es eso cierto? ¿Tienes dudas?

—Joder, otro igual. Nicolás podía estarse calladito también, joder. ¿Es que tenéis que contar todo lo que pasa? —gruñí entre dientes. Lo que me faltaba. Que Min-ho tuviera más pólvora aún pensando que estaba indeciso. Que lo estaba, pero no quería que él lo supiera.

—¿Tienes dudas? —repitió.

—Claro que tengo dudas. Pero porque no me fío de Marisa. No me fío de Loreak. No me fío de ti, Min-ho —admití, nervioso.

—¿De mí? ¿Y yo qué he hecho para que no te fíes de mí? —Entorné los ojos y lo comprendió—. Ah, claro, lo de besarte.

—Lo de besarme.

—Fue un impulso, ¿vale? Pensé que tú también querías.

—Pero, vamos a ver, ¿en qué cabeza cabe que yo quisiera besarte? —repliqué.

—Dijiste que me querías en tu vida.

—Pero ¡no en mi boca! —grité y, al segundo, me di cuenta y bajé el tono de nuevo—. No significaba nada más que eso, Min-ho. Y lo siento, pero a mí me gusta Nicolás. Nico. Me gusta Nico.

—Y, si te vas a Loreak, ¿qué va a pasar?

—Y yo qué coño sé, Min-ho. Pero te agradecería que no fueras malmetiendo por ahí. Me lo esperaría de Paula, que es una víbora. Pero no de ti.

—Lo siento. No quería... no quería liar las cosas. He sido un estúpido —se lamentó.

—Pues sí, la verdad. Lo has sido. Pero ya está. Ahora a ver cómo arreglo las cosas con él.

—¿Se ha enfadado? —preguntó con voz tristona.

—Me he enfadado yo. Pero, bueno, ya sabes el pronto que tengo. Ya pensaré cómo arreglarlo. Pero, joder, no hables nada más con él. ¿Vale? Déjale tranquilo.

—Vale, vale —convino y se acercó un poco más a mí, cogiéndome de las manos—. Yo solo quiero que entiendas que haría cualquier cosa por ti, Marcos. —Tras una mirada intensa de un par de segundos, me abrazó con ganas apretándome contra su pecho y colocando su cabeza sobre mi hombro, respirándome en la nuca—. Y no quiero que volvamos a enfadarnos. Sobre todo ahora que vamos a ser compañeros de nuevo.

—Te he dicho que no sé si voy a ir a Loreak, Min-ho. Y me da la impresión de que hay algo que no me estás contando —dije, apartándole y dando por terminado el abrazo—. No sé a qué estás jugando, pero no me interesa.

Y, justo en ese momento, varios hombres de la seguridad de Luca Calliveri nos apartaron para que nos hiciéramos a un lado, dejando el pasillo libre para que pudiera entrar el rey. Pasó a nuestro lado y cruzamos una mirada breve pero intensa. Me saludó con la cabeza y yo respondí con una pequeña reverencia, nervioso por la situación. Siguió su camino hacia el exterior, hacia los jardines, liderado por Sebas, que subió al escenario junto a él. Antes de hablar, esperó a que todos estuviéramos alrededor del escenario para el momento del discurso. Yo busqué con la mirada a Nico, pero no le veía por ningún lado. ¿Dónde se había metido? Sebas volvió a conectar el micrófono y, al escuchar su respiración por el altavoz, el silencio se volvió total.

—Como ya sabéis, está aquí con nosotros el rey de Santino, Luca Calliveri. Es un honor para toda nuestra academia volver a recibir a un miembro de la familia real de Santino después de tantos años. *Lunga vita solare*... —dijo dirigiéndose a Luca, que susurró una respuesta que no pude escuchar—. Y, antes de que yo siga hablando y diciendo tonterías, dejaré que el propio rey Luca Calliveri os diga unas palabras de aliento. Muchas gracias.

Se escucharon unos aplausos tímidos mientras Sebas daba un par de pasos hacia atrás y dejaba el espacio a Luca Calliveri. Iba vestido con un traje perfectamente planchado que le hacía una figura increíble. Un traje de color azul oscuro con remates violetas en las mangas, en los pantalones y en las solapas. Sobre la cabeza, llevaba una pequeña corona como de laureles, de color dorado, y, en la mano derecha, un anillo también dorado que parecía tener el blasón real de su familia. Era muchísimo más guapo e imponente al natural. Se aclaró la garganta y comenzó a hablar.

—Buenas tardes a todos los alumnos de Arcadia. Es un honor para mí poder pisar por primera vez una de las mejores academias de tenis del mundo. Mi padre, el rey Carlo…, el rey Carlo Calliveri, ha entrenado en muchas ocasiones en estas pistas y estaba deseando poder verlas con mis propios ojos. Y, quién sabe, a lo mejor me quedo un rato después de la fiesta para probarlas. —Se escucharon algunas risas tímidas en el fondo, pero Luca no pareció entenderlo. Seguramente ni siquiera lo había dicho como si fuera una broma. Me recordaba a mí. Me habría pasado lo mismo—. Vuestro director Sebastián me invitó cordialmente a esta fiesta del paso de ecuador y me concedió el honor de poder dar dos *wildcards* para nuestro pequeño torneo de tenis en Santino. Sus recomendaciones han sido muy exhaustivas y perfectas, al igual que las del tenista santinés Boro Lodi, que también conoce a muchos de vosotros.

Miré a Sebas y vi cómo cambiaba ligeramente su expresión, como si ese último dato no fuera algo con lo que contara. Porque Boro Lodi… ¿de qué iba a conocer a los alumnos de Arcadia? Y, claro, fue escuchar su nombre y me temí lo peor. Uno de los guardaespaldas de Luca se acercó al escenario y le entregó dos sobres dorados.

—La primera invitación es para Sylvie Cain —anunció Luca tras romper el sobre y leer la tarjeta de su interior.

La gente empezó a aplaudir fervientemente y Sylvie fue vitoreada hasta que llegó al escenario. Le hizo una reverencia a Luca Calliveri, que le estrechó la mano y pidió a uno de sus guardias que le entregara una pequeña caja de color negro. Luca se la entregó y Sylvie la abrió. En su interior había una pequeña placa dorada con su nombre y el logo oficial del torneo de Santino. Sylvie le dio las gracias con muchas reverencias de por medio, y uno de los fotógrafos contratados para la fiesta les tomó varias fotos antes de que ella bajara del escenario, totalmente exultante. Luca cogió el segundo sobre, lo abrió con cuidado y leyó la tarjeta tras una breve pausa:

—La segunda invitación es para… Marcos Brunas.

Me quedé sin respiración. Todo el mundo enmudeció al momento. Nadie parecía creer que hubiera leído mi nombre de repente. Ni siquiera Sebas, que hizo amago de leer la tarjeta, pero tuvo que contenerse porque no quería faltar al respeto al rey de Santino. Noté todas las miradas puestas en mí. Pero no eran miradas agradables, sino de las que matan, de las que juzgan, de las que envidian y odian.

—¿Lo he leído bien? ¿Marcos Brunas?

—Marcos, eres tú —me dijo alguien a mi espalda. Creo que era Olivia. Pero no lo sabía, porque ni siquiera me giré. Inspiré con fuerza y anduve hacia el escenario mientras notaba los ojos de todo Arcadia puestos en mi nuca. Yo no miraba más que al frente, tratando de guardar la compostura, de no gritar y salir corriendo de allí. ¿Qué coño había pasado? Dudaba mucho que Sebas me hubiera recomendado. ¿O sí, y era su forma de disculparse por todo?

Llegué al escenario, con el corazón en un puño, e hice una reverencia exagerada a Luca, que me sonrió amablemente. Me estrechó la mano y señaló a su guardia para que le diera otra de las cajas negras que tenía reservadas para los elegidos. La abrí con cuidado y ahí estaba mi nombre, grabado en una placa dorada. No había dudas. No había lugar a error. Era yo. Era mi nombre.

—Boro Lodi habla maravillas de ti —me dijo Luca en un susurro—. Recomendó fervientemente tu nombre.

—Gracias, gracias. Muchísimas gracias.

Luca Calliveri asintió y me indicó que me girara para las fotos de rigor. Una vez que tomaron las necesarias, bajé del escenario mientras Luca Calliveri se despedía de todos y Sebas tomaba la palabra. Pero ya no escuché nada más. Fui atravesando la fiesta mientras todos se apartaban para dejarme pasar.

—Tramposo —dijo alguien.

—Esa invitación era de Javier —se sumó otro.

—Si está lesionado. Menudo morro… —se quejó alguien más.

¿Así se sintió Nico sus primeros días en Arcadia, con todas las miradas puestas en él y teniendo que pedir perdón a cada paso que daba? Y precisamente era a él al único que quería encontrar entre la gente. Necesitaba verle, necesitaba hablarle. Todo me daba vueltas. No entendía nada de lo que estaba pasando. ¿Era la última jugada de Loreak para engatusarme, para tentarme?

—¿Cómo puedes tener tanta jeta? —me soltó Paula, que se colocó delante de mí para no dejarme pasar.

—Paula, ¿te importa apartarte?

—No. Porque eres un mentiroso y un traidor —contestó con un odio increíble en su tono de voz. Entre la gente que había empezado a arremolinarse a mi alrededor, apareció Nico, con cara de sorpresa y con Álvaro a su lado.

—¿Qué coño quieres, Paula? —repuse, retador.

—¿Puedes contarnos a todos cómo has conseguido esa invitación, Marcos? ¿Se lo has dicho a tu novio?

—A Nicolás le dejas fuera de esto, ¿entiendes? —bramé.

—No sé si sabéis —empezó a decir Paula, haciendo un espectáculo de su intervención, hablando más alto para que todo el mundo la escuchara— que Marcos nos abandona.

—Paula, por favor…

—El otro día cenó con Marisa Salas, la directora de Loreak.

Esa revelación provocó una sorpresa apocalíptica. El oxígeno de la sala desapareció por unos segundos en los que nadie sabía muy bien qué decir o qué hacer. Busqué la mirada de Nico, pero la evitó por completo.

—Y, si miento, puedes decirlo, Marcos. Ahora que todo el mundo te escucha. —Preferí mantenerme en silencio, y esa fue una mala decisión, porque los gritos de «¡Traidor!» empezaron a sucederse uno detrás de otro, como en cascada—. Así has conseguido esa invitación al torneo de Santino, ¿verdad? Porque todos sabemos que Boro Lodi es uno de sus alumnos más famosos, y además ha sido profesor en Loreak.

—Yo no he conseguido nada. Estoy tan sorprendido como tú.

—Sí, pero la invitación te la llevas tú por haberte vendido a la competencia.

—¿Y tú qué coño sabes? —exploté—. ¿Qué coño sabéis ninguno de vosotros?

—¡Impostor! —gritó alguien entre el público. Pensé que Nico, en algún momento, saldría a defenderme, pero le vi al lado de su amigo, en silencio, cabizbajo, y me dolió en el alma.

—Aún no has dicho que lo que he contado sea mentira, Brunas —insistió una Paula deseosa de sangre. Y se me pasaron por la mente muchas posibles respuestas, pero ninguna merecía la pena. No en ese momento, desde luego. Así que, tras apartarla de un empujón, salí del edificio principal sin mirar hacia atrás. Entre los abucheos, creí escuchar los gritos de Nico llamándome desesperado. Pero no era capaz de frenar. No era capaz de nada que no fuera seguir andando, dejando los problemas atrás, como siempre. Cuando estaba lo suficientemente lejos y había podido escapar de las miradas acusatorias, me dejé caer sobre uno de los bancos que rodeaban la pista 12 y saqué el móvil. Si todo el mundo me veía en Loreak, pues ahí estaría mi destino. Total, Nico me odiaba. Paula me odiaba. Todo Arcadia me odiaba. Pues les iba a dar motivos de peso para odiarme de verdad. Pero, antes de hacer nada, vi que tenía un mensaje. Era de Marisa Salas.

Espero que disfrutes de la *wildcard* de Santino.
Te esperamos en Loreak con los brazos abiertos.

Capítulo 71

Nicolás

Esa noche no volví a saber de Marcos. Desapareció por completo. Ni respondía a mis llamadas ni vino a dormir a la habitación. Le busqué por todo Arcadia. Fui hasta el jardín secreto que me había enseñado por la mañana. Pero no estaba en ningún sitio, totalmente desaparecido. El revuelo que se generó en la fiesta fue increíble. Tampoco me extrañó que quisiera huir. Paula había detonado la bomba de la forma más dramática posible. Y porque me paró Álvaro, que, si no, me habría peleado con más de uno. ¿Cómo podían tratar así a Marcos? ¿Cómo podían llamar traidor a una persona que lo había dado todo por Arcadia? ¿Que se había dejado el alma allí pese a que supiera que no podía seguir jugando en una temporada? No podía entenderlo. Ni siquiera podía concebirlo. Pero, cuando tenía que haber salido a defenderle, me quedé petrificado. Porque solo podía verle abrazando a Min-ho en la fiesta. Justo después de haberme admitido que se habían besado. Y, después de buscarle por todos lados para pedirle perdón por mi reacción, los encuentro dándose las manos y abrazándose. Pues me dolió, por muy niñato que suene. Pero más me dolió las cosas que le dijeron cuando anunciaron que se llevaría la *wildcard* para el torneo de Santino. No fui capaz de decir nada cuando estaba él delante, pero, en cuanto se fue corriendo, me enfrenté a todos.

—¿Para qué abres la boca? —mascullé mirando a Paula con desdén.

—Eh, que yo no soy la mala. Es tu novio el que nos ha traicionado. ¿A ti no te sorprende?

—A mí ya me lo había contado. ¡Y me parece una idea de la hostia visto lo visto! —bramé.

—Nicolás, relaja..., recuerda lo que pasó la última vez —me dijo Álvaro cogiéndome suavemente de la muñeca—. Que nos está mirando todo el mundo.

—Es que me la suda. Esta imbécil es una celosa y una envidiosa de mierda —solté entre dientes, y Paula se encendió.

—Ojito, cuidado con lo que me llamas, que la vamos a tener al final. Que me caías bien, ¿eh?

—Pues tú a mí no. Ya me he dado cuenta de cómo eres.

—¿Y cómo soy? —repuso, chula como nadie.

—Eres una mala persona. Eso es lo que eres.

—¡NICOLÁS RION! —me gritó desde el fondo de la sala Sebas. Tenía la cara roja de la tensión acumulada y venía hacia mí como un huracán—. ¡Nicolás Rion, tenemos que hablar tú y yo!

Pero, antes de que llegara a nuestra posición, Olivia apareció de la nada y se interpuso entre ambos, tratando de calmar a Sebas con sus dotes de psicóloga, que, por cierto, siempre funcionaban.

—Sebastián, deja a Nicolás en paz. Vamos fuera, que así hablamos tranquilamente.

—Espera —dijo Sebas mirando a Olivia fijamente—. ¿Tú lo sabías? ¡Tú lo sabías! De ahí la conversación extraña en el jardín. Joder, Olivia.

—Eso sí que no. A mí no me eches encima esto. Marcos es mi paciente y no tengo por qué contarte nada sobre él, Sebastián, y lo sabes.

—Pero algo así... ¡Algo así sí! ¡Joder, y llámame Sebas! —De malas maneras, me apartó chocando su hombro contra el mío y saliendo hecho una fiera ante la mirada atónita de todos los alumnos de Arcadia, que no dejábamos de presenciar todo como si fuera un espectáculo. Solo nos faltaban las palomitas para completar el cuadro. Olivia me miró, tratando de disculparlo, y me pidió un perdón silencioso, solo paladeado, pero no hablado. Yo me encogí de hombros, con las lágrimas a punto de brotar de mis ojos, y ella se acercó y me dio un abrazo. Fue rápido y sincero, y, acto seguido, también se marchó, en busca de Sebas seguramente, o quizá para escapar de toda esa locura.

Vi un grupo de chicos que trataban de consolar a Javier Simón. Debía de estar superseguro de que esa invitación iba a ser para él, y es que seguramente lo fuera, antes de la intervención de Boro Lodi. Nos había pillado a todos por sorpresa, y a Marcos el primero. Apostaría lo que fuera a que Loreak estaba detrás de todo. Era su forma de convencerle para que aceptara la oferta. Al ver ese tipo de acciones extrañas, engañando y metiéndose en decisiones que no les incumbían, me estaba dando cuenta de que a lo mejor no era una opción tan buena ir a esa academia. ¿Estaban dispuestos a todo con tal de quitarle un jugador a Arcadia?

—El intruso y el traidor. Menuda pareja. Ellos solitos se juntan —dijo alguien entre la gente que se agolpaba a nuestro alrededor.

—A saber qué más trampas tienen preparadas —agregó otra persona a la que ni reconocí.

Tenía ganas de gritarles a todos. De decirles que se metieran en sus putos asuntos. Álvaro me miró, negó con la cabeza y, cogiéndome del brazo, me acompañó fuera, porque sabía que iba a ser lo mejor. Alejarme todo lo posible de allí. Aunque al día siguiente tendría que encontrarme con todos ellos en el desayuno, y por supuesto que fue incómodo. Nadie quiso sentarse a menos de dos metros de mí. Menos mal que Álvaro y yo estábamos bien de nuevo, porque si no… no sé qué habría hecho.

Marcos me contestó a uno de mis diez mensajes a las tres de la madrugada. Solo me dijo que se había ido de Arcadia y que necesitaba tiempo para pensar. Pero no me dijo ni cómo se había ido ni con quién. Y, aunque entendiera su explosión, también estaba enfadado con él. ¡Había desaparecido dejándome totalmente preocupado, pensando que podría haberle pasado cualquier cosa! Y sin contar lo que había pasado con Minho. Y estuve a punto de decírselo, pero sabía que no era el momento. Lo último que necesitaba era que yo le echara la bronca.

Me alegra saber que estás bien porque estaba preocupado.
Cuando necesites hablar, llámame.
Mi teléfono siempre está disponible para ti.
Yo siempre estoy disponible para ti.
Y creo que tenemos que hablar. Quiero explicarme.

Su respuesta tardó, y casi no dormí en toda la noche, pero llegó. En forma de llamada y en pleno desayuno. Cuando vi que me estaba llamando, casi me dio un infarto. Se me cayó el vaso al suelo y salí corriendo del comedor, dejando a Álvaro con la palabra en la boca. Inspiré profundamente y respondí, con el corazón en un puño.

—¡Marcos! ¿Qué tal? ¿Dónde estás? ¿Estás vivo? —Quizá me puse demasiado nervioso.

—¿Por qué no me defendiste? —empezó la conversación con fuerza. Como siempre con él.

—A ver, primero, cuéntame, por favor. ¿Qué ha pasado? ¿Dónde estás?

—No. Contéstame. ¿Por qué no me defendiste? Me has dicho en el mensaje que querías explicarte. Explícate.

—Porque estaba cabreado. Acabábamos de hablar de lo de Min-ho y al cabo de unos minutos te veo con él abrazándolo y de la mano.

—Joder, otra vez con el puto Min-ho. ¿Estás celoso?

—¡No lo sé! ¡Tengo dieciséis años, Marcos! ¡Esto es nuevo para mí!

—Con Min-ho no pasa nada. Me pidió perdón y nos abrazamos. Eso es todo —dijo, tratando de sonar más calmado.

—Lo siento, pero es que todo está siendo muy intenso para mí también. ¿Dónde estás?

—Anoche llamé a mi tío y le dije que necesitaba volver a casa. Pillé un bus y ahora mismo estoy viviendo con él.

—Ah, vale. Vale. Es decir… No sabía dónde estabas y, claro, pero…

—He aceptado la oferta de Loreak —anunció interrumpiéndome, como si estuviera deseando quitarse esa información de encima. A mí me pilló totalmente por sorpresa y necesité unos segundos extra para procesar lo que me acababa de contar.

—Vale, sí. Me parece guay. Aunque, después de lo de anoche, no sabía si aceptarías o no.

—Yo tampoco. Pero, tras ver cómo reaccionó la gente, no me sentí a gusto en Arcadia. Creo que no me he sentido nunca a gusto cien por cien desde que volví. Y fue el toque de atención que necesitaba. —No puedo negar que me doliera que, pese a haberme conocido, eso no hubiera sido suficiente para conseguir que estuviera cómodo en la academia.

—¿Y qué vas a hacer con la *wildcard* de Santino?

—¿Cómo que qué voy a hacer?

—¿Vas a aceptarla? Sí, ¿no?

—No lo sé aún —suspiró después de una pausa—. Fue la directora de la academia... Bueno, técnicamente fue Boro Lodi el que habló por mí para que me la dieran.

—Menuda mafia es Loreak —reflexioné—. Entonces ¿cuándo vas a la nueva academia? Por organizarme y...

—Mañana es mi primer día. —Noté un peso diferente en su voz. Le había costado decir esa frase, aunque hiciera como si no.

—¿Mañana? ¿Y yo cuándo te despido? —pregunté, agobiado.

—No lo sé, Nicolás. No tengo ni idea ahora mismo de nada. —Me había llamado Nicolás. No Nico. Algo no iba bien.

—Joder, Marcos. Joder... ¿Tanto te costaba haberte quedado aquí una noche?

—Coño, no sabes lo que es estar en mi mente ahora mismo. ¿Tú sabes la presión que tengo por todos lados? —explotó. Todo siempre girando en torno a él. Otra vez.

—¿Sabes que en el mundo existen más personas aparte de ti, Marcos Brunas? Porque podrías tenerlas en cuenta de vez en cuando. A mí, por ejemplo.

—Ahora no tengo ganas de esto. En serio que no.

—Vale. Pues adiós.

—¿Me vas a colgar así? —me planteó, entre triste y enfadado.

—Sí.

—Genial —contestó.

—Estupendo —repliqué y colgué. Fue hacerlo y tuve ganas de gritar y tirar el móvil contra la pared. Pero me contuve y toda esa energía bajó por mi garganta hasta mi estómago. Mierda. Ahora tenía ganas de vomitar. No había visto venir que la conversación iba a acabar así, pero es que no pude contenerme. ¿Tan fácil había sido para él romper con todo? Ya no con Arcadia, sino con lo que fuera que tuviéramos los dos. Esa mañana iba a comenzar el torneo final de la academia, y era la primera vez que iba a jugar sin tener a Marcos a mi lado, sin ayudarme con la estrategia, sin vigilar desde la valla, sin darme la confianza que necesitaba... para creer en mí mismo. Al final, yo no había sido suficiente. Quizá nunca lo fui.

Capítulo 72

Álvaro

Ahí estaba Nico, agarrado a su teléfono móvil, con la mirada perdida y la mandíbula apretada. Claramente acababa de tener una conversación muy tensa y desagradable con alguien. O con su padre, o con Marcos. No había muchas más opciones. ¿Quizá con su madre? Pero hasta donde me había contado, no es que se hablaran mucho. Me acerqué con cautela, como si fuera un animal salvaje al que no hay que asustar porque, si no, ataca.

—Nico, ¿estás bien? —pregunté con suavidad. Parecía que estaba hablando con un niño pequeño, tratando de evitar que rompiera a llorar. Tardó un rato en darse la vuelta, pero al final acabó claudicando.

—No —dijo con la voz rota.

—¿Quién era?

—Marcos. No va a volver. Mañana empieza en Loreak.

—¿Mañana ya? Joder, sí que se ha dado prisa. Aunque también lo entiendo después de la que se lio anoche.

—Sí, claro, pero… ¿ni siquiera quería despedirse de mí? En fin… —dijo con voz triste—. Joder, la cagué. Con todo. Normal que se quisiera ir. Justo cuando más presión tenía, yo estaba más centrado en Min-ho que en lo que me estaba diciendo él.

—No es tu culpa, Nico. Normal que tuvieras dudas. Sí, en Arcadia será todo muy intenso, pero os conocéis desde hace muy poco. Y, claro, por lo que me contaste anoche, yo también me habría puesto celoso si me enterase de que el chico que me gusta se va besando por ahí con su ex.

—Joder, podía haber hecho las cosas de otra manera. Podría haberle defendido anoche.

—Y lo hiciste.

—Pero cuando ya era tarde.

—Ay, criatura. Vamos a tomar un Nesquik bien rico y un gofre, que sé cómo conseguirlos, y me cuentas todo bien, ¿te parece?

—No puedo comer un gofre antes de mi partido.

—¿Y eso quién lo dice? —bromeé, y, sí, le hice reír.

Una vez más, tenía que consolar a alguien que estaba enamorado de otra persona que no era yo. Tenía que ser empático con él porque era mi amigo y porque me importaba. Quería que estuviera bien, que fuera feliz y, si en mi mano estaba ayudarle, aunque fuera un mínimo, iba a hacerlo. Porque volvíamos a lo mismo: me hacía sentirme útil. Y, si no podía ser amado, al menos sería necesitado. Del desayuno fuimos a por ese gofre que le había prometido (Damiano me había enseñado la máquina donde podía conseguirlos sin tener que enseñar la pulsera) y también aprovechamos para pelotear un poco en una de las pistas cerca de la número 5, donde tendría que jugar su partido del torneo final. Su contrincante volvía a ser Amir. Eso era positivo. Le tenía tomada la medida y Nico parecía lo suficientemente concienciado y confiado como para ganarlo.

Durante nuestro breve entrenamiento lo pasamos como nunca. Sí, él estaba concentrado, pero gracias a mis payasadas no pudimos parar de reír. Vale, sí, yo no sería Marcos ni tendría su juego o sus conocimientos, pero por lo menos estaba ahí con él, en el momento que lo necesitaba.

—Estás listo para la batalla, mi joven *padawan* —le dije haciendo una pequeña reverencia y usando mi raqueta como si fuera una espada láser de *Star Wars*.

—Por supuesto que lo estoy. —Y chocó su raqueta contra la mía, como si estuviéramos en el inicio de una pelea. Sabía que el partido iba a ser difícil, pero confiaba en él. Mucho más de lo que confiaba él en sí mismo.

Fuimos hacia la pista 5 y vi que las gradas ya estaban a rebosar de gente. Por lo que sea, habíamos llegado más tarde de lo que pensábamos, porque Amir ya se encontraba en la pista dando saltos lo más alto posible y haciendo pequeñas carreras de velocidad de un lado al otro de la pista. Aunque el árbitro no estaba por ningún lado. Quizá no es que nosotros hubiéramos llegado tarde, sino que él había llegado demasiado temprano. Le deseé toda la suerte del mundo y, aunque tenía un poco de envidia por no estar jugando yo, pensaba disfrutar al máximo del partido. Envidia sana, por supuesto. También estaba Sebas, por descontado. Aún recordaba la furia con la que había ido a por Nicolás la noche anterior al enterarse de que la *wildcard* de Santino era para Marcos. No, espera. Vuelvo atrás. Envidia sana no. Eso no existe. No existe la envidia sana. Yo quería estar jugando ese torneo también. Una cosa es que me alegrara por él y otra muy distinta que no quisiera estar en su lugar. Lástima de esa absurda derrota en la que jugué el peor partido de mi vida.

—Amir Manzur comenzará sacando —anunció el árbitro mientras cada jugador se colocaba en su lado de la pista. Había mucha tensión en el ambiente. Tensión y emoción. En las otras siete pistas principales también empezarían sus respectivos partidos. Todo los cuadros del torneo final comenzaban a la misma hora. Era un momento de fiesta, de celebración del tenis, y Nico había conseguido colarse entre los mejores. Así aprenderían a no criticarlo.

Amir tenía un buen saque. Sí, por supuesto. Por eso había llegado hasta ahí. Pero no tenía nada que hacer con el juego de pies de Nico, que no paraba quieto ni un solo segundo. Supuse que sería una de las enseñanzas de Marcos, algo que le habría insistido continuamente. Porque, desde que empezó a moverse mucho más, su juego había mejorado notablemente. Me quedaba mirándolo embobado. Dios, ¿tanto me gustaba Nicolás Rion? Pues era hora de aceptar la realidad, y también de ser consciente de que yo no le gustaba a él. Aunque sin Marcos en la ecuación… No… ¿No sería feísimo que me aprovechara de ese momento de debilidad? ¿Qué clase de amigo iba a ser?

Pero yo no quería ser solo su amigo. Quería que me viera como ese «algo más». ¿Pasaría algún día o era de esas cosas que siempre esperas que pasen, pero sabes que nunca van a suceder? Pensaba que había aprendido a no buscar a la gente, sino a dejar que me buscaran a mí. Bueno, pues parecía que eso ya no funcionaba. Porque cada vez que le veía sonreír… Joder, me flipaba su puta sonrisa.

A lo mejor hay veces que tenemos que asimilar que hay algo que queremos y nunca vamos a conseguir por mucho que lo deseemos. Y sabía que no era suficiente para él. Daba igual lo que hiciera. Siempre iba a estar mirando más allá del horizonte, siempre iba a tener sus ojos puestos en Loreak. Pero, si podía seguir cerca de él, iba a hacerlo, aunque doliera como nada. No. Aunque doliera como nada no. Aunque doliera como todo.

Capítulo 73

Sebas

—Vergara —saludé a Álvaro Vergara al pasar por delante de él. Parecía estar totalmente en su mundo porque ni siquiera respondió. Hizo un gesto automático con la cabeza y esa fue su única muestra de estar vivo. Si no fuera por ello, habría pensado que se había convertido en piedra, mirando fijamente la pista donde jugaba su amigo Nicolás.

Si no hubiera sido por Olivia, no sé las barbaridades que le habría dicho a Rion durante la fiesta del paso de ecuador. Pero tenía tan claro que él sabría la razón de todo lo que había pasado. ¿Quién lo iba a saber si no era él? ¿Quién iba a saber mejor que nadie las razones por las que Marcos nos había traicionado? Porque no tenía otro nombre. Era una traición absoluta. De él y de Marisa. Se suponía que habíamos firmado una tregua y tenía que volver a meter sus zarpas en Arcadia. ¿No había aprendido nada de la última vez? ¿No había aprendido nada de Hugo Jericho? Meses de peleas entre los dos para que acabara en la academia Top-Ten y se convirtiera en uno de los mejores jugadores actuales. Uno de los mejores y también uno de los más temperamentales, pero esa era otra historia.

Pensé en llamarla esa misma noche, pero tenía clarísimo que no iba a responder a mi llamada. No tan rápido. Debía dejar que pasara un tiempo. Aunque fueran unas horas. Aunque fuera un día. Así que esperé hasta la mañana siguiente y, a primera hora, descolgué el teléfono de mi despacho y marqué su número personal. Tardó en responder a la llamada, pero lo hizo. Sabía que lo haría. Ya solo por lo jodidamente orgullosa que era, y por las ganas que tendría de contarme su victoria.

—¿Sí?

—¿Cómo que sí, si sabes perfectamente quién soy? —bramé, más enfadado que nunca. Me había prometido estar relajado y no atacar desde su primera palabra. Obviamente no lo cumplí.

—Hola, Sebastián. ¿Qué tal por Arcadia? ¡Cuánto tiempo! —Su voz tranquila de serpiente me enervó al momento. Y tuve ganas de gritarle cuatro cosas.

—¿Qué le has dicho a Marcos Brunas? ¿Qué le has prometido? Fuiste tú la de la invitación al Challenger de Santino, ¿verdad?

—A ver, Sebastián, cariño, que no se te entiende cuando hablas tan rápido. No sé de qué me hablas —contestó con una suavidad totalmente impostada. Sabía por experiencia que ella estaba deseando gritarme cuatro cosas también.

—Marcos Brunas —repetí su nombre.

—Aaaaaah. Brunas. Claro. Empieza mañana en Loreak. ¿No te lo ha dicho? —Se me detuvo el corazón. Así que era cierto. Marcos se iba de Arcadia. Por la puerta de atrás. Sin una despedida. Sin una explicación. Nada de nada.

—Se supone que decidimos dejar a los alumnos del resto de las escuelas en paz.

—Ah, pero yo lo hice. Él vino a mí. Y que no te extrañe, Sebastián. ¿Tenerle como profesor de iniciación? Pensaba que tenías más estilo... —dijo, chistando la lengua y, seguramente, negando con la cabeza al otro lado de la línea. Entendía las palabras que me decía, pero no podía creerlas. Dudaba mucho que Marcos hubiera ido a hablar con ella. Conocía las tácticas mafiosas de Marisa Salas. Todos las conocíamos.

—Tú hablaste con Boro Lodi, ¿verdad? Para que le diera la invitación a Marcos sabiendo que yo nunca le recomendaría porque está lesionado.

—Quizá deberías empezar a tratar a tus alumnos como tenistas de vez en cuando, Sebastián. Que esté lesionado no significa que esté acabado. Que te pasara a ti no significa que vaya a pasarle a todo el mundo.

—Eso ha sido un golpe bajo, Marisa —le recriminé.

—Mira. Te voy a ser sincera. Ya sabes que llevábamos tiempo queriendo a un alumno como Brunas en nuestra academia. Y Loreak ya sabes que no pasa por su mejor momento de imagen. Sobre todo después de esos rumores de dopaje totalmente infundados. —Aunque las pruebas estaban ahí, y ya habían suspendido a tres de sus alumnos durante dos años—. Brunas es un deportista intachable y tiene la historia perfecta de redención.

—O sea, que pensáis usarlo para lavar vuestra imagen, ¿no? ¿Y eso lo sabe él?

—Claro que lo sabe. Fue lo primero que le dije. Eso y nuestros avances con terapia génica para curar su rodilla de una vez por todas. Si realmente te importa ese chico, sabes que es lo mejor para él. Arcadia lo ha intentado, y no ha salido bien. No pasa nada. Hay veces que hay que cambiar, Sebastián. Y en este caso ambos sabemos que Loreak es un cambio a mejor.

—Esos tratamientos están en fase de pruebas, Marisa. Le estás prometiendo un imposible. Vas a forzarlo demasiado. ¿Y si vuelve a lesionarse? ¿No crees que eso influirá negativamente en la imagen de la academia?

—Es una apuesta personal —sentenció—. Él ya ha tomado su decisión. Así que no entiendo a qué viene esta llamada, sinceramente. ¿Querías asustarme? ¿Qué querías exactamente?

Y tenía razón. No tenía muy claro qué pensaba conseguir al llamar a Loreak. Me había admitido todo, o casi todo. No había nada que hacer. Porque con el que quería hablar realmente era con Marcos. ¿Pensaba lo mismo que me había dicho Marisa? ¿O había algo más? ¿Tan mal le habíamos tratado? ¿Tanto me había equivocado con él? Quizá Olivia tenía razón después de todo. «Necesita tu apoyo, no tus límites».

—Más te vale tratarlo bien, porque, si no, te juro que iré yo mismo a Loreak y quemaré tu escuela hasta los cimientos.

—Qué bonito, Sebastián. Amenazas a estas horas. Qué buen gusto. ¿Querías algo más? Porque tengo cosas que hacer. Hoy es un día complicado en la academia... —dijo con desdén.

—No, tranquila, Marisa. Mucha suerte con todo. —Colgué sin darle tiempo a responder.

Al ver a Nicolás jugando, tenía ganas de hablar con él, de preguntarle también por lo que sabía y, sobre todo, conocer su opinión sobre la marcha de Marcos, de su tutor, de su amigo, de su… seguramente algo más que amigo. Pero sabía que no debía hacerlo. No podía ir hablando con los alumnos como si fuera un mero matón buscando respuestas. Tendría que encontrarlas por mi cuenta. Aunque realmente ya las sabía. Marcos había elegido otro camino, y no tenía por qué significar algo malo. Si de verdad me importaba, como había dicho Marisa, debía poner por delante su bienestar, aunque fuera lejos de Arcadia. El problema es que dudaba de que la solución fuera Loreak.

—¿Cómo va nuestro querido Nicolás? —me preguntó Olivia, recién llegada al partido. Estaba más guapa que nunca, con unas gafas de sol que reflejaban la luz en un mosaico imposible. Su sonrisa daba una calidez que nunca había encontrado en otra persona. Ni siquiera en Ángela, y eso que habíamos estado casados. Pensaba que me odiaría después de mi show en la fiesta, pero ahí estaba, con dos cafés, sonriente y amable, sentándose a mi lado.

—Va ganando 3-2. ¿Ese café es para mí?

—Hum… —Se tomó su tiempo para contestar—. Sí, es para ti —dijo al fin, y me lo tendió con gracia—. Café con leche de avena, no muy caliente, pero tampoco muy frío, y con canela por encima.

—Perfecto. —Si había algo que hiciera que me enamorara de alguien es que supiera cómo me gustaba el café.

—Has hablado esta mañana con Marisa, ¿verdad?

—¿Cómo lo sabes?

—Te conozco, Sebastián, aunque creas que no —respondió poniendo los ojos en blanco—. Como también sé que no te has quedado más tranquilo después de esa llamada. ¿A que no?

—No del todo, no.

—¿Has podido hablar con Marcos?

—Pues no lo he intentado. Pensaba que me llamaría él…, pero nada —admití.

—Te llamará. Estoy segura. Pero ahora tiene demasiadas cosas en la cabeza.

—Mañana empieza en Loreak. Le he perdido para siempre, Olivia. Por mi estúpida cabezonería —me lamenté.

—Ah, no, no. Aquí lamentos no, Sebastián. El pasado nos ayuda a aprender, pero no es para fustigarnos o culparnos. No puedes pasarte la vida lamentando los errores cometidos. Marcos tomó su decisión. Ahora solo podemos esperar que sea la correcta. Pero para él, no para ti.

—¿Cómo consigues siempre estar tan calmada y tener las palabras adecuadas?

—Cinco años de carrera, un año de máster y varios años trabajando en un instituto público. Esto —dijo señalándose a sí misma— no se aprende de la noche a la mañana.

—Ya me he dado cuenta, ya. Siento mi explosión de anoche.

—A mí no es a quien tienes que pedirle perdón. —Y señaló con la mirada a Nicolás.

—Sí, es verdad, es verdad. Pero fue… fue como sentir mi propio fracaso de nuevo, Oli.

—No, no. Ahora no nos toca sesión. Ahora disfrutemos del partido. Además, creo que si vamos a intentar esto tú y yo, debería dejar de ser tu terapeuta. Quiero que me quede algún secreto por descubrir.

—¿Esto?

—No lo sé. ¿Cómo lo llamarías? —Qué guapa estaba cuando sonreía.

—Tampoco lo sé. Pero lo podemos ir descubriendo, ¿no?

—Claro, esa es la idea, Sebas.

Y, mientras nos mirábamos a los ojos y nos agarrábamos las manos tímidamente, Nicolás Rion ganaba el primer set 6-4. Marcos le había enseñado bien. De hecho, nadie podría haberle enseñado mejor.

Capítulo 74

Paula

No me había contestado a ningún mensaje ni a ninguna de las llamadas que le había hecho. Realmente había dejado claro que no quería volver a hablar conmigo. Joder, y no podía culparle. Ni siquiera yo sabía por qué lo había hecho. Bueno, sí lo sabía. Solo que dolía como nada reconocerlo. Dolía mucho seguir pensando en él y creyendo que en algún momento volvería a fijarse en mí. Y ver que de repente se iba a Loreak..., que ya no iba a tenerle cerca..., y encima con Min-ho... ¡Con el puto Min-ho! Me dolió como un ataque personal, como si me hubiera traicionado a mí directamente. Nunca he sabido gestionar esas cosas bien, porque todo me lo tomo demasiado a pecho. Lo reconozco. Es algo que debería controlar mejor, pero a esas alturas era difícil hacerlo, y más aún con Marcos Brunas.

—Nicolás Rion gana 2-0.

Qué bien estaba jugando Nicolás. Estaba plenamente concentrado, y eso que no tenía a Marcos a su lado. Puede ser que eso le estuviera motivando mucho más. Quién sabe. Con él no sabía si disculparme o no, porque había sido un puto borde de mierda conmigo. Pero, claro, estaba defendiendo a su novio, si es que eran novios. ¿Cómo iba a culparle por ello? Al final yo habría hecho lo mismo de ser él.

Tampoco es que pensara que iba a estar con Marcos toda mi vida. Es decir, cuando empezamos juntos, él tenía dieciséis y yo diecisiete recién cumplidos. Esas relaciones nunca duran tanto tiempo, pero en ese momento me daba igual, porque ni siquiera me lo planteé. Luego llegó la lesión y todos sabemos cómo le transformó. Por completo. Y ahora que habíamos vuelto a hablar tenía que estropearlo yéndose a Loreak, aceptando la *wildcard* a Santino, huyendo sin despedirse. Pues, claro, reaccioné, y reaccioné mal. Puede que fuera algo que tenía ahí guardado desde mucho tiempo atrás. Puede ser que ni yo misma supiera que realmente quería vengarme de él, y vaya si lo había hecho, delante de todo Arcadia.

—Nicolás Rion gana 6-4 y 6-3.

La gente comenzó a aplaudir y Nicolás celebró su victoria con un grito que resonó en la pista. Apretó los puños y los elevó al aire, para luego ir a saludar en la red a Amir con un sentido abrazo. Poco a poco se había ido ganando el respeto del resto de los jugadores. Empezaban a tenerle un poco de miedo a jugar contra él, y normal, porque se estaba convirtiendo en un rival que batir. ¿Sería capaz de ganar el torneo? Cualquier cosa era posible.

Pensé en bajar de las gradas e ir a saludarle, a darle la enhorabuena por su victoria. Pero recordaba sus palabras contra mí, su mirada de odio... No. No tenía por qué ser amiga de todo el mundo. No hacía falta.

—Al final el impostor está empezando a jugar bien, ¿eh? —me comentó un chico sentado a mi lado.

—Nunca fue un impostor —repliqué, sorprendentemente, defendiendo a Nicolás.

—Vale, vale, solo lo decía de broma. —Se levantó y se fue. Min-ho también se había ido de Arcadia. Tampoco se despidió. Le había visto esa misma mañana alejándose hacia la entrada y subiendo a un coche negro que no reconocí. Su trabajo ya estaba hecho. Había vuelto, lo había revolucionado todo y volvía al agujero del que nunca debería haber salido. Qué fácil había sido. Qué fácil se lo habíamos puesto a Marcos. Ninguno le habíamos ayudado a ver que Arcadia era su casa. Ni yo ni el propio Sebas, empeñado en tenerle dando clases a niños pequeños. Cuando Marcos lo único que quería era jugar. Esa estúpida lesión debería estar curada ya. ¿Por qué tardaba tanto?

¿Y si le escribía diciéndole el resultado? Quizá así consiguiera que me hablara de nuevo... Pero estaba tan absorta en mis planes absurdos que, cuando bajé de la grada para salir de la pista, justo me crucé con Nicolás. Cara a cara. Me miró con desdén, con desprecio. Yo... simplemente le aparté la mirada y salí de allí. Él no era culpable de mi relación tóxica con Marcos Brunas, y al final le había convertido en mi enemigo por mi maldito mal genio. Bueno, mira, tampoco era mi problema. ¿No le había dicho a Marcos que había conseguido superarle? Pues tendría que empezar a aplicarlo ahora que no iba a estar por allí.

Capítulo 75

Nicolás

Es que menuda hija de puta. Perdón, pero es que, Dios, la odiaba tanto… Es que recordaba lo estúpida que había sido en la fiesta del paso de ecuador y me ponía de los nervios. Por su culpa, Marcos se había ido, y además de la forma en la que lo había hecho. Y eso no pensaba perdonárselo nunca. ¿Qué coño tenía que decirle? ¿Es que seguía enamorada de Marcos? Bueno, pues menuda forma tan bonita de declararle su amor, joder. Es que ¡uf! Y encima estaba saliendo del primer partido, después de haber ganado, y me tenía que encontrar cara a cara con ella. ¿Qué cojones hacía viéndome jugar? ¿Para qué? ¿Qué quería de mí?

—¡Que has ganado! —gritó Álvaro nada más verme, bajando las escaleras entre las gradas a toda velocidad, y a punto estuvo de caerse de boca un par de veces. Cuando llegó hasta donde yo estaba, me agarró de la cadera y tiró de mí hacia arriba, levantándome un par de palmos del suelo y haciéndome dar vueltas.

—Pero ¡qué fuerza, madre mía! —le dije, totalmente sorprendido.

—Lo que tiene ir al gimnasio, supongo —sonrió, bajándome al fin y aprovechando para darme un abrazo—. Has jugado superbién. ¡Ya solo estás a dos partidos de hacer historia en Arcadia! Ya puedo ver tus letras grabadas en oro en la entrada.

—No sueñas tú ni nada —contesté entre risas—. Pero he jugado bien, ¿verdad?

—Muy bien. No te hagas de menos, hombre. Tienes permitido flipártelo un poquito.

Puede que tuviera razón. Puede que pudiera permitirme creérmelo un poco, ¿no? Fui a las duchas, porque necesitaba aunque fuera quitarme el sudor de encima, y por el camino estuve a un tris de escribir a Marcos diciéndole que había ganado el partido. Pero no. No. Si él quería saber algo de mí, que me escribiera primero. Era raro no tenerle ahí, detrás de mí, diciéndome lo que hacer, insistiéndome en que tenía que entrenar más, que tenía que ir al gimnasio o ir a las clases de natación. Arcadia seguía siendo Arcadia, por supuesto, y ganar pues a uno siempre le ponía de buen humor, pero algo me faltaba. Y ese algo era Marcos. ¿Qué más daba que solo nos conociéramos desde hacía menos de veinte días? Lo importante era lo que me hacía sentir. Pero me jodía que fuera tan puñeteramente cabezota y orgulloso. Aunque yo no me quedaba atrás.

Tras ganar mi partido, no paré casi ni un solo segundo. Porque tuve clase con Zoe (y mis compañeros ya me veían con otros ojos), natación, comida con Álvaro…, así que, cuando volví a mi habitación, estaba literalmente derrotado. Marcos no se había llevado ni sus libros ni su ropa, nada. Se había ido de una manera tan repentina que ni siquiera había tenido tiempo de pasar por la habitación para recoger las cosas. No lo había pensado hasta ese momento. Me levanté y me acerqué a su lado de la mesa. Sentándome en la cama, abrí su cajón y vi que había libretas, varios bolígrafos, un libro de Agatha Christie y dos chocolatinas de proteínas. ¿Cogía una de sus libretas y la cotilleaba? No. Era demasiado personal. Era privado. Pero a lo mejor ahí había más cosas apuntadas sobre mí y sobre mi juego. Así que debería poder leerlo. Para aprender, claro. No para cotillear. Hum, venga, no iba a pasar nada por echar un pequeño vistazo, ¿no? Y, justo cuando iba a abrir una de ellas, alguien llamó a la puerta y entré en pánico. Cerré el cajón de golpe y me levanté de un salto, como si me hubieran pillado en medio del peor crimen.

—¿Sí? —dije con un gallo horroroso. Me aclaré la garganta y repetí—. ¿Sí?

—Nicolás, ¿podríamos hablar un momento? —Era la voz de Sebas. ¿Qué hacía en mi habitación a esas horas? Generalmente se iba de Arcadia a las seis de la tarde, y ya eran más de las nueve.

—Sí, eh…, sí, un segundo. —Me puse unos pantalones para no recibirle en calzoncillos, me miré un poco el pelo en el espejo (era imposible mejorarlo) y abrí la puerta—. ¿Ocurre algo?

—No, no. Solo es que… ¿puedo pasar?

—Sí, claro, claro. —Me aparté para que pudiera entrar en la habitación. La observó de arriba abajo, como si estuviera buscando drogas o algo parecido, y se apoyó sobre la mesa junto a la ventana mientras yo cerraba y me quedaba en la puerta esperando a que hablara y me contara a qué había venido—. Pensaba que ya estarías fuera de Arcadia a estas horas.

—Quería hablar contigo antes. Primero, para darte la enhorabuena por haber ganado.

—Gracias, gracias.

—Y también quería disculparme por mi actitud durante la fiesta. No debería haberte hablado así —se disculpó con toda la sinceridad de la que era capaz.

—No pasa nada. No lo tuve en cuenta. Al menos, ya no —admití.

—Pensaba que podrías saber algo de Marcos y por qué había decidido irse a otra academia. Pero no era algo que tuviera que hablar contigo, y mucho menos de ese modo. Así que, de nuevo, te pido perdón.

A ver, claro que me había molestado que me gritara así delante de todos, pero le estaba dando más importancia de la que tenía. A mí se me había olvidado ya. En ese preciso instante entendí su estrategia. Muy listo, Sebas. Ya sabía para qué estaba allí, en mi habitación.

—Y si pudieras disculparte con Marcos también de mi parte… —Ajá. Lo único que quería era sacarme información, pero de una forma más sutil. Tampoco lo había conseguido.

—¿Por qué no se lo dices tú? —repliqué.

—¿Yo? No quiere hablar conmigo.

—¿Lo has intentado? —Mi pregunta le descolocó. Claramente no lo había hecho. Tendría miedo de que Marcos estuviera realmente enfadado con él, y no podía culparlo. Una de las razones principales por las que estaba seguro de que Marcos se había ido era por él. Por haberle tenido tanto tiempo «en la nevera» y no darle opciones para avanzar. Eternamente atascado en un bucle temporal. Sabía que Sebas se había lesionado la rodilla cuando era jugador, y puede que eso le hubiera afectado demasiado en su manera de dirigir Arcadia, pero Marcos no era su juguete de colección exclusiva.

—Si hablo con él, se lo diré.

Notaba que quería preguntarme más cosas sobre Marcos, y podía ver en sus ojos cómo se moría por hacerlo. Pero me adelanté yo.

—¿Hablaste con mi padre? —le pregunté y le pillé totalmente desprevenido.

—Sí, vino el otro día a mi despacho.

—¿Y qué te dijo? —traté de indagar, porque me comía la curiosidad.

—¿No has hablado con él?

—Mi padre no suele ser especialmente comunicativo, si te soy sincero —admití. Y es que era verdad que sacar información a mi padre a veces era una tarea demasiado ardua y complicada.

—Me comentó las ganas que tenía de que siguieras en Arcadia tras terminar el verano… —Eso era nuevo para mí, pero le dejé continuar—. Y se ofreció a trabajar aquí para pagar tu curso.

—¿Trabajar aquí? ¿Mi padre?

—De todos modos, le dije que no aceptábamos a familiares de los alumnos como empleados. Tu padre está muy interesado en tu continuidad aquí.

—Sí, eh, lo supongo… —Pero podría consultarme primero, la verdad.

—Pensaba que lo sabrías…

—Sí, sí. Solo que no he hablado mucho con él recientemente.

—¿Preparado para el partido de pasado mañana? —Decidió dejarlo correr y tratar de reconectar un poco más conmigo. Pero yo ya había aprendido que en Arcadia cada uno seguía sus propios intereses.

—Sí, ahora me iba a dormir y tal. Que el sorteo es a primera hora y quiero estar presentable.

—Ah, sí, sí, claro. Esto..., eh..., mucha suerte —dijo mientras se acercaba a la puerta—. Y-y no olvides decirle eso a Marcos. Que-que lo siento y que, cuando quiera, podemos hablar.

—Claro —respondí mientras le abría la puerta. Sebas salió, aún algo dubitativo, y pensaba que me diría una última cosa, pero se limitó a sonreír forzadamente y se fue.

Así que mi padre había venido para tratar de asegurarse de que yo continuara en Arcadia. Y estaba dispuesto a trabajar en la academia con tal de conseguir que yo siguiera jugando al tenis. El problema es que yo no tenía claro si quería seguir allí o no. Y mucho menos si quería tener a mi padre vigilándome a cada momento. Todo dependería de lo que pasara en el último torneo, si conseguía la *wildcard* o no. Pero en ese momento todo me pesaba demasiado como para pensar más allá. Todo era más fácil cuando estaba Marcos. Quizá porque me sacaba de quicio y solo me permitía centrarme en eso. ¡Qué sé yo! Cogí el móvil, dispuesto a llamarle. Tenía ganas de hablar con él. Pero nuestra última conversación había sido... intensa. Y no habíamos vuelto a hablar. Puede que ni siquiera quisiera hablar conmigo más. Así que, en vez de llamarle, marqué otro contacto diferente y que llevaba demasiado postergando. A los dos tonos contestó.

—Hola, mamá.

—¡Hola, Nicolás! —respondió, exultante—. ¿Qué tal estás?

—Bien, ¿y vosotros? —Desde hacía tiempo, nunca preguntaba solo por ella. Me sonaba raro.

—Muy bien. ¿Y tú? ¿Qué tal has estado estas semanas? —Su voz parecía sincera. No me fiaba del todo, pero escucharla me producía una sensación reconfortante, como la que tienes al volver a casa después de todo un día fuera o después de un viaje que se ha hecho demasiado largo.

—Todo genial. Te llamaba porque quería contarte algo. Gané un torneo de tenis. El de El Roble, no sé si lo conoces, y conseguí una beca de un mes para entrar en Arcadia. Y llevo aquí tres semanas casi —solté de golpe.

El silencio al otro lado duró demasiado y me preocupó.

—No sabía que estabas en una academia —dijo al fin.

—Lo sé. Por eso te llamaba, para contártelo. Para que lo supieras, supongo.

—¿Y por qué no me lo contaste antes? —repuso, y tenía razón en hacerlo, porque ni yo mismo estaba seguro de la respuesta. Cuando se trataba de mi madre, tampoco tenía muy claro las cosas que hacía. Lo que sí sabía es que, para la poca interacción que teníamos entre ambos, mejor no habérselo contado, porque seguramente ni siquiera me habría preguntado lo que yo consideraba necesario.

—No lo sé. Tampoco era nada interesante.

—Tu vida es interesante —afirmó con calma.

—Bueno, ambos sabemos que eso no es del todo así, pero, bueno —refunfuñé—. Papá me insistió en que te llamara para pedirte dinero, pero no lo voy a hacer.

—¿Qué ocurre? ¿Le han vuelto a echar del trabajo?

—Supongo que sí. Ya sabes que miente más que habla. Y yo ya no me creo mucho de lo que me cuenta. Pero te lo digo por si acaso él te llama, para avisarte.

—Tu padre y yo hace tiempo que no hablamos —contestó. Seguía usando un tono suave y conciliador—. ¿Para qué me has llamado entonces, Nicolás?

¿Le decía que simplemente quería escuchar su voz, por muy absurdo que pareciera? ¿Por mucho que la odiara cada vez que hablaba con ella?

—Pues para ver qué tal todo y qué tal está Lito. —El pobre no tenía la culpa de nada.

—Lito está bien. Ahora está malo de la tripa. Pero tiene muchas ganas de verte. ¿A que sí, Lito? —dijo, y escuché la voz de mi hermanastro al otro lado de la línea preguntando que con quién hablaba—. Es tu hermano, Nicolás. ¿Quieres hablar con él?

—Mamá, no, por favor, ahora no —supliqué.

—Dice que quiere hablar contigo —me hizo saber mi madre.

—Ya le llamaré en otro momento, en serio. Pero ahora no, ¿vale? —repliqué, molesto.

—Vale, claro. Claro.

Los dos nos quedamos en silencio unos segundos más. Notaba que ella quería seguir hablando, pero a mí cada vez me costaba más mantener el móvil entre las manos.

—¿Y Tomás? ¿Todo bien con él? —le pregunté por su nuevo marido.

—¿Quieres que hablemos, Nicolás? —dijo, ignorando mi pregunta—. Noto que quieres hablar de algo conmigo.

—No, la verdad. No tengo nada de lo que hablar. —Aunque sí que tenía mucho de lo que hablar. Preguntas que llevaba mucho tiempo queriendo hacerle y que, por una razón u otra, siempre acababa callándomelas. Pero, ahora que Marcos también se había ido, quizá era el momento de afrontar que la gente a veces te abandona, y tienes que vivir con ello.

—Quiero que sepas algo, y he intentado decírtelo muchas veces, pero no es fácil tener esta conversación. Y me gustaría tenerla contigo en persona alguna vez... si me dejas. Quiero que sepas que lo siento mucho. Siento cómo hice las cosas, y no quiero que pienses que me fui porque no te quisiera o porque no fueras suficiente. Pero hay veces que...

Y colgué. No podía escucharla más. No..., no era capaz de hacerlo. Noté cómo estaba apretando la mandíbula con tanta fuerza que hasta me dolía la cabeza. Lancé el móvil contra la cama, como si así pudiera escapar de lo que me había dicho mi madre antes de colgarle. Pero no podía. Y, por supuesto, me arrepentí de colgarle... y lo estuve pensando durante todo el partido de semifinales.

—Gerard Barnier gana 5-4 —anunció la árbitra, y cada uno fuimos a nuestro asiento para descansar un rato y poder seguir el partido.

Era la primera vez que jugábamos juntos y era duro. Era muy correoso. Se agarraba a la pista como nadie y, aunque no tenía ningún golpe definitorio, luchaba y luchaba. Parecía un frontón. Tenía que ganar los puntos varias veces para derrotarle. Cuando parecía que era imposible que llegara a una pelota, se estiraba de una manera asombrosa y la devolvía. Era como verme reflejado, pero en un espejo que daba una versión mejorada de mí mismo. Aun así, no iba muy detrás. Era capaz de aguantarle, y ninguno de los dos nos habíamos roto el saque. Álvaro estaba, como siempre, entre el público, animándome más que nadie. Aunque, de vez en cuando, mi mirada buscaba a Marcos entre la gente. Pensando que aparecería por arte de magia. Nunca lo hacía.

Pensaba que mi padre aparecería también en algún momento, pero tampoco. No había vuelto a hablar con él desde que se presentó por sorpresa en Arcadia, y por supuesto aún no le había contado que había hablado con mi madre. Aún tenía que reposar esa conversación, porque había sido intensa, desde luego. Ni siquiera sabía por qué la había llamado, pero sentí la necesidad de hacerlo. Ya no porque me lo hubiera dicho mi padre, porque me negaba a arrastrarme y pedir dinero, sino porque creía que había llegado la hora de, al menos, contarle que llevaba casi un mes en Arcadia. Pero escuchar la voz de Lito, cómo hablaba con él, como si fuera la persona más importante en su vida…; un disparo al corazón seguro que dolía menos. Y era una pena, porque Lito era un amor.

—Nicolás Rion gana el primer set 7-5 —dijo la árbitra. La verdad es que seguía jugando un tenis increíble. Porque no dejaba de aplicar todo lo que me había enseñado Marcos desde que le conocía. Su movimiento de pies, su confianza en mi revés, las estrategias para desconcertar al rival, el efecto en el saque… Uniendo todos esos elementos había mejorado mi tenis, y si a eso le añadíamos que cada vez me concentraba mejor en la pista, la ecuación daba un resultado perfecto.

Álvaro, al otro lado de la valla, me empezó a felicitar, animándome a seguir igual, a jugar igual de bien. «Lo tienes ya, Nico. Lo tienes hecho», me repetía una y otra vez. Me encantaba su apoyo, y me di cuenta de lo mucho que lo necesitaba en ese momento. Hacía unas semanas me habría puesto demasiado nervioso. Demasiada presión. Pero en ese partido... Dios, lo veía todo tan cerca que hasta me lo creía. Lo único que quería hacer era ganar para llamar a Marcos y contarle que estaba en la final. Aunque no sé si sabría cómo hablar con él desde esa última conversación. Esperaba que fuera él el que diera el primer paso. Ay, lo que nos gusta esperar. No, realmente no, pero a veces no hay otro remedio.

—Tiempo —dijo la árbitra. Me levanté del banco, di un par de saltos para activar las piernas de nuevo y corrí a mi lado de la pista, dispuesto a seguir jugando igual de bien y poder ganar un partido que, hacía unas semanas, ni soñaba con estar jugando.

Y poco a poco los puntos fueron sucediéndose, los juegos fueron avanzando y la igualdad era total. No dejábamos de intercambiar golpe tras golpe, derecha, revés, derecha, revés, volea, remate, dejada, derecha, revés, globo. De lado a lado, de línea a línea. No había ni un solo segundo de descanso. 1-1. 2-2. 3-3. 4-4. La verdad es que el partido me estaba desgastando por completo. No podía dejar ir mi concentración ni un solo momento. Pero sabía que iba a ganar. Lo tenía muy claro. Estaba seguro de ello.

Hasta que le rompí el saque y me puse 6-5 por delante, con mi servicio. Solo tenía que hacer buenos saques y el partido sería para mí. Todo dependía de mí, de nadie más. Cogí dos pelotas, las apreté bien para notar su presión, me guardé una en el bolsillo derecho y la otra la lancé hacia arriba, con ganas. Doblé las rodillas y salté hacia arriba, golpeándola en el centro y haciendo un *ace* a Gerard. Pero, al caer al suelo, pisé mal y mi tobillo protestó. Mierda. El mismo que me había torcido hacía ya semanas. Por suerte, menos mal que no devolvió mi saque. Pero debió de notar mi expresión de dolor, porque se quedó mirándome un buen rato.

—15-0.

Solo tenía que hacer otros tres saques iguales y el torneo sería mío. Solo tres saques más. Ya está. No había necesidad de nada más. Cogí una de las bolas que había junto a la valla de mi fondo, me coloqué tras la línea y observé a Gerard tratando de averiguar hacia qué lado iba a moverse. ¿Derecha? ¿Izquierda? ¿Se quedaría en el sitio? Difícil de descifrarlo. Era un chico superfrío. Lancé la bola arriba y, cuando fui a golpearla, vi que se movía ligeramente a su izquierda, así que giré la muñeca en el último momento, engañándole y haciendo el saque hacia su derecha. Le pillé desprevenido y no llegó a tiempo a devolver mi saque, solo la rozó con el marco de su raqueta y la tiró fuera.

—30-0.

Mi tobillo volvió a protestar, y tuve que disimular de nuevo. Nunca había que darle pistas al contrario, y menos aún si eran pistas de que no estabas al cien por cien. Así que me tragué mi dolor y seguí como si nada. Haciendo mi rutina, yendo paso a paso. Pensando bien cada movimiento. En el siguiente saque traté de sorprender y lo hice con efecto. Todo el efecto posible. La bola botó muy alto y le incomodó a la hora de pegarla de revés. Después de un peloteo demasiado largo, decidí jugármela, sobre todo porque el tobillo me estaba empezando a doler más de la cuenta, y pegué una derecha con todo lo que me quedaba, lanzándola a la esquina del lado de la pista de Gerard, incapaz de llegar a ella.

—40-0. Punto de partido para Nicolás Rion.

Vale. A un solo punto de pasar a la final del último torneo de Arcadia. No podía estar más cerca de conseguir el objetivo. Solo tenía que seguir concentrado un poco más. Unos minutos más y ya era mío. Nadie iba a poder arrebatármelo. Solo yo. Inspiré profundamente y me coloqué para sacar. El viento comenzó a soplar con más fuerza, así que hice tiempo botando la bola más de lo normal y secándome el sudor de la frente con el dorso de mi mano. Inspirando y expirando. Mirando a Gerard con unos ojos retadores, fríos y difíciles de descifrar. No quería sorpresas de última hora. En cuanto el viento se calmó un poco, inicié el movimiento de mis brazos y golpeé la pelota, que se quedó en la red. Vale, un pequeño contratiempo. Todavía tenía mi segundo saque, y, gracias a los ejercicios de Marcos, era mejor que nunca. Relajado y decidido, pegué la pelota con efecto y entró en su cuadro de saque por muy poco. Gerard lo devolvió de revés y corrió para colocarse en el centro de la pista, preparado para cualquier cosa que le fuera a devolver. La pegué con todo de derecha, un golpe que sonó casi como si yo fuera un jugador profesional, pero Gerard la bloqueó y la devolvió, pasando la red de nuevo. Había echado el resto en esa derecha y no había sido suficiente, así que me tocaría ganar el punto de una manera mucho más trabajada. Golpe a golpe, tratando de olvidar que el tobillo me molestaba más y más, haciendo con cuidado la plantada en la que tanto me insistía Marcos. Recuperando al centro, entrando a la bola delante, sin perder de vista al contrincante, hasta que me dejó una bola corta justo al lado de la red. Mierda. Me iba a tocar correr. Así que fui hacia delante a toda velocidad y resbalé, pero conseguí reponerme y estirarme todo lo posible para tocar la bola antes de que diera su segundo bote. Escuché un «Oooh» generalizado fuera de la pista cuando me caí al suelo, pero la pelota pasó al otro lado, rozando la cinta, y se quedó muerta en el lado de la pista de Gerard, que no pudo hacer nada.

—Partido para Nicolás Rion. Gana 7-5 y 7-5.

—Enhorabuena de nuevo, Nicolás —me felicitó Olivia después de haberle contado todo lo que había sentido jugando el partido—. Me alegra verte tan feliz.

—Gracias. La verdad es que jugué un partido de la hostia. Perdón.

—Sí, la verdad es que sí —sonrió—. ¿Y cómo te sientes de cara a la final?

—Pues… preparado para ganarla, siendo sincero.

—Eso es muy positivo. Hemos ido avanzando bastante en estos días, Nicolás. Deberías estar orgulloso.

—Sí, sí. Lo sé. Es solo que…

—Cuéntame —dijo con paciencia.

—A ver…, creo que Arcadia, por fin, es mi sitio. Ha tardado en serlo, pero ahora lo es. Es solo que… siento continuamente que me falta algo.

Olivia cerró su libreta y me miró como pocas veces hacía. Sabía lo que tenía dentro. Sabía lo que quería decir antes que yo mismo lo dijera. Porque me conocía.

—¿Has hablado con él desde que se fue? —preguntó directamente, sin siquiera decir su nombre. A esas alturas ya no hacía falta.

—No, la verdad. Nuestra última conversación acabó en discusión y, desde entonces, no me he atrevido a llamarle de nuevo. Es verdad que solo han pasado… Hum, cuatro días. Sí, lo sé. Solo que…, cuando echo la vista atrás, Marcos siempre aparece ahí, en cada recuerdo que tengo. ¿Por qué tuvo que irse así, de la nada? ¿De golpe? ¿Es que… es que no era suficiente para él?

—Antes de nada, Nicolás, y quiero que esto te lo marques a fuego, sí eres suficiente. Tienes que dejar de pensar que no lo eres. Porque lo importante es que lo seas para ti. Eso lo entiendes, ¿verdad?

—Pero es que Marcos se fue, mi madre se fue… Siempre hay algo, algún motivo para que las cosas no funcionen. Algo que siempre me recuerda eso, que no lo soy. Todo el rato. En mi cabeza, golpeándome.

—Ese sentimiento nos acompaña a todos cada día. Pero tenemos que aprender a vivir con ello y ser conscientes de que no es real. Que alguien se vaya de nuestro lado, primero, no significa que sea para siempre. Y, segundo, no significa que sea por nuestra culpa. Tendemos siempre a culparnos a nosotros mismos de todo. A veces somos culpables, pero otras muchas veces no.

—¿Y por qué no me llama?

—Quizá él también necesita su propio tiempo, su propio paréntesis.

—No lo sé. O quizá esté allí con Min-ho pasándoselo en grande.

—No piensas eso de verdad —aseveró.

—Es verdad. No lo pienso. No-no sé por qué lo he dicho. Es solo que... ahora que estaba bien. Justo ahora, cuando por fin parecía que había resuelto el «enigma Brunas», todo se complica de nuevo. Y...

—No solo eres suficiente. Eres más que suficiente —me interrumpió—. El hecho de que te sientas así no cambia lo que eres en realidad. No eres lo que los demás piensan de ti ni lo que has perdido. Eres lo que sigues siendo, lo que sigues construyendo a partir de esa pérdida. El problema es que a veces nos dejamos llevar por la idea de que necesitamos ser perfectos para ser valiosos. Y eso no es cierto. Porque nadie es perfecto, Nicolás. Y no necesitas ser perfecto para ser importante. Lo que importa realmente es que sigues aquí. Sigues aquí delante de mí, abriéndote y tratando de solucionar cada problema que se te pone por delante. Tienes que ser consciente de que lo que haces importa. No tienes que ganar el amor de nadie para ser digno de él, ni demostrar nada. Solo tienes que ser tú mismo. Y centrarte en las cosas buenas que tienes alrededor.

—Si lo sé. Sé que todo esto es una exageración, que aún no nos conocemos tanto como para sentir estas cosas. Pero ¿cómo hago para no sentirlas? No puedo.

—¿Qué sientes realmente por Marcos? Eso es algo que también tendrías que pensar.

—¿Por Marcos? No lo sé. Me gusta, y la conexión que he creado con él creo que es real. Solo que..., bueno..., a ver, lo diré en alto, ¿vale? Pero siento que todo gira siempre en torno a él.

—¿Y te has parado a pensar en lo que eso significa para ti? Es decir, ¿quién eres sin él? No estoy diciendo que no debas estar con él, pero no puedes olvidarte de ti mismo. Estar con alguien que amas... No pongas esa cara, pero es para que me entiendas. Estar con alguien que amas no significa que debas perderte en esa persona. Las relaciones son maravillosas, y compartir tus sentimientos con alguien que te corresponde es algo increíble. Pero no es lo mismo que depender de esa persona para sentirte completo. Tú eres increíble tal y como eres, y no necesitas a Marcos para sentirte valioso. Si estás con él, quiero que lo hagas porque lo deseas, no porque sientas que es lo único que te da sentido.

—¿Estar con él? Ni siquiera estamos. Él tomó su decisión y se largó.

—¿No crees que vaya a volver en algún momento? ¿Que vayáis a veros de nuevo?

—Yo qué sé. Ya no lo sé.

—Pues quizá, Nicolás, debáis hablarlo con total sinceridad y descubrir qué esperáis el uno del otro. Saber realmente hacia dónde lleva todo esto. Pero nunca perdiendo de vista quién eres.

Esa tarde antes de la gran final estuve tratando de evitar pensar en el partido todo lo posible. Tras mi sesión con Olivia, entrené con Álvaro, enfocándome en mi revés y en mi saque, y lo que iba a ser un peloteo tranquilo de media hora se convirtió en un entrenamiento intenso de casi dos horas. Álvaro no era Marcos, por supuesto. Pero ni falta que hacía. Porque me daba otro punto de vista diferente. Ideas que nunca se me habrían ocurrido y que me ayudaban a ver mi juego de manera distinta. Como, por ejemplo, insistir en que tenía que subir un poco menos a la red.

—Eres muy bueno voleando. Puede que de los mejores de Arcadia. Pero siento decirte que eres bajito, y es fácil pasarte con una bola por encima. Te ha sucedido mucho en tus partidos, que subes a la red muy motivado, pero cuando subes no lo haces de manera definitiva y se aprovechan.

—¿Me estás llamando enano? —protesté.

—Estoy diciendo que tu estatura no es tu mejor aliada en esos casos. Ojo, te lo digo yo, que medimos lo mismo —dijo, colocándose a mi lado para demostrarlo—. Venga, juguemos un minipartido. El que gane elige peli para esta noche.

—Trato hecho.

Le había pedido que viniera a dormir a mi habitación la noche antes de la final. No quería estar solo, porque claramente no iba a poder conciliar el sueño, y prefería tener a alguien al lado que me diera un poco de seguridad o me volvería loco. Obviamente, perdió él y me tocó elegir película. Pero, pese a que decidí ver *Dando la nota*, no era capaz de concentrarme en lo que estaba viendo, porque no dejaba de darle vueltas a posibles tácticas, a cómo sería ganar y, sobre todo, a cómo me sentiría si perdiera. Hacía unas semanas me habría dado igual, pero, sobre todo en este último torneo, me había dado cuenta de lo increíble que era ganar, lo diferente que era ver el respeto en las miradas de los demás, ahora que ya habían dejado de llamarme impostor. Las cosas cambiaban, y quería que siguieran así. Además, después de la no conversación con mi madre, la única posibilidad que tenía de tratar de seguir en Arcadia era ganando la maldita final. ¡Qué jodida presión, continuamente! ¿Así era ser tenista profesional? Pues vaya puta mierda. Odiaba la presión. No se me daba nada bien.

Pero fui incapaz de dormir, así que me levanté mucho más pronto que Álvaro, que roncaba a pierna suelta en la cama de Marcos, y salí a dar un paseo matutino por Arcadia. Cuando estaba en los jardines, aún estaban los aspersores conectados. La brisa salada del mar te entraba por la piel y te calaba hasta los huesos. Y el olor a rocío y a hierba mojada te embriagaba todos los sentidos, si es que eso era posible. Me crucé con un par de grupos de séniors corriendo y totalmente empapados de sudor, y alguno de ellos hasta me saludó. Realmente iba sin ningún tipo de destino fijado. Hasta que se me ocurrió ir al jardín secreto que me había enseñado Marcos antes de irse. Fui hasta el campo de fútbol y, recordando cómo había abierto él la puerta, metí la mano detrás de las enredaderas hasta que encontré una pequeña palanca. Tiré de ella, sonó el ¡clac! y la puerta se abrió. Entré, aunque no se abría del todo y fue complicado, pero no esperaba encontrarme a alguien en su interior. Y, menos aún, que ese alguien fuera Min-ho.

Capítulo 76

Min-ho (traducido del coreano)

Cuando vi que la puerta del jardín se abría, pensé que aparecería Marcos. Ni siquiera se me ocurrió que eso era algo imposible, porque sabía que estaba en Loreak. De hecho, le había visto entrenar. Incluso le había dicho que tenía que volver a Arcadia a recoger unas cosas y le ofrecí venir conmigo, pero rechazó la oferta. Así que sí, era imposible que Marcos estuviera detrás de esa puerta. Lo que no esperaba era ver la cara de Nicolás Rion, tan sorprendido como yo.

—Hola, Nicolás —le saludé. Marcos también le había enseñado el jardín. Por supuesto que sí.

—¿Qué haces aquí? ¿No estabas en Loreak? —me preguntó mientras sorteaba la hierba para no pisarla y se acercaba a mí.

—He vuelto a por unas cosas y quería echar un último vistazo al jardín —admití, inspirando con fuerza el aroma de las flores.

—Guay, guay, claro —exclamó como en automático, puso sus brazos en jarra y siguió andando hasta llegar al extremo, al banco desde el que se veía todo Arcadia.

—¿Quieres saber que tal está M…?

—No —me interrumpió, dejándome con la palabra en la boca—. No quiero saberlo.

—Como quieras, Nicolás.

—Pero sí que quiero saber algo, ahora que me preguntas. —Y se dio la vuelta, mirándome directamente—. ¿Por qué no dijiste nada en la fiesta del paso de ecuador?

—No entiendo.

—Claro que lo entiendes. Cuando todo el mundo estaba atacando a Marcos, ¿por qué no dijiste nada? ¿Por qué no dijiste que tú también te ibas a Loreak? ¿O le defendiste? ¿O le paraste los pies a Paula?

—Tú tampoco lo hiciste —recordé. Porque, aunque no estaba en primera fila, pude ver que Nicolás se había quedado callado hasta que Marcos abandonó el edificio.

—Yo ya sé por qué hice lo que hice. Lo que no sé es por qué lo hiciste tú. ¿No te importa tanto Marcos? ¿Por qué te quedaste callado?

—¿De qué habría servido? —repuse—. ¿De qué habría servido que yo dijera nada? ¿De qué habría servido que nos insultaran a los dos?

—Al menos habrías demostrado que te importa algo, más allá de besos o abrazos. —Así que nos había visto también en la fiesta cuando le abracé.

—Nicolás, yo... Bueno, no consideré que tuviera que intervenir. Era algo entre Paula y Marcos. Ya está.

—Claro. Sí. Supongo que en Arcadia cada uno va por su interés y ya está —reflexionó, amargado—. Tú el primero, con esas ganas extrañas de que vaya contigo a Loreak. Pues ya lo has conseguido, ea. Enhorabuena.

—Nicolás —insistí—. Claro que quería que viniera conmigo a Loreak. —Porque me sigue gustando Marcos. No lo sabía. Ahora lo sé. Pero no se lo dije, porque sabía que Marcos no sentía lo mismo por mí. Ya no.

—Oye, pues objetivo conseguido. —Fingió un aplauso.

—Pero es que Marcos con el que quiere estar es contigo.

—¿Y por qué no está aquí, conmigo? —repuso con los ojos rojos.

—Eso tendrás que preguntárselo tú. Yo no puedo hablar por él. Ni se me ocurriría hacerlo conociéndolo como le conozco. Pero... sé que tú le gustas. Sé que tú le gustas mucho. También sé que lo estropeé diciéndote lo del beso.

—Pues sí.

—*joesonghamnida.* Lo siento, Nicolás.

—Si no tienes que pedirme perdón, joder. Si el que la ha cagado con Marcos he sido yo y solo yo. Él es un puto cabezota y un orgulloso. Pero yo también, así que aquí estamos. Él en Loreak, yo en Arcadia, y llevamos sin hablar casi una semana. ¡Y a mí se me está haciendo eterno!

—A él…

—¡No! No, no, no. No quiero saber nada. No me cuentes nada. Es que no. No, no, no.

—Vale. No te diré nada.

Y, sin preguntarle siquiera, me senté a su lado en el banco. Pensé que se levantaría, pero se quedó en la misma posición. Los dos mirando hacia delante. Hacia el horizonte. Nicolás hacia la que seguía siendo su academia. Su presente y quién sabe si su futuro. Yo miraba hacia mi pasado.

—He oído que estás en la final. Enhorabuena.

—Gracias.

—¿Cómo te sientes?

—Bastante disociado, la verdad —admitió—. No se me da nada bien la presión.

—A nadie se le da bien la presión —sonreí—. Y te lo digo por experiencia. Pero lo harás bien. Te he visto jugar. El torneo está en tus manos.

—¿Tú crees?

—Estoy seguro. Si Marcos confía tanto en ti es por algo. Otra cosa no, pero para esto tiene ojo.

—Solo dime una cosa y no te preguntaré más por él.

—Dime.

—¿Es feliz en Loreak?

¿Le decía la verdad? ¿Le decía que ni yo lo sabía? ¿Le contaba que casi no había hablado con él esos días? ¿Le contaba que en Loreak solo le estaban utilizando para lavar su imagen, conseguir patrocinadores, entrevistas y financiación?

—Sí. —Porque hay veces que es mejor decir una pequeña mentira a tiempo—. Suerte en el partido.

—Muchas gracias.

—Tienes que estar orgulloso de lo que has conseguido, Nicolás Rion —le dije mientras me levantaba y le apretaba con cariño el hombro a modo de despedida. Miré una última vez Arcadia y me di la vuelta sin mirar atrás. Mi presente y mi futuro ya no estaban allí.

Capítulo 77

Nicolás

Cuando Min-ho se fue, me arrepentí al momento de no haberle preguntado más por Marcos. Pero ¿y si me decía que ya no pensaba en mí? ¿Y si me decía algo para lo que yo no estaba preparado? Prefería no saber. Aunque me alegraba que fuera feliz en Loreak. Me alegraba y me rompía el corazón a partes iguales, pero esa ya era otra historia. Porque en lo que tenía que centrarme era en ganar la final del torneo. Cuando llegó el momento, tuve un pequeño ataque de pánico antes de entrar en la pista. Sobre todo porque mi rival volvía a ser Javier Simón. Ya me había ganado dos veces, y era probable que me ganara una tercera, pero no pensaba ponérselo fácil. Al menos, que le costara derrotarme, aunque fuera un poco más que la última vez. Al atravesar la puerta metálica de la pista central de Arcadia, estaba literalmente temblando. De hecho, cuando lancé la bola al aire para hacer mi primer saque del partido, me temblaba tanto la mano que tuve que dejar caer la bola de nuevo de lo mal que me la había tirado. ¿Cómo gestionaban estas cosas los jugadores? ¿Se ponían nerviosos y lo disimulaban? ¿O es que estaban tan acostumbrados que ya era su rutina diaria? La mía desde luego no lo era. Y miraba a Simón, que estaba tan feliz, tan pancho, tan relajado, tan seguro de sí mismo... Dios, eso me ponía mucho más nervioso. Porque ¿por qué yo estaba así y él no? ¿Tan convencido estaba de que iba a ganarme?

Por supuesto que se aprovechó de esas dudas que tenía, porque empezó rompiendo mi saque con relativa facilidad. Entre que yo hice dos dobles faltas y los otros dos saques se me quedaron demasiado cortos, en un abrir y cerrar de ojos ya había perdido el primer juego. Así que me iba a tocar remontar desde el principio del partido. Al menos si quería ganar. Las gradas de la central estaban repletas. Nunca había jugado en una pista tan enorme y con tanta expectación. Nuestra final era el primer partido de la jornada. Ese día no había ni clases ni entrenamientos. Todo Arcadia se paralizaba para ver las distintas finales.

—1-0 para Javier Simón. —La gente empezó a aplaudir y busqué entre el público alguna cara amiga. La primera que encontré fue la de Álvaro, que apretó los puños y vocalizó un «Tú puedes» que me dio un extra de motivación. Vi a Olivia, a Sebas, ambos muy atentos a lo que ocurría en la pista, y, a su lado, volví a ver a los hermanos Montecarlo. Perseo estirado, en traje, y con la mirada puesta en el partido. Gabriel recostado en la grada, como si nada fuera con él, y mirando su móvil ocasionalmente. Al verme, levantó dos dedos de su mano derecha y, haciendo el mismo gesto que Katniss Everdeen en *Los juegos del ham*bre, se besó los dedos y los elevó al aire, guiñándome un ojo de paso.

Los primeros juegos, aunque parecía que Simón me estaba metiendo una paliza, porque llegó a ponerse 5-1 de ventaja, fueron muy disputados. Es decir, en casi todos llegamos a cuarenta iguales, y generalmente yo cometía un par de errores tontos y perdía el juego. Pero no me dejaba a cero, y eso era importante. Al menos le estaba haciendo pelear la victoria.

—Javier Simón gana el primer set 6-2.

Vale. A empezar de nuevo de cero. Le había entregado un poco ese primer set, pero tampoco quería exprimirme demasiado en una remontada bastante irreal. Al menos empezaría el segundo sacando y podría tener la iniciativa desde el principio. Esa iniciativa que tanto me estaba faltando y que me había hecho ir a remolque desde el primer momento. Tenía que ser más agresivo. Pero agresivo e inteligente. No valía pegarle fuerte a diestro y siniestro, porque claramente eso no me estaba sirviendo de nada. Quizá tendría que hacerle correr un poco más de la cuenta. Javier no era mucho más alto que yo, así que podría atraerle más a la red y tratar de pasarle con globos. Desesperarle un poco. Dicho y hecho. Poco a poco, disimulando para que no pensara que iba a hacerlo continuamente, fui acercándole a la red. Y, la verdad, sus voleas eran bastante blandas y poco definitorias. Perfecto para aprovecharme y que los nervios cambiaran de lado. Y cambiaron.

—Nicolás Rion gana 4-3 en el segundo set.

No solo iba ganando, sino que además le había roto el saque. Tenía esa pequeña ventaja que te hace creer un poco más que puedes ganar. Y yo podía derrotar a alguien contra el que había perdido ya dos veces. Estaba jugando bien, mucho más concentrado, mucho más rápido, mucho más fuerte. Si Marcos me viera en ese momento… Dios, yo creo que estaría orgulloso de mí, ¿no? ¿Qué estaría haciendo él en esos momentos? Seguramente entrenando a tope, o incluso recibiendo un buen tratamiento para su rodilla. Seguro que ya le habían dicho que los masajes nocturnos eran cosa del pasado, que su pierna iba a estar como nueva en cuestión de días. Ganara o perdiera el partido, cuando terminara, le iba a escribir. Lo necesitaba, y me daba igual cómo hubiera terminado nuestra última conversación. No quería ser yo el orgulloso de los dos. Necesitaba hablar con él. Necesitaba escuchar su voz de nuevo. Necesitaba… le necesitaba a mi lado.

El siguiente juego fue bastante fácil para mí. Conseguí varios buenos primeros saques y, salvo un par de puntos en el que el peloteo se alargó de más, gané y me coloqué 5-3 arriba. Le pasé un par de bolas y me puse tras la línea de fondo, moviendo los pies en pequeños saltitos y girando la raqueta entre mis manos. Cuando él se colocó dispuesto a sacar y empezó a botar la pelota, agaché el cuerpo, saqué el culo hacia fuera y doblé un poco las rodillas. Posición de ataque. Mirada fija en sus manos y en su raqueta. Lanzó la bola al aire, la golpeó y, en cuanto lo hizo, salté sobre la punta de mis pies y ataqué la pelota de revés, tratando de llevarlo lo más lejos posible. Javier tuvo que recular y defenderse de una bola que se le había echado encima, así que aproveché para subir a la red (pese a que escuchara la voz de Álvaro en mi mente diciéndome que no lo hiciera), dispuesto a rematar y ganar el punto. El problema es que el golpe que me lanzó era demasiado alto, me pasé de frenada, así que llegué en mala posición y solo pude darle con el canto de la raqueta, y fallé por mucho. Mierda.

—15-0.

Bueno, no volvería a pasarme. Mantenerme alejado de la red. Ya está. No tenía que hacer nada más. Pero Javier Simón debió de ver algo que no había visto hasta ese momento. Al menos no en el segundo set. Debió de ver un atisbo de duda en mi mirada, porque empezó a acercarme a la red, dándole la vuelta a la estrategia que yo había aplicado con él. Me acercaba con bolas muy cortas que me desestabilizaban y, cuando ya estaba arriba, me pasaba con un globo que me hacía volver hacia atrás y defenderme como pudiera, dejándole la bola a placer para ganarme el punto.

—5-4 para Nicolás Rion—dijo el árbitro, y volvimos a nuestros respectivos asientos. Él con confianza renovada, y yo agobiado pensando que la había cagado en el último juego. No había que ser adivino para saber que ese estúpido juego me iba a pesar mucho más a él que a mí. Porque los nervios volvieron. Si hubiera hecho caso a Álvaro y no hubiera subido a la red en ese primer punto, no le habría dado alas a mi contrincante. Y, aunque ya era algo que no se podía solucionar, no dejaba de rondar por mi cabeza continuamente. Daba igual que tratara de alejar esos pensamientos y que buscara centrarme en los puntos que tenía por delante. Mi mente no quería funcionar como yo quería que funcionara. Mi mano empezó a relajarse demasiado y mis golpes dejaron de ser tan fuertes y consistentes. Pese a ello, me coloqué con punto de set.

—40-30. Punto de set para Nicolás Rion.

Venga, Nico, joder. Tú puedes. Solo tienes que hacer uno de esos saques que tú sabes. Que no lo devuelva y ya está. Ganas el set motivado y al tercero dispuesto a todo. Solo tienes que hacer una cosa. Meter el saque. Ni más ni menos. Eso me repetía una y otra vez. Pero fallé el primero en la red. Al menos tenía una segunda oportunidad. Lo único que no debía hacer era una doble falta. Daba igual. Solo tenía que meter la bola. NADA MÁS.

—Venga, va, Nico. Solo meter el saque —susurré. El sudor caía por mi frente y por mi espalda casi en cascada. ¿Por qué hacía tanto calor? ¿Por qué me sudaban tanto las manos de repente? ¿Por qué mi lado de la pista era tan grande y el suyo tan pequeño? Lancé la bola al aire, dispuesto a sacar y ganar el segundo set. Estaba convencido de ello.

—Doble falta. Cuarenta iguales. *Deuce.*

Y esa doble falta hizo que me viniera abajo. Los dos siguientes puntos fueron un visto y no visto. Javier Simón los ganó de la forma más insultantemente fácil, y nos pusimos 5-5. Había perdido una ventaja de dos juegos… y un punto de set. Eso desde luego que lo iba a echar de menos. Tenía que ganar su saque y no dejar que se pusiera por delante o ahí se acababa la final. Y no quería permitirlo. Simplemente, no podía evitarlo. No sabía si mi sudor era por el calor asfixiante que rodeaba Arcadia o por mis nervios. O por una mezcla de las dos cosas. Pese a que el temblor en la mano seguía, agarré con fuerza la raqueta, tanto que casi me empezó a doler la muñeca. Iba a ganar ese juego. Era todo o nada. En juego estaba mi futuro. Hasta que empezó a escucharse un murmullo incesante entre el público que presenciaba nuestro partido. Me giré para ver cuál era el origen de tanto follón y vi cómo varias personas se iban levantando de la grada, tratando de ver a una persona que acababa de entrar en la pista y buscaba un asiento libre. Pero no era una persona cualquiera. Era…

—¡MARCOS! —chillé sin pensar. Solté la raqueta, que cayó en el suelo llenándose de tierra, y salí corriendo de la pista sin pensar en las consecuencias. ¿Qué hacía ahí? ¡Eso daba igual! ¡HABÍA VENIDO! ¡Había venido a ver mi partido! ¡A ver mi final!

—¡Nicolás Rion, no puede abandonar la pista durante el partido! —me advirtió el árbitro, pero me dio igual. Abrí la valla metálica y subí varios escalones para llegar a la altura de la grada donde estaba Marcos, algo desubicado aún buscando su sitio. Hasta que me vio, me miró y sonrió. Ni siquiera había pensado lo que iba a hacer o decir cuando le tuviera enfrente. Llegué a su altura y me frené a unos pocos metros de distancia, con todo el mundo en silencio mirándonos ensimismados.

—Hola, Nico —fue lo único que me dijo.

—¿Qué haces aquí? —le pregunté.

—¿Ese es tu saludo? ¿Para eso me he hecho más de setecientos kilómetros? —gruñó.

—Es que... no entiendo nada.

—Ni yo, la verdad. No sé muy bien por qué he venido. Solo que... sentía que tenía que hacerlo.

—Pero ¿has venido de visita? —Seguía totalmente superado por la situación.

—No. No lo sé, pero creo que no. Me he dado cuenta de que Loreak no es mi sitio.

—¿Y cuál es tu sitio?

—¿Me vas a hacer decirlo?

—Sí.

—Joder, Nico. Mi sitio es cualquiera en el que estés tú —contestó, y sentí un escalofrío por todo el cuerpo.

—¡Nicolás Rion! ¡Está a punto de tener una penalización! —avisó el árbitro desde la pista.

—Deberías volver, Nico. Podrías perder el partido —me avisó.

—Es que esto no es justo, Marcos, hostia —repliqué, furioso—. Te fuiste. Sin despedirte, sin dar explicaciones. La primera vez que hablamos, acabamos discutiendo, y toda esta semana has desaparecido. ¿Y ahora de repente vienes y me dices eso? Joder, qué cara tienes.

—¿Perdona? —Su expresión de confusión y de vergüenza por que nos estuvieran escuchando me habría hecho reír si la situación no fuera tan seria.

—Es que..., joder, no entiendo qué pretendías volviendo así, de sorpresa, y diciéndome esas cosas. No lo entiendo.

—Oye, que yo no pretendo nada. Solo quiero que sepas lo que siento ahora mismo.

—¿Lo que sientes de qué? —espeté, furioso.

—Lo que siento por ti, joder. En Loreak fui consciente de que no era eso lo que quería para mi futuro. No quería ser un producto y que me mangonearan cada día que pasaba. Dios, me he sentido tan solo esta semana allí… Tenías toda la razón. En todo lo que dijiste.

—Nicolás Rion recibe un *warning* y pierde un punto. 0-15 para Javier Simón —intervino el árbitro.

—Por eso he venido, Nico —siguió hablando, ignorando por completo la interrupción del árbitro—. Para decírtelo a la cara. Me gustas, Nicolás Rion. Tú me has hecho querer ser mejor persona. Has conseguido ver una luz en mí que nadie era capaz de ver. Ni yo mismo. La creía perdida, y tú te empeñaste en volver a sacarla. Y, cuando me alejé, me di cuenta de la realidad. No quiero decir que mi vida solo tenga sentido contigo a mi lado. Para nada. No soy tan cursi y tan absurdo. Pero sí que sé que quiero que estés en ella, porque, ahora mismo, eres la única persona que me ha sabido ver de verdad. Y te conozco…

—No me conoces —refunfuñé.

—La hostia, coño —protestó—. ¿Que no te conozco? ¿En serio lo crees? Sé que te gusta tomar Nesquik después de cada partido y, sobre todo, antes de dormir.

—Eso lo sabe todo el mundo. Ya ves tú.

—Sé que tu flor favorita es el tulipán, que dices que tu libro favorito es *Flores para Algernon*, pero que realmente es ese manga que tienes dentro de la mesa y que lees todas las noches y que crees que no sé cómo se llama, pero sé que es *No te rindas, Nakamura*. Sé que roncas como si fueras una tetera y que te encanta preguntar continuamente, aunque la otra persona te diga que te calles. Sé que no aguantas bien el alcohol y también sé que amas los *k-dramas*. Sobre todo uno que se llama *Veinticinco, veintiuno*. Sé que te gustan los gofres de chocolate y que odias que te digan lo que tienes que hacer. También sé que te culpas de que tu madre se fuera, aunque sabes en el fondo que no es así. Sé que das tres saltos antes de entrar en la pista a jugar y también sé que prefieres que te llamen Nico a Nicolás, porque eso te hace sentir un poco más importante. Y también sé que crees que no eres suficiente para los demás. Pero sí lo eres, Nicolás Rion. Joder, claro que lo eres. Al menos, lo eres para mí. ¿Todavía sigues creyendo que no te conozco de nada?

—Nicolás Rion recibe otro *warning* y pierde el juego. Javier Simón gana 6-5.

—Joder, Nico, vuelve a la pista. Si te dan otra penalización, será el partido lo que perderás.

—¿En serio… te gusto? ¿Te gusto de verdad?

—Claro. Si no, ¿te crees que estaría aquí declarándome delante de todo Arcadia?

Así que lo único que se me ocurrió fue ir hacia él, cogerle de la cara con ambas manos y besarle. Y él me devolvió el beso con ganas.

—Joder, Marcos Brunas, por fin. Qué difícil eres a veces —le dije entre risas.

—Ahora, haz el favor de volver al partido.

—El partido me da igual —repuse, embobado.

—Y una puta mierda. —Me apartó—. ¡Ya está listo para volver! —gritó y me empujó hacia delante, obligándome a volver a la pista para terminar el partido. Eso sí, no fue como en las películas. La gente no comenzó a aplaudir ni sonó música ni lanzaron confetis. De hecho, muchos de ellos empezaron a abuchearme mientras otros me defendían, tratando de calmar los ánimos. Entré de nuevo en la pista, me disculpé con Javier Simón, que me mató con la mirada, recogí la raqueta y limpié el mango de la tierra que se había quedado adherida.

La gente comenzó a aplaudir al reanudarse el partido y me coloqué en mi lado. Lancé la pelota al cielo, salté con todas mis ganas y la pegué justo en el centro, dispuesto a ganar la final.

Capítulo 78

Marcos

En cuanto me enteré de que Nico estaba en la final del torneo de Arcadia, supe que tenía que ir a verle. No podía perderme su momento más importante. Porque nunca me lo perdonaría. No él, sino yo. Quería estar ahí para él. Porque no lo había estado esa semana que había pasado en Loreak. Pero aquella noche en la fiesta del paso de ecuador, cuando vi que no me defendía, que todos me llamaban traidor…, lo único que pensé fue en alejarme de allí lo más rápido posible. ¿Y si era mi única oportunidad para volver a jugar? Mi rodilla no mejoraba, y las palabras del doctor Arjona, lejos de calmarme, me habían puesto mucho más nervioso. Quizá, y solo quizá, mi futuro estaba lejos de los muros de Arcadia. Pero, cuando llegué a Loreak, me sentí vacío. Como si hubieran arrancado un pedazo de mí. Y nada mejoró en los siguientes días. Min-ho trató de hacerme la estancia más feliz, más placentera, pero daba igual lo que hiciera. Ese no era mi sitio, y lo supe en el momento en el que ni siquiera la doctora que me vio en la primera revisión sabía que mi lesión era en la rodilla.

A Marisa Salas solo la veía cuando teníamos una reunión con patrocinadores o con algún periodista que quería saber cómo estaba siendo mi recuperación. Una semana en la que no entrené ni una sola vez. Una semana en la que ni siquiera comencé el tratamiento del que tanto me habían hablado. Una semana que se redujo a sesiones de fotos, comidas con empresarios y sentirme cada vez más solo, porque todos los alumnos allí me consideraban un impostor. Y ya había pillado a más de uno hablando mal de mí a mis espaldas. ¿Así se sintió Nicolás cuando llegó a Arcadia?

¿Por qué esa competencia continua que lo único que hacía era acabar con más de uno derrotado?

No conocía a nadie que me abriera la puerta de alguna pista para entrenar yo por mi cuenta. Me sometían a una vigilancia increíble, mucho más fuerte que la de Sebas. Y, pese a ello, no me había sentido tan abandonado desde hacía mucho tiempo. Mi tío estaba orgulloso de mi decisión. Para él, era claramente un paso hacia delante en mi carrera. Yo también lo pensaba, o al menos lo había pensado, hasta que pude constatar claramente que no buscaban a un jugador. Buscaban a una marioneta que los ayudara a limpiar su imagen, a conseguir dinero para la academia, a conseguir patrocinadores... y a alguien al que pudieran manejar a su antojo.

¿Y yo por qué no era capaz de contraatacar? Con todo el mal genio que tenía, con lo duro que había sido ese último año con todo el mundo... ¿Llegaba a Loreak y me venía abajo? ¿Escondía la cabeza dentro del suelo? Luego estaba el resto de los alumnos de la academia.

—Buenos días, Marcos —me saludó Marisa mientras estaba desayunando en el comedor de Loreak. Fuera, por primera vez desde que había llegado, salía el sol. Entre nubes, pero al menos daba luz. Lo echaba mucho de menos, y no me había dado cuenta hasta que lo había vuelto a ver.

—Buenos días.

—¿Te queda mucho? En media hora tenemos la entrevista con Eurosport —me explicó con calma, pero con un toque de prisa en la voz.

—¿Otra entrevista más?

—Claro. Todo el mundo quiere hablar contigo. Has estado un año totalmente desaparecido. Normal que quieran saber algo más sobre tu regreso.

—Mi regreso... No sé qué regreso, si ni siquiera estoy entrenando —repliqué dejando caer la cuchara sobre mi plato de avena.

—Esto ya lo hemos hablado, Marcos, cariño. —Odiaba cuando me trataba como a un niño—. Empezarás a entrenar en unos días, cuando hayamos solucionado todo esto.

—¿Y mi tratamiento? Porque ya ha pasado una semana —protesté.

—Justo mañana llega la doctora Montoya para hacerte un examen completo. Es un tratamiento muy experimental. Hay que tener cuidado y…

—Cuando me dijiste de venir a Loreak, ese tratamiento parecía mucho más fiable, ¿no? —la reté. Ya estaba hartándome de ser el pelele al que todos podían mangonear.

—Y sigue siendo fiable. Pero las cosas no se pueden ni forzar ni hacer con prisa.

—En un mes tengo que jugar un torneo en Santino. Voy a hacer el ridículo como no empiece a prepararme. Esto no es cosa de una semana.

—Lo sé. Te recuerdo que yo también he sido jugadora. —Jugadora un tanto mediocre, he de añadir. Rápidamente dejó la competición para centrarse en la enseñanza. Algo que también abandonó muy rápido para pasar a dirigir Loreak. Había hecho mis deberes. Que no tratara de engañarme más.

—¿Y? Eso no quiere decir nada —repuse, molesto, mientras seguía jugando con mi desayuno. Mi respuesta le ofendió, pero trató de disimularlo y, tras inspirar profundamente (y sonoramente), se sentó a mi lado, cogiéndome la mano con suavidad y tratando de que la mirara a los ojos.

—¿Qué ocurre, Marcos? ¿No estás feliz aquí?

—Claro que no estoy feliz aquí. Nadie me tiene en cuenta para nada. No… no me reconozco.

—Pero eso no es verdad. Todos te tenemos en cuenta. Los mejores patrocinadores, los mejores contratos, las mejores…

—¡Que yo no quiero nada de eso! —exploté, apartándome de ella y levantándome de golpe, dejando caer la silla al suelo y provocando que los pocos alumnos que aún se encontraban en el comedor se quedaran mirándonos.

—Marcos, no voy a tolerar esa actitud aquí. Recoge la silla y siéntate ahora mismo —me ordenó con furia contenida.

—Fue un error venir aquí —susurré.

—¿Un error venir a Loreak? El error era estar en Arcadia. ¿Es que no lo ves? Allí estabas dando clases a los niños, Marcos. ¡A los niños! ¿Dices que aquí nadie te tiene en cuenta? ¿Y quién te tenía en cuenta allí? ¿Sebastián, que lo único que hacía era postergar tu recuperación? Arcadia era un paso atrás. Loreak es el paso correcto. Hacia delante.

—¿Y por qué siento que me estoy equivocando? —Estaba respirando cada vez más aceleradamente. Me costaba centrar mis pensamientos. Solo quería escapar de ahí. Volver a mi antigua vida, a mi seguridad, a esa sensación de sentirme... alguien por mí mismo. Necesitaba encontrarme. Había tardado en entenderlo, pero por fin lo hacía, y no podía hacerlo en un sitio en el que había tanta gente diciéndome quién era y quién no. Eso solo lo podía saber yo, y tenía que descubrirlo por mi cuenta.

—¿Qué más quieres que hagamos por ti? Te dimos la invitación al torneo de Santino, te hemos acogido aquí como uno más, te he conseguido las mejores reuniones... y, aun así, te empeñas en ser un... un niñato desagradecido.

¿Y si...? ¿Y si Loreak y Marisa me necesitaban más a mí que yo a ellos?

—Este no es mi sitio. Ahora lo sé. —Necesitaba un ancla en mi vida. Algo que me hiciera ser mejor, que me ayudara a intentar encontrar esa versión de mí que creía perdida y que tenía más luz que oscuridad. Esa ancla era Nico, y cada vez estaba más seguro de ello.

—¿Que no es tu sitio? ¡Despierta, Marcos! ¿Tú qué creías que iba a ser esto? Fui clara desde el principio. Te expliqué cómo iba a ser todo, y tú aceptaste. No dudaste ni un momento —recordó, y tenía razón. Un error mío. Por completo. Pero los errores se pueden enmendar, y yo estaba dispuesto a enmendar el más grande que había cometido.

—Este no es mi sitio —repetí y, sin decir nada más, salí del comedor, pese a las amenazas cada vez menos sutiles que me gritaba Marisa.

El regreso a Arcadia no fue fácil, porque eso implicó primero una charla nada agradable con mi tío y más tarde una llamada mucho menos agradable con Sebas. Porque tenía razón. Yo había tomado mi decisión y los había abandonado. Empezó fuerte, sin darme casi tiempo a pensar, dejándome claro lo mucho que le había decepcionado. Pero, después, cambió por completo y pasó a disculparse. Porque, según él, si no hubiera sido por su cabezonería y su sobreprotección, yo me habría sentido mucho más a gusto en Arcadia y los tentáculos de Marisa no me habrían alcanzado.

—Si no eras feliz aquí, ¿por qué nunca me lo dijiste? —me preguntó Sebas, cada vez más suave.

—Te lo dije. Sabías lo que quería. Sabías lo que necesitaba.

—Pero, Marcos, yo no podía darte eso. Nadie puede. Ni Arcadia ni Loreak. No... no se puede volver al pasado.

—No soy tonto, Sebas.

—Pero lo siento. Siento haberte tenido tanto tiempo esperando y no haber escuchado lo que necesitabas. Si vuelves a Arcadia, todo eso va a cambiar. Te lo prometo.

Y solo con eso ya supe que tenía su bendición para regresar. Así que cogí dos trenes diferentes y un autobús para llegar a tiempo a la final de Nico. Porque era él con el que tenía que disculparme de verdad. Nuestro enfado, como casi todos los que yo solía tener, había sido una tontería. Un malentendido que había acabado por separarnos setecientos kilómetros. Verle jugando ese partido, poniendo a Javier Simón contra las cuerdas, fue de los momentos más emocionantes de mi vida. Porque le veía aplicar todas y cada una de las cosas que le había ido enseñando desde que había entrado en Arcadia. Desde aquel primer entrenamiento en el que acabamos cubiertos de agua y tierra.

—Nicolás Rion gana el segundo set 7-6.

Pese a mi interrupción, Nico había seguido en el partido. Y aunque Javier había protestado amargamente, y lo entendía, el reglamento estaba para algo. El árbitro lo había aplicado al pie de la letra sancionando con dos penalizaciones a Nico. Un minuto más fuera de la pista y le habrían quitado el partido. Pero, por suerte, conseguí convencerle para que volviera a entrar, y ahora se enfrentaba al *supertie-break* definitivo, con todo Arcadia pendiente. Con los hermanos Montecarlo observando con curiosidad. Con Paula sentada en la última grada, con sus gafas de sol y su gorra de color negro, tratando de evitarme continuamente. Y con Sebas y Olivia tras de mí, ambos dándose la mano, y con él apoyando su cabeza ocasionalmente en el hombro de ella. Esa era mi familia. No me había dado cuenta hasta que me había alejado. Porque hay veces en que hay que alejarse para ver las cosas con perspectiva, y yo lo había entendido. Arcadia era mi hogar. Tendría que demostrar a aquellos que me habían abucheado que realmente quería estar allí. Eso, o retarlos a jugar y pegarles una paliza. Aún lo estaba decidiendo.

—1-0 para Nicolás Rion.

Y empezó ganando el *tie-break* definitivo. Con garra, con fuerza. Demostrando que era el mejor. Porque por fin se lo creía. Por fin se daba cuenta de lo que valía. Había tardado, pero lo estaba consiguiendo. Yo también había tardado en ser consciente de lo que sentía por él. O quizá nunca fui capaz de verbalizarlo como ese día, delante de todo el mundo. Lo importante era que, a partir de ese momento, por fin íbamos a poder avanzar juntos.

—5-3 para Nicolás Rion.

Entonces noté una mano que me tocaba el hombro. Me giré y vi que era Sebas, que me sonreía, al igual que Olivia. Él asintió con la cabeza y, en ese único gesto, se condensó todo lo que habíamos vivido juntos. Sabía que yo le importaba, pero también había aprendido que tenía que dejarme tomar mis propias decisiones, aunque fueran equivocadas. Así que le cogí la mano, la apreté con fuerza y también asentí levemente con la cabeza, mirándole a él y mirando a Olivia, que había sido mi gran apoyo durante todo ese tiempo en Arcadia. Volví a mirar a la pista y el nivel que estaban exhibiendo los dos era increíble. Parecían estar jugando la final de un Grand Slam. La velocidad a la que pegaban a la pelota era vertiginosa, y todo el mundo estaba plenamente concentrado en el partido.

6-3.

7-3.

7-4.

7-5.

Cambio de lado.

8-5.

8-6.

9-6.

Punto de partido para Nicolás Rion.

Y, cuando metió ese último saque y Javier Simón la falló en la red, no podía escuchar nada más que mi corazón latiendo por Nico, esa persona que me había cambiado la vida.

Agradecimientos

Ya lo he dicho muchas veces, pero me gusta repetirme de vez en cuando: me cuesta mucho escribir los agradecimientos. Siempre me ha agobiado la sensación de dejarme a alguien por el camino y que se sienta mal o no se sienta lo suficientemente importante. La primera vez que hice unos agradecimientos fue en mi primera novela, *Dextrocardiaco*, y ya no me hablo con la mitad de las personas que nombré. Han pasado doce años desde que la escribí, así que... cosas de la vida, supongo.

Pero eso no significa que no estuviera agradecido con esas personas. Escribir un libro es complicado. Es un proceso complejo que depende mucho de cómo estés emocionalmente en el momento. Y eso puede ser un mes o cinco meses. Uno se abre en canal y, aunque esté escribiendo la historia más simple, está compartiendo su yo con el mundo. No es un proceso fácil. Ni escribirlo ni la pospublicación, cuando hay que enfrentarse a lo que todo el mundo opine de lo que has escrito. Enfrentarse a que digan que es una mierda, a que publiquen cualquier cosa o a que digan que es tan malo que duele al leerlo (sí, la gente a veces es cruel). Así que tener un grupo de personas que estén a tu lado y que confíen en ti, que sepan ver esa chispa, esa luz que tú muchas veces te empeñas en apagar o que no eres capaz de vislumbrar..., pues es una suerte.

Y si hay alguien a quien tengo que dedicar este libro en primer lugar, es por supuesto a mi padre y a mi madre. Siempre me han dejado perseguir mi sueño, y, oye, aquí estamos. En especial gracias a mi padre, porque él encendió esa chispa del tenis en mí. Ha trabajado durante años para que no nos falte de nada, y muy pocas veces se le ha reconocido todo lo que ha conseguido en el mundo del tenis (ojo, que es hasta subcampeón mundial), así que gracias. Ojalá haber escrito esta novela cuando aún teníamos la escuela.

Obviamente, a mi hermana y a mi prima, que siguen creyendo en mis historias después de tantos años. Por suerte, no son las únicas. Porque eso tengo que agradecérselo también a mis tías Silvia y Maribel, a Karol (por estar siempre conmigo, incluso cuando no me soporto ni yo) y a mis repres, que luchan por conseguir que mis libros sigan estando cada vez más presentes y que, sobre todo, luchan por mí.

Ahora es cuando alguien se siente decepcionado o triste porque no le haya incluido en esta lista. Lo digo de nuevo: LO SIENTO. Mi memoria es la que es. Lo sabéis. Gracias, David, no solo por todo, sino porque siempre me das los consejos perfectos para avanzar cuando estoy bloqueado. Gracias, Luis, por esos aperitivos que tan bien me sientan cada semana, y por llevar ya casi veinte años apoyándome. Gracias, Eloy, por ser una persona increíble que siempre tiene tiempo para mí. Siempre. Gracias, Joana, por tu humor, tus ganas de escucharme y, por supuesto, tu sabiduría mallorquina. Gracias, Jose, por haber aceptado ese papel en *Dextrocardiaco* hace tantos años, porque así pude conocerte. Gracias, Alba, por ser tan valiente, tan increíble y estar siempre a mi lado. Gracias, Andoni, por aparecer de nuevo en mi vida. Gracias, Marcos, porque aún nos quedan muchos desayunos (y muchos libros) que disfrutar. Gracias, Milo, porque has estado muy presente todos estos meses, y está siendo precioso compartir este proceso contigo.

Gracias a Nagore por volver a clavar mis personajes en ilustración. Siempre lo consigues. Gracias a todos los alumnos que tuve durante tantos años cuando fui profesor de tenis. Sois parte de esta historia. Espero haber sido un buen profesor para vosotros y vosotras. Y, por supuesto, a ti, lector, que sigues cogiendo mis libros y abriéndolos con las mismas ganas de siempre. Seas nuevo o de los clásicos ya, GRACIAS MIL por elegir mi historia de entre todas las demás. Ojo, y gracias a mí, porque..., bueno, porque sí, ¿no? Me merezco un pequeño agradecimiento también.

Heartbreak Point es una historia sobre no ser suficiente en la vida y sobre la importancia de estar. Pues bien. Sois suficientes para mí, y gracias por estar.